L'OMBRE MALÉFIQUE

Du même auteur
aux Éditions J'ai lu

Chanson pour Lya, *J'ai lu* 1380
Des astres et des ombres, *J'ai lu* 1462
L'agonie de la lumière, *J'ai lu* 2692

Le trône de fer :
1 - Le trône de fer, *J'ai lu* 5591
2 - Le donjon rouge, *J'ai lu* 6037
3 - La bataille des rois, *J'ai lu* 6090
5 - L'invincible forteresse, *J'ai lu* 6335
6 - Intrigues à Port-Réal, *J'ai lu* 6513
7 - L'épée de feu, *J'ai lu* 6709
8 - Les noces pourpres, *J'ai lu* 6894
9 - La loi du régicide, *J'ai lu* 7339

GEORGE R. R. MARTIN

L'OMBRE MALÉFIQUE

LE TRÔNE DE FER - 4

TRADUIT DE L'AMÉRICAIN
PAR JEAN SOLA

J'AI LU

Titre original :
A CLASH OF KINGS
(deuxième partie)

À John et Gail,
avec qui j'ai tant de fois partagé le pain et le sel

PRINCIPAUX PERSONNAGES

Maison Targaryen (le dragon)

Le prince Viserys, prétendant « légitime » au trône de Fer, en exil à l'est depuis le renversement et la mort de ses père, Aerys le Fol, et frère, Rhaegar

La princesse Daenerys, sa sœur, épouse du Dothraki Khal Drogo

Maison Baratheon (le cerf couronné)

Le roi Robert, dit l'Usurpateur

Lord Stannis, seigneur de Peyredragon, et lord Renly, seigneur d'Accalmie, ses frères

La reine Cersei, née Lannister, sa femme

Le prince héritier, Joffrey, la princesse Myrcella, le prince Tommen, leurs enfants

Maison Stark (le loup-garou)

Lord Eddard (Ned), seigneur de Winterfell, Main du roi

Benjen (Ben), chef des patrouilles de la Garde de Nuit, son frère, porté disparu au-delà du Mur

Lady Catelyn (Cat), née Tully de Vivesaigues, sa femme

Robb, Sansa, Arya, Brandon (Bran), Rickard (Rickon), leurs enfants
Jon le Bâtard (Snow), fils illégitime officiel de lord Stark et d'une inconnue

Maison Lannister (le lion)

Lord Tywin, seigneur de Castral Roc
Kevan, son frère
Jaime, dit le Régicide, frère jumeau de la reine Cersei, et Tyrion le nain, dit le Lutin, ses enfants

Maison Tully (la truite)

Lord Hoster, seigneur de Vivesaigues
Brynden, dit le Silure, son frère
Edmure, Catelyn (Stark) et Lysa (Arryn), ses enfants

CATELYN

Parmi la houle des prairies qui cernaient les songes de Catelyn, Bran gambadait comme auparavant ; Arya et Sansa se tenaient par la main ; Rickon n'était encore qu'un nourrisson ; Robb, nu-tête, s'amusait avec une épée de bois. Et, quand ils se furent tous assoupis, paisibles, à son côté reposait Ned, un sourire aux lèvres.

Douceur des songes, douceur, hélas, trop vite enfuie, cruauté de l'aube qui, tel un poignard lumineux, l'éveilla douloureuse et solitaire et lasse ; lasse de chevauchées, lasse de souffrances et lasse de ses devoirs. *J'aimerais tant pleurer*, songea-t-elle. *J'aimerais tant qu'on me réconforte. Je suis tellement éreintée d'être forte. J'aimerais tant, pour une fois, me montrer frivole et froussarde. Pas longtemps, juste un brin... un jour... une heure...*

On s'affairait, autour de sa tente. Les chevaux piaffaient, Shadd se plaignait de courbatures, ser Wendel réclamait son arc. Elle les aurait volontiers envoyés au diable, eux et les autres. De braves types, certes, et loyaux, tous, mais elle avait autant de satiété de leur compagnie que faim de celle de ses enfants. Un jour, se promit-elle, un jour, elle s'accorderait ce luxe inouï : la faiblesse.

Un jour. Qui ne serait pas celui-ci. Qui ne pouvait être aujourd'hui.

En farfouillant dans ses effets, elle eut l'impression que ses doigts étaient plus gauches qu'à l'ordinaire. Encore heureux qu'ils consentissent le moindre service. Il suffisait d'un coup d'œil sur leurs cicatrices pour se rappeler ce que valaient les morsures de l'acier valyrien.

Au-dehors, Shadd touillait une marmite de bouillie d'avoine. Assis à terre, l'énorme ser Wendel manipulait son arc. « Madame, dit-il en l'apercevant, ces prés regorgent d'oiseaux. Vous agréerait-il de déguster une caille rôtie, ce matin ?

— Nous nous contenterons... tous, je pense, de cette bouillie et de pain, messer. Il nous reste encore bien des lieues à faire.

— Comme il vous plaira, madame. » Le dépit fanait sa face lunaire et tordait ses bacchantes de morse. « Se peut-il rien de meilleur que l'avoine et le pain ? » Tout goinfre et gourmand qu'il était, son ventre lui tenait tout de même moins à cœur que l'honneur.

« Déniché des orties et fait une infusion, bredouilla Shadd. M'dame en veut-elle ?

— Oui, merci. »

Ses pauvres mains refermées autour du gobelet, elle souffla sur le breuvage pour le refroidir. Originaire de Winterfell, Shadd était l'un des vingt guerriers d'élite que Robb avait chargés d'escorter sa mère, leur adjoignant cinq seigneurs dont la haute naissance devait rehausser l'ambassade auprès de Renly. Au cours de sa marche vers le sud, la petite troupe avait eu beau se tenir au large des villes et des places fortes, les occasions de voir des bandes vêtues de maille ou de discerner l'embrasement de l'est ne lui avaient pas manqué, mais nul n'avait osé se frotter à elle. Elle ne constituait en effet ni une menace, de par sa modestie, ni une proie facile, de par son nombre. Une fois franchie la Néra, le pire se trouvait derrière. Si bien que, depuis quatre jours, tout indice de guerre avait disparu.

Cette mission, Catelyn l'accomplissait contre son gré. À Vivesaigues, elle n'avait cessé de répéter à Robb : « La dernière fois que je l'ai croisé, Renly n'était pas plus vieux que Bran. Je ne le connais pas. Envoie quelqu'un d'autre.

Ma place est ici, au chevet de mon père, aussi longtemps qu'il sera en vie. »

Son fils s'était montré désemparé. « Je n'ai personne d'autre. Je ne puis y aller moi-même. Votre père est trop mal en point. Je n'ose me priver du Silure, il est mes yeux et mes oreilles. Votre frère, j'en ai besoin pour garder Vivesaigues quand nous marcherons...

— Marcherons ? » Il n'en avait jamais été question devant elle.

« Il m'est impossible d'attendre ici que la paix se conclue. J'aurais l'air d'avoir peur de me remettre en campagne. Et je me rappelle les mots de Père : "Lorsqu'il n'y a pas de batailles à livrer, le soldat se met à rêver moisson et coin du feu." Mes gens du Nord eux-mêmes s'impatientent de plus en plus. »

Mes gens du Nord, pensa-t-elle. *Voici qu'il commence à parler en roi.* « Personne n'est jamais mort d'impatience, tandis que la précipitation... Nous avons semé des graines, laisse-les germer. »

Robb secoua la tête d'un air buté. « Nous avons jeté quelques graines au vent, voilà tout. Si Lysa venait à notre aide, nous le saurions déjà. Combien d'oiseaux avons-nous expédiés aux Eyrié, quatre ? Moi aussi, je désire la paix, mais pourquoi les Lannister m'accorderaient-ils *rien* si je me contente de camper ici pendant que mon armée fond tout autour de moi comme neige au soleil d'été ?

— Ainsi donc, plutôt que de paraître un lâche, ripostat-elle, tu céderas aux pipeaux de lord Tywin ? Il *veut* te voir danser à Harrenhal, oncle Brynden te le confirmera si...

— Je n'ai pas mentionné Harrenhal, coupa-t-il. Bref, serez-vous mon émissaire auprès de Renly, ou dois-je envoyer le Lard-Jon ? »

Au souvenir de cette réplique, un vague sourire effleura les lèvres de Catelyn. Un peu grosse, la blague, mais assez maligne, de la part d'un gamin de quinze ans. Robb le savait pertinemment, lord Omble était exactement l'homme qu'il ne fallait pas pour traiter avec un Renly Baratheon, et il savait pertinemment qu'elle le savait aussi. Ce subterfuge l'avait contrainte à céder, au détriment de la piété filiale. L'état navrant dans lequel elle laissait lord Hoster ne facilitait pas la séparation, loin de là. Lorsqu'elle vint prendre congé de lui, il ne la reconnut même pas, l'appela Minisa, demanda : « Où sont donc les enfants ? Ma petite Cat, ma Lysa câline... ? » En le baisant au front, elle le rassura, les petites allaient bien, lui souffla, tandis qu'il refermait les yeux : « Attendez-moi, messire, je vous prie. Je vous ai si souvent attendu, moi, si souvent... Maintenant, c'est à vous de m'attendre, vous devez m'attendre. »

Le sort m'entraîne au sud, et toujours plus au sud, songea-t-elle en sirotant l'âpre infusion, *quand c'est au nord que je devrais aller, au nord, chez moi*. La veille du départ, elle avait écrit à Rickon et Bran. *Je ne vous oublie pas, mes chéris, vous devez le croire. Seulement, je suis encore plus nécessaire à votre frère.*

« Nous devrions atteindre la Mander aujourd'hui, madame, déclara ser Wendel pendant que Shadd prélevait une louchée de bouillie. Lord Renly n'en serait pas loin, s'il faut en croire la rumeur. »

Et que lui dirai-je lors de la rencontre ? Que mon fils le tient pour un usurpateur ? Elle répugnait à cette entrevue. C'était d'amis, non d'ennemis supplémentaires, qu'ils avaient besoin, mais Robb ne plierait jamais le genou devant un homme auquel il déniait tout droit au trône.

À peine eût-elle pu dire quel goût avait la bouillie qu'elle découvrit son bol vide et le reposa. « Nous devrions être déjà en route. » Plus vite elle aurait parlé à Renly, plus vite elle reprendrait le chemin du retour. Elle fut la première en selle et dicta l'allure de la colonne. À son côté chevauchait Hal Mollen, brandissant la bannière au loup-garou gris sur champ de neige immaculé.

Ils se trouvaient encore à une demi-journée de marche du camp de Renly quand on les prit. Parti en éclaireur, Robin Flint revint au galop annoncer la présence d'un guetteur dans les combles d'un moulin à vent mais, le temps d'y parvenir, l'individu s'était éclipsé. Moins d'un mille au-delà, cependant, une vingtaine de patrouilleurs vêtus de maille et menés par un grison de chevalier barbu dont le surcot s'ornait de geais bleus fondit sur eux.

À la vue de la bannière Stark, ce dernier se détacha toutefois du groupe et s'avança au trot. « Ser Colen d'Étanverts, pour vous servir, madame, protesta-t-il. Ces parages sont dangereux...

— Affaire urgente, répliqua-t-elle. Robb Stark, roi du Nord, mon fils, m'envoie traiter avec Renly Baratheon, roi du Sud.

— Sa Majesté Renly est le suzerain consacré de *l'ensemble* des Sept Couronnes, madame, riposta-t-il, d'un ton relativement courtois néanmoins. Son armée campe aux abords de Pont-l'Amer. Ce sera pour moi un immense honneur que de vous escorter jusqu'à lui. » Sur un geste de sa main revêtue de maille, ses gens vinrent flanquer de part et d'autre Catelyn et ses compagnons. *Escorte ou captivité ?* se demanda-t-elle. Force lui était de toute façon de s'en remettre à la foi de ser Colen – et de lord Renly.

On était encore à une bonne heure du point où la route de la Rose franchissait la Mander quand se distinguèrent les fumées du camp. Puis, par-dessus les vallonnements de la plaine ponctuée de cultures et de fermes, se devina peu à peu sa rumeur, confuse comme le ressac de quelque mer lointaine, et s'enflant progressivement. Ce n'est pourtant qu'en vue des flots boueux de la rivière éclaboussée de soleil que se différencièrent hennissements, voix mâles et cliquetis d'acier. Mais ni le tapage ni la fumée ne préparaient les voyageurs au spectacle qu'ils finirent par découvrir.

Des milliers de feux voilaient de gaze l'atmosphère. Sur des lieues et des lieues s'étiraient les rangées de chevaux. Il avait sûrement fallu abattre des forêts entières pour dresser les mâts de tant de bannières. D'énormes engins de siège, mangonneaux, pierrières, béliers montés sur des roues plus hautes qu'un cavalier, encombraient les bas-côtés herbeux de la route. Le soleil ensanglantait comme par avance le fer des piques, et les pavillons des chevaliers ainsi que des grands seigneurs émaillaient les prés comme autant de champignons soyeux. Catelyn discerna des hommes armés de lances, des hommes armés d'épées, des hommes coiffés d'acier et sanglés de maille, des gueuses à soudards pavanant leurs charmes, des archers empennant leurs flèches, des voituriers pressant l'attelage de leurs fourgons, des porchers pressant leurs troupeaux de porcs, des pages courant transmettre des messages, des écuyers fourbissant des lames, des chevaliers montés sur des palefrois, des palefreniers menant des destriers rétifs. « Ça fait un monde formidable, observa ser Wendel comme on empruntait le tablier de pierre auquel Pont-l'Amer devait son nom.

— En effet », convint Catelyn.

À peu près toute la chevalerie méridionale semblait avoir rallié Renly. Partout se voyait la rose d'or de Hautjardin : cousue sur le sein droit des hommes d'armes et des valets, claquant ou flottant aux fanions de soie verte qui ornaient piques et lances, peinte sur les boucliers pendus à l'extérieur des pavillons des fils, frères, oncles et cousins de la maison Tyrell. Catelyn repéra aussi les guirlandes-au-renard Florent, les pommes vertes et rouges Fossovoie, le chasseur Tarly, les feuilles de chêne du Rouvre, les grues Crane, la nuée de papillons noir et orange Mullendor.

Sur l'autre rive se déployaient les étendards des seigneurs de l'Orage, bannerets personnels de Renly en tant que liges des Baratheon, sires d'Accalmie. S'y reconnaissaient les rossignols de Bryce Caron, les plumes Penrose et, vert sur vert, la tortue de mer Estremont, parmi cent autres emblèmes non identifiables – ceux d'un essaim de vassaux secondaires, d'obscurs chevaliers et de francs-coureurs attirés par l'espoir de concrétiser la royauté nominale du prétendant.

Bien au-dessus de cette cohue flottait, au sommet de la plus haute tour de siège, colossal édifice de bois monté sur roues et tendu de peaux brutes, l'insigne de celui-ci : le plus prodigieux étendard de guerre qu'eût jamais vu Catelyn ; assez vaste pour tapisser toute une demeure, son brocart d'or arborait en noir, immense et cabré avec arrogance, le cerf couronné des Baratheon.

« Qu'est-ce là, madame ? demanda Hallis Mollen en se portant contre son étrier. Ce boucan ? »

Elle prêta l'oreille. Des clameurs, des hennissements, le fracas de l'acier, puis... « Des ovations », dit-elle. Après qu'ils eurent gravi une pente douce en direction de pavillons multicolores qui en bordaient le sommet, la foule s'épaissit, le boucan s'amplifia. Ils comprirent enfin.

À leurs pieds, sous les murs de pierre et de bois d'un castel, joutait une mêlée.

Aménagé en lice, le terrain comportait clôture, gradins et portillons mobiles. Des centaines, voire des milliers de gens assistaient au spectacle. À en juger par l'aspect de l'arène, défoncée, bourbeuse et jonchée de débris d'armures cabossées, de lances rompues, le divertissement durait depuis un jour au moins, mais il approchait de son terme. Seuls demeuraient en selle une poignée de chevaliers qui se chargeaient et se tapaient dessus sous les acclamations de la foule et des combattants déjà évincés. Deux destriers lourdement armés se heurtèrent de plein fouet sous les yeux de Catelyn et s'effondrèrent en un inextricable amas de ruades et d'acier. « Un tournoi, crut devoir assener Mollen qui ne ratait jamais une évidence.

— Oh, superbe ! » commenta pour sa part ser Wendel, lorsqu'un chevalier en manteau irisé d'arcs-en-ciel eut fait volter sa monture pour écrabouiller d'un revers de hache l'écu de son poursuivant qui mordit la poussière.

Devant eux, la presse rendait presque impossible la progression. « Si vos gens veulent bien nous attendre ici, lady Stark, intervint ser Colen, pendant que je vais vous présenter au roi ?

— Soit. » Après qu'elle eut crié ses ordres aussi clairement que le permettait le vacarme, ser Colen poussa son cheval pas à pas à travers la foule, et elle s'inséra dans son sillage. Un rugissement d'enthousiasme salua l'exploit d'un grand chevalier bleu qui venait d'abattre une barbe rouge sans heaume et dont le bouclier s'ornait d'un griffon. De cobalt sombre était son armure d'acier, tout comme la plommée qu'il maniait si mortellement, et sur le caparaçon de sa monture s'écartelaient les armes lune-et-soleil de la maison Torth.

« Maudits soient les dieux ! jura quelqu'un, v'là qu'est foutu Ronnet le Rouge !

— Loras lui f'ra son affaire, à c' bleu », grogna un compère, avant qu'un second rugissement ne noyât la suite du propos.

Un nouveau compétiteur gémissait désormais, coincé sous son cheval blessé qui gémissait aussi. Des écuyers se précipitèrent à leur secours.

Folie, folie, songeait Catelyn. *Malgré des ennemis véritables de toutes parts et la moitié du royaume en flammes, Renly s'amuse ici à singer la guerre comme un gosse armé de sa première latte.*

Dans leurs loges, dames et seigneurs se montraient aussi passionnés par la mêlée que les jouteurs eux-mêmes. Grâce aux relations suivies de son père avec eux, Catelyn reconnaissait là nombre d'hôtes de Vivesaigues. Lord Mathis Rowan, plus gueulard et bouffi que jamais, sous l'arbre d'or qui barrait son pourpoint blanc. Un rang plus bas, lady du Rouvre, frêle et délicate ; à sa gauche, lord Randyll Tarly de Corcolline derrière le dossier duquel dépassait la garde de sa longue épée, Corvenin. Tels autres encore dont elle ne connaissait que les armoiries. Puis des inconnus complets.

Et, au milieu d'eux, trépignant et riant avec sa jeune épouse, un fantôme couronné d'or...

Rien d'étonnant, se dit-elle, *qu'une telle ferveur s'agglutine autour de sa personne, c'est Robert, Robert ressuscité.* À vingt et un ans, Renly était beau comme Robert l'avait été ; aussi large d'épaules et délié des membres ; avec la même chevelure de jais, les mêmes traits nobles et réguliers ; avec les mêmes prunelles bleu sombre et le même sourire amène. Et cet air de porter naturellement le mince diadème qui cerclait son front. Une exquise guirlande de roses d'or souple d'où se détachait, en médaillon de jade ombreux, un chef de cerf aux yeux et aux andouillers d'or.

Brochage d'or et velours vert, la tunique du roi associait de même l'emblème des Baratheon et les couleurs de Hautjardin ; c'est en effet par son mariage avec la propre fille de lord Mace Tyrell que Renly avait scellé la puissante alliance des seigneurs du Sud. Du même âge que Robb, la reine Margaery était du reste ravissante : longues boucles brunes et prunelles veloutées de biche, doux sourire presque effarouché.

Le manteau arc-en-ciel venant de désarçonner un nouvel adversaire, Catelyn entendit le roi crier : « *Loras !* », avec le reste de l'assistance, « *Loras ! Hautjardin !* » et, comme la reine applaudissait frénétiquement, se tourna vers la lice pour regarder.

Seuls quatre hommes demeuraient en course, et le favori du souverain comme du bas peuple n'était pas douteux. Bien qu'elle n'eût jamais rencontré le chevalier des Fleurs, l'écho des prouesses de celui-ci avait retenti jusqu'au fond du Nord. Monté sur un grand étalon blanc juponné de maille d'argent, ser Loras maniait une hache à long manche. Du faîte de son heaume cascadait un panache de roses d'or.

Ayant fait cause commune, deux des rescapés éperonnèrent leurs montures pour assaillir le chevalier cobalt mais, lorsqu'ils furent sur le point de le coincer, celui-ci brida net et balança dans la figure du premier son écu brisé, pendant que son destrier noir décochait au second une ruade d'acier, ce qui désarçonna l'un tout en envoyant l'autre voler à terre. À peine eut-il le loisir, cependant, de laisser choir les vestiges de son bouclier pour libérer son bras gauche que ser Loras était déjà sur lui, ser Loras nimbé d'arcs-en-ciel et dont la grâce et la prestesse paraissaient à peine se ressentir de la pesanteur de l'acier.

Tandis que le cheval noir et le cheval blanc tourbillonnaient tels des amants enlacés pour quelque danse des moissons, leurs cavaliers échangeaient, eux, des baisers d'acier. La plommée virevoltait, la hache flamboyait, et, si mouchetées que toutes deux fussent, encore produisaient-elles un épouvantable fracas. Faute de bouclier, le chevalier bleu écopait du pire, une grêle de coups sur la tête et sur les épaules que la foule scandait en vociférant : « *Hautjardin !* » Et il avait beau riposter vaillamment, toujours sa plommée venait s'écraser sur l'écu cabossé, champ vert et trois roses d'or, de son adversaire. Aussi, lorsque la hache atteignit la main qu'il brandissait une fois de plus et la délesta de son arme, monta-t-il de la foule un hurlement de fauve en rut.

Or, le chevalier des Fleurs relevait sa hache pour le coup de grâce quand l'autre chargea, droit dessus. Les étalons s'écrasèrent l'un contre l'autre, la hache s'abattit derechef sur le corselet de plates cobalt, mais... – mais son manche se trouva comme par miracle pris dans l'étau d'un gantelet d'acier, le chevalier bleu arracha l'arme à ser Loras et, tout à coup, ce fut l'empoignade entre eux, presque aussitôt suivie de leur chute conjointe. Leurs chevaux s'étant séparés, ils s'aplatirent simultanément au sol avec une violence à se rompre les os. Tombé à la renverse, Loras Tyrell en fut le premier secoué. Dégainant une dague, le chevalier bleu lui ouvrit la visière, et si le déchaînement de la populace empêcha Catelyn d'entendre ce que disait le chevalier des Fleurs, du moins vit-elle se former sur ses lèvres sanglantes le mot : *grâce*.

Le vainqueur se remit lourdement sur pied avant de tendre sa dague en direction de Renly Baratheon, ainsi qu'il sied à tout champion saluant son roi. Des écuyers s'empressaient entre-temps de relever ser Loras et, en le voyant enfin sans heaume, Catelyn s'ébahit de son extrême juvénilité. Deux ans de plus que Robb, au pis. Et sans doute aussi avenant que la reine, sa sœur, si fort que le desservissent lèvre tuméfiée, regard vitreux, cheveux hirsutes et gluants de sang.

« Approche », ordonna le roi Renly au chevalier bleu.

Celui-ci tituba vers la tribune. De tout près, son étourdissante armure cobalt perdait pas mal de son prestige ; elle n'était que plaies et bosses, et l'on y lisait toutes les morsures de la masse d'armes et de la plommée, les longues balafres de chaque épée, partout manquaient des copeaux d'émail. Et que des haillons pour manteau.

Et non moins malmené devait être, à en juger par sa piètre allure, l'homme qu'ils dissimulaient. Quelques voix le hélèrent en criant : « *Torth !* » et, chose étrange, « *Belle ! Belle !* » mais la plupart des gens demeuraient silencieux. Parvenu devant le roi, il s'agenouilla. « Sire, dit-il d'une voix qu'étouffait son grand heaume désormais informe.

— Vous êtes exactement ce que prétendait votre père. » La voix de Renly portait admirablement. « J'ai déjà vu démonter ser Loras une ou deux fois... mais jamais, au grand jamais, de *cette* manière.

— C'tait pas d' jeu, maugréa non loin de Catelyn un archer passablement ivre dont le justaucorps portait la rose Tyrell. L'a pas démonté, l'a tiré par terre. Sale tricherie. »

On se dispersait déjà. « Qui est ce chevalier ? demanda-t-elle à ser Colen. Pourquoi cette aversion qu'on lui manifeste ? »

Il se renfrogna. « Parce qu'il ne s'agit pas d'un homme, madame, mais de Brienne de Torth, fille de l'Étoile-du-Soir, lord Selwyn.

— *Fille ?* s'exclama-t-elle, horrifiée.

— Brienne la Belle, on l'appelle... mais dans son dos, de peur d'avoir à en répondre corps à corps. »

Après avoir déclaré victorieuse de la grande mêlée de Pont-l'Amer lady Brienne de Torth, dernière montée des cent seize chevaliers en lice, Renly reprit : « En tant que champion, vous pouvez réclamer de moi la faveur qui vous conviendra. Vous l'obtiendrez, s'il est en mon pouvoir.

— Sire, répondit-elle, je demande l'honneur d'entrer dans votre garde Arc-en-ciel. Je voudrais être de vos sept et vouer ma vie à la vôtre, aller où vous allez, monter à vos côtés et préserver votre personne de toute atteinte et de tout danger.

— Accordé, dit-il. Levez-vous et retirez votre heaume. »

Elle s'exécuta et, sur-le-champ, Catelyn comprit l'insinuation louche de ser Colen.

Dérision que le sobriquet de « Belle ». La tignasse qui venait d'apparaître tenait du nid d'écureuil et de la litière souillée. Et si Brienne avait de grands yeux très bleus de jeune fille, des yeux candides et francs, que dire du reste... ? Des traits épais, vulgaires, une ganache prognathe et crochue, la bouche démesurée, lippue au point de sembler boursouflée. Des milliers de taches de son mouchetaient ses joues et son front, les méandres hasardeux du nez trahissaient plus d'une fracture. *Se peut-il en ce monde créature plus malheureuse*, songea Catelyn avec compassion, *qu'une femme laide ?*

Et pourtant, lorsque Renly lui retira son manteau en loques afin d'y substituer celui de la garde Arc-en-ciel, Brienne de Torth ne paraissait pas malheureuse. Un sourire l'illumina, et c'est d'une voix forte où perçait la fierté qu'elle proféra : « Ma vie vous appartient, Sire. Je serai dorénavant votre bouclier, je le jure par les dieux anciens et nouveaux. » Sa manière de regarder le roi – de le *toiser*, car elle le dépassait d'une bonne largeur de main, bien qu'il fût presque aussi gigantesque que Robert, jadis – faisait peine à voir.

« Sire ! » Ser Colen d'Étanverts sauta de selle et s'approcha de la tribune. « Avec votre permission. » Il mit un genou en terre. « J'ai l'honneur de vous amener lady Catelyn Stark, émissaire de son fils Robb, seigneur de Winterfell.

— Seigneur de Winterfell et roi du Nord, ser », rectifia-t-elle en démontant à son tour.

Le roi Renly parut surpris. « Lady Catelyn ? Quel bonheur pour nous. » Il se tourna vers sa jeune épouse. « Permettez-moi, chère Margaery, de vous présenter lady Catelyn Stark de Winterfell.

— Soyez la très bienvenue parmi nous, lady Stark, susurra galamment la reine. Votre deuil me touche.

— C'est aimable à vous.

— Sur ma foi, madame, déclara le roi, les Lannister répondront du meurtre de votre mari. Dès que j'aurai pris Port-Réal, vous recevrez la tête de Cersei. »

Et cela me rendra Ned, peut-être ? « Il me suffira de savoir que justice est faite, messire.

— *Sire !* corrigea vertement Brienne la Bleue. Et vous devriez vous agenouiller, en présence du roi.

— Entre *messire* et *sire*, la distance est mince, madame, riposta Catelyn. Lord Renly porte une couronne, tout comme mon fils. Si tel est votre désir, nous pouvons demeurer ici, à patauger dans la boue et à disputer des honneurs et titres dus à chacun d'eux, mais nous avons, si je ne m'abuse, à traiter d'affaires autrement urgentes. »

La réplique hérissa quelques courtisans, mais Renly se contenta d'en rire. « Bien parlé, madame. Il sera bien temps d'aborder ces *gracieusetés* une fois clos le chapitre des hostilités. Dites-moi, quand votre fils entend-il marcher contre Harrenhal ? »

Tant qu'elle ignorerait si ce roi comptait se comporter en allié ou en adversaire, Catelyn n'était pas disposée à rien révéler des projets de Robb. « Je ne siège pas aux conseils de guerre de mon fils, messire.

— Du moment qu'il me laisse quelques Lannister, je ne me plains pas. Qu'a-t-il fait du Régicide ?

— Jaime Lannister se trouve à Vivesaigues dans un cachot.

— En vie ? » Lord Mathis Rowan ne cachait pas sa consternation.

Ni Renly sa stupéfaction. « Le loup-garou ferait donc preuve de plus de clémence que le lion ?

— Plus de clémence que les Lannister, murmura lady du Rouvre avec un sourire acerbe, c'est plus saumâtre que la mer.

— J'appelle ça de la pusillanimité ! » La barbiche grise et hirsute de lord Randyll Tarly ne démentait pas sa réputation de mufle à l'emporte-pièce. « Sauf votre respect, lady Stark, il eût été mieux séant qu'au lieu de se camoufler derrière vos jupes lord Robb vînt en personne rendre hommage à Sa Majesté.

— Le *roi* Robb est en train de guerroyer, messire, rétorqua-t-elle avec une politesse glaciale, et non de se divertir en tournois. »

Renly eut un sourire goguenard. « Prudence, lord Randyll, on vient de vous damer le pion... » Puis, hélant un régisseur aux couleurs d'Accalmie : « Loge-moi les compagnons de notre visiteuse en veillant qu'ils ne manquent de rien. Lady Catelyn occupera mon propre pavillon dont je n'ai que faire, puisque lord Caswell a eu l'extrême obligeance de m'abandonner son château. Après que vous vous serez reposée, madame, daignez honorer de votre présence, je vous prie, le festin que nous offre ce soir mon hôte. Un festin d'adieux. Car je crains que Sa Seigneurie ne brûle de voir enfin les talons de ma horde affamée.

— Permettez-moi, Sire, de m'inscrire en faux, protesta un jeune homme mince qui devait être Caswell. Ce qui est à moi est à vous.

— Mon frère prenait au mot quiconque lui disait cela, badina Renly. Vous avez des filles ?

— Oui, Sire. Deux.

— Eh bien, rendez grâces aux dieux que je ne sois pas Robert. Ma douce reine est la seule femme que je désire. » Il tendit la main pour aider Margaery à se lever. « Nous reprendrons notre entretien, lady Catelyn, après que vous vous serez délassée. »

Pendant qu'il entraînait sa femme en direction du castel, son régisseur conduisit Catelyn vers le pavillon de soie verte. « S'il vous faut quoi que ce soit, madame, prenez seulement la peine de le demander. »

La peine était plutôt d'imaginer une quelconque envie qui ne fût d'avance comblée. Plus vaste que les salles communes de nombre d'auberges, la tente offrait tout le confort possible : matelas de duvet et courtepointes de fourrure, baignoire de cuivre et de bois assez large pour deux, braseros contre la fraîcheur nocturne, pliants de cuir, écritoire munie de plumes et d'encrier, jattes de pêches, de prunes et de poires, fiasque de vin et service de coupes d'argent, coffres de cèdre emplis d'effets du roi, livres, cartes, tables à jeux, harpe, arc, carquois, flèches, deux faucons rouge-queue de poing, panoplie d'armes de parade... *Se refuse rien, le Renly*, pensait-elle en promenant un regard circulaire. *Pas étonnant que son armée lambine autant.*

Près de la portière se dressait en sentinelle l'armure du roi ; un agencement de plates vert sapin aux jointures rehaussées d'or ; sur le heaume se déployaient d'extravagants andouillers d'or. Et tel était le poli de l'acier qu'elle se voyait réfléchie dans le corselet, se rendant regard pour regard comme du fond d'un étang glauque. *Un visage de femme noyée*, se dit-elle. *Noyée dans le chagrin, peux-tu te le permettre ?* Elle se détourna brusquement, fâchée de sa propre fragilité. S'apitoyer sur elle-même était un luxe intempestif. Elle n'avait que le loisir, et vite, de se décrasser les cheveux et d'enfiler une tenue moins indigne d'un festin de roi.

Ser Wendel Manderly, ser Perwyn Frey, Lucas Nerbosc et consorts de haut parage l'accompagnèrent au castel. Il fallait une éducation raffinée pour appeler grande la grande salle de lord Caswell, mais on finit par dénicher quelques interstices à leur intention, parmi les chevaliers liges de Renly, sur les bancs bondés, tandis que Catelyn gagnait sur l'estrade sa propre place, entre le rubicond lord Mathis Rowan et l'affable ser Jon Fossovoie, de la branche Fossovoie pomme-verte. L'un badina, l'autre s'enquit poliment des santés de père, frère, enfants.

On avait assis Brienne de Torth tout au bout de la table haute. Au lieu de s'habiller en dame, elle avait choisi des fanfreluches de chevalier, doublet de velours écartelé de rose et d'azur, braies, bottes, ceinturon joliment ouvragé ; son nouveau manteau arc-en-ciel lui flottait dans le dos. Du reste, aucun costume n'aurait pu déguiser sa disgrâce ; ses énormes pattes maculées de son ; sa bouille épatée ; sa denture protubérante. Une fois désarmé, son corps se désaccordait, large de hanches et trapu des membres, musculeux d'épaules et bossueux du torse, hormis à l'endroit requis. Et chacun de ses gestes clamait qu'elle en avait conscience et qu'elle en souffrait. Elle n'ouvrait la bouche que pour répondre et ne détachait guère les yeux de son écuelle.

Et, certes, la nourriture ne manquait pas. La guerre avait épargné la fertilité légendaire de Hautjardin. Des poires pochées au vin ouvrirent la valse, pendant que chantaient les chanteurs et que les jongleurs jonglaient ; suivit une succulente friture de goujons croustillants et saupoudrés de sel ; puis des chapons farcis d'oignons et de champignons ; d'énormes miches de pain bis et des pyramides de navets, de pois, de maïs doux, des jambons colossaux et des oies rôties, des tranchoirs d'où dégoulinaient les ragoûts de venaison mitonnés dans la bière et l'orge. En guise de dessert, les gens de lord Caswell passèrent des plateaux de pâtisseries maison : cygnes à la crème et cornes de sucre filé, biscuits au citron moulés en forme de roses et pains d'épice et tartes aux mûres et beignets de pommes et formes de fromage tartinées de beurre.

Le cœur soulevé par l'opulence de tous ces mets, Catelyn se gardait d'en rien montrer, à cette heure où tant d'intérêts dépendaient de son énergie. Elle se contenta de grignoter, tout en épiant l'homme qui voulait être roi. Il avait à sa gauche sa jeune épouse et, à sa droite, son beau-frère, ser Loras. Abstraction faite du bandage blanc qui lui cernait le front, ce dernier ne semblait nullement se ressentir de l'épreuve qu'il avait subie. Son charme était bien tel que Catelyn l'avait pressenti.

Loin d'être vitreux, son regard était vif et intelligent, et le fouillis sans apprêt de ses mèches brunes avait de quoi susciter la jalousie de bien des filles. À son manteau de tournoi lacéré s'était substitué le pareil, chamarré d'arcs-en-ciel mais neuf, et la rose d'or Hautjardin en agrafait le col.

Quitte à offrir, de-ci de-là, du bout de son poignard une becquée friande à Margaery ou à se pencher pour lui planter un imperceptible bécot sur la joue, c'est avec ser Loras que Renly blaguait ou chuchotait la plupart du temps. Et s'il appréciait à l'évidence la chère et le vin, du moins ne manifestait-il aucun penchant pour l'intempérance et la gloutonnerie. Il riait aussi volontiers que de bonne grâce et prodiguait autant d'affabilité pour la dernière des souillons que pour les plus grands seigneurs.

Certains des invités montraient moins de modération, buvant trop sec, au gré de Catelyn, et fanfaronnant trop. Les fils de lord Willum, Elyas et Josua, s'échauffaient à disputer sur le thème : je serai le premier sur les remparts de Port-Réal. Tout en la branlant dans son giron, lord Varnier fouillait du groin la nuque d'une servante et lui plongeait une patte dans le corsage. Guyard le Vert, qui se prenait pour un rhapsode, faucha une harpe et débita des couplets rimaillés sur la manière de nouer les queues de lion. Escorté d'un macaque pie, ser Mark Mullendor lui donnait à picorer dans sa propre assiette. Quant à ser Tanton Fossovoie – de la branche pomme-rouge –, il se jucha sur la table et jura solennellement de tuer Sandor Clegane en combat singulier. Serment dont la solennité fut un tantinet ternie par le fait qu'un pied du chevalier barbotait, ce disant, dans une saucière.

Pour comble de grotesque vint là-dessus cabrioler un fol grassouillet qui, coiffé d'un bonnet en mufle léonin et tintinnabulant de fer-blanc doré, se mit à poursuivre un nain tout autour des tables en lui martelant le crâne avec une vessie jusqu'à ce que Renly demande : « Pourquoi battre ton propre frère ?

— Mais ! c'est que je suis le Raticide, Sire... expliqua le fol.

— *Régicide*, bouffon de bouffon », repartit Renly, et toute la salle de s'esbaudir.

Lord Rowan ne partagea point cette hilarité. « Sont-ils jeunes... », commenta-t-il.

Il disait vrai. Le chevalier des Fleurs ne devait pas avoir seulement fêté son deuxième anniversaire quand Robert tuait le prince Rhaegar au gué du Trident. Rares étaient les convives beaucoup plus âgés. La plupart des autres marchaient à peine, lors du sac de Port-Réal, et ils n'étaient guère, au moment où Balon Greyjoy soulevait les îles de Fer, oui, guère que des gamins. *Ils n'ont pas encore subi l'épreuve du sang*, songea-t-elle en regardant lord Bryce défier ser Robar à jongler avec deux poignards.

Ils ne voient encore là-dedans qu'un jeu, qu'un tournoi en grand, ils n'y discernent qu'occasions d'honneur, de gloire et de dépouilles. Ce sont des gosses enivrés de chansons, de fables et qui, comme tous les gosses, se croient immortels.

« La guerre va les vieillir, dit-elle, comme elle nous a vieillis nous-mêmes. » Juste une fillette lorsque Robert et Ned et Jon Arryn levaient l'étendard de la révolte contre Aerys Targaryen, et déjà femme, la guerre achevée... « Je les plains.

— Pourquoi cela ? s'étonna lord Rowan. Considérez-les. Ils sont jeunes et vigoureux, débordants de rires et de vitalité. Et d'appétit, mouais, de trop d'appétit pour savoir qu'en faire. Il sera conçu maint bâtard, cette nuit, si vous m'en croyez. Les plaindre... pourquoi ?

— Parce que cela ne va pas durer, répondit-elle tristement. Parce qu'ils sont des chevaliers d'été, et que l'hiver vient.

— Vous faites erreur, lady Catelyn. » Aussi bleus que son armure, les yeux de Brienne la dévisageaient. « Pour nos pareils, l'hiver ne viendra jamais. Dussions-nous périr au combat, nul doute, on nous chantera, et les chansons parlent toujours d'été. Tous les chevaliers des chansons brillent par leur vaillance, et toutes les filles par leur beauté, sous un soleil éternellement éclatant. »

L'hiver vient, maintint Catelyn à part elle, *et pour nous tous. Il est venu pour moi lors de la mort de Ned. Et il viendra aussi pour toi, petite, et plus tôt que tu ne le souhaites*. Elle n'avait certes pas le cœur à le dire.

Le roi la tira d'embarras. « Lady Catelyn ? appela-t-il. Un peu d'air me ferait du bien. Me feriez-vous la grâce de m'accompagner ? »

Elle se dressa sur-le-champ. « L'honneur en serait pour moi. »

Brienne s'était également levée. « Je n'ai besoin que d'un instant, Sire, pour m'armer. Il faut quelqu'un pour vous protéger. »

Renly se mit à sourire. « Si je ne suis en sécurité au cœur même du château de lord Caswell et au milieu de ma propre armée, une épée n'y changera rien... fût-elle la vôtre, Brienne. Restez paisiblement à table. Si j'ai besoin d'aide, je vous manderai. »

Ces paroles parurent affecter la donzelle plus qu'aucun des horions encaissés durant l'après-midi. « Votre servante, Sire », dit-elle en se rasseyant, le regard à terre. Après s'être emparé du bras de Catelyn, Renly la mena hors de la salle. En les apercevant, un garde plutôt nonchalant rectifia si précipitamment la position qu'il faillit en lâcher sa pique. Avec un mot taquin, le roi lui claqua l'épaule.

« Par ici, madame. » Il lui fit franchir une porte basse au-delà de laquelle s'amorçait un colimaçon. Puis, tandis qu'ils en commençaient l'ascension : « Ser Barristan Selmy se trouverait-il par hasard auprès de votre fils à Vivesaigues ? demanda-t-il *ex abrupto*.

— Non, répondit-elle, abasourdie. Il n'est plus avec Joffrey ? Il était pourtant commandant de la Garde... »

Il secoua la tête. « Les Lannister l'ont déclaré trop vieux, et le Limier a hérité de son manteau. Je me suis laissé dire qu'il avait quitté Port-Réal en jurant d'aller se mettre au service du roi légitime. Le manteau qu'a réclamé Brienne tout à l'heure, c'est à lui que je le réservais, espérant qu'il viendrait m'offrir son épée. Mais, comme il ne s'est pas présenté à Hautjardin, je pensais qu'il avait peut-être choisi Vivesaigues.

— Nous ne l'avons pas vu.

— Vieux, il l'était, pour sûr, mais d'une bravoure intacte. Je souhaite qu'il ne lui soit pas arrivé malheur. Des imbéciles de première, les Lannister. » Au bout de quelques marches, il reprit : « Quelques heures avant la mort de Robert, j'offris une centaine de lames à votre mari en le conjurant de s'assurer de la personne de Joffrey. S'il m'avait écouté, c'est lui qui serait à présent régent, et rien ne m'aurait contraint à revendiquer le trône.

— Ned vous refusa. » Elle l'affirmait comme une évidence.

« Il avait juré de protéger les enfants de Robert. Mes forces étaient insuffisantes pour agir seul. En me repoussant, lord Eddard ne me laissait d'autre solution que la fuite. Si j'étais resté, comment l'ignorer ? la reine ne m'aurait guère permis de survivre à mon frère. »

Si vous étiez resté pour appuyer Ned, peut-être vivrait-il encore, songea-t-elle avec amertume.

« J'aimais assez votre mari, madame. Robert avait en lui un ami loyal, je le sais... mais un ami têtu qui ne voulait rien écouter, qui ne voulait jamais ployer. Maintenant, je souhaite vous montrer quelque chose. » Ils avaient atteint le haut de l'escalier. Une porte de bois leur ouvrit l'accès au toit en terrasse.

Le donjon des Caswell était à peine assez haut pour mériter le nom de tour, mais la campagne environnante était si peu montueuse que le panorama s'ouvrait sur des lieues dans toutes les directions. De quelque côté qu'elle portât ses regards, Catelyn apercevait des feux. La terre entière en était jonchée comme d'autant d'étoiles, et ce firmament-là n'avait pas plus de bornes que le véritable.

« Comptez-les, madame, si cela vous tente, déclara tranquillement Renly. L'aube éclairera l'orient que vous n'en aurez pas fini. Combien de feux brûlent en cette heure autour de Vivesaigues, voilà ce que je serais curieux de savoir. »

De vagues flonflons montaient de la grande salle et s'éparpillaient dans la nuit. Compter les étoiles...

« D'après mes informations, reprit Renly, votre fils a traversé le Neck à la tête de vingt mille épées. Mettons, maintenant qu'il a les seigneurs du Trident, qu'il en commande quarante mille ? »

Non, pensa-t-elle, *tant s'en faut. Nous en avons perdu sur les champs de bataille, et d'autres encore pour la moisson.*

« J'en ai deux fois plus, ici, poursuivit Renly, et ils ne représentent qu'une partie de mes forces. À Hautjardin, Mace Tyrell en a conservé dix mille autres, une garnison puissante me garde Accalmie, et les gens de Dorne ne tarderont pas à me grossir de toutes leurs troupes. Ce sans oublier mon frère, Stannis, qui tient sous sa coupe, outre Peyredragon, les seigneurs du détroit.

— N'est-ce pas vous plutôt qui l'oublieriez, Stannis ? rétorqua-t-elle avec plus de mordant qu'elle ne l'eût voulu.

— Vous voulez dire ses présomptions ? » Il éclata de rire. « Parlons sans détours, madame. Stannis ferait un roi épouvantable. Il n'est d'ailleurs pas à même de le devenir. Les gens le respectent et même le craignent, mais il en est infiniment peu qui se soient jamais avisés de l'aimer.

— Il n'en est pas moins votre aîné. Si l'un de vous deux peut être réputé prétendant légitime au Trône de Fer, c'est sans conteste lord Stannis. »

Il haussa les épaules. « De quel droit au Trône de Fer, dites-moi, pouvait se prévaloir Robert ? » Il n'attendit pas la réponse. « Oh, on ne se priva pas d'invoquer les liens du sang des Baratheon et des Targaryen, telles épousailles séculaires, tels cadets, telles filles aînées. Autant de foutaises tout juste bonnes pour les mestres. C'est avec sa masse d'armes que Robert s'adjugea le trône. » Sa main balaya l'espace où pétillaient d'un horizon l'autre les feux de camp. « La voilà, ma légitimité. Celle de Robert ne fut jamais mieux fondée. Que votre fils me soutienne comme son père soutint Robert, et il n'aura qu'à se louer de ma générosité. Je le confirmerai de grand cœur dans tous ses domaines, titres et honneurs. Il pourra régir Winterfell à son gré. Il pourra même, si cela lui chante, continuer à s'intituler roi du Nord, pourvu toutefois qu'il ploie le genou en hommage et m'avoue pour son suzerain. *Roi* n'est qu'un mot, mais féauté, loyauté, service... je ne saurais transiger là-dessus.

— Et s'il n'y consent, messire ?

— J'entends être roi, madame, et pas d'un royaume en miettes. C'est parler, je pense, on ne peut plus net. Lorsqu'il eut perdu tout espoir de victoire, voilà trois siècles, un roi Stark se soumit à Aegon le Conquérant. C'était là sagesse. Votre fils doit agir de même. Qu'il rallie ma cause, et cette guerre est d'ores et déjà gagnée. Nous... »

Il s'interrompit, brusquement aux aguets. « Que se passe-t-il ? »

Impossible de se méprendre au grincement des chaînes : on levait la herse. En bas, dans la cour, une estafette à heaume ailé poussa son cheval écumant sous les pointes de fer en criant : « Appelez le roi ! »

Renly se rua au créneau. « Me voici, ser.

— Sire. » Des deux éperons, le cavalier se rapprocha. « Je suis venu au plus vite. D'Accalmie. On nous assiège, Sire, ser Cortnay tient bon mais...

— Mais... c'est impossible ! On m'aurait averti si lord Tywin avait quitté Harrenhal...

— Ce ne sont pas les Lannister, monseigneur. C'est lord Stannis. Le *roi* Stannis, comme il s'intitule à présent. »

JON

Tandis qu'il poussait son cheval dans le ruisseau en crue, des paquets de pluie lui cinglaient la face. À son côté, lord Mormont rabattit rageusement sa capuche tout en grommelant des injures contre le temps. Sur son épaule était perché, non moins trempé, non moins grincheux que lui, plume ébouriffée, son corbeau. Une rafale les environna de feuilles mouillées qui tournoyèrent comme une bande d'oiseaux morts. *La forêt hantée*, se désola Jon. *La forêt noyée, oui.*

Pourvu que Sam tînt le coup, là-bas, vers l'arrière de la colonne... Il était tout sauf un cavalier émérite, même par beau temps, et ces six jours de déluge avaient rendu le terrain des plus traître, tout mélasse et fondrières et rochers sournois. Sans parler de ce foutu vent qui vous flanquait la flotte en plein dans les yeux. Le Mur devait être en train de dégouliner vers le sud, sa glace de fondre et, mêlée de pluie tiède, d'y aller grossir nappes et rivières. Pyp et Crapaud devaient se tenir près du feu, dans la salle commune, et, en attendant le dîner, lamper coupe après coupe de vin chaud. Il les enviait. Gluants et urticants, ses lainages humides lui collaient à la peau, le poids de la maille et de l'épée lui suppliciait la nuque et les épaules, et ce qu'il en avait marre, de la morue salée, du bœuf salé, du fromage coriace !

Droit devant chevrota, à demi noyée sous le crépitement sempiternel des gouttes, la sonnerie d'un cor de chasse. « Buckwell, déclara le Vieil Ours. Les dieux soient loués, Craster se trouve toujours là. » Son corbeau s'arracha un gros battement d'ailes flasques, croassa : « *Grain* », puis s'ébouriffa de plus belle.

Craster, Craster et son fortin, les frères noirs en avaient rebattu les oreilles de Jon. Il allait désormais le voir de ses propres yeux. Après sept villages déserts, on en était unanimement venu à redouter de trouver la résidence de Craster aussi morte et lugubre qu'eux, mais on n'aurait apparemment pas à subir cette nouvelle épreuve. *Peut-être le Vieil Ours y obtiendra-t-il enfin des bribes d'explication ? Au moins serons-nous à l'abri de la pluie...*

À en croire Thoren Petibois, sa détestable réputation n'empêchait pas Craster d'être un ami de la Garde. « Qu'il soit à demi dément, je ne le nie pas, avait-il dit à Mormont, mais, si vous passiez toute votre vie dans ces bois maudits, vous le seriez aussi. À cela près, jamais il n'a refusé d'héberger l'un de nos patrouilleurs, et il n'aime pas Mance Rayder. Il nous sera de bon conseil. »

Qu'il nous procure seulement un repas chaud et de quoi nous sécher, je n'en demande pas davantage. Non content, lui, d'accuser Craster de parricide et de fausseté, de viol et de pleutrerie, Dywen le suspectait de traficoter avec marchands d'esclaves et démons. « Et pire... ne manquait-il pas d'ajouter, ses dents de bois en castagnettes. Y vous répand, brrrr ! comme une odeur *froide*... »

« Jon ? commanda Mormont, va le long de la colonne annoncer la nouvelle. Et veille que les officiers le rappellent à chacun : je ne veux pas d'ennuis avec les femmes de Craster. Bas les pattes et bouche cousue.

— Bien, messire. » Il rebroussa chemin, tout au plaisir, même précaire, de tourner le dos à la pluie. Tous ceux qu'il croisait semblaient en larmes. La colonne s'échelonnait dans les bois sur un demi-mille.

Au milieu du train des équipages, Samwell Tarly ballottait en selle sous un large chapeau flapi. Il montait un cheval de trait et guidait les autres. La pluie qui tambourinait sur le capuchon de leurs cages énervait les

corbeaux qui se démenaient en poussant des couacs.
« Tu as mis un renard avec eux ? » blagua Jon.

Le bord du chapeau fit gouttière lorsque Sam releva la tête. « Oh, Jon ! salut. Non, c'est la pluie qu'ils détestent, tout comme nous.

— Comment va, toi ?

— Spongieusement. » Il grimaça un sourire mou. « Rien ne m'a tué jusqu'ici, néanmoins.

— Bon. On arrive au manoir de Craster. Si les dieux se montrent compatissants, nous dormirons au coin du feu. »

Sam prit un air sceptique. « Edd-la-Douleur dépeint Craster comme un cannibale qui épouse ses propres filles et respecte uniquement les lois qu'il fabrique. Et Grenn tient de Dywen qu'il a du sang noir dans les veines. Et comme sa sauvageonne de mère a couché avec un patrouilleur, il n'est qu'un bâ... » Il s'aperçut de sa gaffe et demeura pantois.

« Qu'un bâtard, acheva Jon avec un rire. Tu peux le dire, Sam. Le mot m'est connu. » Il éperonna son bidet. « Me faut partir en chasse de ser Ottyn. Ah... ne va pas lutiner les femmes de Craster. » Un genre de mise en garde dont n'avait que faire Samwell Tarly. « Pour l'instant, trêve de bavardages. »

Ser Ottyn Wythers pataugeait péniblement de conserve avec l'arrière-garde. De la même génération que Mormont, ce petit homme au teint de pruneau semblait toujours fatigué, même à Châteaunoir, et la pluie qui l'avait implacablement rossé lui fit accueillir le message avec un ouf franc et massif. « Lessivé jusqu'à l'os qu'elle m'a, et même mes douleurs de cul se plaignent de douleurs de cul. »

Pour regagner son poste en tête, Jon préféra, comme accoutumé, couper par le profond des bois. Peu à peu s'estompa, dégluti par la végétation détrempée du hallier, le tohu-bohu de bêtes et d'hommes, et seul se perçut bientôt l'opiniâtre clapotis de l'eau sur les buissons, les arbres, la rocaille. Et là-dedans, il faisait aussi sombre, en plein après-midi, qu'à la nuit tombante. La sente que suivait Jon serpenta d'abord entre des mares et des éboulis, puis parmi d'énormes chênes et des vigiers vert-de-gris, des fûts de ferrugiers noirs. Parfois, leurs frondaisons formaient dais et, bref répit, suspendaient le tambourinement de la pluie sur son crâne. Il dépassait un châtaignier terrassé par la foudre et submergé d'églantines blanches quand lui parvint comme un bruissement des taillis. « *Fantôme*, appela-t-il, ici, Fantôme. »

Or c'est Dywen qui, monté sur un bidet gris et hirsute, émergea finalement de la verdure, ainsi que Grenn, à cheval aussi. Le Vieil Ours avait déployé des éclaireurs de part et d'autre du corps principal, tant afin de couvrir sa marche que pour prévenir toute approche hostile, et, par surcroît de précaution, les détachait toujours par paires.

« Ah, c'est toi, lord Snow ! sourit Dywen du sourire boisé que lui faisait son râtelier postiche et branlant. Cru qu' moi et l' gosse n'avait affaire à l'un d' ces Aut'. Perdu ton loup ?

— Filé chasser. » Fantôme n'aimait pas traînasser en compagnie de la colonne, mais il ne s'en éloignait guère et, lorsqu'on dressait le camp, savait parfaitement retrouver la tente du commandant.

« Pêcher, j' dirais, vu c' qu'y pleut.

— Ma mère disait toujours : "La pluie fait pousser la récolte", intervint Grenn dans un sursaut d'espoir.

— Mouais, la récolte des moisissures... maugréa le vieux. C' qu'y a d' mieux, dans un' pluie com' ça, c'est qu'on a pas à prend' un bain. » Ses dents émirent un clic-clac ligneux.

« Buckwell a trouvé Craster, leur annonça Jon.

— L'avait paumé ? » Dywen ricana sous cape. « F'rez ben,'tits coqs, d'aller pas lui plumer ses poules, hein ? »

Jon sourit. « Les veux toutes pour toi seul, Dywen ? »

Nouveau clic-clac ligneux. « S' pourrait. L'a dix doigts, Craster, et qu'un' queue, peut pas compter pus qu'onze. Quèqu'-z'unes en moins, verrait qu' du feu.

— Sans blague, il en a combien ? demanda Grenn.

— Pus qu' t'en auras jamais, frangin. Et sans s' fouler, pisqu'y s' les fait lui-même... V'là ta bête, tiens, Snow. »

Sa blanche fourrure hérissée dru contre l'averse et la queue dressée, le loup, en effet, trottinait déjà à la hauteur de Jon, si silencieux que celui-ci n'aurait su préciser à quel instant il avait reparu. Son odeur fit broncher la bête de Grenn ; ils avaient beau le côtoyer depuis plus d'un an, sa présence affolait encore les chevaux. « Viens, Fantôme. » Et ils s'élancèrent tous deux vers le fort de Craster.

Si Jon ne s'était jamais attendu à voir le moindre château de pierre au-delà du Mur, il ne s'en était pas moins figuré trouver ce jour-là une espèce d'enclos palissé de pieux, avec motte et braie et donjon de bois. Ce qu'il découvrit à la place comportait un tas de fumier, une porcherie, un parc à moutons – vide – et un édifice aveugle, bas, tout en longueur qui, couvert de tourbe et bricolé de rondins, de claies, de torchis, ne méritait guère le nom d'habitat. Planté sur un ressaut trop modeste pour s'appeler colline, l'ensemble était cerné par un remblai de terre. Des ruisselets brunâtres dévalaient la pente par toutes les brèches ouvertes dans l'enceinte par la voracité de la pluie, et ils allaient grossir la courbe d'un petit torrent que sa crue déjà bourbeuse emportait ensuite, furieux, droit au nord.

Au sud-ouest béait une porte que flanquaient deux grands mâts surmontés de crânes, l'un d'ours, l'autre de bélier. Au premier de ceux-ci, nota Jon tout en rentrant dans les rangs du convoi, adhéraient toujours des lambeaux de barbaque. Au-delà, déjà les gens de Jarman Buckwell et de Thoren Petibois s'affairaient qui à parquer les bêtes côte à côte, qui à tâcher de monter les tentes. Dans leur soue, des portées de gorets fouaillaient trois énormes truies. Non loin, nue sous la pluie dans un potager, une fillette arrachait des carottes, et deux femmes ligotaient pour l'égorger un porc dont les glapissements d'angoisse suraigus avaient quelque chose d'humain. Les copieux jurons dont Chett les abreuvait n'empêchaient nullement ses limiers d'y répliquer par des jappements et des aboiements forcenés, et deux chiens de Craster les leur retournaient à qui mieux mieux, babines retroussées. La vue de Fantôme en fit détaler quelques-uns, pendant que les autres grondaient et clabaudaient éperdument, mais, tout comme son maître, le loup-garou les ignora.

Eh bien, ça mettra toujours une trentaine d'entre nous au chaud et au sec, se dit Jon après un examen plus poussé du logis. *Peut-être une cinquantaine.* En tout cas, les lieux ne pouvaient en héberger deux cents. La plupart devraient rester dehors. Encore fallait-il les y caser... Des mares profondes d'un demi-pied occupaient la moitié de la cour, l'autre étant dévolue à des boues mouvantes. Ce qui présageait une nouvelle nuit de jubilation.

S'étant vu confier la monture du lord Commandant, Edd-la-Douleur s'échinait à lui décrotter les paturons lorsque Jon mit pied à terre. « Mormont est dedans, l'avisa-t-il. Tu dois l'y rejoindre. Feras mieux de pas emmener ton loup, m'a l'air assez affamé pour bouffer l'une des gosses de Craster. Enfin... soyons franc, c'est moi qui suis assez affamé pour y en bouffer une, pourvu qu'on la serve chaude. Vas-y, je me charge de ton cheval. S'y fait bon et sec à l'intérieur, m'en dis rien, on m'a pas prié d'entrer. » Il envoya paître un paquet de glaise coincé sous le fer du cheval. « Dirait pas de la merde, hein ? Possible, tu crois, que toute la colline soit de la merde de Craster ?

— Hé ! sourit Jon, depuis le temps qu'il l'occupe, à ce qu'il paraît...

— Voilà qui me réconforte. Zou, le Vieil Ours t'attend.

— Reste ici, Fantôme », ordonna Jon. Deux pans de peau de daim tenaient lieu de porte au manoir de Craster. Baissant la tête pour ne pas heurter le linteau, Jon se faufila dans la salle. Une vingtaine d'officiers s'y trouvaient déjà, groupés autour du foyer central, parmi les mares que formaient leurs bottes sur le sol de terre battue. L'atmosphère puait la suie, la fiente et le chien mouillé. Et l'humidité persistait quelque peu, malgré l'épaisseur de la fumée que par le trou du toit refoulait la pluie. Au-dessus de cette pièce unique se trouvait un galetas de couchage auquel on accédait par deux échelles rudimentaires.

En se rappelant son humeur, le jour où l'on avait quitté le Mur, nerveux comme une pucelle mais brûlant d'entrevoir les mystères et merveilles que recélerait chaque horizon nouveau, Jon, devant ces lieux sordides et fétides, songea : *Eh bien, en voilà une, de tes merveilles !* L'âcreté de la fumée lui embuait l'œil. *Dommage que Pyp et Crapaud ignorent ce qu'ils ratent.*

De l'autre côté du feu trônait Craster, seul à jouir d'un siège individuel. Lord Mormont lui-même devait se contenter du banc commun. Son corbeau lui ronchonnait sur l'épaule, et derrière lui se tenaient côte à côte Jarman Buckwell dont luisaient, sous le goutte à goutte de la maille rapetassée, les cuirs détrempés, et, paré des dépouilles du regretté Rykker, pesant corselet de plates et manteau liséré de martre, Thoren Petibois.

Si son justaucorps en peau de mouton rivalisait dans le minable avec ses fourrures dépareillées, Craster portait au poignet un lourd bracelet que ses reflets suggéraient d'or. Et si avancé fût-il dans l'hiver de ses jours, comme en témoignait sa crinière grise tirant vers le blanc, il conservait un aspect puissant. Nez camus et bouche affaissée lui conféraient un air cruel, et il lui manquait une oreille. *Ainsi, voici un sauvageon.* Alors que, dans les contes de Vieille Nan, cette engeance-là buvait du sang dans des crânes humains, celui-ci ne lampait apparemment qu'une bière blonde, et dans une coupe de pierre ébréchée. On n'avait pas dû lui narrer les contes.

« Ça fait trois ans que je n'ai pas vu Benjen Stark, disait-il à Mormont, et, pour parler franc, sans l'ombre d'un regret. » Une demi-douzaine de chiots noirs persillés de pourceaux erraient parmi l'assistance, et des femmes empaquetées dans des haillons de daim distribuaient des cornes à bière, attisaient les braises et jetaient dans une marmite carottes en rondelles et hachis d'oignons.

« Il aurait dû passer par ici l'an dernier », lâcha Petibois. Un chien vint lui renifler les mollets, un coup de pied l'expédia piailler au diable.

« Il était parti à la recherche de ser Waymar Royce, disparu avec ses compagnons, Gared et le jeune Will, précisa Mormont.

— Ces trois-là, mouais, m'en souviens. Pas plus vieux que ces chiots, le damoiseau, mais trop de morgue, avec ses zibelines et son acier noir, pour daigner dormir sous mon toit. Et des yeux de vache aussi pour mes femmes. » Son regard loucha vers la plus voisine. « D'après Gared, ils poursuivaient des pillards. Mieux valait pas les attraper, je l'ai prévenu, avec un pareil bleu pour chef. Dans le genre corbac, moitié moins nul, ce Gared. Moins d'oreilles que moi. Bouffées par le gel. Comme la mienne. » Il s'esclaffa. « Et v'là qu'il a plus de tête non plus, alors ? Le gel encore qu'a fait ça ? »

Une giclée de sang rouge sur la neige blanche, se remémora Jon, et cette andouille de Greyjoy envoyant valser la tête du pauvre bougre. *Un déserteur, c'était un déserteur.* Il se revit faisant la course avec Robb, lors du retour à Winterfell, et découvrant les six louveteaux dans la neige. Des milliers d'années de cela...

« Quand ser Waymar vous a quitté, où comptait-il aller ? »

Craster haussa les épaules. « Se trouve que j'ai mieux à faire que surveiller les allées et venues des corbacs. » Il s'envoya une gorgée de bière et posa la coupe. « Manque ici de bon vin du sud, pour un soir d'ours. Serait pas de trop, du pinard. Et une hache neuve. Tranche plus beaucoup, la mienne, et j'y peux rien. Quand me faut bien protéger les femmes. » Il promena un regard circulaire sur leur grouillement.

« Vous êtes trop peu pour vivre aussi isolés, déclara Mormont. Si cela vous convient, je détacherai quelques hommes pour vous escorter jusqu'au Mur.

— *Mur !* » La perspective eut l'air de ravir le corbeau, dont les ailes soudain déployées firent à son maître comme un grand col noir.

L'hôte, lui, grimaça un vilain sourire qui dénuda tout un chaos de chicots brunâtres. « Et qu'irions-nous faire là-bas ? vous servir à souper ? Nous sommes un peuple libre, par ici. Craster n'est le serviteur de personne.

— Par les temps qui courent, la solitude dans ces parages est une folie. Les bises vont se lever.

— Libre à elles. J'ai des racines plantées profond. » Il saisit au passage l'une des femmes par le poignet. « Dis-lui, toi. Dis au seigneur Corbac à quel point nous sommes heureux. »

Elle lécha ses lèvres étroites. « Nous sommes ici chez nous. Craster est notre protecteur. Plutôt mourir libre que vivre serf.

— *Serf* », marmonna le corbeau.

Mormont se pencha en avant. « Nous n'avons traversé que des villages abandonnés. Vous êtes les premiers êtres vivants que nous ayons vus depuis notre départ du Mur. Les gens ont disparu... morts, enfuis ou captifs, je ne saurais dire. Les bêtes aussi. Il ne reste rien. Auparavant, nous avions découvert, à quelques lieues seulement du Mur, le cadavre de deux des patrouilleurs de Ben Stark. Livides et glacés, ils avaient les mains noires, les pieds noirs et des blessures qui ne saignaient pas. Et pourtant, après que nous les eûmes rapportés à Châteaunoir, ils se levèrent durant la nuit pour tuer. L'un fut le meurtrier de ser Jaremy Rykker, l'autre s'en prit à moi ; d'où je déduis qu'ils conservaient quelque souvenir de leur vie passée mais aucun sentiment d'humanité. »

Rose et moite béait à présent, menton décroché, la bouche de la femme, mais Craster n'émit qu'un reniflement dédaigneux. « Nous n'avons pas eu d'ennuis de ce genre ici... et je vous saurai gré de ne pas raconter de pareilles horreurs sous mon toit. Je suis un homme pieux, et les dieux veillent sur ma sécurité. Si vos créatures viennent me trouver, je saurai comment les réexpédier dans la tombe. Encore qu'une hache neuve ne m'y serait pas inutile. » D'une tape au jarret complétée par l'ordre : « De la bière, et vite ! », il renvoya sa femme s'affairer plus loin.

« Pas d'ennuis avec les morts, intervint Buckwell, bon, mais les vivants, messire ? Qu'en est-il de votre roi ?

— *Roi !* piailla le corbeau de Mormont, *Roi ! roi ! roi !*

— Ce pitre de Mance Rayder ? » Craster cracha dans l'âtre. « Roi d'Outre-Mur... Que feraient de rois des gens libres ? » Son regard fourbe se tourna vers Mormont. « Pourrais vous en dire pas mal, si j'aurais envie, sur les faits et gestes de Rayder. Ces villages vides, un coup à lui, tenez. J'étais le genre à m'aplatir, la trouviez déserte aussi, ma baraque. M'envoie une estafette qui me dit : largue-moi tout ce qu' t'as et va y lécher les pieds. Vous l'ai envoyée paître, moi. J'ai gardé que sa langue. Qu'est clouée au mur, là, tenez. » L'index précisa. « Se pourrait ben que je pourrais vous dire où le chercher, Mance Rayder. Si j'aurais envie. » Nouveau sourire brunâtre. « Mais on a le temps, c'pas ? Z'allez vouloir me roupiller chez moi, chuppose, et me bouffer tous mes cochons...

— Un toit ne serait assurément pas de refus, messire, acquiesça Mormont. La chevauchée fut rude, et nous sommes à tordre.

— Alors, va pour une nuit. Mais pas davantage, suis pas si friand de corbacs. L'étage pour moi et les miens, tout le bas pour vous. J'ai de la viande et de la bière pour vingt, voilà tout. Que vos aut'-zoiseaux se débrouillent pour becter.

— Nous avons nos propres provisions, messire, dit le Vieil Ours, et nous nous ferions un plaisir de partager les vivres et le vin. »

D'un revers de patte velue, Craster torcha sa bouche affalée. « Je goûterai volontiers votre vin, lord Corbac, ça oui. Un détail encore... le premier qui touche à mes femmes, j'y tranche la main.

— Votre toit, votre loi, décréta Thoren, tandis que Mormont hochait la tête avec une raideur qui mitigeait pour le moins la spontanéité de son agrément.

— Dans ce cas, ça va, daigna leur grogner Craster. Z'avez quelqu'un capable de faire une carte ?

— Sam Tarly, suggéra Jon. Il adore ça. »

Mormont lui fit signe d'approcher. « Dis-lui de nous

rejoindre après son repas. Avec plumes et parchemin. Trouve-moi aussi Tallett. Qu'il apporte ma hache. Un présent pour notre hôte.

— C'est qui, celui-là ? intervint Craster avant que Jon ne se fût éclipsé. M'a tout l'air d'un Stark...

— Mon ordonnance-écuyer, Jon Snow.

— Un bâtard, hein ? » Il l'examina de pied en cap. « Quand un type veut s'envoyer une femme, y ferait bien de l'épouser. Mon principe à moi. » Il congédia Jon d'un geste impatienté. « Eh bien, bâtard ? file à ton service ! et gaffe que la hache coupe... j'ai rien à foutre d'acier pourri. »

Jon s'inclina de mauvaise grâce et, sur le seuil, manqua entrer en collision avec ser Ottyn Wythers qui, au même instant, franchissait la portière de peaux de daim. Le déluge, au-dehors, semblait s'atténuer. Les tentes submergeaient désormais l'enceinte. D'autres pointaient sous les arbres, au-delà.

Edd-la-Douleur distribuait le picotin. « Une hache pour le sauvageon ? ma foi... » Il exhiba l'arme de Mormont, une hache de guerre à court manche et sur l'acier ténébreux de laquelle folâtraient des filigranes d'or. « La rendra, j' parie. Plantée dans la cervelle du Vieil Ours, j' parie. Pourquoi pas lui donner, tant qu'on y est, *toutes* nos haches, et nos épées, par-dessus le marché ? J'aime pas le bruit de ferraille qu'elles font tout le long du chemin. Puis l'encombrement. Sans elles, on serait arrivés plus vite aux portes de l'enfer, tout droit. Crois qu'y pleut, en enfer ? Préférerait pas un joli chapeau, plutôt, le Craster ? »

Jon sourit. « Il veut une hache. Et du vin.

— Un malin, le Vieil Ours, au fond. Qu'on parvienne à le saouler, mais raide, se pourrait que le sauvageon ne nous coupe qu'une seule oreille quand il essaiera de nous hacher menu. Moi, j'ai deux oreilles mais qu'une tête.

— Petibois prétend qu'il est un ami de la Garde.

— Tu la vois, toi, la différence entre un sauvageon qui est un ami de la Garde et un qui l'est pas ? s'acharna l'écuyer. Nos ennemis abandonnent nos corps aux loups et aux corbeaux. Nos amis nous creusent des tombes secrètes. J'aimerais savoir depuis combien de temps cet ours est cloué sur l'entrée, et ce qu'y avait empalé Craster avant qu'on arrive avec nos "Coucou !" » Il contemplait la hache d'un air défiant, la pluie dégoulinait tout le long de sa longue face. « Fait sec, là-dedans ?

— Plus sec qu'ici dehors.

— Si je m'y glisse, après, ni vu ni connu, pas trop près du feu, probable qu'on me remarquera pas, d'ici demain. Il commencera par assassiner les gens sous son toit, mais on mourra secs, au moins. »

Jon ne put réprimer ses rires. « Craster est seul. Nous sommes deux cents. Qu'il assassine quiconque m'étonnerait.

— Réconfortant, confessa la Douleur d'un ton manifestement accablé. Ça a du reste bien des avantages, une bonne hache aussi effilée qu'un rasoir. Je détesterais être assassiné au merlin. J'ai vu le front d'un type, un jour, défoncé avec ça. La peau presque pas entamée mais la tête, dessous, en bouillie, puis gonflée gros comme une courge, à part qu'elle était violette. Un bon bougre, mais qui a eu une sale mort. On fait bien de ne pas leur donner de merlins. » Sur ces mots, il s'en fut, branlant du chef et noir dans son manteau trempé qui lui traçait un sillage de pluie.

Pendant que les chevaux mangeaient, Jon, oublieux de son propre dîner, se demandait où dénicher Sam, quand un cri de terreur : « *Au loup !* » lui parvint de derrière les bâtiments. Prenant ses jambes à son cou malgré la glaise qui faisait ventouse sous ses semelles, il contourna ceux-ci et découvrit l'une des femmes de Craster qui, plaquée contre le torchis maculé de boue, glapissait : « Du large ! » à Fantôme, et « Va-t'en ! ». Le loup-garou tenait dans sa gueule un lapin ; à ses pieds en gisait un second, sanglant. « Chassez-le, messire... ! implora-t-elle Jon en l'apercevant.

— Il ne vous fera pas de mal. » Une cage de bois renversée dans l'herbe, barreaux en miettes, lui révéla ce qui s'était passé. « Il devait avoir faim. Nous n'avons guère vu de gibier. » Jon émit un sifflement et, le temps d'engloutir sa proie dont les os crissèrent entre ses mâchoires, Fantôme trottina vers lui.

Les yeux agrandis, la femme regardait, muette. Plus jeune que Jon ne l'avait cru d'abord. Dans les quinze ou seize ans. La pluie plaquait sur son visage maigre des mèches noires, et elle barbotait, pieds nus, dans la gadoue jusqu'à la cheville. Un début de grossesse arrondissait sa taille sous le sarrau de peaux cousues. « Vous êtes une des filles de Craster ? » demanda-t-il.

Elle posa une main sur son ventre. « Femme, maintenant. » Évitant prudemment le loup, elle s'agenouilla d'un air navré près de la cage fracassée. « Z'allaient me faire des petits. Main'nant qu'y a plus de moutons.

— La Garde vous dédommagera. » S'il avait eu de l'argent, il le lui aurait donné de grand cœur... si sceptique qu'il fût sur l'utilité pour elle de quelques sous de cuivre ou même d'une pièce d'argent au-delà du Mur. « J'en parlerai à lord Mormont dès demain. »

Elle s'essuya les mains sur sa jupe. « M'lord...

— Je ne suis pas lord. »

Alertés par les appels au secours, d'autres étaient cependant accourus, qui faisaient cercle. « L' crois pas, p'tite... couina le patrouilleur Fauvette des Sœurs, en vil roquet qu'il était, c't à lord Snow en personne qu' t'as l'honneur.

— Bâtard de Winterfell et frangin de rois, ricana Chett, à qui la curiosité avait fait délaisser sa meute.

— Pas toi qu'y guignerait, c' loup, des fois ? reprit Fauvette. L'aurait envie, moi, du pantin qu' t'as dans l' tiroir... »

Jon protesta, horripilé. « Vous l'effrayez.

— L'avertit, plutôt, susurra Chett avec un sourire aussi appétissant que les furoncles de son minois.

— On n'a pas à vous parler, se souvint brusquement la fille.

— Un instant ! » pria Jon, mais elle déguerpissait déjà. Fauvette voulut s'emparer du second lapin, mais

Fantôme le devança, et la seule vue des crocs dénudés fit déraper l'homme et, à l'hilarité des spectateurs, en affala les fesses osseuses dans la fange, pendant que le loup, prenant le lapin dans sa gueule, l'apportait à Jon.

« Vous avance à quoi, d'avoir affolé la fille ? râla-t-il.

— Rien à foutre de tes leçons, bâtard. » Non sans raison, Chett lui gardait rancune de son intervention en faveur de Sam. Il y avait perdu sa position peinarde auprès de mestre Aemon et, au lieu de choyer un vieillard aveugle, écopé d'une bande de limiers vicieux. « T'as beau être le chouchou du lord Commandant, t'es pas lord Commandant... et ta putain d'arrogance, t'en rabattrais pas mal si t'avais pas toujours ce monstre à tes basques.

— Tant que nous sommes au-delà du Mur, répondit froidement Jon, alors qu'il bouillait intérieurement, je refuserai toute empoignade avec un frère. »

Fauvette retrouva l'un de ses genoux. « Il a peur de toi, Chett. Aux Sœurs, on a un mot pour ses pareils.

— Je connais ce vocabulaire. Épargne ta bave. » Il tourna les talons, suivi de Fantôme. La pluie n'était plus que bruine quand il atteignit la porte. Et le crépuscule imminent présageait, la joie, une nouvelle nuit de trempette noire. Occultant la lune comme les étoiles et la prétendue « Torche de Mormont », les nuages allaient enfouir les bois dans des ténèbres impénétrables. Ça ferait de pisser toute une aventure, à l'exaltation près des aventures chimériques escomptées jadis... !

Dans les fourrés, certains patrouilleurs avaient dégoté suffisamment de bois mort sec pour allumer un feu sous une saillie de schiste. D'autres, au lieu de dresser la tente, s'étaient fabriqué un abri de fortune en étalant leurs manteaux sur des branches basses. Géant, lui, s'était simplement coulé dans le tronc d'un chêne mort. « T' plaît, mon château, lord Snow ?

— M'a l'air douillet. Tu sais où est Sam ?

— Toujours tout droit. Si tu tombes sur le pavillon de ser Ottyn, t'es déjà trop loin. » Il sourit. « À moins que

Sam se soit aussi trouvé un arbre... Un *fameux*, dans c' cas ! »

C'est Fantôme qui, à la longue, repéra Tarly sous un ressaut rocheux qui l'abritait à peine de la pluie et, tel un carreau d'arbalète, fondit sur lui. Sam était en train de nourrir les corbeaux. À chaque pas jutaient ses bottes avec un bruit flasque. « J'ai les arpions trempés de part en part, admit-il d'un ton lamentable. En mettant pied à terre, je me suis flanqué dans une fondrière avec de l'eau jusqu'aux genoux.

— Déchausse-toi et fais sécher tes bas. Je vais te chercher du bois sec. Nous parviendrons bien à le faire prendre, si le sol n'est pas trop mouillé, là-dessous. » Et, exhibant le lapin : « On va faire un festin.

— Tu ne dois pas seconder Mormont, là-bas ?

— Non. Mais toi oui. Il veut que tu lui dresses une carte. Craster prétend qu'il nous localisera Mance Rayder.

— Oh. » Malgré la perspective d'un peu de chaleur, rencontrer Craster ne l'enflammait pas outre mesure, manifestement.

« Les ordres sont que tu manges d'abord. Sèche-toi les pieds. » Sur ce, il partit en quête de combustible, fouillant ici sous les feuilles mortes qui dissimulaient les brindilles les moins humides, déblayant là les aiguilles de pin pour accéder aux couches à peu près susceptibles de s'embraser. Sa provision faite, il s'écoula néanmoins une éternité avant qu'une étincelle n'acceptât d'y mordre, et il lui fallut encore suspendre son manteau devant le rocher pour constituer une espèce d'alcôve et préserver vaille que vaille de la pluie le feu maigrichon qui, confort suprême, les enfumait.

Enfin, comme il s'agenouillait pour dépecer le lapin, Sam entreprit de se débotter. « J'ai l'impression qu'il me pousse des lichens entre les orteils, déclara-t-il sombrement tout en tortillant les orteils susdits. Ton lapin va nous régaler. Ça ne me touche même plus, le sang, les tripes et tout et tout. » Il se détourna. « Enfin... rien qu'un peu. »

Après avoir flanqué le feu de deux gros cailloux, Jon embrocha la viande et la mit à cuire. Tout chétif qu'il était, le lapin répandit bientôt un fumet tellement royal que les alentours luisaient de regards d'envie. Fantôme lui-même humait le rôt d'un air émoustillé, ses prunelles rouges embrasées par le reflet des flammes. « Tu as eu le tien, lui rappela Jon.

— Est-il aussi féroce qu'on le dit, Craster ? » s'enquit Sam. Bien qu'elle fût un rien trop rose, la chair était succulente. « Il ressemble à quoi, son château ?

— À un tas de fumier qui aurait un âtre et un toit. » Puis il circonstancia ce qu'il avait vu et entendu.

Le temps d'achever le récit, la nuit était tombée, et Sam se pourléchait les doigts. « C'était bien bon, mais un gigot d'agneau me ferait plaisir, maintenant. Tout un gigot, pour moi tout seul, nappé de sauce à la menthe, avec du miel et du girofle... Tu n'aurais pas vu d'agneaux, par hasard ?

— Il y avait bien un enclos à moutons, mais pas de moutons.

— Il nourrit ses hommes avec quoi ?

— Je n'ai pas vu d'hommes. Juste Craster, ses femmes et quelques fillettes. M'étonnerait qu'il puisse tenir la place. Pas de défenses à proprement parler, rien qu'un remblai de boue. Mais tu ferais mieux d'y aller tout de suite dessiner ta carte. Tu sauras trouver ton chemin ?

— Si je ne tombe pas dans une tourbière. » Non sans mal, il renfila ses bottes et, une fois muni de plumes et de parchemin, poussa dans la nuit son chapeau mou et son manteau qu'entreprit aussitôt de marteler la pluie.

Le mufle posé sur les pattes, Fantôme s'offrit un somme près du feu. Savourant la chaleur comme un bienfait, Jon s'étendit à son côté. Tout humide et glacé qu'il était, il l'était infiniment moins qu'une heure auparavant. *Qui sait si, cette nuit, le Vieil Ours n'apprendra pas quelque chose qui nous conduirait à Oncle Benjen ?*

Lorsqu'il rouvrit les yeux, son haleine fumait dans l'air froid du matin. Bouger lui crucifiait les os. Fantôme s'était envolé, et le feu éteint. Il tendit la main pour décrocher son manteau du rocher et le découvrit raidi par le gel. Il s'en enveloppa tant bien que mal et se dressa. La forêt, tout autour, s'était cristallisée.

Sur chaque feuille et chaque branche et chaque pierre chatoyait la pâle roseur de l'aube. La moindre pointe d'herbe était taillée dans l'émeraude, et la moindre gouttelette dans le diamant. Les champignons comme les fleurs étaient revêtus de verre. Et il n'était jusqu'aux fondrières qui ne fussent d'un brun poli. Dans la verdure scintillante, une fine couche de givre faisait pétiller la noirceur des tentes.

Il y a donc bien quelque chose de magique, après tout, de l'autre côté du Mur. Il se surprit à penser à ses sœurs, peut-être en raison du rêve qu'il avait fait d'elles au cours de la nuit. Devant ce spectacle, Sansa parlerait d'enchantement, ses yeux émerveillés s'humecteraient de larmes, tandis qu'Arya prendrait sa course et, tout cris, tout rires, voudrait tout toucher, tout.

« *Lord Snow ?* », entendit-il. À peine un souffle. Il se retourna.

Accroupie sur le rocher qui l'avait abrité durant la nuit se tenait la fille aux lapins, drapée dans un manteau noir si vaste qu'il l'engloutissait. *Le manteau de Sam*, devinat-il en un éclair. *Pourquoi porte-t-elle le manteau de Sam ?* « Le gros m'a dit que je vous trouverais ici, m'lord, reprit-elle.

— Si c'est pour le lapin que vous venez, nous l'avons mangé. » Cet aveu lui causa un sentiment de culpabilité bouffon.

« Le vieux lord Corbac, çui à l'oiseau qui parle, il a donné à Craster une arbalète qui vaut cent lapins. » Elle reploya les bras sur l'orbe de son sein. « C'est vrai, m'lord ? Vous êtes le frère d'un roi ?

— Demi-frère, admit-il. Je suis le bâtard de Ned Stark. Mon frère, Robb, est le roi du Nord. Que faites-vous là ?

— C'est ce Sam, le gros, il m'a dit de vous voir. Il m'a donné son manteau, que personne dise que j'étais pas du noir.

— Craster ne vous le reprochera pas ?

— Mon père a trop bu du vin de lord Corbac, la nuit dernière. Il va dormir toute la journée. » De petites bouffées gelées trahissaient sa nervosité. « On dit que le roi fait justice et protège les faibles. » Elle entreprit, non sans gaucherie, de descendre de son perchoir, mais la glace qui avait rendu la roche glissante lui fit perdre l'équilibre, Jon la saisit au vol et la déposa sur ses pieds. Elle s'agenouilla aussitôt devant lui. « Par pitié, m'lord...

— Ne me demandez rien. Rentrez chez vous, votre place n'est pas ici. Il nous est interdit d'adresser la parole aux femmes de Craster.

— Pas la peine de me parler, m'lord. Emmenez-moi juste, quand vous partirez, voilà tout ce que je demande. »

Tout ce qu'elle demande. Comme si ce n'était rien...

« Je serai... je serai votre femme, si vous voulez. Mon père, il en a déjà dix-neuf, une de moins, ça le privera pas, pas du tout.

— Les frères noirs font vœu de ne jamais se marier, ne savez-vous pas ? Et nous sommes les hôtes de votre père, en plus.

— Pas *vous*, dit-elle. J'ai bien regardé. Vous n'avez pas mangé à sa table ni couché auprès de son feu. Vous n'avez pas eu droit à son hospitalité, vous n'avez pas de devoir envers lui. C'est pour mon enfant que je dois partir.

— Je ne connais pas même votre nom.

— Vère, il m'a nommée. À cause de la verveine.

— C'est joli. » Un compliment qu'il devait, lui avait un jour enjoint Sansa, dire à toute dame qui lui révélerait son nom. Faute de rien pouvoir pour elle, il espérait du moins charmer ainsi la malheureuse. « C'est Craster qui vous fait peur, Vère ?

— Pas pour moi, pour l'enfant. Si c'est une fille, passe, elle grandira et, au bout de quelques années, il l'épousera, mais Nella m'assure que ce sera un garçon, et, comme elle en a eu six, elle en sait un bout. Il donne les garçons aux dieux. Vienne le froid blanc, et il les leur donne, et le froid blanc vient plus souvent, ces derniers temps. C'est pour ça qu'il a commencé à leur donner les moutons, quoiqu'il soit friand de mouton. Seulement y a plus de moutons, maintenant. Après, ce sera les chiens, puis... » Elle baissa les yeux sur son ventre et le caressa.

« Quels dieux ? demanda Jon, de plus en plus frappé de n'avoir en effet vu chez Craster, hormis Craster lui-même, aucun mâle, homme ou enfant.

— Les dieux froids. Ceux qui rôdent dans la nuit. Les ombres blanches. »

À ces mots, Jon se retrouva dans la tour de Mormont. Une main tranchée lui escaladait le mollet, il s'en débarrassait avec la pointe de son épée mais, à terre, elle persistait à se convulser, à ouvrir et refermer les doigts, et le mort, lui, se remettait sur pied, et dans sa face ravagée flamboyaient des prunelles bleues, et de son ventre déchiqueté par Fantôme se déversaient des choses immondes, et rien de tout ça ne saignait...

« De quelle couleur ont-ils les yeux ? insista-t-il.

— Bleus. Aussi brillants que les étoiles bleues, et aussi glacés. »

Elle les a bel et bien vus. Craster en a menti.

« Vous me prendrez ? Jusqu'au Mur...

— Nous n'allons pas en direction du Mur. Nous marchons vers le nord, sur les traces de Mance Rayder et des Autres, de ces ombres blanches et de leurs créatures. Nous les *cherchons*, Vère. Votre enfant ne serait pas en sécurité, avec nous. »

La terreur la défigurait. « Mais vous reviendrez... Vous repasserez par ici, quand vous aurez fini de vous battre...

— Possible. » *S'il en réchappe aucun d'entre nous.* « Du Vieil Ours, de l'homme que vous appelez lord Corbac, et de lui seul dépendra notre itinéraire. Je ne suis que son écuyer. La route que je suis, je ne la choisis pas.

— Ah. » Son timbre l'avouait vaincue. « Pardon du tracas, m'lord. J'avais seulement... On disait que le roi protège les gens, et je pensais... » Elle s'enfuit, désespérée. Dans son dos battait, telles d'immenses ailes noires, le manteau de Sam.

Jon la suivit du regard. Massacrée, la splendeur du matin, massacrée, la joie qu'il y avait puisée. *Maudite soit-elle*, songea-t-il, aigre de rancœur, *et doublement maudit Sam qui me l'a envoyée. Que se figurait-il ? Que je pourrais rien pour elle ? Nous sommes ici pour combattre les sauvageons, pas pour les sauver.*

De sous leurs abris sortaient un à un, qui rampant, qui s'étirant, bâillant, ses compagnons. Déjà s'était flétrie la magie de l'aube, et changée en rosée vulgaire au soleil levant la magnificence glacée. On avait quelque part allumé du feu ; du sein des arbres s'exhalait, mêlé à l'odeur de fumée de bois, un arôme fumé de lard. Jon se défit de son manteau et, après en avoir fustigé la roche afin de le débarrasser de la fine couche de givre accumulée durant la nuit, ramassa Grand-Griffe et, enfilant son bras dans le baudrier, se l'arrima à l'épaule. Il soulagea sa vessie quelques pas plus loin contre un buisson gelé. L'urine embuait l'air froid, la glace fondait sous le jet. Une fois relacées les braies noires, il se laissa guider par le parfum du feu.

Parmi les frères qui s'étaient groupés tout autour des flammes se trouvaient Grenn et Dywen. Des mains de Hake, Jon reçut un tranchoir de pain farci de lard calciné et de morceaux de poisson salé réchauffés dans la graisse de porc. Pendant qu'il l'engloutissait, Dywen se vanta de s'être tapé trois femmes de Craster durant la nuit.

« C'est pas vrai, dit Grenn d'un air mauvais. J' l'aurais vu. »

Dywen lui talocha l'oreille d'un revers de main. « Toi ? vu ? t'y vois pas plus que mestre Aemon ! T'as même pas vu c't ours...

— Quel ours ? Y avait un ours ?

— Y a toujours un ours, proféra la Douleur de son ton lugubre et résigné. L'un d'eux tua mon frère quand j'étais jeune. Même qu'après il porta ses dents enfilées sur une lanière de cuir autour du cou. Et que c'étaient de bonnes dents, aussi, meilleures que les miennes. Avec mes dents, j'ai jamais eu que des ennuis.

— Est-ce que Sam a dormi dans la salle, cette nuit ? lui demanda Jon.

— J'appellerais pas ça dormir. La terre était dure, la jonchée puante, et mes frères ronflaient épouvantablement. Peux toujours parler d'ours, personne a jamais grogné si férocement que Bernarr-le-Brun. Quoique j'avais chaud. Des chiens me sont passés sur le corps pendant la nuit. Mon manteau était presque sec quand y en a un qui m'y a pissé dessus. Ou peut-être c'est-y Bernarr. L'as remarqué, que la pluie s'est arrêtée dès que j'ai eu un toit sur la tête ? Va repleuvoir, maintenant que je suis ressorti. Les dieux se délectent comme les chiens de me pisser dessus.

— Je ferais bien de rejoindre Mormont », s'excusa Jon.

La pluie avait eu beau cesser, l'enceinte n'en demeurait pas moins un lacis de lacs entrelardés de marécages et de casse-gueule boueux. Des frères noirs pliaient les tentes ici, là nourrissaient les chevaux, tout en mâchouillant des semelles de viande salée. Sur le point de partir, les éclaireurs de Jarman Buckwell resserraient les sous-ventrières. « B'jour, Jon, jeta ce dernier du haut de sa selle. Veille à l'affût de ton épée bâtarde. Bien assez tôt qu'on en aura besoin... »

Au sortir du grand air, la salle avait tout d'une caverne. Les torches y agonisaient dans le noir, rendant presque inconcevable le jour levé. Le corbeau de Mormont repéra le premier l'arrivée de Jon. Trois battements d'ailes paresseux le perchèrent sur la garde de Grand-Griffe. « *Grain ?* » Il lui tirailla une mèche.

« Méprise ce maudit mendigot d'oiseau, Jon, il vient juste de me piquer la moitié des lardons. » Attablé avec la plupart de ses officiers, le Vieil Ours déjeunait de lard, de pain frit, d'andouille de mouton. La nouvelle hache de Craster gisait parmi les plats, la lueur des torches en faisait vaguement miroiter les filigranes d'or. Et si son propriétaire roupillait, pâteux, dans le galetas, les femmes, en revanche, étaient toutes là, vaquant au service. « Quel temps fait-il ?

— Froid, mais la pluie a cessé.

— Tant mieux. Débrouille-toi pour que je n'aie qu'à sauter en selle. Départ dans une heure. Tu as mangé ? La chère de notre hôte est simple mais bourrative. »

Pas question que j'y touche, décida-t-il subitement. « J'ai déjeuné avec les hommes, messire. » Il vira de Grand-Griffe le corbeau qui regagna incontinent l'épaule de son maître et y merdoya vite fait. « Pouvais pas faire ça sur Snow, au lieu de me le réserver ? » grommela le Vieil Ours. Ce qui lui attira du tac au tac un *couac*.

Jon finit par dénicher Sam sur l'arrière, auprès du clapier démantibulé. En compagnie de Vère, qui l'aidait à réajuster son manteau, mais elle s'esbigna dès qu'elle aperçut Snow. Le regard du gros se fit lourd de reproche. « Et moi qui croyais que tu consentirais à l'aider...

— En m'y prenant de quelle manière ? répliqua Jon vertement. En l'emmenant fagotée dans ton manteau ? On nous avait interdit de...

— Je sais, convint Sam d'un air penaud, mais elle avait peur. Et la peur, je connais. Je lui ai dit... » Il avala sa salive.

« *Quoi ?* Que nous la prendrions avec nous ? »

Sam, rougit, s'empourpra. « Au retour. » Il esquivait le regard de Jon. « Elle va avoir un enfant.

— Mais tu perds la boule, ou quoi ? Nous ne sommes même pas certains de repasser par ici. Et tu te figures que, le cas échéant, le Vieil Ours te laisserait emballer l'une des femmes de Craster ?

— Je pensais... je pensais pouvoir, d'ici là, peut-être... imaginer un stratagème...

— Je n'ai pas de temps à perdre pour ces foutaises, il me faut panser et seller nos chevaux. » Aussi chamboulé qu'agacé, il le planta là. Pour assorti que fût le cœur de Sam à sa corpulence, sa cervelle, en dépit de tous les bouquins, n'avait, des fois, pas plus de jugeote que celle de Grenn. Une gageure intenable et, pour comble, déshonorante... *D'où vient, alors, que je me sens tellement honteux ?*

Il prit, comme accoutumé, sa place aux côtés de Mormont pendant que le flot de la Garde de Nuit se déversait au-delà des crânes qui décoraient la porte de Craster pour s'engager dans une trouée de gibier qui sinuait tantôt vers le nord et tantôt vers l'ouest. La glace en fusion dégouttait sur eux sa petite rengaine douce d'averse alanguie. Le torrent grossi roulait à pleins bords des eaux épaissies de feuilles et de branches mortes, mais les éclaireurs avaient découvert le gué qui permettrait à la colonne de traverser. Les chevaux en ayant jusqu'au ventre, Fantôme le franchit à la nage et atteignit la rive opposée tout maculé de gouttelettes brunes. En le voyant ébrouer sa fourrure blanche et projeter de tous côtés des éclaboussures boueuses, Mormont demeura coi mais, sur son épaule, le corbeau se mit à piailler.

« Craster n'a pas de moutons, messire, avança Jon d'un ton paisible après que les bois se furent une fois de plus refermés sur eux. Ni de fils. »

Mormont ne répliqua rien.

« À Winterfell, l'une de nos servantes nous contait des histoires, poursuivit Jon. Elle rabâchait que certains sauvageons couchaient avec les Autres et qu'il en naissait des demi-humains.

— Contes de coin du feu. Craster te semblerait-il moins qu'humain ? »

À nombre d'égards. « Il donne ses fils à la forêt. »

Long, long silence, puis : « Oui. » Et « *Oui*, ronchonna le corbeau, tout jabot dehors. *Oui, oui, oui.*

— Vous le saviez ?

— Petibois m'a dit. Voilà des lustres. Tous les patrouilleurs le savent, mais la plupart répugnent à en parler.

— Mon oncle le savait ?

— Tous les patrouilleurs, répéta Mormont. Tu penses que j'aurais dû mettre fin à ses manigances. Le tuer, au besoin. » Il soupira. « N'était sa propension à boucler certains becs, j'enverrais volontiers Yoren ou Conwys ramasser les garçons. Nous les formerions pour le noir, et la Garde en serait renforcée d'autant. Mais les sauvageons servent des dieux plus cruels que nous ne faisons, toi ou moi. Ces garçons sont les offrandes de Craster. Ses prières, si tu préfères. »

Ses femmes doivent prier tout autrement, songea Jon. « Comment es-tu au courant de tout ça ? demanda le Vieil Ours. Une des femmes de Craster ?

— Oui, messire, avoua-t-il. J'aimerais mieux ne pas dire laquelle. Elle était affolée et demandait de l'aide.

— Le vaste monde est plein de gens qui crient à l'aide, Jon. Puissent certains prendre sur eux de s'aider eux-mêmes. À l'heure qu'il est, Craster roupille encore dans son galetas, puant le vin et inconscient. Sur sa table, en bas, se trouve une hache tranchante comme un rasoir. S'il n'était que de moi, je la nommerais “Prière exaucée”, je l'utiliserais pour clore le chapitre. »

Oui. Jon évoqua Vère. Elle et ses sœurs. Elles étaient dix-neuf, et Craster tout seul, mais...

« Il nous faudrait cependant marquer d'une pierre noire le jour de sa mort. Ton oncle pourrait te parler des occasions où la demeure de Craster fit, entre vie et mort, pencher la balance en faveur de nos patrouilleurs.

— Mon père... » Il hésita.

« Vas-y, Jon. Dis ce que tu voulais dire.

— Mon père m'a parlé un jour des hommes qui ne méritaient pas de posséder, acheva-t-il. L'injustice ou la brutalité d'un banneret déshonorent autant que lui-même son suzerain.

— Craster est son propre maître. Il ne nous a pas juré sa foi. Il n'est pas non plus soumis à nos lois. Malgré la noblesse de ton cœur, Jon, retiens la leçon que je vais te donner. Le droit, nous ne saurions l'imposer au monde. Tel n'est d'ailleurs pas notre but. La Garde de Nuit a d'autres batailles à livrer. »

D'autres batailles. Oui. Ne pas l'oublier. « Jarman Buckwell m'a prévenu que je pourrais bien avoir besoin de mon épée sous peu.

— Ah bon ? » Mormont paraissait mécontent. « En bavardant tant et plus, hier soir, Craster a suffisamment corroboré mes appréhensions pour me faire passer une nuit blanche sur sa vacherie de terre battue. Mance Rayder est en train de regrouper son monde aux Crocgivre. D'où la désertion des villages. Exactement l'histoire déballée, si tu te rappelles ? à ser Denys Mallister par le sauvageon capturé dans les Gorges... à ce détail près, capital, que vient de nous fournir Craster : *où*.

— Pour fonder une ville ou former une armée ?

— Là est la question. Qui en soulève d'autres. Combien y a-t-il de sauvageons ? Et, parmi eux, combien d'hommes en âge de se battre ? Nul ne sait au juste. La région des Crocgivre est terriblement inhospitalière, un désert de roche et de glace. Une population nombreuse n'y aura pas de quoi se nourrir longtemps. Aussi ne vois-je qu'un but à sa concentration. Mance Rayder projette une descente en masse vers le sud, à l'intérieur des Sept Couronnes.

— Les sauvageons ont déjà envahi le royaume, par le passé. » Sur ce point, mestre Luwin et Vieille Nan se trouvaient d'accord. « Sous la conduite de Raymun Barberouge, du temps de mon trisaïeul. Et, auparavant, sous celle d'un roi nommé Baël le Barde.

— Mouais. Et les avaient de longue date précédés le seigneur aux Cornes et les rois frères Gorne et Gendel et, à une époque encore plus reculée, Joramun qui, en sonnant du cor de l'Hiver, réveilla les géants dans la terre. Mais tous se brisèrent contre le Mur ou furent broyés par la puissance de Winterfell, au-delà... Seulement, la Garde de Nuit n'est plus que l'ombre de ce qu'elle fut, et qui reste-t-il, hormis nous, pour contrer les sauvageons ? Le sire de Winterfell est mort, et son héritier a emmené toutes ses forces sus aux Lannister dans le sud. Une aubaine inespérée pour les sauvageons. J'ai connu Mance Rayder, Jon. Un parjure, c'est entendu... mais il a des yeux pour voir, et jamais personne n'a eu le front de le taxer de pusillanimité.

— Qu'allons-nous faire, alors ?

— Le trouver. L'affronter. L'arrêter. »

Trois cents, songea Jon, *contre la fureur de la barbarie*. Ses doigts s'ouvrirent et se fermèrent convulsivement.

THEON

Elle avait sans conteste belle tournure. *Mais votre première vous éblouit toujours*, songea-t-il.

« Eh bien, la voilà galante, dit une voix de femme derrière lui. Alors, Sa Seigneurie la trouve à son gré ? »

Il se retourna pour jauger l'intruse, et ce qu'il vit lui plut. Fer-née, cela se voyait au premier coup d'œil ; mince, avec de longues jambes et des cheveux noirs coupés court, le hâle du vent, des mains fortes et sûres, un poignard à la ceinture. Le nez trop fort et pointu pour ses traits délicats, mais un sourire qui rachetait. Elle devait être un peu plus âgée que lui mais avoir dans les vingt-cinq ans, pas davantage. Ses mouvements donnaient l'impression qu'elle avait l'habitude de fouler les ponts.

« Ravissante, oui, lui dit-il, mais beaucoup moins ravissante que toi.

— Hoho. » Elle s'épanouit. « Gare à moi. Sa Seigneurie a du miel sur la langue.

— Goûte, tu verras bien.

— C'est donc le moyen ? » dit-elle en le dévisageant effrontément. Aux îles de Fer, on admettait certaines femmes – pas beaucoup, juste quelques-unes – dans les équipages au même titre que leurs maris, et la mer, le sel, disait-on, les modifiaient jusqu'à leur donner des appétits d'homme. « Seriez-vous resté si longtemps en mer, monseigneur ? Ou bien n'y avait-il pas de femmes, là d'où vous venez ?

— Il y en avait pas mal, mais aucune qui te ressemble.

— Et comment sauriez-vous à quoi je ressemble ?

— Mes yeux voient ton visage. Mes oreilles entendent ton rire. Et ma queue s'est durcie comme un mât pour toi. »

Elle s'approcha, lui palpa les chausses. « Non, vous ne mentez pas... », pinça au travers du tissu. « Ça fait très mal ?

— Affreusement.

— Mon pauvre seigneur. » Elle lâcha prise, recula. « Il se trouve que je suis une femme mariée et que, d'aventure, je porte un enfant.

— C'est bonté aux dieux, dit-il. Comme ça, aucun risque que je te fasse un bâtard.

— Mon mari ne vous en rendrait pas grâces pour autant.

— Lui non, toi peut-être.

— Et pourquoi cela ? Je me suis déjà fait des lords. Ils sont fabriqués comme le commun des mortels.

— T'es-tu jamais fait un prince ? insista-t-il. Quand tu seras grise et ridée, que tes mamelles te pendront plus bas que le ventre, tu pourras dire aux gosses de tes gosses : "J'ai aimé un roi, jadis."

— Oh... ! c'est d'amour qu'on cause, maintenant ? Et moi qui pensais que c'était seulement de queues et de cons...

— C'est d'amour que tu as envie ? » La gueuse le bottait, décidément, qui qu'elle fût ; son esprit acéré le charmait comme un répit dans la maussaderie spongieuse de Pyk. « Donnerai-je ton nom à ma frégate et te jouerai-je de la harpe et te garderai-je recluse au sommet d'une tourelle de mon château, nue sous des cascatelles de joyaux, telle une princesse de rhapsodie ?

— Vous *devriez* donner mon nom à votre frégate, dit-elle, ignorant tout le reste. C'est moi qui l'ai construite.

— Nenni. C'est Sigrinn, le caréneur du seigneur mon père, qui l'a construite.

— Je suis Esgred. Fille d'Ambrod et femme de Sigrinn. »

Qu'Ambrod eût une fille ou Sigrinn une femme, il l'ignorait... mais il n'avait rencontré le second qu'une seule fois, et à peine se rappelait-il le premier. « Te taper un Sigrinn, quel gâchis.

— Hoho. Comme la frégate. Se taper vous, dit Sigrinn, quel gâchis. »

Il se cabra. « Sais-tu qui je suis ?

— Le prince Theon, de la maison Greyjoy, soi-même. Qui d'autre, sinon ? Parlons franc, messire, quels sentiments vous inspire votre nouvelle maîtresse ? Ils toucheront Sigrinn. »

Le bâtiment, flambant neuf, embaumait encore la résine et la poix. Sa bénédiction par Oncle Aeron ne devait avoir lieu que le lendemain, mais Theon était accouru d'une seule traite pour l'examiner avant le lancement. S'il n'avait l'ampleur de *La Grand-Seiche* de lord Balon ou du *Fer vainqueur* d'Oncle Victarion, il frappait, même là, sur la grève, installé dans son ber de bois, par son allure souple et vive, avec sa fine coque noire, longue de cent pieds, son mât unique, ses cinquante rames, son pont suffisant pour une centaine d'hommes... et, à la proue, son formidable éperon de fer en forme de tête de flèche. « Sigrinn m'a gâté, convint Theon. Sera-t-elle aussi rapide qu'elle le paraît ?

— Plus rapide – si son maître sait la manier.

— Voilà quelques années que je n'ai navigué. » *Et jamais, en vérité, commandé à bord.* « Cependant, je suis un Greyjoy et un Fer-né. J'ai la mer dans le sang.

— Et votre sang rougira la mer, si vous naviguez comme vous parlez, riposta-t-elle.

— Je me garderai bien de violenter une aussi jolie fille.

— Jolie fille ? s'esclaffa-t-elle. Une chienne de mer, oui.

— Eh bien, voilà, tu l'as nommée. *Chienne de mer.* »

L'idée divertit manifestement Esgred, dont pétillèrent les prunelles sombres. « Et vous disiez que vous lui donneriez mon nom... reprit-elle d'un ton de reproche.

— C'est ce que j'ai fait. » Il lui saisit la main. « À l'aide, ma dame. Dans les terres vertes, on croit que la femme enceinte porte bonheur à l'homme qui couche avec elle.

— Et que sait-on des bateaux, dans vos terres vertes ? Ou des femmes, vis-à-vis d'eux ? Sans compter que je vous soupçonne de supercherie.

— Si j'en conviens, m'aimeras-tu encore ?

— Encore ? Quand donc vous ai-je aimé ?

— Jamais, admit-il, mais cette lacune, je tâche de la combler, chère Esgred. La bise est froide. Montez à bord de ma frégate et laissez-moi vous réchauffer. Demain, mon oncle Aeron lui versera sur la proue de l'eau de mer en marmottant une prière au dieu Noyé, mais je la bénirais plus volontiers avec le lait de mes reins et des tiens.

— Le dieu Noyé risquerait de s'en offusquer.

— Qu'il aille se faire mettre. S'il nous dérange, je le renoierai. On appareille dans quinze jours. Tu consentirais que je me lance dans la bataille obsédé par la frustration ?

— De grand cœur.

— Cruelle... ! J'ai trop bien nommé mon bateau. Ne t'en prends qu'à toi si, par distraction, je le gouverne contre les écueils.

— Comptez-vous donc sur ce gouvernail ? » Lui flattant à nouveau les chausses, elle se mit à sourire tandis que son doigt soulignait la raideur du membre.

« Retournons à Pyk tous les deux », dit-il brusquement, tout en pensant : *Qu'en dira lord Balon ?* puis : *Que m'importe ? je suis adulte ! Si j'ai envie de baiser, qui cela regarde, à part moi ?*

— À Pyk ? Et qu'irais-je y faire ? » Sa main demeurait en place.

« Mon père offre un banquet à ses capitaines, ce soir. » Il les festoyait en fait tous les soirs, dans l'attente des derniers traînards, mais Theon trouva ces détails oiseux. « Feriez-vous de moi votre capitaine toute la nuit, seigneur prince ? »

Jamais il n'avait vu fleurir sur les lèvres d'aucune femme un sourire aussi canaille. « Peut-être. Si j'étais sûr que tu me gouvernes sain et sauf au port.

— Pour ça... je sais quel bout de la rame plonge dans la mer, et je ne crains personne en fait de bitords et de nœuds. » D'une seule main, elle le délaça puis, sourdement narquoise, s'écarta un peu. « Dommage que je sois mariée et enceinte. »

Totalement perdu, Theon se relaça. « Il me faut regagner le château. Si tu ne m'accompagnes pas, le chagrin risque de m'égarer, et toutes les îles en seraient appauvries.

— Nous ne saurions nous offrir ce luxe... mais je n'ai pas de cheval, messire.

— Tu pourrais prendre celui de mon écuyer.

— Et laisser votre pauvre écuyer se taper tout le chemin du retour à pied ?

— Partager le mien, alors.

— Vous seriez trop aise... » Nouveau sourire. « Dites, je serais derrière ou devant vous ?

— À ta guise.

— J'aime être dessus. »

Comment me suis-je passé jusqu'ici de cette garce ? « La demeure de mon père est lugubre et glacée. Elle réclame Esgred pour s'embraser de feux de joie.

— Sa Seigneurie a du miel sur la langue.

— N'est-ce point par là que nous débutâmes ? »

Elle leva les mains au ciel. « Et par là que nous terminons. Esgred est vôtre, prince de mon cœur. Emmenez-moi dans votre château. Que je voie surgir de la mer vos tours arrogantes.

— J'ai laissé mon cheval à l'auberge. Viens. » Ils longèrent la grève ensemble et, lorsque Theon s'empara de son bras, elle ne le repoussa pas. Sa démarche le ravissait ; mi-chaloupée, mi-langoureuse, elle avait quelque chose de hardi qui suggérait tout autant de hardiesse sous l'édredon.

Jamais il n'avait vu Lordsport si populeux. Les boutres échoués sur les galets tout le long du rivage ou mouillés bien au-delà du môle y avaient essaimé des nuées de marins. Mais Theon remarqua que, malgré la souplesse d'échine plus que relative des Fer-nés, tout, rameurs comme citadins, faisait silence sur son passage et s'inclinait en le reconnaissant d'un air respectueux. *Ils ont fini par apprendre qui je suis*, se dit-il. *Pas trop tôt non plus.*

Lord Bonfrère était arrivé la nuit précédente de Grand Wyk avec le gros de ses forces, près de quarante bateaux. D'emblée reconnaissables à leur ceinture bicolore en poil de bique, des hommes à lui traînaient un peu partout. Aussi murmurait-on, dans les parages de l'auberge, que des biquets imberbes se farcissaient à la queue leu leu les putains d'Otter Jarrettes. Theon leur y souhaitait bien du plaisir, lui que ne tentaient plus, mais alors plus du tout, les culs vérolés de ce bouge. Il trouvait sa compagne actuelle autrement à son goût. Femme du caréneur de Père et pleine à ras bord ? d'autant plus piquante...

« Mon seigneur prince a-t-il commencé à recruter son équipage ? s'enquit-elle, comme ils se frayaient passage vers les écuries. Ho, Dents-bleues ! » Le grand diable de matelot qu'elle venait d'apostropher portait une veste en peau d'ours, des ailes de corbeau surmontaient son heaume. « Comment va ta fiancée ?

— Près d'accoucher. Des jumeaux, paraît...

— Déjà ? » Elle eut son sourire canaille. « Tu n'as pas tardé à souquer...

— Mouais, et ferme, ferme, *ferme !* beugla-t-il.

— Sacré gaillard, observa Theon. “Dents-bleues”, n'est-ce pas ? Si je l'engageais pour ma *Chienne de mer* ?

— Vous ne sauriez mieux faire pour l'insulter. Il possède son propre bateau.

— Mon absence a trop longtemps duré pour que je sache qui est qui », reconnut-il. Des quelques vieux copains de jeux avec lesquels il avait compté renouer, d'aucuns étaient partis, d'aucuns morts, les autres devenus des étrangers. « Mon oncle Victarion me prête son propre timonier.

— Rymolf Typhonbu ? Du sérieux, quand il n'est pas saoul. » Trois gars de sa connaissance passant par là, elle lança : « Uller ! Qarl ! Où est donc votre frère, Skyt ?

— Bien peur que le dieu Noyé cherchait un vigoureux rameur... répondit un trapu à la barbe filetée de blanc.

— Y veut dire, traduisit son voisin, jeune homme à joues roses, qu'Eldiss a trop picolé, ça lui a fait péter la panse.

— Ce qui est mort ne saurait mourir, proféra-t-elle.

— Ce qui est mort ne saurait mourir. »

Theon marmonna la formule avec eux. Puis, lorsqu'ils se furent éloignés : « Tu m'as tout l'air d'une célébrité.

— La femme du caréneur est aimée de tous, et ils y ont tout intérêt, s'ils ne veulent pas voir leur bateau sombrer. Au fait, pour tirer vos rames, il y aurait pire que ces trois-là.

— Pas les malabars qui manquent, à Lordsport. » Theon ne s'était pas une seconde préoccupé de ce chapitre-là. Ce qu'il cherchait, en revanche, c'est des combattants, et des combattants qui fussent à son entière dévotion, pas à celle de ses père ou oncles. Tout en jouant pour l'heure au jeune prince obéissant, il guettait celle où lord Balon lui aurait découvert toutes ses batteries. Mais si celles-ci ne lui convenaient pas, d'aventure, ou le rôle qu'il s'y verrait impartir, eh bien...

« Le muscle ne suffit pas. Pour donner sa pleine vitesse à un bateau, le banc de rame doit fonctionner comme un seul homme. Il serait avisé à vous de prendre une équipe déjà rodée.

— Merci du conseil. Tu pourrais m'aider à choisir. » *Laissons-lui croire que sa science m'importe, les femmes adorent ça.*

« Soit. Si vous me traitez gentiment.

— Cela ne va-t-il pas de soi ? »

Aux abords du *Myraham* qui se dandinait, soutes vides, contre le quai, Theon pressa le pas. Lord Balon interdisait au capitaine d'appareiller depuis deux semaines. Pour empêcher que le continent n'eût vent des concentrations de troupes avant l'attaque, il n'autorisait en effet le départ d'aucun des marchands venus faire escale à Lordsport.

« M'sire... », appela une voix plaintive. Penchée par-dessus le bastingage du gaillard d'avant, la fille du capitaine tentait d'attirer l'attention de Theon. Elle était sévèrement consignée à bord mais il l'avait, à chacune de ses virées, vue errer lamentablement sur le pont. « Un moment, m'sire... insista-t-elle. Plaise à m'sire...

— Elle a ? demanda Esgred comme il l'entraînait précipitamment. Plu à m'sire ? »

La pudibonderie ne s'imposait pas avec cette démone-là. « Un moment. Et voilà qu'elle rêve d'être ma femme-sel.

— Hoho. Un rien de sel, effectivement, lui profiterait. Trop bonasse et fadasse, le morceau. Me trompé-je ?

— Non. » *Bonasse et fadasse. Dans le mille. Comment l'a-t-elle deviné ?*

À l'auberge, où il avait sommé Wex de l'attendre, la salle commune était si bondée qu'il lui fallut jouer des coudes dès le seuil. Pas un siège libre, pas une table. Et point d'écuyer non plus. « *Wex !* » hurla-t-il par-dessus le charivari. *S'il est monté baiser l'une de ces véroles, je le pèle vif*, se promettait-il quand il finit par l'apercevoir, les dés à la main, près de l'âtre... et en train de gagner, vu les pièces empilées devant lui.

« Ouste ! » ordonna-t-il. Le garçon ne tenant aucun compte de lui, il le prit par l'oreille et l'arracha à la partie. Wex rafla sa poignée de sols et, sans un mot, suivit. L'une de ses qualités majeures, aux yeux de Theon. Alors que ses pareils avaient pour la plupart la langue bien pendue, lui était né muet... ce qui ne l'empêchait apparemment pas d'être aussi malin qu'il est permis quand on a vingt ans. Prendre pour écuyer cet obscur rejeton d'un demi-frère de lord Botley avait fait partie du marché conclu par Theon lors de l'achat de son cheval.

En découvrant Esgred, Wex fit les yeux ronds. *On jurerait qu'il n'avait jamais vu de femme auparavant.* « Elle m'accompagne à Pyk. Va seller les chevaux, et sans lambiner. »

Si l'écuyer montait une petite bête maigre issue des écuries de lord Balon, il en allait tout autrement de Theon. « D'où diable avez-vous tiré ce canasson d'enfer ? » Le ton persifleur d'Esgred la révélait impressionnée.

« Lord Botley l'avait acheté à Port-Lannis l'an dernier. À l'usage, il l'a trouvé trop cheval pour n'être ravi de le vendre. » Si le sol pauvre et rocailleux des îles de Fer excluait l'élevage de qualité, la plupart des insulaires étaient en outre des cavaliers pour le moins quelconques. Plus à l'aise eux-mêmes sur un pont qu'en selle, les seigneurs fer-nés se contentaient de bourrins communs, voire des poneys chevelus d'Harloi, et l'on voyait sur les chemins beaucoup moins de carrioles que de chars à bœufs. Quant aux paysans trop démunis pour s'offrir le moindre animal de trait, c'est en s'attelant eux-mêmes à l'araire qu'ils égratignaient la caillasse.

En revanche, ses dix années de séjour à Winterfell ne prédisposaient nullement Theon à partir guerroyer sur une bourrique. Aussi, quelle aubaine que la bévue de Botley : noir de fougue autant que de robe et aussi grand qu'un coursier, l'étalon, pour n'être pas tout à fait aussi massif que la plupart des destriers, ne lui en convenait que plus admirablement, puisqu'il n'était lui-même pas tout à fait aussi massif que la plupart des chevaliers. L'œil plein de feu, la bête avait d'ailleurs, sitôt en présence de son nouveau maître, retroussé les babines et tenté de lui emporter la face d'un coup de dents.

« Il a un nom ? demanda Esgred pendant que Theon mettait le pied à l'étrier.

— Blagueur. » Lui tendant une main, il la hissa en selle devant lui de manière à la tenir par la taille pendant la course. « En me voyant sourire, un type m'a reproché un jour de blaguer à tort et à travers.

— Et qu'en est-il ?

— C'est simplement l'avis des gens qui ne sourient jamais. » Il pensait à Père et Oncle Aeron.

« Êtes-vous en train de sourire, mon prince ?

— Oh oui. » Il l'enlaça pour saisir les rênes. Elle était presque aussi grande que lui. Une cicatrice rosâtre déparait sa jolie nuque, et ses cheveux n'étaient pas de la dernière netteté, mais il prisait l'odeur de sel, de sueur et de femme qui émanait d'elle.

Ainsi le retour à Pyk promettait-il d'être bien plus captivant que n'avait été l'aller.

Theon attendit cependant d'avoir largement dépassé Lordsport pour aventurer une main vers les seins d'Esgred qui, d'un geste preste, la repoussa. « Je tiendrais les rênes à deux mains, ou votre noir démon nous flanquera tous deux par-dessus bord et nous piétinera jusqu'à ce que mort s'ensuive.

— Je l'ai guéri de ce travers », plaisanta-t-il. Puis, affectant momentanément la décence, il se mit à bavarder benoîtement du temps (invariablement gris, plombé et volontiers pluvieux depuis son arrivée), conta par le menu ses sanglants exploits du Bois-aux-Murmures. Et comme il abordait enfin les détails *touchant* au Régicide en personne, ses doigts remontèrent comme par mégarde occuper leur position précédente. Des seins petits, mais d'une délectable fermeté.

« Vous ne sauriez agir de la sorte, mon prince.

— Oh si. » Il accentua la pression.

« Votre écuyer a les yeux sur vous.

— Libre à lui. Il n'en soufflera mot, j'en jure. »

Elle lui empoigna la main pour se dégager mais, cette fois, la garda prisonnière. Et elle avait une fameuse force.

« J'aime bien qu'une femme ait cette poigne-là. »

Elle renifla. « À voir la fille du cargo, je ne m'en serais pas doutée.

— Il ne faut pas me juger d'après elle. Il n'y avait pas d'autre femme à bord.

— Parlez-moi de votre père. Me fera-t-il bon accueil au château ?

— Pourquoi s'en soucierait-il ? C'est à peine s'il m'a accueilli, *moi*, son propre sang, l'héritier de Pyk et des îles de Fer.

— L'héritier ? repartit-elle d'un ton débonnaire. Vous avez des oncles, des frères, une sœur, paraît-il.

— Mes frères sont morts depuis belle lurette, et ma sœur... bon, sa robe favorite est à ce qu'on dit le haubert de mailles qui lui pendouille jusqu'à mi-mollets, dissimulant des caleçons de cuir bouilli, mais s'accoutrer en mâle fait-il d'elle un mâle ? La guerre achevée, je m'assurerai une bonne alliance en la mariant, si je parviens à dégoter un homme qui consente à se la farcir. Asha se tapait, pour autant que je m'en souvienne, un pif en bec de vautour, une flopée de furoncles mûrs, et pas plus de miches qu'un garçonnet.

— Vous pouvez à la rigueur vous débarrasser d'elle par le mariage, mais pas de vos oncles.

— Mes oncles... » De quelque préséance qu'il pût se prévaloir sur les trois frères de son père, Esgred venait néanmoins de le toucher au point sensible. Ce n'eût pas été une première pour les îles que de voir un oncle ambitieux et puissant déposséder de son héritage légitime et, de préférence, en l'assassinant par-dessus le marché, un neveu faiblard. *Mais je ne suis pas faible*, se dit Theon, *et je compte devenir encore plus puissant d'ici à la mort de Père*. « Mes oncles ne constituent aucune menace pour moi, affirma-t-il. Aeron est saoul d'eau de mer et de sainteté. Il vit exclusivement pour son dieu, et...

— *Son* dieu ? Pas le vôtre ?

— Le mien aussi. Ce qui est mort ne saurait mourir. » Sourire finaud. « Si je l'étourdis d'autant de patenôtres qu'il l'escompte, Tifs-trempes me fichera la paix. Quant à mon oncle Victarion...

— Lord capitaine de la flotte de Fer et guerrier des plus redoutable. J'ai entendu chanter ses exploits dans les brasseries.

— Durant la rébellion du seigneur mon père, il mena effectivement ses voiles jusque dans Port-Lannis et y incendia la flotte des Lannister, convint Theon, mais d'après le plan d'Oncle Euron – qui l'accompagnait. À la vérité, s'il a tout d'un grand bœuf gris, la force infatigable et la docilité, il n'est pas taillé pour gagner des courses.

Je ne doute pas qu'à l'avenir il ne me serve aussi loyalement qu'il sert à présent mon père. Les talents du comploteur et l'ambition du félon lui font défaut.

— Euron le Choucas ne passe pas pour dépourvu d'astuce, en tout cas. Il court sur lui des histoires atterrantes. »

Theon déplaça son séant. « Voilà près de deux ans qu'on ne l'a revu dans les îles. Peut-être est-il mort. » Et tant mieux si s'avérait cette hypothèse. L'aîné des frères de lord Balon n'avait jamais renoncé, fût-ce un seul jour, à l'Antique Voie. Avec ses voiles noires et sa coque rouge foncé, *Le Silence* s'était, disait-on, fait une exécrable réputation dans chacun des ports entre Ibben et Asshai.

« Peut-être est-il mort, concéda Esgred, et, s'il vit toujours, tout ce temps passé en mer en ferait presque un étranger ici. Jamais les Fer-nés n'assiéraient un étranger sur le trône de Grès.

— Probable... », acquiesça-t-il, avant de s'apercevoir que certains ne manqueraient pas de le qualifier lui-même d'étranger. Cela le rembrunit. *C'est beaucoup, dix ans, mais je suis de retour, à présent, Père n'est pas près de mourir, j'ai le temps de faire mes preuves.*

Il envisagea de repeloter les nichons d'Esgred mais, outre qu'il s'attirerait sans doute une nouvelle rebuffade, toutes ces parlotes à propos des oncles avaient quelque peu douché son ardeur. Il aurait tout loisir, au château, de s'adonner à ce genre de badinage dans l'intimité de ses appartements. « À notre arrivée, reprit-il, j'aviserai Helya d'avoir à t'honorer d'une place décente au festin. Je serai forcément sur l'estrade, à la droite de mon père, mais je descendrai te rejoindre dès qu'il se sera retiré. Il ne s'attarde guère, d'habitude. Il ne tient plus la boisson.

— Triste chose, pour un grand homme, que de vieillir.

— Lord Balon n'est que *le père* d'un grand homme.

— Et modeste, le damoiseau.

— Il faut être idiot pour s'humilier soi-même quand le monde pullule de gens qui brûlent de vous suppléer dans cette besogne. » Il lui baisa légèrement la nuque.

« Quelle tenue porterai-je à ce fameux festin ? » D'un revers de main, elle lui repoussa le visage.

« Je demanderai à Helya de quoi t'habiller. L'une des robes de dame ma mère devrait aller. Elle est partie pour Harloi. Sans espoir de retour.

— Exténuée par les vents glacés, j'ai appris. N'irez-vous pas la voir ? Harloi n'est qu'à un jour de voile, et je présume que lady Greyjoy rêve de revoir son fils une dernière fois.

— Que ne le puis-je ! Trop d'occupations me retiennent ici. Père se repose de tout sur moi, depuis mon retour. La paix venue, peut-être...

— C'est à *elle* que votre visite apporterait la paix.

— Voilà que tu parles comme une bonne femme, geignit-il.

— Je le confesse, j'en suis une... et enceinte. »

Bizarrement, cette idée l'excita. « Du moins le prétends-tu, bien que ton corps n'en trahisse rien. Quelle preuve m'en donneras-tu ? Avant que de te croire, il me faudra voir tes seins mûrir et goûter de ton lait.

— Et qu'en dira mon mari ? le serviteur et l'homme lige personnel de votre père ?

— Nous lui ferons construire tant de bateaux qu'il ne s'apercevra pas que tu l'as quitté. »

Elle éclata de rire. « Me voici captive d'un bien féroce damoiseau ! Si je vous promets, dites, de vous laisser un jour regarder mon enfant téter, me parlerez-vous plus avant de votre guerre, Theon, de la maison Greyjoy ? Nous avons encore à parcourir des milles de montagnes, et je serais charmée de vous entendre sur ce roi-loup que vous serviez et les lions d'or qu'il combat. »

Par désir de lui plaire, il redoubla d'obligeance, et l'interminable trajet s'écoula promptement, grâce aux mille détails sur la guerre et sur Winterfell dont il régala sa jolie compagne, quitte à s'étonner lui-même de se livrer parfois autant. *Bénie soit-elle de rendre si faciles les confidences !* se disait-il. *Il me semble la connaître depuis des années. Il me faudra la garder coûte que coûte, si elle révèle au déduit moitié autant d'habileté qu'elle montre d'esprit...* En se rappelant Sigrinn le caréneur et son corps épais, sa cervelle épaisse et les cheveux filasse qui désertaient déjà son front boutonneux, il secouait la tête. Un gâchis. *Un gâchis du dernier tragique.*

Le temps avait quasiment suspendu son vol quand ils aperçurent les sinistres murailles de Pyk.

Les portes étaient ouvertes. Theon éperonna Blagueur qui les franchit d'un trot fringant, dans un concert d'aboiements furieux. Comme il aidait la jeune femme à mettre pied à terre, plusieurs limiers accoururent en bondissant, queue battante, et, le dépassant en trombe, déboulèrent carrément sur elle et l'assaillirent de jappements, de coups de langue et de sauts fébriles. « Bas les pattes ! » vociféra-t-il en bottant sans l'atteindre une grande lice brune, cependant que pour sa part Esgred ne repoussait ses agresseurs que par des fous rires.

Un palefrenier se présentant pour enfermer la meute, « Prends le cheval, ordonna Theon, et débarrasse-moi de ces maudits chiens, je... ».

Le rustre ne lui accorda que dédain. Mais à Esgred, il dit, sa face s'évasant en un sourire aussi brèche-dents que démesuré : « Lady Asha ! Vous êtes de retour...

— Depuis hier soir. J'ai ramené de Grand-Wyk lord Bonfrère, passé la nuit à l'auberge de Lordsport, et mon petit frère a eu la gentillesse de me laisser partager sa monture jusqu'ici. » Elle embrassa l'un des chiens sur la truffe et régala Theon d'un large sourire.

N'en pouvant mais, ce dernier la considérait, pantois. *Asha. Non non. Ce ne peut être Asha.* Et il s'aperçut brusquement qu'il avait deux Asha en tête. L'une était la fillette jadis familière, l'autre un vague produit de son imagination, plus ou moins décalqué de Mère. Mais aucune des deux ne ressemblait le moins du monde à cette... cette... cette...

« Les furoncles ont filé quand sont venues les miches, expliqua-t-elle tout en repoussant les assauts d'un chien, mais le bec de vautour m'est resté. »

Theon recouvra la voix. « *Pourquoi ne m'avoir rien dit ?* »

Elle se libéra du chien, se redressa. « Je voulais d'abord voir qui tu étais. C'est fait. » Elle lui dédia une demi-révérence narquoise. « À présent, petit frère, daigne m'excuser. Avant de m'habiller pour le banquet, je dois prendre un bain. Et une chose me tarabuste : l'ai-je gardée, cette robe de mailles que je me plais à porter sur des caleçons de cuir bouilli ? » Elle lui grimaça son sourire le plus canaille et, de la démarche qui l'avait tant séduit, mi-chaloupée, mi-langoureuse, traversa le pont.

Quand Theon se détourna d'elle, ce fut pour découvrir l'air malicieux de Wex. Il l'en récompensa d'une taloche sur l'oreille. « Et d'une, pour y prendre tant de plaisir. » La seconde fut plus sévère. « Et de deux, pour ne m'avoir pas averti. À l'avenir, grouille un brin de langue. »

Jamais ses appartements du donjon des hôtes ne lui avaient paru si glaciaux, malgré le brasero qu'y avaient installé les serfs. Après avoir arraché ses bottes et laissé choir à terre son manteau, il se versa une coupe de vin, tout en remâchant les pustules et les genoux cagneux de la gamine godiche de ses souvenirs. *Elle a délacé mes braies*, songea-t-il, outré, *puis a dit... oh, bons dieux ! et moi, moi, j'ai dit...* Il émit un grognement. Se pouvait-il exhibition plus bouffonne ? un épouvantail ! Quel ridicule il s'était donné...

Non, ragea-t-il alors, *non, c'est* elle *qui m'a ridiculisé. Ce qu'elle a dû jouir, la garce. Tout du long. Et sa manière de me tripoter la queue...*

Emportant la coupe, il alla s'asseoir dans l'embrasure de la fenêtre et, l'œil perdu sur la mer qu'assombrissait l'approche du crépuscule, se mit à siroter. *Je n'ai pas de place à Pyk*, se dit-il, *et Asha, les Autres l'emportent ! en est cause.* En bas, les flots passèrent du vert au gris puis au noir. Alors lui parvinrent de lointains accords, l'heure était venue de se changer pour le festin.

Son choix se porta sur de simples bottes et des vêtements plus simples encore, dont les tons gris et noirs s'accordaient avec son humeur. Aucun bijou, puisqu'il ne possédait rien qu'eût acquis le fer. *J'aurais volontiers dépouillé le sauvageon que j'ai tué pour sauver Bran, mais il ne portait pas un seul objet de valeur sur lui. Bien ma veine, tuer les pauvres... !*

Quand il y pénétra, vassaux de Père et capitaines, près de quatre cents hommes bondaient la longue salle enfumée de Pyk. Dagmer Gueule-en-deux n'avait pas encore ramené de Vieux-Wyk les Timbal et les Maisonpierre, mais tous les autres étaient présents : les Harloi d'Harloi, les Noirmarées de Noirmarées, les Sparr, Merlyn, Bonfrère de Grand-Wyk, les Salfalaise et les Valleuse de Salfalaise, ainsi que les Wynch et Botley de Pyk-ouest. Les serfs versaient déjà la bière au son des instruments, crincrins, cabrettes et tambours. Armés de haches à manche court qui virevoltaient entre eux, trois gaillards râblés exécutaient la danse dite du doigt parce que la perte d'un ou deux... voire de cinq, en signalait d'ordinaire la fin, le fin du fin étant en l'occurrence de bloquer les coups ou bondir par-dessus sans cesser de marquer les pas.

Theon Greyjoy gagna l'estrade dans l'indifférence à peu près totale des danseurs comme des buveurs. Lord Balon occupait le trône de Grès qui, taillé dans un énorme bloc noir et moiré, affectait la forme d'une seiche géante. La légende assurait que les Premiers Hommes l'avaient découvert tel quel sur le rivage de Vieux-Wyk, à leur débarquement dans les îles de Fer. À sa gauche étaient assis les oncles de Theon. À droite, Asha, fièrement campée pour ce suprême honneur. « Tu es en retard, Theon, lâcha Père.

— Veuillez me pardonner. » Il prit le siège vacant près d'Asha puis, se penchant vers elle, lui siffla dans l'oreille : « Tu es à ma place. »

Elle darda sur lui un regard candide. « Tu t'abuses, frère. Ta place est à Winterfell. » Son sourire se fit mordant. « Qu'as-tu donc fait de tes gracieux atours ? J'avais cru comprendre que ta douce peau n'aimait que velours et soies. » Elle portait pour sa part un lainage vert et moelleux dont la coupe sobre n'allait pas sans mettre en valeur les courbes et la délicatesse de son corps.

« La rouille a donc rongé ton haubert, sœurette ? riposta-t-il. Quel dommage. J'aimerais tant te voir entièrement revêtue de fer... »

Elle se contenta de glousser : « Tu le pourras toujours, frérot... si ta *Chienne de mer* est capable de tenir tête à mon *Vent noir.* » L'un des serfs de leur père s'approcha, muni d'un flacon de vin. « Que boiras-tu ce soir, Theon ? de la bière ou du vin ? » Elle se pencha d'un air confidentiel. « À moins que tu n'aies encore soif de goûter mon lait ? »

Il s'empourpra. « Du vin », commanda-t-il au serf, tandis que sa sœur se détournait et, martelant la table, réclamait de la bière à grands cris.

Theon partagea une miche, en évida une moitié pour s'en faire un tranchoir, héla un cuisinier : « Emplis-moi ça de ragoût de poisson. » En dépit du vague à l'âme que lui causait l'arôme de purée crémeuse, il se força d'en ingurgiter quatre ou cinq bouchées. Il avait assez bu de vin pour dériver deux repas durant. *Si je dégueule, ce sera sur elle.* « Père le sait, que tu as épousé son caréneur ? demanda-t-il.

— Pas plus que Sigrinn. » Geste désinvolte. « *Esgred* est la première frégate sortie de ses mains. Il lui a donné le nom de sa propre mère. Je serais fort en peine de décider quelle est des deux sa préférée.

— Chacun de tes mots n'était qu'un mensonge.

— Pas chacun. Te souviens, quand je t'ai dit : “J'aime être dessus” ? » Elle sourit à belles dents.

Il n'en ragea que davantage. « Toutes tes simagrées de femme mariée, de future mère...

— Oh, là, je n'inventais guère. » Elle bondit sur ses pieds. « *Rolf, par ici !* » cria-t-elle à l'un des danseurs en brandissant la main. Alors, le temps pour l'homme de la voir et de pirouetter, une hache lui fusa des doigts, refléta dans son fer l'éclat successif des torches, et à peine Theon casa-t-il un hoquet qu'Asha la saisissait au vol et, la fichant dans la table, y fendait en deux le tranchoir et couvrait son frère d'éclaboussures. « Voilà messire mon époux. » Après quoi, plongeant la main dans l'échancrure de sa robe, elle retira d'entre ses seins un poignard. « Et voici mon nourrisson chéri. »

Quelle tête il faisait désormais, Theon Greyjoy ne pouvait nullement se le figurer, mais ce dont il prit conscience tout à coup, c'est que la salle entière croulait sous les rires, et qu'il était la cible des hilarités. Il n'était jusqu'à Père qui ne sourît, maudits soient les dieux ! pendant qu'Oncle Victarion gloussait à gorge déployée. *Nous verrons bien qui rira le dernier, chienne, une fois le rideau tombé.* Il ne réussit toutefois à s'extirper qu'une grimace jaune en guise de riposte.

Des ovations frénétiques et des sifflets saluèrent Asha lorsqu'elle arracha la hache de la table et la renvoya voler jusqu'aux danseurs. « Pour ton équipage, tu ferais bien de suivre mes conseils. » Dans la jatte que leur présentait un serf, elle piqua un poisson salé qu'elle engloutit à la pointe de son poignard. « Si tu t'étais seulement donné la peine de t'informer si peu que ce soit sur Sigrinn, jamais je n'aurais pu te duper. Dix années en loup, puis tu débarques et tu te prends pour le prince des îles, sans rien savoir ni connaître personne. Pourquoi les gens devraient-ils se battre et mourir pour toi ?

— Je suis leur prince légitime, répondit-il avec raideur.

— Selon les lois en vigueur dans les terres vertes, il se pourrait. Mais nos lois, nous les faisons nous-mêmes, ici, l'aurais-tu oublié ? »

D'un air renfrogné, il se mit à contempler le tranchoir et ses dégoulinades. Encore un peu, et le ragoût lui tremperait les chausses. Il appela un serf pour éponger tout ça. *J'ai passé la moitié de ma vie à attendre de rentrer chez moi. Pour y trouver quoi ? L'indifférence et la dérision ?* Ceci n'était pas le Pyk de ses souvenirs. S'il s'en souvenait *vraiment*... Il était encore si jeune quand on l'avait emmené comme otage !

La mesquinerie du festin, simple succession de ragoûts de poisson, de chèvre insipide, faute d'épices, et de pain noir, contribuait à l'accabler. Le plat qu'il trouva le plus savoureux n'était qu'une vulgaire tourte à l'oignon.

La bière et le vin continuèrent à couler bien après qu'on eut desservi le dernier des plats.

Lord Balon Greyjoy se leva du trône de Grès. « Videz vos coupes et venez me rejoindre dans ma loggia, ordonna-t-il à ses compagnons de l'estrade. Nous avons des plans à combiner. » Sans un mot de plus, il se retira, flanqué de deux de ses gardes. Ses frères le suivirent de près. Theon voulut les imiter.

« Mon petit frère est bien pressé de se débiner. » Asha brandit sa corne à boire afin qu'on la resservît.

« Notre seigneur père attend.

— Il attend depuis tant d'années qu'attendre un peu plus ne lui fera rien, mais... si tu redoutes sa colère, va, cours-lui derrière. Tu ne devrais pas avoir de mal à rattraper nos oncles. » Elle sourit. « L'un est saoul d'eau de mer, après tout, et l'autre un grand bœuf gris tellement obtus qu'il risque de se paumer. »

Theon se rassit de mauvaise grâce. « Je ne cours derrière personne.

— Personne ? Aucun homme, mais toutes les femmes.

— Ce n'est pas moi qui t'ai empoigné la queue.

— Je n'en ai pas, l'oublies ? Tu n'as pas été long à m'empoigner tout le reste de ma personne. »

Il sentit la rougeur lui envahir les joues. « Je suis un homme, j'ai des faims d'homme. Quel genre de créature monstrueuse es-tu, toi ?

— Rien qu'une vierge timide. » Sa main fila sous la table lui pincer la queue. Il faillit bondir de son siège. « Hé quoi, frérot, tu ne veux pas que je te gouverne à bon port ?

— Le mariage n'est pas ton affaire, décréta-t-il. M'est avis qu'une fois le maître je te fourguerai aux sœurs du Silence. » Une embardée le propulsa debout, et, d'un pas mal assuré, il partit retrouver Père.

La passerelle de la tour de Mer ondoyait sous une forte averse quand il l'atteignit, la tripe aussi tumultueuse et barattée que les vagues qui, sous ses pieds ramollis par l'abus de vin, s'enflaient, se fracassaient sur les écueils.

Les dents serrées, Theon se stimula durant la traversée par l'illusion qu'au lieu d'une rampe de corde, c'est le gosier d'Asha qu'agrippaient ses doigts.

La loggia cumulait plus que jamais la poisse et les vents coulis. Enseveli sous ses peaux de phoque entre ses deux frères, Père se recroquevillait devant le brasero. D'un geste, il fit taire Oncle Victarion qui pérorait de vents et de marées. « J'ai fini de dresser mes plans. Il est temps de vous les révéler.

— Je souhaiterais suggérer quelques... intervint Theon.

— Si j'ai besoin de tes conseils, je songerai à t'en aviser, coupa son père. Un oiseau nous est arrivé de Vieux-Wyk. Dagmer nous amène les Maisonpierre et les Timbal. Si le dieu nous accorde la faveur des vents, nous appareillerons dès leur arrivée... – *toi* du moins, Theon. Tu lanceras la première attaque en menant au nord huit bateaux et...

— *Huit ?* » Le rouge lui monta au front. « Que puis-je me flatter d'accomplir avec huit bateaux seulement ?

— Il t'appartient de harceler les Roches, de razzier les villages de pêcheurs et de couler tous les bâtiments que d'aventure tu croiseras. Peut-être aussi de débusquer tel ou tel seigneur de ses remparts de pierre. Aeron t'accompagnera, ainsi que Dagmer Gueule-en-deux.

— Puisse le dieu Noyé bénir nos épées », marmotta le prêtre.

Tout cela, Theon le prenait aussi mal qu'un soufflet. On l'expédiait faire une besogne de brigand, brûler des masures de pêcheurs et violer leurs laiderons de filles, et encore lord Balon ne l'en croyait-il même pas capable. Assez dur, déjà, de devoir subir les sermons et les regards en biais de Tifs-trempes. Mais son commandement, que devenait-il, avec Gueule-en-deux par surcroît ? purement nominal.

« Toi, ma fille, poursuivit lord Balon – et Theon s'aperçut alors qu'Asha s'était glissée sans bruit derrière lui –, tu emmèneras trente bateaux de troupes d'élite au-delà de la presqu'île de Merdragon. Accoste sur les bancs découverts par la marée au nord de Motte-la-Forêt. Marche vite, et le château tombe avant même de se douter que tu lui fonds dessus. »

Asha eut un sourire de chat dans la crème. « Un château, mon rêve... ronronna-t-elle.

— Alors, prends-le. »

Theon dut se mordre la langue. La forteresse de Motte-la-Forêt appartenait aux Glover. Partis tous deux guerroyer dans le sud, Galbart et Robett n'avaient dû laisser qu'une modeste garnison. Une fois la place en leurs mains, les Fer-nés disposeraient là d'une base solide en plein cœur du Nord. *C'est moi qu'on devrait envoyer s'en emparer.* Il la *connaissait*, lui, pour s'y être maintes fois rendu avec Eddard Stark.

« C'est à toi, Victarion, reprit lord Balon, qu'incombe l'effort principal. Après que mes enfants auront frappé, Winterfell se verra obligé de riposter. Tu ne devrais donc guère rencontrer d'obstacle lorsque tu embouqueras le fjord de Piquesel et remonteras la Fièvre. Moins de vingt milles séparent le cours supérieur de la rivière et Moat Cailin. Le Neck est la clef du royaume. Nous sommes déjà maîtres des mers à l'ouest. Aussitôt que nous tiendrons Moat Cailin, le louveteau ne pourra plus regagner son fief... et, s'il est assez fou pour s'y frotter, ses ennemis du Sud lui fermeront la route dans le dos, et il se retrouvera pris dans la nasse comme un rat. »

Theon ne put se taire davantage. « Un plan hardi, Père, mais les seigneurs dans leurs châteaux... »

Lord Balon culbuta l'objection. « Ils ont suivi le freluquet. Il n'est demeuré à l'arrière que des pleutres, des vieillards, des bleus. Ils se rendront ou tomberont un à un. Winterfell peut nous tenir tête un an ? et après ? Tout le reste nous appartiendra, bois, labours, manoirs, et nous ferons de ses habitants nos serfs et nos femmes-sel. »

Les bras au ciel, Aeron Tifs-trempes s'écria : « Lors se gonfleront les flots de la fureur, et le pouvoir du dieu Noyé déferlera sur les terres vertes !

— Ce qui est mort ne saurait mourir », psalmodia Victarion, repris en écho par lord Balon et Asha, ce qui força Theon à marmonner de même. La séance était achevée.

Dehors, plus drue que jamais s'acharnait la pluie. La passerelle de cordes oscillait et se tortillait sous les pieds de Theon Greyjoy. Parvenu au milieu, il s'immobilisa pour contempler les écueils, en bas. Le rugissement des vagues qui s'y écrasaient l'assourdissait, l'écume lui mettait aux lèvres l'âpreté du sel. Une brusque rafale lui fit perdre l'équilibre, il tomba à genoux. Asha l'aida à se relever. « Tu ne tiens pas non plus le vin, frère. »

Appuyé sur son épaule, il se laissa guider pour passer les planches vernies de pluie. « Je t'aimais mieux quand tu étais Esgred », dit-il d'un ton vindicatif.

Elle se mit à rire. « Comme de juste. Et *toi*, je t'aimais mieux quand tu avais neuf ans. »

TYRION

Au travers du vantail filtraient de suaves accords de harpe où s'entrelaçaient les trilles d'une musette. L'épaisseur des murs feutrait la voix du chanteur, mais le Lutin connaissait par cœur la ballade. *J'aimais une beauté belle comme l'été*, se souvint-il, *le soleil, jaloux de ses cheveux...*

Ser Meryn Trant gardait le seuil de la reine, ce soir-là. Tout évocateur d'un lardon rechigné que lui fut son « Messire » grognon, Tyrion n'en ouvrit pas moins la porte et, comme il pénétrait dans la chambre à coucher de sa sœur, la musique s'interrompit brusquement.

Cersei reposait, pieds nus, sur des amoncellements de coussins, parmi sa chevelure d'or artistement ébouriffée. Sa robe de lamé vert et or où se reflétait la flamme des bougies miroita lorsqu'elle leva les yeux. « Comme tu es belle, ma sœur, ce soir, dit-il puis, se tournant vers le chanteur : Toi aussi, cousin. Je ne soupçonnais pas le moins du monde que tu possédasses une si jolie voix. »

Le compliment rendit ser Lancel maussade ; peut-être y redoutait-il quelque rosserie. Il semblait avoir grandi de trois pouces depuis son accession à la chevalerie. Sous sa toison d'or roux brillaient les prunelles vertes des Lannister, un friselis de soie fauve ornait sa lèvre supérieure. La malédiction qui pesait sur lui voulait qu'à l'aplomb de ses seize printemps se conjuguât, sans l'once d'humour ni le moindre effleurement de doute, l'outrecuidance par trop spontanée des gens nés blonds, vigoureux et beaux. Et sa récente élévation n'avait servi qu'à l'empirer. « Sa Grâce vous aurait-elle convoqué ? le toisa-t-il.

— Pas que je me rappelle, avoua Tyrion. Je suis navré de perturber vos ébats, Lancel, mais il se trouve que j'ai à discuter d'affaires sérieuses avec ma sœur. »

Cersei lui jeta un regard en dessous. « Si c'est pour me tanner de ces frères mendiants que tu viens, Tyrion, fais-moi grâce de tes reproches. Je ne tolérerai pas que leurs infamies séditieuses infectent la rue. Libre à eux de s'entre-prêcher dans les oubliettes.

— Et de se tenir pour chanceux d'avoir une reine si magnanime, ajouta Lancel. Je leur aurais fait arracher la langue, moi.

— L'un d'eux a même eu le front de prétendre que les dieux nous punissaient parce que Jaime a assassiné le roi légitime, insista Cersei. C'est intolérable, Tyrion. Je ne t'ai que trop laissé le loisir d'écraser ces poux, mais comme ni toi ni ton ser Jacelyn n'en avez rien fait, j'ai chargé Vylar de régler la question.

— Et il l'a réglée. » Ulcéré, Tyrion l'*avait été* d'apprendre que les manteaux rouges s'étaient mêlés, sans le consulter, de jeter dans des culs-de-basse-fosse une poignée de prophètes hirsutes, mais il n'estimait pas utile de batailler pour de pareils énergumènes. « Un peu de calme dans les rues, ma foi, nous nous en porterons tous mieux. Tel n'était pas l'objet de ma visite. J'ai reçu des nouvelles qui, je le sais, te paraîtront, chère sœur, du plus haut intérêt, mais dont mieux vaudrait parler tête à tête.

— Fort bien. » Harpiste et museux s'inclinèrent et, pendant qu'ils se dépêchaient de sortir, Cersei baisait chastement la joue du cousin. « Laisse-nous, Lancel. Seul, mon frère n'est pas dangereux. Si ses toutous l'avaient escorté, nous les sentirions. »

Un regard noir au nain, et le jeune chevalier claquait impudemment la porte derrière lui. « Permets-moi de t'en informer, je fais baigner Shagga tous les quinze jours, spécifia Tyrion.

— Tu es enchanté de toi-même, n'est-ce pas ? Pourquoi ?

— Pourquoi pas ? » Dans la rue de l'Acier, les marteaux sonnaient nuit et jour, et l'énorme chaîne devenait de plus en plus longue. D'un saut, il se retrouva sur le grand lit à baldaquin. « Est-ce le lit dans lequel Robert trépassa ? Curieux, que tu l'aies gardé...

— Il me procure des rêves exquis, dit-elle. À présent, crache tes salades, et puis va te dandiner ailleurs, Lutin. »

Il sourit. « Lord Stannis a appareillé de Peyredragon. »

Elle bondit sur ses pieds. « Et tu restes là, la bouche fendue comme une citrouille le jour des moissons ? Prédeaux a-t-il convoqué le Guet ? Il nous faut expédier sur-le-champ un oiseau à Harrenhal. » Et voilà qu'il riait, maintenant ! Elle l'empoigna aux épaules et le secoua. « Arrête ! Tu perds la boule, ou tu as bu ? *Arrête !* »

Malgré tous ses efforts, il étouffait, les mots ne sortaient pas, « Peux pas ! hoqueta-t-il, c'est... c'est... c'est trop... bons dieux ! trop drôle... Stannis...

— *Quoi ?*

— ... n'a pas... n'a pas fait voile contre nous, parvint-il enfin à articuler. C'est Accalmie qu'il assiège. Et Renly court l'y affronter. »

Les ongles de sa sœur le meurtrissaient cruellement. Et elle n'en finissait pas de le dévisager, d'un air aussi médusé que s'il s'était mis à baragouiner un idiome inconnu. « Stannis et Renly se battent ? *l'un l'autre ?* » En le voyant hocher la tête, elle se prit à glousser. « Bonté divine ! s'étrangla-t-elle, je commence à croire que c'était Robert, le *malin* des trois... ».

Le col démanché, Tyrion poussa un rugissement qui les fit s'esclaffer de conserve, et Cersei, emportée par une gaieté de gamine, l'enleva du lit, le fit tournoyer, le pressa même sur son cœur. Et il était si essoufflé par le vertige lorsqu'elle le reposa qu'il dut, titubant, s'appuyer sur une commode pour recouvrer son équilibre.

« Ils en viendront vraiment aux mains, selon toi ? S'ils arrivaient à s'accorder...

— Impossible, affirma Tyrion. Ils sont tout à la fois trop différents et trop semblables, et ils n'ont jamais pu se piffer.

— Et Stannis a toujours considéré la perte d'Accalmie comme une spoliation, reprit Cersei d'un ton pensif. Le siège ancestral de la maison Baratheon, son fief légitime à lui... en a-t-il assommé Robert, de cette rengaine éculée, sur le mode lugubre et chagrin dont il a le secret, tu n'imagines pas ! Lorsque Robert donna la place à Renly, Stannis crispa sa ganache à s'en faire péter les dents.

— Il a pris la chose comme un affront.

— Elle se voulait un affront.

— Si nous portions un toast à l'amour fraternel ?

— Oui, haleta-t-elle. Oh, bons dieux, oui. »

Lui tournant carrément le dos, il emplit deux coupes de rouge moelleux de La Treille. Dès lors, jeter dans celle qu'il lui destinait une pincée de poudre était un jeu d'enfant. « À Stannis ! » s'écria-t-il en la lui tendant. *Pas dangereux quand je suis seul, n'est-ce pas ?*

« À Renly ! riposta-t-elle en riant. Puissent-ils s'entredéchirer longuement, et que les Autres les emportent tous deux ! »

Est-ce là la Cersei que voit Jaime ? Quand elle souriait, sa beauté vous éblouissait, littéralement. *J'aimais une beauté belle comme l'été. Le soleil, jaloux de ses cheveux...* Il éprouva comme un chagrin de l'empoisonner.

Il était en train de déjeuner, le lendemain matin, quand survint le messager. La reine, indisposée, ne pourrait quitter ses appartements. *Sa chaise percée, plutôt.* Après avoir bruyamment sacrifié aux usages de l'apitoiement, Tyrion fit dire à Cersei de reposer en paix, il donnerait à ser Cleos les instructions convenues.

Si le trône de Fer d'Aegon le Conquérant devait, avec son embrouillamini sournois de barbelures et de crocs déchiquetés, dépiter tout homme assez farfelu pour prétendre y prendre ses aises, et si, non contentes de vous infliger des crampes atroces, les marches qui en compliquaient l'accès donnaient de la grimpette, sur vos pattes torses, un spectacle tout du long grotesque et mortifiant, du moins fallait-il lui reconnaître un mérite : il était *haut*.

Drapés d'écarlate et coiffés de salades à mufle de lion, des gardes Lannister étaient plantés, muets, sur tout un côté de la salle. Sur l'autre stationnaient les manteaux d'or de ser Jacelyn. Bronn et ser Preston se tenaient de part et d'autre de l'escalier du trône. Dans la tribune se pressaient des courtisans, tandis que les solliciteurs étaient massés auprès des gigantesques portes de chêne bardé de bronze. En dépit de sa pâleur laiteuse, Sansa Stark était particulièrement ravissante, ce matin. Lord Gyles dandinait ses quintes de toux, le pauvre cousin Tyrek avait les mains encombrées par le mantelet, vair et velours, de sa nouvelle moitié. Depuis trois jours qu'il avait épousé la petite lady Ermesande, les autres écuyers l'accablaient du sobriquet « Nounou » et le harcelaient de questions sur la layette de sa fiancée durant la nuit de noces.

Après avoir promené son regard sur tous, Tyrion découvrit qu'il en éprouvait du plaisir. « Que s'avance ser Cleos Frey ! » Sa voix se répercuta sur les murs de pierre et résonna jusque dans le fond. Il en fut également charmé. *Dommage que Shae ne puisse voir cela.* Elle avait demandé à venir, mais le permettre était inconcevable.

Sans un regard à droite ni à gauche, ser Cleos remonta toute la salle entre les manteaux écarlates et or. Et, lorsqu'il s'agenouilla, Tyrion nota qu'il se dégarnissait.

C'est Littlefinger qui, de la table du Conseil, ouvrit le feu. « Soyez remercié, ser Cleos, de nous avoir apporté les offres de paix de lord Stark. »

Le Grand Mestre Pycelle s'éclaircit la gorge. « La reine régente, la Main du roi et le Conseil restreint ont examiné les conditions de ce prétendu roi du Nord. Elles sont, par malheur, inacceptables, et vous devrez l'en aviser.

— Voici les *nôtres*, en revanche, intervint Tyrion. Robb Stark devra déposer l'épée, jurer fidélité puis retourner à Winterfell. Il devra libérer mon frère sain et sauf, lui remettre le commandement de sa propre armée, qui marchera contre les rebelles Stannis et Renly Baratheon. Chacun de ses bannerets devra nous envoyer un fils en otage. Une fille y suppléera, en l'absence de fils. Ils seront tous traités avec égards et se verront attribuer des postes éminents à la Cour, sous réserve que leurs pères ne trahissent pas derechef. »

Ser Cleos parut atterré. « Messire Main, dit-il, jamais lord Stark ne consentira. »

Nous l'escomptons justement, Cleos. « Prévenez-le que nous avons levé une seconde armée puissante à Castral Roc, qu'elle marchera incessamment contre lui par l'ouest, tandis que mon père avance par l'est. Prévenez-le qu'il devra les affronter seul et sans espoir de se faire des alliés. Stannis et Renly Baratheon sont entrés en guerre l'un contre l'autre, et le prince de Dorne est convenu de marier son fils, Trystan, à la princesse Myrcella. » Des murmures où le ravissement se mêlait à la consternation s'élevèrent de la tribune et du fond de la salle.

« Pour ce qui est de mes cousins, poursuivit-il, nous offrons Harrion Karstark et ser Wylis Manderly contre Willem Lannister, lord Cerwyn et ser Donnel Locke contre votre frère, Tion. Informez Stark qu'en toute saison deux Lannister valent quatre hommes du Nord. » Il attendit que les rires se fussent éteints. « Il aura les os de son père, en gage de la bonne foi de Joffrey.

— Lord Stark réclamait également ses sœurs et l'épée de son père », rappela ser Cleos.

Ser Ilyn Payne se tenait là, muet. Par-dessus son épaule se voyait la garde de la longue épée d'Eddard Stark. « Glace, dit Tyrion. Elle lui reviendra lorsqu'il aura fait sa paix avec nous. Pas avant.

— Soit. Et ses sœurs ? »

Tyrion jeta un coup d'œil vers Sansa, et c'est le cœur blessé de compassion qu'il répondit : « Tant qu'il ne libérera pas sain et sauf mon frère Jaime, elles demeureront nos otages ici. Il ne tient qu'à lui qu'elles soient bien traitées. » *Et, les dieux aidant, Prédeaux retrouvera Arya vivante avant que Robb n'apprenne qu'elle a disparu.*

« Je lui transmettrai votre message, messire. »

Tyrion donna une pichenette à l'une des lames tordues qui vrillaient le bras du trône. *Et maintenant, l'estocade.* « Vylar ? appela-t-il.

— Messire.

— Pour protéger les os d'Eddard Stark, les gens de Stark suffisent, mais un Lannister devrait avoir une escorte de Lannister, déclara-t-il. Ser Cleos est le cousin de la reine tout comme le mien. Nous aurons un sommeil plus serein si vous vous chargez de le ramener sain et sauf à Vivesaigues.

— À vos ordres. Combien d'hommes dois-je emmener ?

— Mais tous, voyons. »

Comme Vylar demeurait pétrifié, le Grand Mestre Pycelle se dressa, bredouillant : « Mais cela, messire Main... cela ne se peut... Votre... votre père en personne, lord Tywin, a envoyé ces braves dans notre ville afin de protéger la reine Cersei et ses enfants...

— La Garde et le Guet suffisent à leur protection. Les dieux veillent sur votre voyage, Vylar. »

À la table du Conseil, Varys souriait d'un air entendu, Littlefinger affectait posément l'ennui, et Pycelle, pâle, interdit, bâillait comme une carpe. Un héraut s'avança. « S'il est quiconque, en ce lieu, qui souhaite soumettre d'autres sujets à la Main du roi, qu'il parle, à présent, ou qu'il se retire en silence.

— Je désire être entendu, *moi.* » Un individu maigre et de noir vêtu se fraya passage entre les jumeaux Redwyne.

« Ser *Alliser* ! s'écria Tyrion. Si je m'attendais à vous voir à la Cour... Hé quoi, vous auriez dû me faire signe.

— Et je l'ai fait, vous le savez pertinemment. » Le visage en lame de couteau, le poil poivre et sel, l'œil dur, la main sèche et la cinquantaine anguleuse, il hérissait toutes ses épines. « On m'a esquivé, ignoré, laissé poireauter comme le dernier des larbins.

— Vraiment ? Cela n'est pas bien, Bronn. Ser Alliser et moi sommes de vieux amis. Nous avons arpenté le Mur de conserve.

— Cher ser Alliser, murmura Varys, ne nous jugez pas si sévèrement... Notre Joffrey se voit submergé de suppliques, par ces temps de troubles et de tumulte.

— Des temps plus troublés, eunuque, que tu ne le sais.

— En sa présence, rectifia le sardonique Littlefinger, c'est du *lord* Eunuque que nous lui donnons.

— En quoi pouvons-nous vous aider, brave frère ? s'enquit Pycelle, tout sucre tout miel.

— Le lord Commandant m'a chargé d'une mission auprès de Sa Majesté, répliqua Thorne. L'affaire est trop grave pour se confier à des serviteurs.

— Le roi est en train de jouer avec sa nouvelle arbalète », l'informa Tyrion. Se débarrasser de Joffrey n'avait en effet requis qu'une arbalète de Myr encombrante au possible mais qui décochait quatre carreaux simultanément et que le roi, dût l'univers crouler, avait exigé de tester sur-le-champ. « Vous parlerez à ses serviteurs ou bien vous tairez.

— Il en sera selon votre bon plaisir. » Chaque mot lui écorchait manifestement la gorge. « Je suis chargé de vous informer que nous avons découvert deux de nos patrouilleurs portés disparus depuis longtemps. Ils étaient morts et, cependant, après que nous les eûmes rapportés au Mur, ils se relevèrent durant la nuit. L'un tua ser Jaremy Rykker, pendant que l'autre essayait d'assassiner le lord Commandant. »

De sa place, Tyrion perçut un ricanement lointain. *À quoi riment ces balivernes ? Veut-il se ficher de moi ?* On ne peut plus mal à l'aise, il changea de position tout en jetant un coup d'œil sur Varys, Pycelle et Littlefinger : l'un d'eux jouait-il un rôle dans cette farce ? Un nain se délectait outre mesure de détenir un rien de dignité. Un jour, la Cour et le royaume se prirent à rire de lui, et ce fut sa perte. Néanmoins... oui, néanmoins...

Le souvenir l'assaillit d'une nuit glaciale où, sous les étoiles, il s'était tenu sur le Mur, là-bas, tout au bout du monde, à sonder, aux côtés de Jon Snow et d'un grand loup blanc, l'au-delà vierge et ténébreux. Éprouvant – quoi ? – *quelque chose*, assurément, une terreur aussi tranchante que la bise acérée du septentrion. Un loup s'était mis à hurler dans la nuit, et le souvenir de ce hurlement le faisait encore grelotter.

Ne sois pas stupide, s'intima-t-il. *Un loup, du vent, la noirceur des bois, cela ne signifiait rien. Néanmoins...* Un faible lui était venu pour le vieux Jeor Mormont, durant son séjour à Châteaunoir. « J'espère que le Vieil Ours a survécu à cette agression ?

— Oui.

— Et que vos frères ont tué ces... ces morts ?

— Oui.

— Vous êtes sûr qu'ils sont bien morts, cette fois ? » demanda-t-il d'un ton suave. Au rire de nez qu'émit Bronn, il sut comment il devait désormais s'y prendre. « Bien bien morts ?

— Ils étaient bel et bien morts la première fois, jappa ser Alliser. Blêmes et froids, les mains et les pieds noirs. J'ai apporté la main de Jared, telle que l'avait arrachée au cadavre le loup du bâtard. »

Littlefinger frétilla. « Et où se trouve cette charmante pièce à conviction ? »

Ser Alliser fronça les sourcils d'un air embarrassé. « Elle... s'est entièrement décomposée pendant que j'attendais en vain, malgré mes réclamations. Il n'en reste rien que les os. »

Des rires sous cape coururent la salle. « Lord Baelish ? appela Tyrion de son piédestal, achetez à notre valeureux ser Alliser un cent de bêches à rapporter au Mur.

— Des bêches ? » La défiance étrécit les yeux de ser Alliser.

« Si vous *enterrez* vos morts, ils cesseront de se balader, expliqua Tyrion, déchaînant par là l'hilarité de la Cour. Avec des bêches et quelques dos solides pour les manier, c'en sera fait de vos ennuis. Ser Jacelyn, veillez que le brave frère ait ses choux gras dans nos cachots.

— À vos ordres, messire, mais les cellules sont quasiment vides. Yoren y a raflé tout le gratin.

— Alors, procédez à quelques arrestations supplémentaires, conseilla Tyrion. Ou bien propagez qu'au Mur il y a du pain et des navets, et vous aurez toujours des volontaires. » Si la ville avait trop de bouches à nourrir, la Garde de Nuit souffrait en permanence du manque d'hommes. Au signal de Tyrion, le héraut proclama la séance close, et la salle commença à se vider.

Bien résolu à ne pas se laisser congédier si facilement, ser Alliser attendait Tyrion au pied du trône de Fer. « Vous figurez-vous, l'apostropha-t-il, que je ne me suis tapé cette interminable traversée, depuis Fort-Levant jusqu'ici, que pour essuyer les quolibets de vos pareils ? » Il bloquait le passage. « Il ne s'agit pas d'une blague. J'ai vu la chose de mes propres yeux. Je vous l'affirme, les morts marchent.

— Essayez donc de les tuer plus consciencieusement. » Tyrion l'écarta de sa route. Ser Alliser voulut l'attraper par la manche, mais Preston Verchamps le tira en arrière. « Pas un pas de plus, ser. »

Plutôt que de se colleter avec un chevalier de la Garde, Thorne se crut bien malin de crier : « Tu n'es qu'un bouffon, Lutin ! »

Aussitôt, le nain lui fit face : « Moi ? Vraiment ? Dans ce cas, pourquoi est-ce de vous qu'on riait ? je me le demande. » Il eut un sourire pâlot. « C'est bien pour des hommes que vous veniez, n'est-ce pas ?

— Les vents froids se lèvent. Il va falloir tenir le Mur.

— Et, pour le tenir, vous avez besoin d'hommes, et je vous en ai accordé... comme vous l'auriez remarqué si vos oreilles ne se débouchaient que pour les insultes. Prenez-les, remerciez-moi, et filez avant de me forcer à reprendre une pince de crabe en votre faveur. Rappelez mon chaleureux souvenir à lord Mormont... sans oublier Jon Snow. » À ces mots, Bronn prit ser Alliser par le coude et l'entraîna sans ménagements vers la sortie.

Le Grand Mestre avait déjà déguerpi, mais Varys et Littlefinger n'avaient pas perdu une miette de la scène. « Mon admiration pour vous ne cesse de croître, messire, confessa l'eunuque. D'un seul coup de cuiller à pot, vous amadouez le petit Stark avec les os de son père et vous dépouillez votre sœur de ses protecteurs, vous donnez à ce frère noir les hommes qu'il cherche et vous débarrassez la cité de quelques ventres affamés, mais, ce faisant, vous semblez si bien vous jouer que nul n'ira prétendre que les tarasques et les snarks suffisent à faire trembler le nain. Oh, cette dextérité ! »

Littlefinger se lissait la barbe. « Vous comptez vraiment renvoyer tous vos gardes, Lannister ?

— Non. Je compte renvoyer tous ceux de *ma sœur*.

— La reine n'y consentira jamais.

— Oh, je crois que si. Je *suis* son frère et, lorsque vous m'aurez suffisamment pratiqué pour me connaître, vous saurez que chacune de mes paroles exprime le fond de ma pensée.

— Même quand vous mentez ?

— *En particulier* quand je mens. J'ai l'intuition que je vous chagrine, lord Petyr.

— Je vous adore autant que jamais, messire. Encore que je n'apprécie point que l'on me prenne pour un imbécile. Si elle épouse Trystan Martell, Myrcella sera fort en peine d'épouser Robert Arryn, non ?

— Sauf à susciter un scandale énorme, admit Tyrion. Je suis au regret de ma petite ruse, lord Petyr, mais, lors de notre conversation, j'ignorais si les gens de Dorne accepteraient mes ouvertures. »

Littlefinger ne s'en radoucit pas pour autant. « Je n'aime pas que l'on me mente, messire. Ne m'impliquez pas dans votre prochaine supercherie. »

Sous l'unique réserve que tu m'accordes la réciproque, objecta Tyrion en louchant vers le poignard gainé qui reposait sur la hanche du faux jeton. « Si je vous ai offensé, vous m'en voyez au désespoir. Chacun sait à quel point nous vous chérissons, messire. Et quel besoin nous avons de vous.

— Alors, tâchez de vous en souvenir, lança l'autre avant de tourner les talons.

— Accompagnez-moi, Varys », dit Tyrion, contournant le trône pour emprunter la porte du Roi. Les babouches de l'eunuque faisaient sur les dalles un léger clapotis.

« Lord Baelish est dans le vrai, vous savez. Jamais la reine ne vous laissera renvoyer sa garde.

— Si fait. Vous la convaincrez. »

L'ombre d'un sourire effleura les lèvres grassouillettes de Varys. « Ah bon ?

— Oh, certes. En l'assurant que cela fait partie de mon plan pour délivrer Jaime. »

Varys caressa sa bajoue poudrée. « Qui comprend, je présume, les quatre individus que votre Bronn mettait tant d'ardeur à chercher dans les bas-fonds de Port-Réal. Un voleur, un empoisonneur, un histrion et un meurtrier.

— Mettez-leur un manteau écarlate et des heaumes au lion, rien ne les distinguera de leurs compagnons. Je m'épuisais depuis quelque temps à inventer un stratagème pour les introduire à Vivesaigues quand l'idée m'est venue de les rendre invisibles en les exhibant. Ils y pénétreront par la grande porte, déployant bannières Lannister et escortant les os de lord Eddard. » Sourire crochu. « Quatre hommes isolés seraient surveillés de près. Parmi cent, quatre ont chance de se perdre. Aussi me faut-il envoyer les gardes authentiques tout comme les faux... ainsi que vous le direz à ma sœur.

— Et le salut de son frère bien-aimé l'y fera consentir, en dépit de ses répugnances. » Ils longeaient une colonnade abandonnée. « Il n'empêche, la perte de ses manteaux rouges va sûrement l'affoler.

— L'affoler m'agrée », proféra Tyrion.

Escorté par Vylar et une centaine de gardes rouges Lannister auxquels se joignirent, à la porte du Roi, les hommes de Robb Stark, ser Cleos partit l'après-midi même pour sa longue chevauchée vers l'ouest.

Lorsque Tyrion pénétra dans leurs baraquements, Timett jouait aux dés avec ses Faces Brûlées. « Viens à minuit dans ma loggia. » Dur regard borgne, hochement sec, Timett n'était pas un grand discoureur.

Le soir, Tyrion festoya dans la Petite Galerie en compagnie des Freux et des Sélénites, mais sans boire de vin, pour une fois. Il tenait à conserver toute sa présence d'esprit. « Quelle est la lune, Shagga ? »

Terrifiant, Shagga, lorsqu'il fronçait les sourcils. « Noire, il me semble.

— Dans l'ouest, on l'appelle "lune-à-judas". Essaie de ne pas trop te saouler, ce soir, et contrôle-moi l'affût de ta hache.

— Les haches freux sont toujours affûtées, et plus affûtées que toutes celle de Shagga. Un jour, j'ai coupé la tête à un type, et il ne s'en est aperçu que lorsqu'il a voulu se la brosser. Parce qu'alors elle est tombée.

— C'est pour cela que tu ne te la brosses jamais ? » Les Freux se mirent à rugir de rire et à trépigner, Shagga beuglant plus que quiconque.

Vers la mi-nuit, le château reposait, sombre et silencieux. Assurément, quelques-uns des manteaux d'or postés sur les remparts les virent quitter la tour de la Main, mais nul « Qui-vive ? » ne s'éleva. Ès qualités de Main du Roi, la destination de Tyrion ne regardait que lui.

Non sans un *crac* retentissant, le mince vantail de bois vola en éclats sous le talon botté de Shagga. Parmi la chute des bouts de planches à l'intérieur, Tyrion perçut un cri de femme apeurée. En trois coups de hache, Shagga acheva de démolir la porte et en enjamba les vestiges. Timett le suivit puis, attentif à ne point fouler les débris, Tyrion. Du feu ne subsistaient que de vagues braises, et la chambre était plongée dans d'épaisses ténèbres. Timett arracha les lourdes courtines. Nue dans le lit, la petite servante écarquillait de grands yeux blancs. « Pitié, messires, supplia-t-elle, ne me faites pas de mal. » Aussi confuse qu'effrayée, elle se blottit hors de portée de Shagga, tenta de couvrir ses charmes avec ses mains, mais toujours lui en manquait une.

« Va-t'en, dit Tyrion. Ce n'est pas toi que nous voulons.

— Shagga veut cette femme.

— Shagga veut chaque pute, dans cette cité de putes, gémit Timett, fils de Timett.

— Oui, confirma Shagga sans se démonter. Shagga lui ferait un enfant robuste.

— Si elle désire un enfant robuste, elle saura à qui

s'adresser, dit Tyrion. Fais-la sortir, Timett... en douceur, s'il te plaît. »

Le Face Brûlée arracha la fille du lit et lui fit traverser la pièce, à demi debout, à demi traînée, sous l'œil de Shagga, navré comme un chiot. En titubant, elle franchit le seuil jonché d'échardes et, sous la poussée ferme de Timett, passa dans le vestibule. À l'étage au-dessus piaillaient les corbeaux.

D'une secousse, Tyrion fit venir à lui la courtepointe douillette qui dissimulait le Grand Mestre Pycelle. « Dites-moi, mestre, la Citadelle approuve-t-elle vos coucheries ancillaires ? »

Bien qu'il se trouvât dans le même appareil que sa servante, le vieillard offrait une vision nettement moins attrayante. Largement ouverts, pour une fois, ses yeux ne se camouflaient pas sous leurs paupières appesanties. « Q-que signifie ceci ? Je suis un vieil homme, votre serviteur loyal... »

Tyrion se hissa sur le lit. « Tellement loyal que vous n'avez expédié à Doran Martell qu'une seule de mes lettres. La seconde, vous l'avez remise à ma sœur.

— N-non ! piaula Pycelle, non, c'est faux, je le jure, ce n'est pas moi ! Varys, c'est Varys, l'Araignée, je vous ai prévenu...

— Les mestres mentent-ils tous aussi piteusement ? À Varys, j'ai dit que je donnerais pour pupille au prince Doran mon neveu Tommen ; à Littlefinger que je comptais marier Myrcella à lord Robert des Eyrié ; à personne que j'avais offert ma nièce pour Trystan de Dorne... – vérité que recelait seule ma lettre, et c'est à *vous* que j'ai confié celle-ci. »

Pycelle essaya d'attraper un coin de la courtepointe. « Les oiseaux se perdent, les messages se volent ou se vendent... c'est un coup de Varys ! Je pourrais vous dire sur cet eunuque des choses qui vous glaceraient le sang...

— Ma dame préfère que je l'aie bouillant.

— Ne vous y trompez pas, pour chaque secret qu'il vous murmure dans l'oreille, l'eunuque s'en réserve sept. Quant au Littlefinger, celui-là...

— Je sais tout de lord Petyr. Il est presque aussi scrupuleux que vous. Shagga, coupe-lui l'engin, pour nourrir les chèvres. »

Shagga brandit son énorme francisque. « Y a pas de chèvres, Bout-d'Homme.

— Fais. »

Avec un rugissement, Shagga bondit en avant, tandis que Pycelle, tout en s'égosillant, rampait à reculons dans l'espoir de se dérober, non sans compisser copieusement le lit comme ses abords, mais le sauvageon l'attrapa par sa houleuse barbe blanche et, d'un seul coup, la lui raccourcit des trois quarts.

« À ton avis, Timett, notre ami se montrera-t-il plus abordable, à présent qu'il n'a plus ces favoris pour s'y camoufler ? » Tyrion se servit d'un bout du drap pour éponger ses bottes éclaboussées d'urine.

« Il dira bientôt la vérité. » Les ténèbres se concentraient dans l'orbite évidée de Shagga qui renifla : « Pue la trouille. »

Jetant à la jonchée la poignée de poils, il empoigna ce qui restait de barbe au vieillard. « Tenez-vous tranquille, mestre, enjoignit Tyrion. Ses mains tremblent, s'il se met en rogne.

— Les mains de Shagga ne tremblent jamais ! s'indigna le géant qui, pressant l'énorme lame en croissant sous le menton tremblotant de Pycelle, entreprit de scier un nouveau pan de barbe.

— Depuis combien de temps pratiquez-vous l'espionnage au profit de ma sœur ? », interrogea Tyrion.

Le souffle de Pycelle n'était plus qu'un halètement précipité. « Tout ce que j'ai fait, je l'ai fait pour la maison Lannister. » Une pellicule de sueur tapissait la peau ridée de son vaste crâne où s'engluaient de vagues flocons blancs. « Toujours... des années... le seigneur votre père, demandez-lui, j'ai toujours été son serviteur fidèle... c'est moi qui poussai Aerys à ouvrir ses portes... »

Celle-là, Tyrion ne s'y attendait pas. Lors de la prise de la ville, il n'était lui-même, à Castral Roc, qu'un gamin bien laid. « Ainsi, le sac de Port-Réal fut aussi votre œuvre ?

— Pour le bien du royaume ! Rhaegar mort, la guerre était terminée. Aerys était fou, Viserys trop jeune, le prince Aegon un nourrisson, et le royaume avait besoin d'un roi... Je demandais dans mes prières que celui-ci soit votre excellent père, mais Robert était trop puissant, et lord Stark intervint trop vite...

— Combien de gens avez-vous donc trahis, dites ? Aerys, Eddard Stark, moi... – le roi Robert également ? et lord Arryn ? et le prince Rhaegar ? Où cela débute-t-il, Pycelle ? » Il savait où cela *s'achevait*.

Après lui avoir raclé la pomme, la hache effleura les tendres fanons ballottants, crissa sur les derniers poils du menton. « Vous... n'étiez pas ici, hoqueta Pycelle lorsque la lame remonta vers ses joues. Robert... – ses blessures... Si vous les aviez vues, les aviez senties, vous n'auriez pas de doute...

— Oh, je sais que le sanglier fit le boulot pour vous... mais s'il l'avait fait à demi, sûrement l'auriez-vous terminé.

— Il était un roi lamentable... vaniteux, ivrogne, débauché... il aurait écarté votre sœur, sa reine... pitié... Renly tramait d'amener à la Cour la damoiselle de Hautjardin pour qu'elle séduise son frère... c'est la pure vérité, les dieux...

— Et lord Arryn ? Que tramait-il ?

— Il *savait*, dit Pycelle. À propos... à propos...

— Je sais quoi, coupa sèchement Tyrion, peu désireux de laisser Timett et Shagga le savoir aussi.

— Une fois sa femme rentrée aux Eyrié et son fils parti comme pupille pour Peyredragon, il... il comptait agir...

— Aussi l'avez-vous devancé en l'empoisonnant.

— *Non.* » Il se débattit faiblement. Avec un grondement, Shagga lui empoigna la tête. Sa main était si énorme que, d'une simple pression, elle aurait pu réduire en miettes comme une coquille d'œuf le crâne du mestre.

« Tt tt, fit Tyrion. J'ai vu les larmes de Lys parmi vos potions. Et vous avez congédié le mestre personnel de lord Arryn et soigné celui-ci vous-même de manière à rendre sa mort absolument certaine.

— Faux !

— Rase-le de plus près, suggéra Tyrion. Repasse la gorge. »

La hache redescendit en râpant la peau. Un menu filet de salive vint éclore en bulles sur les lèvres tremblantes de Pycelle. « J'ai tâché de sauver lord Arryn. Je jure...

— Tout doux, Shagga, tu l'as coupé.

— Dolf a procréé des guerriers, gronda Shagga, pas des barbiers. »

Quand il sentit le sang dégouliner le long de son cou puis sur sa poitrine, le vieillard fut pris d'un frisson, et ses dernières forces l'abandonnèrent. Tout ratatiné, il paraissait deux fois plus petit et fragile qu'à l'heure où ils s'étaient jetés sur lui. « Oui, pleurnicha-t-il, oui, Colemon le purgeait, alors, je l'ai congédié. La reine exigeait que lord Arryn meure, elle ne l'a pas dit, c'était impossible, avec Varys qui écoutait, qui écoutait à tout moment, partout, mais je l'ai compris en la regardant. Mais ce n'est pas moi qui ai administré le poison, je le jure. » Il pleurait. « C'est son écuyer, Varys vous dira, Hugh qu'on l'appelait, c'est sûrement lui qui a dû le faire, demandez à votre sœur, demandez-lui. »

Tyrion était écœuré. « Vous le ligotez puis vous l'emmenez, ordonna-t-il. Fourrez-le dans l'une des oubliettes. »

Comme on entraînait enfin le captif vers le vestibule, « Lannister, geignit-il, tout ce que j'ai fait, je l'ai fait pour les Lannister... ».

Une fois seul, Tyrion fouilla les lieux sans se presser, préleva quelques fioles supplémentaires sur les étagères. Pendant qu'il opérait, les corbeaux marmonnaient, là-haut, une rumeur étrangement paisible. Il lui faudrait trouver quelqu'un pour s'occuper d'eux jusqu'à ce que la Citadelle envoie le remplaçant de Pycelle.

Il était celui en qui j'avais espéré me fier. Sans être moins déloyaux, subodorait-il, Varys et Littlefinger étaient toutefois plus... subtils et, par là même, plus dangereux. Peut-être aurait-il mieux valu employer la méthode de Père : convoquer Ilyn Payne, ficher trois têtes au-dessus des portes et en avoir fini. *Puis quel joli spectacle ce serait*, songea-t-il, *non ?*

ARYA

La peur est plus tranchante qu'aucune épée, se ressassait-elle, mais le charme n'opérait pas, la peur s'était incrustée en elle, aussi indissociable de ses jours que le pain coriace et que les ampoules aux pieds après une longue journée de marche parmi crevasses et cailloux.

La peur, qu'elle s'était figuré naguère connaître à fond, les huit jours passés dans le hangar des bords de l'fiildieu lui avaient offert tout loisir de l'appréhender mieux. Elle avait vu périr quelqu'un chaque jour, avant que la Montagne n'ordonnât le départ.

La Montagne... Sitôt après son déjeuner, il pénétrait dans le hangar et y choisissait l'un des prisonniers pour l'interroger. Les gens du village s'abstenaient coûte que coûte de le regarder. Peut-être s'imaginaient-ils qu'en feignant de l'ignorer, lui-même les ignorerait... mais il les lorgnait tout de même et choisissait selon sa fantaisie. Impossible de lui échapper, de ruser, se cacher, tricher, pas moyen de sauver sa peau.

Trois nuits de suite, une fille partagea la couche d'un soldat ; et le soldat ne dit pas un mot lorsque, au matin du quatrième jour, la Montagne choisit la fille.

Jamais à court de risettes pour les geôliers, un vieux leur raccommodait leurs affaires en leur babillant que son fils servait à Port-Réal dans les manteaux d'or. « Un homme du roi qu'il est, rabâchait-il, un fidèle du roi, comme moi, tout Joffrey. » Une ritournelle si obsédante que ses compagnons de détention ne l'appelaient plus que « Tout-Joffrey », quand les gardes n'écoutaient pas. Tout-Joffrey fut choisi le cinquième jour.

Une jeune femme au visage grêlé s'étant proposé de révéler tout ce qu'elle savait si l'on promettait d'épargner sa fille, la Montagne l'entendit de bout en bout mais, pour s'assurer qu'elle ne lui avait rien dissimulé, choisit la gamine, le lendemain.

Les auditions des malheureux élus ayant lieu sous leurs yeux, les captifs ne pouvaient rien méconnaître du sort réservé aux rebelles et aux traîtres. Un type surnommé Titilleur par ses acolytes posait les questions. Sa tête des plus banale et sa mise des plus ordinaire ne le distinguaient nullement d'abord des rustres locaux ; mais Arya s'aperçut bientôt qu'il fallait le voir à l'œuvre pour lui rendre pleine justice. « Titilleur vous fait si bien gueuler les gens qu'ils en font plein leur froc », avait pourtant prévenu Chiswyck, le vieux voûté qu'elle avait essayé de mordre au moment de sa capture, qui l'avait traitée de « démon » et assommée d'un coup de poing ganté de maille. Il lui arrivait de seconder Titilleur quand d'autres ne s'en chargeaient pas. Quant à ser Gregor Clegane, il se tenait là sans bouger, mais tout yeux tout oreilles jusqu'à la mort du patient.

L'interrogatoire était invariable. Y avait-il de l'or caché dans le village ? Des vivres supplémentaires ? Où se trouvait lord Béric Dondarrion ? Quels villageois l'avaient soutenu ? À son départ, où se rendait-il ? Combien d'hommes l'accompagnaient ? Combien de chevaliers, combien d'archers, combien d'hommes d'armes ? En quoi consistait leur équipement ? Combien d'entre eux étaient montés ? Combien blessés ? Quel autre ennemi avait-on vu ? Combien d'hommes ? Quand ? Quelles bannières arboraient-ils ? Où étaient-ils allés ? Y avait-il de l'or caché dans le village ? De l'argent, des pierreries ? Où se trouvait lord Béric Dondarrion ? Combien d'hommes l'accompagnaient ? Au bout de trois jours, Arya aurait pu poser les questions elle-même.

On découvrit finalement un chouïa d'or, un chouïa d'argent, un gros sac de liards – et un gobelet cabossé mais serti de grenats pour lequel deux soudards faillirent en venir aux mains. On apprit que lord Béric menait dix crève-la-faim ou bien cent chevaliers montés ; qu'il avait filé vers le nord ou bien vers le sud ou vers l'ouest ; qu'il avait pris un bateau pour traverser le lac ; qu'il était fort comme un aurochs ou quasi vidé de son sang. Du moins personne – ni homme ni femme ni enfant – ne survivait-il aux interrogatoires de Titilleur ; sa victime la plus résistante dura jusqu'au-delà du crépuscule ; afin de ne point décourager les loups, on suspendait les cadavres à l'écart des feux.

L'heure venue de se mettre en marche, Arya ne se faisait plus d'illusions, elle n'était pas un danseur d'eau. Jamais Syrio Forel ne se serait laissé terrasser d'un coup de poing, jamais laissé faucher son épée, jamais il n'aurait sans moufter laissé tuer Lommy Mains-vertes. Jamais non plus Syrio ne serait demeuré, lui, passif et coi dans le hangar, jamais il n'aurait toléré de s'y avilir comme un prisonnier quelconque. Le loup-garou pouvait bien être l'emblème des Stark, Arya se sentait davantage agneau, maintenant qu'elle bêlait parmi des tas d'autres moutons. Et elle haïssait presque autant les villageois pour leur moutonnerie qu'elle se haïssait personnellement.

Les Lannister lui avaient tout pris : Père, amis, maison, courage, espérance. L'un lui avait pris Aiguille, un autre sa latte et se l'était brisée sur le genou. On lui avait pris jusqu'à son secret stupide. Car si l'ampleur du hangar lui avait permis de se réfugier à l'insu de tous dans un coin sombre pour lâcher son eau, une fois en route, c'était impossible. Elle eut beau se retenir de son mieux, force lui fut enfin de s'accroupir près d'un buisson, braies délacées devant tout le monde. Cela, ou se tremper. Au demeurant, si Tourte s'en exorbita, personne à part lui n'y prit garde. Qu'elle fût mouton mâle ou mouton femelle, ser Gregor et ses sbires n'en avaient en fait cure, manifestement.

Ils interdisaient cependant de parler. Une lèvre amochée suffit à Arya pour apprendre à tenir sa langue, mais aucune leçon ne corrigea les autres. Un bambin de trois ans n'arrêtant pas d'appeler son père, une masse d'armes lui écrabouilla la tête, et sa mère s'étant mise à glapir, Raff Tout-miel la tua aussi.

Arya les regarda mourir sans s'interposer. À quoi bon faire la bravache ? L'une des femmes choisies pour subir l'interrogatoire avait bien tenté de se montrer brave, elle n'en était pas moins morte en piaulant comme tous les autres. En fait de braves, le troupeau ne comportait que de pauvres bêtes terrifiées et affamées. Des femmes et des gosses, pour l'essentiel. Peu d'hommes, et très jeunes ou très âgés ; enchaîné au fameux gibet, le reste, afin de repaître corbeaux et loups. Gendry n'avait dû la vie sauve qu'à l'aveu d'avoir forgé lui-même son heaume à cornes ; les forgerons, même apprentis, étaient d'une espèce trop précieuse pour qu'on les tue.

« On vous emmène à Harrenhal, avait décrété la Montagne, vous y servirez lord Tywin. Rendez grâces aux dieux qu'il vous accorde cette chance, tout traîtres et rebelles que vous êtes. Vous ne vous en tireriez pas à si bon compte avec les brigands. Obéissez, servez, et vous resterez en vie. »

« C' pas juste, non... », entendit gémir Arya, couchée dans l'ombre, cette nuit-là. C'était une vieille parcheminée qui se plaignait à sa voisine. « On a jamais trahi quelqu'un. Les autres sont venus prendre ce qu'y voulaient, pareil que cette bande-là.

— Puis lord Béric nous a pas fait de mal, lui, souffla la confidente. Et ce prêtre rouge qu'était avec, y nous a payé ce qu'il emportait.

— Payé ? Pour les deux poulets qu'y m'a pris, y m'a donné qu'un morceau de papier avec un truc écrit dessus. Je vais le manger, peut-être, son bout de papier, dis ? Y va me pondre des œufs, peut-être, son bout de papier ? » Elle jeta un coup d'œil furtif du côté des gardes, cracha trois fois. « Ça, c'est pour les Tully, ça pour les Lannister, et ça pour les Stark !

— Que c'en est une honte, un péché... ! grinça un vieux. Si le vieux roi vivait encore, jamais il l'aurait supporté, moi.

— Le roi Robert ? s'oublia étourdiment Arya.

— Le roi *Aerys*, les dieux le bénissent ! » répliqua-t-il un ton trop haut. Un garde accourut pour le faire taire en piétinant quelques dormeurs. Le vieux y perdit ses deux dents, et plus personne ne pipa.

En plus de ces infortunés, ser Gregor traînait à sa suite une douzaine de cochons, une cage pleine de volailles, une vache laitière étique et neuf fourgons de poisson salé. Lui et ses hommes étaient montés, mais les captifs allaient tous à pied, et l'on abattait sur-le-champ ceux dont la faiblesse retardait la marche, ainsi que quiconque était assez fou pour tenter de fuir. Le soir, les soudards emmenaient les femmes dans les fourrés, et, non contentes de les suivre assez docilement, la plupart semblaient l'escompter. Plus mignonne que ses compagnes, l'une d'elles, forcée d'en subir quatre ou cinq par nuit, finit par en blesser un avec une pierre... et ser Gregor contraignit chacun d'admirer avec quelle aisance il maniait son colossal estramaçon pour trancher un col délicat puis, tout en remettant l'arme à son écuyer pour qu'il la nettoie, ricana : « Un peu de viande pour les loups. »

Arya jeta un coup d'œil en biais vers Aiguille qui, dans son fourreau, ornait désormais la hanche d'un demi-chauve à barbe noire nommé Polliver. *Une chance, qu'il me l'ait volée*, songea-t-elle. Elle aurait, sinon, tenté de frapper ser Gregor et, coupée en deux, servi à son tour de pâture aux loups...

Tout voleur qu'il était, Polliver se montrait moins méchant que nombre de ses semblables. Après n'avoir vu dans les Lannister, le soir de sa capture, que des heaumes à nasal, sans plus de nom que de visage, que des étrangers tous pareils, elle en était venue à les connaître tous. Mieux valait savoir qui était quoi, qui cruel et qui fainéant, qui stupide ou gentil. Mieux valait savoir qu'en dépit des immondices invraisemblables qu'il ne cessait de dégorger le dénommé Merde-en-bec vous refilait du rab de pain si vous le demandiez, tandis qu'avec sa gaillardise le vieux Chiswyck, et Raff, avec son onction, ne vous retournaient que des baffes.

Ainsi, l'œil et l'oreille aux aguets, polissait-elle aussi patiemment ses haines qu'auparavant Gendry son heaume de taureau. De celui-ci s'était paré Dunsen, et elle l'en haïssait. Elle haïssait Polliver d'arborer Aiguille, et elle haïssait Chiswyck de le trouver marrant. Et elle haïssait encore davantage Raff Tout-miel d'avoir planté sa lance dans la gorge de Lommy. Elle haïssait ser Amory Lorch pour la mort de Yoren, et elle haïssait ser Meryn Trant pour celle de Syrio, le Limier pour celle de Mycah, ser Ilyn et la reine et le prince Joffrey pour celle de Père et celle de Gros Tom et celle de Desmond et celle de tous les autres, même et y compris celle de Lady. Quant à Titilleur, il était presque trop effacé pour qu'elle le haïsse avec persévérance ; il s'en fallait de peu, parfois, qu'elle n'oubliât jusqu'à sa présence, là, parmi eux ; séances d'interrogatoires à part, il n'était qu'un troupier quelconque, plus paisible que la plupart, et sans un trait qui le différenciât de milliers de gueules ordinaires.

Nuit après nuit, Arya se nommait ses exécrations. « Ser Gregor, soufflait-elle à son oreiller de cailloux, Dunsen, Polliver, Raff Tout-miel, Chiswyck. Titilleur et le Limier. Ser Amory, ser Ilyn, ser Meryn, le roi Joffrey, la reine Cersei. » À Winterfell, elle avait prié dans le septuaire en compagnie de Mère et, en compagnie de Père, dans le bois sacré, mais, faute de dieux sur la route d'Harrenhal, les noms exécrés étaient la seule prière qu'elle entendît se rappeler.

Le jour, on marchait, marchait, la nuit, elle répétait, répétait ces noms, telle une litanie, jusqu'à l'heure où la dilution des arbres restituait un paysage arlequiné de collines ondoyantes et de cultures ensoleillées, de ruisseaux sinueux que piquetait çà et là, noire et déchiquetée comme des chicots, la carcasse calcinée d'un fort.

Ce n'est qu'au terme d'une nouvelle longue et dure

journée de marche qu'enfin se détachèrent au loin, sur l'azur du lac, les tours revêches d'Harrenhal.

Une fois là, se chuchotaient les captifs, leur sort ne manquerait pas de s'améliorer. Arya en doutait, pour sa part. Vieille Nan affirmait le château fondé sur la terreur ; Harren le Noir en avait, disait-elle d'une voix subitement si basse que son auditoire enfantin devait se presser tout contre pour l'entendre, imbibé le mortier de sang humain, et il n'avait pas fallu moins que les dragons d'Aegon pour rôtir néanmoins Harren et ses fils dans leurs énormes remparts de pierre. Plus que quelques milles, et l'on y serait... se disait Arya, l'œil fixé sur la forteresse, tout en avançant l'un après l'autre ses pieds cornés de callosités. Elle s'en mâchouillait la lèvre.

Or, contrairement à son estimation, il leur fallut encore marcher jusqu'au soir et presque tout le jour suivant avant d'aborder les avant-postes de lord Tywin, dont l'armée campait, à l'ouest du château, parmi les décombres d'un bourg incendié. En fait, Harrenhal ne paraissait tout près, de loin, qu'en raison de son invraisemblable *gigantisme*. Comme surgie des bords du lac, son enceinte extérieure faisait l'effet d'une falaise à pic, et si prodigieuse que les scorpions de fer et de bois qui bordaient ses créneaux y paraissaient aussi petits que les bestioles du même nom.

La puanteur qui suffoqua Arya bien avant que ne fussent devenues lisibles les armoiries des bannières flottant au-dessus des pavillons dressés tout au long des berges suffisait à trahir un assez long séjour des hordes Lannister. Les feuillées établies à la frange du camp débordaient, sous des essaims de mouches. Et des traînées verdâtres affectaient nombre des pieux pointus qui protégeaient la périphérie.

Aussi formidable en soi que le plus gros donjon de Winterfell, la porte d'Harrenhal se révéla non moins délabrée que monumentale, avec ses moellons disjoints et décolorés. Du dehors ne s'apercevait que le faîte de cinq tours géantes, la plus modeste étant de moitié plus haute que la plus grande de Winterfell, encore qu'aucune ne s'élevât selon les critères ordinaires. Arya leur trouva l'aspect d'un vieillard tordu dont les doigts noueux tâtonneraient à la poursuite des nuages. Sous le feu des dragons, contait Vieille Nan, la pierre avait fondu comme cire et dégouliné, lave lugubre et rougeoyante et sèche, par les fenêtres et les escaliers, comme en quête d'Harren et de sa cachette. Et toute cette fantasmagorie devenait réelle, au vu des lieux ; chacune des tours était plus grotesque et contrefaite que la précédente, plus grumeleuse et plus cloquée, crevassée, ravinée.

« J' veux pas entrer là-d'dans ! couina Tourte lorsqu'Harrenhal s'ouvrit pour eux. Y a des fantômes, là-d'dans... »

Chiswyck l'entendit mais se contenta de sourire, pour une fois. « À toi de voir, mitron. Ou t'entres chez les fantômes, ou t'en deviens un. »

Et Tourte entra comme tout le monde.

Une fois massés dans la salle de bains dont les murs de pierre et de bois décuplaient le moindre bruit, les prisonniers reçurent l'ordre de se mettre à poil et de se décrasser jusqu'à l'os dans des baquets d'eau bouillante. Deux farouches mégères veillaient à l'exécution, commentant aussi crûment chaque anatomie que s'il s'était agi d'ânes à l'encan. Le tour d'Arya venu, matrone Amabel glousssa d'épouvante à la vue de ses pieds, pendant que matrone Harra tripotait ses mains et, devant les cals conquis à force d'exercices avec Aiguille, lâchait : « Attrapé ça à baratter du beurre, j' parie. » Puis : « Fille de fermier, hein ? Ben, t'inquiète, alors, p'tiote, t'as une chance de grimper plus haut dans c' monde, te suffira de travailler dur. Mais si tu travailles pas dur, des torgnoles. C'est quoi qu'on t'appelle ? »

Arya préférait taire son vrai nom, et Arry ne valait pas mieux, maintenant que son sexe était une évidence. « Belette, dit-elle, empruntant le sobriquet de la première fille qui lui traversa l'esprit. Lommy m'appelait Belette.

— Pas mal vu, ma foi, renifla matrone Amabel. Une

horreur, sa tignasse, et un nid à poux. Va la lui raser puis zou, aux cuisines.

— Je préférerais l'écurie. » Sans compter qu'elle aimait les chevaux, s'occuper d'eux lui permettrait, le cas échéant, d'en voler un pour s'évader.

La torgnole que lui flanqua matrone Harra fut si violente qu'elle rouvrit la plaie de sa lèvre. « F'ras bien d'avaler ta langue, ou t'en prendras pire. T'a pas demandé ton avis. »

Arya baissa les yeux, muette. Le sang, dans sa bouche, avait un goût de métal salé. *Si j'avais encore Aiguille*, songea-t-elle avec chagrin, *elle n'oserait me frapper.*

« Lord Tywin et ses chevaliers ont suffisamment d'écuyers et de palefreniers pour n'avoir que faire de tes pareils, enchaîna matrone Amabel. Les cuisines sont propres et douillettes, y a toujours un bon feu pour dormir auprès et plein à manger. Tu t'y serais trouvée pas mal, mais je vois bien que t'es idiote. On ferait mieux de la donner à Weese, Harra.

— Comme tu voudras, Amabel. » Et elles la congédièrent, après l'avoir accoutrée d'une chemise de bure grise et de chaussures pas à sa pointure.

Sous-intendant de la tour Plaintive et d'aspect trapu, Weese avait pour pif un anthrax charnu, et une flopée de boutons colère enflammait un coin de son groin pulpeux. Il reçut les six qu'on lui destinait en les détaillant d'un regard en vrille. « Les Lannister se montrent généreux envers ceux qui les servent bien, et quoiqu'aucun des gens de votre espèce ne mérite pareil honneur, quand on est en guerre, on fait avec ce qu'on a sous la main. Si vous travaillez dur sans jamais oublier votre rang, peut-être un jour vous élèverez-vous aussi haut que moi. Mais si vous comptez abuser de la bonté de Sa Seigneurie, c'est à *moi* que vous aurez affaire après son départ, vu ? »

Tout en se pavanant de long en large devant eux, il les avisa de ne jamais dévisager *la haute*, jamais ouvrir le bec sans y être invités, jamais se trouver sur le passage de Sa Seigneurie. « Mon nez ne ment jamais, fanfaronna-t-il. Je flaire instantanément l'insolence, je flaire instantanément l'orgueil, je flaire instantanément l'indocilité. Que je subodore le moindre relent de semblables fétidités, et vous m'en répondrez. Je ne veux sentir aucune autre odeur, quand je vous renifle, qu'un parfum de trouille. »

DAENERYS

Les murs de Qarth saluaient sa venue, qui martelant des gongs, qui soufflant dans des cors bizarres qui s'enroulaient autour des sonneurs comme de fantastiques serpents de bronze. En guise de garde d'honneur, une colonne de chameliers sortait de la ville à sa rencontre. Juchés sur des selles où scintillaient rubis et grenats, ces hommes portaient une armure à écailles de cuivre, des heaumes en forme de hure et surmontés de boutoirs de cuivre et de longues pennes de soie noire ; et cent coloris différents caparaçonnaient leurs montures.

« Il n'a jamais existé ni n'existera jamais de cité si vaste que Qarth, l'avait avertie Pyat Pree, là-bas, parmi les ossements de Vaes Tolorro. Elle est le centre du monde, la porte du nord et du sud, le pont de l'est et de l'ouest, son antiquité défie la mémoire humaine, et sa magnificence est telle qu'à peine eut-il jeté les yeux sur elle Saathos le Sage, trop sûr de trouver désormais tout autre spectacle sordide et hideux, préféra se les arracher. »

Tout outrées qu'étaient les assertions du conjurateur, nul ne pouvait leur dénier une certaine pertinence. Trois murs massifs et délicatement sculptés entouraient Qarth. Édifiée en grès rouge et haute de trente pieds, l'enceinte extérieure s'ornait d'animaux : y rampaient des serpents, planaient des milans, nageaient des poissons, parmi des loups du désert rouge et des zéquions zébrés, des pachydermes monstrueux ; en granit gris et haute de quarante-cinq pieds, la médiane offrait de saisissantes scènes de guerre : au fracas des épées, des piques et des boucliers se mêlait le sifflement des flèches, et des héros s'affrontaient auprès de bûchers funèbres et de nouveau-nés massacrés ; en marbre noir et haute de cinquante pieds, l'intérieure osait des reliefs dont rougit d'abord Daenerys, qui se reprocha bientôt sa sottise : à quoi rimaient ces pudibonderies de pucelle ? Si elle supportait sans ciller les scènes de carnage du mur précédent, pourquoi s'offusquer maintenant de couples enlacés ?

Alors que les premières portes étaient bardées de cuivre et de fer les suivantes, les dernières, cloutées d'yeux d'or, s'ouvrirent à leur tour devant elle. Au-delà, des bambins s'empressaient, chaussés de sandales d'or et peints de couleurs vives, à cela près nus, de répandre des fleurs sous les pas de son argenté.

Autant Vaes Tolorro avait joué la blancheur uniforme, autant Qarth se complaisait dans la polychromie ; comme dans un rêve fiévreux s'y pressait une orgie fantastique d'édifices roses, ocre, violets. On passa sous un arc de bronze figurant deux serpents accouplés sur les écailles desquels chatoyaient le jade et l'obsidienne et le lapis-lazuli. De tous côtés se discernaient des minarets, d'une hauteur et d'une sveltesse inouïes, des fontaines exquises ciselaient chaque carrefour de leurs dragons, de leurs tarasques ou de leurs manticores.

Massés le long des rues ou installés sur des balcons tellement ouvragés qu'ils semblaient trop frêles pour porter quiconque, les Qarthiens frappaient Daenerys par leur teint pâle et leur haute taille, ainsi que par leur distinction ; vêtus de lin, de brocart ou de peaux de tigre, ils avaient tous un port seigneurial. Leurs robes laissaient aux femmes le sein découvert, les hommes marquaient une préférence pour la fustanelle de soie perlée. À passer devant eux dans sa fourrure léonine et Drogon le noir sur l'épaule, Daenerys se sentait minable et barbare. Sachant que leur complexion valait aux Qarthiens le sobriquet de « Sang-de-Lait » parmi ses Dothrakis, et que le rêve de Khal Drogo avait été de saccager un jour les grandes cités de l'est, elle épia les sombres yeux en amande des sang-coureurs mais n'en put déchiffrer les pensées. *Ne voient-ils ici qu'un lieu à piller ?* se demanda-t-elle. *Comme nous devons sembler sauvages à ses habitants...*

À la suite de Pyat Pree, son maigre *khalasar* aboutit sur une vaste place à arcades où, sur des colonnes de marbre alternativement blanc et vert se dressaient, trois fois plus grands que nature, les héros mythiques de la cité, puis traversa un bazar ombreux dans la voûte ajourée duquel nichaient gaiement des nuées d'oiseaux multicolores. Au-dessus s'étageaient des terrasses plantées à foison d'arbres et de fleurs, et les échoppes, en bas, semblaient proposer toutes les merveilles divines de l'univers.

L'argenté de Daenerys broncha quand le prince marchand Xaro Xhoan Daxos se porta à sa hauteur ; les chevaux, s'était-elle aperçue, ne pouvaient souffrir la proximité des chameaux. « S'il vous arrivait de rien désirer de ce que vous voyez ici, ô belle des belles, daignez seulement dire un mot, et ce sera vôtre, lança-t-il du haut de son éblouissante selle en lyre.

— Tout Qarth est sien, elle n'a que faire de telles babioles, répliqua de sa voix chantante le mage aux lèvres bleues qui chevauchait de l'autre côté. Il en sera comme j'ai promis, *Khaleesi*. Daignez m'accompagner à la demeure des Nonmourants, et vous serez abreuvée de science et de vérité.

— Que lui servirait ton palais des poussières, alors que je puis lui offrir la chaleur du soleil, la douceur de l'eau et la soie du sommeil ? riposta Xaro. Les Treize couronneront son adorable tête de jade noir et d'opales de feu.

— Le seul palais que je désire est le château rouge de Port-Réal, messire Pyat. » Elle se défiait du mage. Mirri Maz Duur l'avait aigrie contre les manieurs de sortilèges. « Et si les grands de Qarth tiennent à me faire des présents, qu'ils me donnent épées et navires pour reconquérir ce à quoi j'ai droit. »

Les lèvres bleues de Pyat se retroussèrent en un gracieux sourire. « Il en sera selon vos ordres, *Khaleesi*. » Et il s'éloigna, ondoyant au pas de son chameau, ses longues robes emperlées flottant dans son sillage.

« La jeune reine a plus de sagesse que d'ans, murmura Xaro Xhoan Daxos du haut de son perchoir. "Maison de mage est bâtie de mensonges et d'os", affirme un dicton de Qarth.

— Dans ce cas, pourquoi les gens ne parlent-ils qu'à voix basse des mages de Qarth ? Tout l'Orient révère leur science et leur pouvoir.

— Ils furent puissants, jadis, convint-il, mais ils sont aussi comiques, à présent, que ces vétérans débiles qui se gargarisent de leurs prouesses bien après que la force et l'adresse les ont délaissés. Ils ont beau s'abîmer dans leurs grimoires en loques et se gorger d'ombre-du-soir jusqu'à s'en bleuir la bouche et se targuer à mots couverts de pouvoirs terribles, ils ne sont, comparés à leurs prédécesseurs, que des coquilles vides. Entre vos doigts, je vous préviens, les dons de Pyat Pree deviendront poussière. » Un simple frôlement de fouet suffit à son chameau pour presser l'allure.

« Le choucas trouve noir le corbeau », maugréa ser Jorah Mormont en vernaculaire de Westeros. Il chevauchait à sa droite, comme d'habitude, mais avait, pour leur entrée à Qarth, dépouillé le costume dothrak en faveur de la tenue de plates, mailles et lainage chère aux Sept Couronnes – l'antipode... « Votre Grâce ferait bien d'éviter ces deux individus.

— Ces deux individus m'aideront à recouvrer ma couronne, rétorqua-t-elle. Xaro possède une immense fortune, et Pyat Pree...

— ... des pouvoirs prétendus », dit-il sèchement. Son surcot vert sombre arborait en noir l'ours de la maison Mormont, dressé sur ses pattes arrière d'un air féroce. Et ce n'est pas d'un air plus urbain que le chevalier scrutait la cohue du bazar. « Je me garderais de trop traîner par ici, ma reine. Jusqu'à l'odeur qui m'en déplaît. »

Elle sourit. « Sentiriez-vous pas celle des chameaux ? Les Qarthiens eux-mêmes charmeraient plutôt mes narines à moi.

— Les parfums charmeurs ne servent parfois qu'à couvrir des relents fétides. »

Mon grand ours, se dit-elle. *J'ai beau être sa reine, je n'en demeurerai pas moins à jamais son ourson, et il ne cessera jamais de veiller sur moi.* Elle en éprouvait un sentiment de sécurité mêlé de tristesse. Elle aurait voulu l'aimer mieux qu'elle ne faisait.

Xaro Xhoan Daxos lui avait offert de l'héberger chez lui tant que durerait son séjour à Qarth. Elle s'était attendue à une demeure spacieuse, mais à tout sauf à un palais plus vaste que nombre de bourgs marchands. *À côté, l'hôtel de maître Illyrio passerait pour un bouge à porchers*, se dit-elle. En protestant que sa maison logerait à l'aise tout le *khalasar*, et chevaux inclus, Xaro minaudait : elle n'en faisait qu'une bouchée. Daenerys s'en vit abandonner une aile entière. Elle y disposerait de ses propres jardins, avec bassin de marbre où se baigner, minaret-pagode et labyrinthe magique. Des esclaves lui obéiraient aveuglément. Dans ses appartements privés, les sols étaient de marbre vert, les murs drapés de tentures vives dont la moindre brise moirait la soie. « Vous êtes trop généreux, dit-elle à son hôte.

— Il n'est point de cadeau trop fastueux pour la Mère des Dragons. » Aussi languide qu'élégant, Xaro portait sous sa calvitie un grand bec de nez serti de rubis, d'opales et pailleté de jade. « Demain, vous festoierez de paon, de langues d'alouette, et vous entendrez une musique digne de vous, belle des belles. Les Treize viendront vous rendre hommage, ainsi que tous les grands de Qarth. »

Quitte à songer : *C'est à mes dragons que s'adressera la visite des grands de Qarth*, elle ne lui en exprima pas moins sa gratitude avant de le congédier. Au moment de se retirer à son tour, Pyat Pree se fit fort de lui obtenir une audience des Nonmourants. « Un honneur aussi rare que neiges d'été. » Puis, baisant ses pieds nus de ses lèvres bleues, il la supplia d'accepter une fiole d'onguent grâce auquel, jura-t-il, se manifesteraient à elle les esprits de l'air. Dernière à la quitter de ses poursuivants fut

Quaithe Larve-noue. Sur un simple avertissement. « Méfie-toi, souffla-t-elle sous son masque de laque rouge.

— De qui ?

— De tous. Ils viendront nuit et jour voir les prodiges renés au monde, et cette vue déchaînera leur convoitise. Car les dragons sont le feu fait chair, et pouvoir et feu ne font qu'un. »

Quaithe partie, ser Jorah commenta : « Elle dit vrai, ma reine... mais je la prise aussi peu que les autres.

— Elle m'est incompréhensible. » Dès la seconde où ils avaient entrevu ses dragons, Pyat et Xaro s'étaient en effet mis à l'accabler de promesses, de serments et d'hommages inconditionnels, alors que Quaithe n'avait desserré les dents que pour proférer des mots sibyllins. N'avoir au surplus jamais vu son visage aggravait le malaise de Daenerys. *Souviens-toi de Mirri Maz Duur*, s'enjoignit-elle. *Souviens-toi de sa perfidie.* Elle se tourna vers ses sang-coureurs. « Nous monterons nous-mêmes notre garde, aussi longtemps que nous vivrons ici. Assurez-vous que nul n'accède à cette aile du palais sans mon autorisation, et que la surveillance des dragons ne se relâche pas une seconde.

— Vous serez obéie, *Khaleesi*, dit Aggo.

— Nous n'avons vu de Qarth que ce qu'a bien voulu nous en montrer Pyat Pree, reprit-elle. Va visiter les autres quartiers, Rakharo, et rapporte-moi ce que tu auras découvert. Choisis des hommes pour t'accompagner – et des femmes ; elles pénétreront où les mâles sont interdits.

— Vos désirs sont des ordres, sang de mon sang.

— Portez-vous vers les quais, ser Jorah, et voyez ce qui s'y trouve de navires à l'ancre. Je ne sais plus rien des Sept Couronnes depuis six mois. Peut-être les dieux auront-ils poussé dans le port quelque brave capitaine de Westeros susceptible de nous ramener chez nous. »

Il fronça les sourcils. « Ce serait là un fâcheux bienfait. L'Usurpateur vous tuera, aussi sûr que le soleil se lève. »

Il enfonça ses pouces dans son ceinturon. « Ma place est ici même, à vos côtés.

— Jhogo peut se charger de ma sécurité. Vous maîtrisez un plus grand nombre de langues que mes sang-coureurs, et les Dothrakis se défient de la mer autant que des navigateurs. Vous seul pouvez me servir dans ce domaine. Allez flâner parmi les bateaux, bavarder avec les équipages, vous informer de leur origine, de leur destination, de la mentalité de leurs supérieurs. »

Non sans répugnance, il acquiesça d'un signe. « Soit, ma reine. »

Après le départ des hommes, Daenerys se laissa dévêtir de ses soieries souillées par le voyage et, d'un pas nonchalant, gagna le bassin de marbre extérieur qu'ombrageait un portique. Elle en trouva l'eau d'une fraîcheur exquise, et les nuées de petits poissons d'or qui lui frôlaient curieusement la peau lui arrachèrent des gloussements chatouilleux. Quelle volupté c'était que de flotter ainsi, paupières closes, et que de se dire, en se délassant : tant que je voudrai ! Le Donjon Rouge d'Aegon possédait-il un bassin semblable ? possédait-il des jardins semblables, embaumés de lavande et de menthe ? se demanda-t-elle. *Sûrement. Viserys le disait toujours, il n'est rien au monde de si beau que les Sept Couronnes.*

La pensée de la patrie perdue rompit le charme. S'il avait vécu, le soleil étoilé de ses jours aurait mené le *khalasar* par-delà les flots vénéneux et balayé les ennemis, mais sa vigueur n'était hélas plus de ce monde. Ses sang-coureurs lui demeuraient, certes, habiles au carnage et liés à elle à la vie à la mort, mais si leurs mœurs de seigneurs du cheval les appelaient au sac des villes et au pillage des royaumes, elles les rendaient inaptes à rien gouverner. Or, elle ne souhaitait nullement réduire Port-Réal en ruines calcinées que hanteraient des spectres inconsolables. Elle s'était assez abreuvée de larmes. *Mon royaume, je veux l'embellir, je le veux peuplé d'hommes florissants, de jolies filles et d'enfants rieurs. Je veux voir mon peuple sourire sur mon passage comme, à entendre Viserys, il souriait sur celui de Père.*

Seulement, avant que de réaliser ce rêve, encore fallait-il opérer la conquête.

L'Usurpateur vous tuera, aussi sûr que le soleil se lève, prédisait Mormont. Et si, de fait, Robert Baratheon avait jadis abattu de sa main le vaillant Rhaegar, naguère encore une de ses créatures avait osé franchir la mer Dothrak afin de les empoisonner, elle et son fils à naître ; et il avait la réputation d'être aussi fort qu'un taureau, intrépide au combat, et de n'aimer rien si passionnément que la guerre ; et à son côté se tenaient ceux des grands seigneurs que Rhaegar surnommait les chiens de l'Usurpateur, Eddard Stark, regard de pierre et cœur de glace, ainsi que les Lannister père et fils, cousus d'or, puissants au possible et la félonie incarnée...

Comment espérer culbuter de tels hommes ? De son vivant, les peuples tremblaient devant Khal Drogo et tâchaient de s'épargner sa rage à force de cadeaux ; sinon, leurs villes, leurs biens, leurs femmes, il s'appropriait tout ; mais aussi se trouvait-il à la tête d'un colossal *khalasar*, alors qu'à peine en menait-elle l'ombre pour sa part ; sans doute ses sujets l'avaient-ils suivie dans le désert rouge sur les traces de la comète, sans doute la suivraient-ils encore au travers des flots vénéneux, mais ils étaient en si petit nombre... Ses dragons eux-mêmes ne pourraient suffire à la tâche. Car, pour se figurer que le royaume se soulèverait pour soutenir ses droits légitimes, il fallait être fou comme Viserys. Seuls les fous se persuadent de pareilles folies.

Ces réflexions la firent frissonner. L'eau lui parut soudain bien froide, et bien importuns les petits poissons qui la taquinaient. Reprenant pied pour escalader la margelle du bassin, elle appela : « Irri ? Jhiqui ? »

Tandis que celles-ci l'épongeaient puis lui enfilaient une robe de soie sauvage, ses pensées se portèrent vers le trio venu la chercher dans la cité des Os. *Ce n'est pas sans motif que l'étoile sanglante m'a conduite à Qarth. J'y trouverai ce qui me fait défaut, si j'ai l'énergie de prendre ce que l'on m'offre et l'esprit d'éviter chausse-trapes et rets. Que mes projets de conquête aient leur aval, et les dieux y pourvoiront, ils m'enverront un signe. Autrement... autrement...*

Elle était en train de nourrir ses dragons quand, aux approches du crépuscule, s'écartèrent sur Irri les rideaux de soie : ser Jorah était de retour... mais point seul. « Introduis-le, dit-elle, dévorée de curiosité, ainsi que la personne qu'il me ramène. »

Elle les reçut assise sur des amoncellements de coussins, parmi ses dragons. D'une noirceur de jais poli, le compagnon de ser Jorah se drapait dans un manteau de plumes vertes et jaunes. « Que Votre Grâce me permette, dit le chevalier, de lui présenter Quhuru Mo, capitaine de *La Brise Cannelle*, originaire de Grand-Banian.

Le Nègre s'agenouilla. « Trop honoré, ma reine, lui dit-il, non pas dans la langue des îles d'Été qu'elle ignorait, mais dans le valyrien fluide des neuf Cités libres.

— Tout l'honneur est pour moi, Quhuru Mo, répondit-elle dans le même idiome. Vous arrivez des îles d'Été ?

— Oui, Votre Grâce, mais, auparavant, voilà moins de six mois, j'ai fait escale à Villevieille. Et c'est de là que je vous rapporte un fabuleux présent.

— Un présent ?

— Sous forme de nouvelles. En vérité, je vous le dis, Mère des Dragons, Fille du Typhon, Robert Baratheon est mort. »

À l'extérieur, la nuit descendait sur Qarth, mais dans le cœur de Daenerys venait de surgir une aurore. « Mort ? » répéta-t-elle. En son giron, Drogon le noir exhala un sifflement dont la fumée pâle s'éleva tel un voile devant le visage de sa maîtresse. « Vous êtes sûr ? L'Usurpateur est mort ?

— Du moins l'affirmait-on à Villevieille et à Dorne et à Lys et dans tous les ports où j'ai relâché. »

Il m'avait envoyé du vin empoisonné, mais je suis vivante et il n'est plus. « De quelle manière a-t-il péri ? » Sur son épaule, Viserion le pâle l'éventait par ses battements d'ailes couleur de crème.

« Éventré par un sanglier monstrueux lors d'une chasse dans le Bois-du-Roi, si j'en crois les rumeurs de

Villevieille. D'autres prétendent trahi par sa reine, ou par son frère, ou par sa Main, lord Stark. Ces versions diverses convergent en tout cas sur ce point que le roi Robert est mort et enterré. »

Bien qu'elle n'eût jamais vu la figure de l'Usurpateur, il ne s'était guère écoulé de jour sans qu'il obsédât sa pensée. Son ombre immense avait plané sur elle dès l'instant où sa naissance l'avait projetée, parmi le fracas de l'orage et les flots de sang, dans un monde où elle n'avait plus de place. Et voilà qu'un étranger d'ébène dissipait cette ombre.

« C'est le gamin qui occupe à présent le trône de Fer, intervint ser Jorah.

— Oui, confirma Quhuru Mo, le roi Joffrey règne, mais les Lannister gouvernent. Les frères de Robert ont fui Port-Réal. Bien résolus, dit-on, à revendiquer la couronne. Quant à lord Stark, l'ami et la Main du roi, sa chute est consommée. Il croupit en prison sous l'inculpation de félonie.

— Félon, Ned Stark ? renifla Mormont, c'est invraisemblable ! Le Long Été sera de retour avant que ce bougre-là ne s'abaisse à ternir son précieux honneur...

— De quel honneur se targuerait-il ? lança Daenerys. Il a trahi son véritable roi, tout comme ces Lannister ! » Elle était ravie d'apprendre que les chiens de l'Usurpateur s'entre-dévoraient, mais cela ne la surprenait pas. Le même phénomène s'était produit après la disparition de Drogo, et le grand *khalasar* dispersé lui-même en lambeaux. « Mon frère Viserys, le seul roi authentique, avisa-t-elle son noir visiteur, est mort également. Couronné d'or en fusion par Khal Drogo, mon seigneur et maître. » Un peu moins délirant, se serait-il douté que la vengeance tant désirée n'était qu'une question de jours ?

« Je le déplore pour vous, Mère des Dragons, et pour Westeros qui saigne et que voici privé de son souverain légitime. »

De sous les doigts câlins de Daenerys, Rhaegal le vert dardait sur l'étranger ses prunelles d'or liquide et, lorsqu'il ouvrit la gueule, ses dents étincelèrent, telles des aiguilles noires. « Quand retournez-vous à Westeros, capitaine ?

— Pas avant un an, voire davantage, à mon grand regret. D'ici, *La Brise Cannelle* fera voile à l'est, afin d'accomplir le tour des comptoirs de la mer de Jade.

— Je vois, dit-elle avec dépit. Je vous souhaite donc vents favorables et affaires prospères. Vous m'avez offert un cadeau sans prix.

— J'en suis amplement dédommagé, grande reine. »

La réponse la suffoqua. « Comment cela ?

— J'ai vu des dragons. » Ses yeux flamboyaient.

Elle se mit à rire. « Et vous les verrez davantage un jour, j'espère. Venez me trouver, lorsque j'occuperai le trône de mes pères, et comptez sur ma munificence. »

Il promit de n'y point manquer, lui effleura les doigts des lèvres et, conduit par Jhiqui, se retira. Ser Jorah s'attarda, lui.

« Si j'étais que de vous, *Khaleesi*, dit-il une fois seul à seule, je ne dévoilerais point mes projets. Cet homme va les publier partout où il passera.

— Et après ? riposta-t-elle. Qu'importe, si le monde entier connaît mes intentions ? l'Usurpateur est mort.

— Récit de marin n'est pas forcément véridique, énonça-t-il d'un ton sentencieux. Puis quand bien même Robert serait mort, son fils lui a succédé. En fait, rien n'est changé.

— *Tout* est changé. » Elle se leva si brusquement que ses dragons déployèrent leurs ailes en piaillant. Drogon prit son essor et s'en fut se percher sur le linteau de l'entrée, tandis que ses frères égratignaient le marbre en voletant au ras du sol. « Auparavant, la mosaïque des Sept Couronnes devait, à l'instar du *khalasar* de mon cher Drogo, son espèce de cohésion à la poigne unique qui en renfermait les pièces innombrables. Elle s'éparpille et se décompose, à présent, comme il le fit lui-même à la mort du *khal*.

— Les grands seigneurs s'affrontent depuis toujours. Dites-moi le vainqueur, et je vous dirai qu'en conclure. Les Sept Couronnes ne tomberont pas en vos mains comme autant de pêches mûres, *Khaleesi*. Il vous faut une flotte, de l'or, des armées, des alliances...

— Je sais tout cela. » Elle empoigna les mains du chevalier et, les yeux levés vers lui, sonda longuement ses sombres prunelles ombrageuses. *Il voit en moi tantôt une enfant qu'il doit protéger, tantôt une femme avec qui il aimerait coucher, mais lui arrive-t-il jamais de me considérer vraiment comme sa reine ?* « Je ne suis plus la fillette effarée de Pentos, Jorah. Je n'ai certes que quinze ans... mais je suis aussi vieille que les sorcières du *dosh khaleen* et aussi jeune que mes dragons. J'ai mis au monde un enfant, allumé le bûcher d'un *khal*, traversé la mer Dothrak et le désert rouge. Bel et bien mien est le sang du dragon.

— Tout comme l'était celui de votre frère, répliqua-t-il, buté.

— Je ne suis pas Viserys.

— Non, concéda-t-il. Il y a plutôt du Rhaegar en vous, ce me semble, mais Rhaegar lui-même n'était pas invincible. Robert ne l'a que trop prouvé, au Trident, et avec une simple masse de guerre. Les dragons eux-mêmes peuvent mourir.

— Et meurent. » Elle se jucha sur la pointe des pieds pour frôler d'un baiser sa joue râpeuse. « Mais les tueurs de dragons aussi. »

BRAN

Meera procédait par cercles circonspects. Dans sa main gauche pendait mollement le filet, sa droite balançait le mince trident à grenouilles. Tout en tournant sur place, Été, la queue dressée, la suivait de ses prunelles d'or. Si attentif, si attentif...

« Yaï ! » cria-t-elle en pointant son trident. Elle n'eut pas le temps de le reculer qu'Été l'avait esquivé par la gauche et bondissait, mais le filet déjà volait, déployait ses mailles et, emporté par son élan, le loup s'y emprisonnait, l'entraînait dans sa course et, heurtant de plein fouet le torse de la fille, la projetait en arrière. Le trident prit l'air en tournicotant. Et l'herbe humide eut beau amortir sa chute, Meera, le souffle coupé, n'en lâcha pas moins un « Hou ! », pendant qu'Été s'accroupissait sur elle.

Bran ulula : « Perdu... !

— Gagné, contesta Jojen. Été s'est fait prendre. »

Il avait raison, Bran le constata. Le loup avait beau se débattre et gronder pour se libérer, il ne parvenait qu'à s'entortiller de plus belle dans le filet, sans même pouvoir mordre au travers. « Délivrez-le. »

En riant, la petite Reed jeta ses bras autour du loup captif et se laissa rouler avec lui. À ruer vainement des quatre pattes contre les cordes qui le ligotaient, celui-ci finit par pousser un vagissement piteux. Alors, Meera s'agenouilla, défit un tour du filet, tira sur un coin, démêla d'une main preste ici puis là et, soudain, le loup s'esquiva, libre enfin.

« Ici, Été. » Bran ouvrit ses bras. « Regardez », dit-il, et, une seconde plus tard, le loup déboulait sur lui. Il l'empoigna de toutes ses forces, tandis que le loup le propulsait dans l'herbe, et ils luttèrent en s'enchevêtrant, cramponnés l'un à l'autre, celui-ci grognant et jappant, celui-là riant à perdre haleine. Enfin, Bran prit l'avantage et s'allongea sur le loup-garou tout crotté de terre. « Bon loup », haleta-t-il. La langue d'Été lui balaya l'oreille.

Meera secoua la tête. « Il ne se met jamais en colère ?

— Pas avec moi. » Il l'attrapa par les oreilles, Été répliqua par un féroce claquement de crocs, mais tout cela n'était qu'un jeu. « Il lui arrive de me déchirer les vêtements, mais il n'est jamais allé jusqu'au sang.

— Vous voulez dire *votre* sang. Si mon filet ne l'avait empêché...

— Il ne vous ferait pas de mal. Il sait que je vous aime bien. » Quelques heures avaient suffi pour disperser tous les seigneurs et chevaliers réunis à Winterfell par la fête des moissons, mais les Reed demeureraient en permanence auprès de lui. Si les mines cérémonieuses de Jojen l'avaient fait qualifier par Vieille Nan de « petit grand-père », Bran trouvait à Meera quelque ressemblance avec sa sœur Arya. Elle ne craignait pas de se salir, savait aussi bien courir et se battre et tirer qu'un garçon. Elle était plus âgée qu'Arya, toutefois ; près de seize ans ; une femme, quoi. Du frère aussi, Bran était largement le cadet, malgré ses neuf ans enfin sonnés, révolus, mais ni l'un ni l'autre ne l'avaient jamais traité en mioche.

« Que n'êtes-vous nos pupilles, au lieu de ces Walder... » Il entreprit de se traîner vers l'arbre le plus proche. Ce n'était pas un joli spectacle que ses reptations et tortillements mais, lorsque Meera esquissa le geste de le soulever, « Non, ne m'aidez pas », dit-il. À la seule force des bras, il progressait en tanguant gauchement, tirait, poussait, finit, grâce à une contorsion compliquée vers l'arrière, par s'adosser au tronc d'un grand orne. « Vous voyez, ça y est. » Été s'allongea près de lui, la tête dans son giron. « Je ne connaissais personne qui combatte armé d'un filet, reprit-il, tout en grattant le loup entre les oreilles. C'est votre maître d'armes qui vous en a appris le maniement ?

— Mon père. Nous n'avons pas de chevaliers, à Griseaux. Ni de maître d'armes ni de mestre.

— Qui s'occupe de vos corbeaux ? »

Elle sourit. « Des corbeaux seraient aussi incapables que nos ennemis de dénicher Fort-Griseaux.

— Pourquoi donc ?

— Parce qu'il est mobile. »

N'ayant jamais entendu parler d'un château mobile, il lui décocha un regard perplexe mais ne réussit pas à déterminer si elle parlait sérieusement ou le taquinait. « Je serais curieux de le voir. Croyez-vous que messire votre père me permettrait de le visiter, lorsque la guerre sera finie ?

— Vous y seriez le très bienvenu, mon prince. Alors comme dès maintenant.

— *Maintenant ?* » Pour avoir passé sa vie entière à Winterfell, il brûlait de découvrir des contrées lointaines. « Je pourrais en parler à ser Rodrik lorsqu'il rentrera. » Le vieux chevalier s'était rendu dans l'est pour tenter d'y rétablir l'ordre. Le bâtard de Roose Bolton y avait ouvert les hostilités en s'emparant de lady Corbois qui regagnait ses terres après la fête et en l'épousant le soir même, bien qu'elle eût l'âge d'être sa mère. À quoi lord Manderly avait répliqué en la dépossédant de son château ; à seule fin, prétextait sa lettre, de préserver les domaines Corbois des prétentions Bolton, mais ser Rodrik avait presque aussi mal pris le forfait de l'un que le crime de l'autre. « Lui, peut-être, acceptera de me laisser partir. Pas mestre Luwin. »

Assis jambes croisées sous le barral, Jojen Reed posa sur Bran un regard solennel. « Vous feriez bien de quitter Winterfell.

— Ah bon ?

— Oui. Et le plus tôt serait le mieux.

— Mon frère possède un don de vervue, expliqua Meera. Ce qu'il rêve advient parfois.

— Pas *parfois*, Meera. » Ils échangèrent un coup d'œil ; navré de sa part à lui, impérieux de sa part à elle.

« Dites-moi ce qui va arriver, dit Bran.

— Je le ferai, répliqua Jojen, si vous me parlez de vos propres rêves. »

Dans le silence épaissi du bois sacré, Bran percevait le vague bruissement des feuilles et, au loin, les éclaboussants ébats d'Hodor dans les sources chaudes. À l'homme d'or et à la corneille aux trois yeux se mêlèrent en un éclair le craquement des os sous ses crocs et la saveur cuivrée du sang. « Je n'ai pas de rêves. Mestre Luwin me donne des somnifères.

— Qui vous soulagent ?

— Quelquefois.

— Tout Winterfell est au courant, Bran, intervint Meera. La nuit, vous vous réveillez, trempé de sueur et hurlant. Les femmes en parlent, au puits, les gardes dans leur salle.

— Confiez-nous ce qui vous terrifie de la sorte, reprit Jojen.

— Je n'y tiens pas. Ce ne sont jamais que des rêves, d'ailleurs. Qui peuvent aussi bien signifier quelque chose ou rien, d'après mestre Luwin.

— Mon frère rêve comme le font tous les garçons, mais si ces rêves-là ne sont pas forcément dépourvus de sens, insista Meera, ils n'ont rien de commun avec les rêves verts. »

Avec ses yeux couleur de mousse, Jojen vous donnait par moments l'impression de voir autre chose que vous. C'était à présent le cas. « J'ai rêvé d'un loup ailé que rivaient à la terre des chaînes de pierre grise, dit-il. Et comme il s'agissait là d'un rêve vert, je ne pouvais douter de sa véracité. Une corneille essayait de picorer au travers des chaînes, mais leur pierre était trop dure, et elle s'y ébréchait vainement le bec.

— Elle avait trois yeux ? »

Jojen fit un signe affirmatif.

Été souleva sa tête du giron de Bran et fixa sur le maraîchin ses insondables prunelles d'or.

« Enfant, je faillis mourir des fièvres griseaux. C'est alors que me visita la corneille.

— Et moi après ma chute, avoua Bran. J'étais assoupi depuis fort longtemps. Elle me prévint qu'il fallait voler ou mourir, et je m'éveillai. Seulement... seulement, j'étais brisé – et incapable de voler, de toute manière.

— Vous le pouvez si vous le voulez. » Ramassant son filet, Meera le secoua pour achever de le démêler puis entreprit de le disposer en plis lâches.

« Le loup ailé, c'est *vous*, Bran, reprit Jojen. Je n'en étais pas sûr, à notre arrivée, maintenant si. La corneille nous a envoyés pour rompre vos chaînes.

— Elle est à Griseaux ?

— Non. Dans le nord.

— Au Mur ? » Il désirait depuis toujours le voir. Et Jon, son frère bâtard, s'y trouvait désormais. Dans la fameuse Garde de Nuit.

« Au-delà du Mur. » Meera Reed suspendit le filet à sa ceinture. « C'est en apprenant le rêve de Jojen que le seigneur notre père a décidé notre départ pour Winterfell.

— Comment m'y prendre pour briser mes chaînes, Jojen ?

— Ouvrez l'œil.

— Mais ils *sont* ouverts ! Ne le *voyez*-vous pas ?

— Deux le sont. » Il brandit l'index. « Un, deux.

— Je n'en *ai* que deux !

— Vous en avez trois. Le troisième, la corneille vous l'a donné, mais vous refusez de l'ouvrir. » Il parlait d'une voix douce et nonchalante. « Avec deux yeux, vous voyez mon visage. Avec trois, vous verriez mon cœur. Avec deux, vous voyez sans peine ce chêne-là. Avec trois, vous verriez sans peine et le gland dont il est issu et la souche qu'il deviendra tôt ou tard. Avec deux, vous ne voyez pas plus loin que vos murs. Avec trois, vous verriez au sud jusqu'à la mer d'Été et au nord par-delà le Mur. »

Été se leva.

« Je n'ai que faire de voir si loin. » Il eut un petit sourire crispé. « Assez parlé de corneilles. Parlons de loups. Ou de lézards-lions. Vous en avez déjà chassé, Meera ? Nous n'en avons pas, par ici. »

Elle repêcha son trident parmi les fourrés. « Ils vivent dans l'eau. Dans les ruisseaux lents, les bas-fonds stagnants... »

Son frère la coupa. « Vous avez rêvé d'un lézard-lion ?

— Non, dit Bran, mais, je vous le répète, je ne tiens pas...

— Et d'un loup ? »

Il finissait par l'exaspérer. « Je n'ai pas à vous conter mes rêves. Je suis le prince. Je suis le Stark de Winterfell.

— S'agissait-il d'Été ?

— Fermez-la, vous.

— La nuit de la fête, vous avez bien rêvé que vous étiez Été, dans le bois sacré, n'est-ce pas ?

— *Assez !* » glapit Bran. Les crocs dénudés, Été se faufila vers le barral.

Jojen Reed ne s'en soucia pas. « Quand j'ai touché Été, c'est votre présence en lui que j'ai sentie. Exactement comme à présent.

— Cela ne se peut. J'étais couché. Je dormais.

— Vous vous trouviez dans le bois sacré. Tout en gris.

— Ce n'était qu'un cauchemar... »

Jojen se leva. « Je vous ai senti. Je vous ai senti tomber. C'est cela qui vous terrifie, la chute ? »

La chute, songea Bran, *et l'homme doré, le frère de la reine, il me terrifie, lui aussi, mais surtout la chute.* Il n'en souffla mot, néanmoins. Comment l'aurait-il pu ? Il n'y était pas parvenu avec ser Rodrick ou mestre Luwin, il n'y parviendrait pas davantage avec les Reed. S'il s'en taisait, peut-être finirait-il par oublier ? Jamais il n'avait souhaité se souvenir. Peut-être même s'agissait-il là d'un souvenir trompeur.

« Vous tombez chaque nuit, Bran ? » reprit paisiblement Jojen.

Un grondement sourd, et qui n'avait rien de joueur, roula dans la gorge d'Été. Qui s'avança, toutes dents dehors, l'œil ardent. Trident au poing, Meera s'interposa entre son frère et lui. « Faites-le reculer, Bran.

— C'est Jojen qui le rend hargneux. »

Elle secoua son filet.

« C'est votre propre hargne, Bran, repartit le frère. Votre peur.

— Nullement. Je ne suis pas un loup. » Il n'en avait pas moins hurlé avec eux, la nuit, et tâté du sang, dans ses rêves de loup.

« Une part de vous est Été, une part d'Été vous, et vous le savez, Bran. »

À ces mots, le loup se rua sur Jojen, mais Meera le bloqua en le piquant du bout de son trident. Il se mit alors à louvoyer de côté, d'un trot souple, en traçant des cercles, et Meera à tourner pour lui faire face. « Rappelez-le, Bran.

— Été ! hurla-t-il, ici, Été ! » Il se claqua la cuisse et s'y meurtrit la paume, mais sa jambe morte ne sentit rien.

Or, le loup-garou se précipita de nouveau, et de nouveau jaillit le trident de Meera. Il se jeta de côté et reprenait ses cercles quand, à l'arrière du barral, les fourrés s'ouvrirent en frémissant sur une mince silhouette noire qui s'approcha à pas feutrés. La puissante odeur de fureur que dégageait son frère avait attiré Broussaille. Bran sentit se dresser les cheveux de sa nuque. Un loup de chaque côté, Meera se campa auprès de Jojen. « Détournez-les, Bran.

— *Mais je ne peux pas !*

— Dans l'arbre, Jojen.

— Pas besoin. Je ne mourrai pas aujourd'hui.

— *Obéis !* » s'emporta-t-elle, et il se mit à grimper, utilisant la face du barral pour assurer ses prises. Les loups-garous resserraient cependant l'étau. Meera lâcha trident et filet pour agripper, d'un bond, la branche qui la surplombait, ne soustrayant que d'extrême justesse sa cheville aux mâchoires de Broussaille quand, d'un coup de reins, elle y opéra son rétablissement. Assis sur son arrière-train, Été se mit à hurler, pendant que Broussaille tourmentait le filet en le secouant entre ses dents.

C'est alors seulement que Bran recouvra suffisamment de présence d'esprit pour appeler à l'aide. « Hodor ! s'époumona-t-il, les mains en porte-voix, *Hodor ! Hodor !* » Aux affres de l'angoisse se mêlait quelque peu de honte. « Ils ne toucheront pas Hodor », affirma-t-il à ses amis.

Précédé d'un fredonnement monocorde, Hodor ne tarda guère à surgir, demi-nu, certes, et maculé de tourbe, mais jamais sa vue n'avait si fort réjoui Bran. « Aide-moi, Hodor. Chasse les loups d'ici. Chasse-les. »

Sans se faire autrement prier, Hodor se mit à mouliner des bras, trépigner sur ses pieds énormes, vociférer d'enthousiasme : « Hodor ! Hodor ! » et à foncer tantôt sur un loup, tantôt sur l'autre. Broussaille fut le premier à battre en retraite, à reculons, dans les buissons, non sans un dernier grondement. Été, quant à lui, finit par se lasser du manège et retourna se coucher près de Bran.

C'était eux, pas moi. D'où leur était venue pareille sauvagerie, voilà qui le stupéfiait. *Peut-être mestre Luwin avait-il raison de les renfermer dans le bois sacré.* « Porte-moi chez le mestre, Hodor. »

L'appartement de la tourelle, sous la roukerie, faisait partie de ses lieux de prédilection. Malgré son écœurante saleté, le fouillis de bouquins, de grimoires et de fioles lui était aussi réconfortant et familier que la calvitie de Luwin, ses battements de manches et l'ampleur de ses robes grises. Et il aimait bien les corbeaux, aussi.

Juché sur un grand tabouret, le mestre était en train d'écrire. En l'absence de ser Rodrik, il devait assumer l'accablante gestion du château. « Vous venez bien tôt, mon prince, dit-il lorsqu'entra Hodor, prendre vos leçons, aujourd'hui. » Il consacrait, l'après-midi, plusieurs heures à l'éducation de Bran, de Rickon et des deux Walder.

« Ne bouge plus, Hodor. » À deux mains, Bran saisit une applique fichée dans le mur pour s'extirper de sa hotte et attendit un moment, ballant sur le vide à bout de bras, qu'Hodor le décrochât pour l'installer dans un fauteuil. « Meera prétend que son frère possède un don de vervue. »

Avec sa plume, le mestre se gratta une aile du nez. « Ah bon ? »

Bran opina du chef. « Vous m'avez dit, je me rappelle, que les enfants de la forêt possédaient ce don.

— Certains s'en flattaient. On appelait les plus remarquables *vervoyants*.

— S'agissait-il de magie ?

— Si tu veux, mais faute de terme plus adéquat. Par essence, il s'agissait plutôt d'un mode de connaissance particulier.

— En quoi consistait-il ? »

Luwin reposa sa plume. « Nul ne sait au juste, Bran. Les enfants de la forêt ont quitté ce monde, et leur science les a suivis. Nous la supposons en corrélation avec la face des arbres-cœurs. Les Premiers Hommes croyaient les vervoyants capables de voir par les yeux des barrals. Voilà pourquoi ils abattaient systématiquement ceux-ci lorsqu'ils guerroyaient contre les enfants. Les vervoyants étaient également censés détenir un pouvoir sur les oiseaux des arbres et les fauves des bois. Même sur les poissons. Est-ce que le petit Reed s'en attribue de tels ?

— Non. Je ne pense pas. Mais il lui arrive de faire des rêves qui, d'après Meera, se vérifient.

— Il nous arrive à tous de faire des rêves qui se vérifient. Souviens-toi... n'as-tu pas rêvé, dès avant d'apprendre sa mort, que ton seigneur père reposait dans les cryptes ?

— Rickon aussi. Le même rêve nous a visités tous deux.

— Nomme cela vervue, si tu le désires... mais n'oublie pas non plus les dizaines de milliers de rêves que vous avez faits, Rickon et toi, et qui ne se sont pas vérifiés. Dis-moi, te souviendrait-il de ce que je t'ai appris quant au collier que portent les mestres ? »

Bran fouilla quelques secondes dans sa mémoire. « Chacun d'entre vous forge sa chaîne en la Citadelle de Villevieille. Son aspect symbolise votre serment de servir, et les différents métaux qui la composent indiquent que vous servez le royaume, lequel se compose lui-même de toutes sortes de gens différents. À chaque nouveau savoir acquis correspond un nouveau chaînon. Le fer noir désigne l'art des corbeaux, l'argent celui de guérir, l'or celui de dénombrer, compter... Je ne me les rappelle pas tous. »

Glissant un doigt sous son collier, Luwin entreprit de faire tourner celui-ci, pouce après pouce. Il avait, malgré sa petite taille, un cou épais, et la chaîne s'y ajustait fort étroitement, mais il suffit de quelques tractions pour l'amener au point requis. « Voici de l'acier valyrien, dit-il lorsqu'un chaînon gris sombre se fut appliqué contre la pomme de son gosier. Seul en porte un mestre sur cent. Il signifie que j'ai étudié ce que la Citadelle nomme les *mystères supérieurs* – la magie, si tu veux, mais toujours à défaut de terme plus adéquat. Une quête fascinante, un usage des plus limité, voilà pourquoi si peu de mestres s'en donnent le mal.

« Tout homme qui étudie les mystères supérieurs s'essaie tôt ou tard à la pratique des incantations. J'y ai moi-même succombé, je dois l'avouer. En gamin que j'étais, car quel gamin n'aspire à se découvrir, dans le secret de son cœur, des pouvoirs intimes ? Mes efforts n'ont pas été mieux couronnés que ceux des mille gamins qui m'avaient précédé et des mille qui m'ont succédé. La magie, triste à dire, ne marche pas.

— Parfois si ! protesta Bran. Je l'ai quand même fait, ce rêve, et Rickon aussi ! Et il existe, à l'est, des mages et des sorciers qui...

— Il existe des gens qui *s'intitulent* mages et sorciers de leur propre chef, objecta le mestre. À la Citadelle, j'avais un ami qui savait vous tirer de l'oreille une rose, il n'en était pas pour autant plus magicien que moi. Oh... bien des choses nous demeurent assurément incompréhensibles. Tandis que les années s'écoulent par centaines et par milliers, que voit l'homme de la vie ? quelques étés, quelques hivers... Nous contemplons les montagnes et les qualifions d'éternelles, et elles le paraissent, en vérité... mais les montagnes, au cours des temps, s'élèvent et s'écroulent, les rivières abandonnent leur lit, les étoiles tombent du firmament, et la mer engloutit d'immenses cités. Il n'est jusqu'aux dieux qui ne meurent, à notre avis. Tout est sujet au changement.

« Il se peut que la magie, jadis, ait disposé de prodigieux pouvoirs sur le monde, ce temps n'est plus. Le peu qu'il en subsiste a autant de consistance que ces effilochures de fumée qu'on voit flotter dans l'air à la suite des incendies, et ce peu même achève de s'estomper. Valyria fut l'ultime braise, et Valyria s'est éteinte. Les dragons ne sont plus, les géants sont morts, et les enfants de la forêt sont sortis des mémoires avec tout leur savoir.

« Non, mon prince. Jojen Reed peut avoir fait un rêve ou deux qu'il s'imagine s'être vérifiés, mais il ne possède pas de don de vervue. Aucun homme vivant n'en est plus doué. »

Vers le soir, Meera vint rejoindre Bran et, assis à sa fenêtre d'où il regardait renaître une à une en clignotant les lumières de Winterfell, il lui rapporta tout du long la conversation précédente. « Je suis désolé de ce qui s'est passé avec les loups. Été n'aurait pas dû s'en prendre à Jojen, mais Jojen n'aurait pas dû non plus se permettre tous ces commentaires sur mes rêves. La corneille mentait en me disant que je pouvais voler, et votre frère mentait aussi.

— À moins que votre mestre ne se trompe.

— Il ne se trompe pas. Père lui-même se fiait en son jugement.

— Votre père écoutait d'abord, je n'en doute point. Mais il décidait par lui-même, à la fin. Bran, me permettez-vous de vous parler d'un rêve qu'a fait Jojen et où vous figuriez avec vos frères adoptifs ?

— Les Walder ne sont pas mes frères. »

Elle dédaigna la remarque. « Vous étiez attablé pour souper mais, au lieu d'un valet, c'est mestre Luwin qui apportait les mets. Du rôti, il vous servit le morceau du roi ; assez peu de viande, et saignante, mais le fumet qui s'en exhalait mettait l'eau à la bouche de tous les convives. Aux Frey, en revanche, il servit une viande vieille et grise et morte. Ce qui ne les empêchait pas de se délecter beaucoup plus que vous.

— Je ne comprends pas.

— Mon frère assure que vous comprendrez. Et, alors, nous en reparlerons. »

En gagnant sa place au souper, cette nuit-là, Bran ne put se défendre d'éprouver une espèce d'appréhension mais, une fois assis, c'est une tourte au pigeon que l'on déposa devant lui. On en servit de même à tout le monde, et il ne repéra rien d'incongru dans la portion qui échut aux Walder. *C'est mestre Luwin qui voit clair*, se dit-il. Nulle menace ne pesait sur Winterfell, quoi que prétendît Jojen. Il en fut soulagé... mais désappointé aussi. Tant qu'existait la magie, tout pouvait arriver ; les spectres pouvaient circuler, les arbres pouvaient parler, et les garçons brisés pouvaient devenir, une fois adultes, chevaliers. « Mais elle n'existe pas, dit-il tout haut dans les ténèbres, du fond de son lit. La magie n'existe pas, et les contes ne sont que des contes. »

Et jamais lui ne remarcherait ni ne volerait ni ne serait chevalier.

TYRION

La jonchée grattait, sous ses pieds nus. « Il choisit une drôle d'heure, mon cousin, pour me rendre visite... », maugréa-t-il. Encore abruti de sommeil, Podrick Payne s'était manifestement attendu à périr rôti, pour l'avoir réveillé. « Introduis-le dans ma loggia. Je l'y rejoindrai sous peu. »

D'après les ténèbres collées aux fenêtres, il était minuit largement passé. *Lancel pense-t-il me trouver pâteux et l'esprit gourd, à cette heure-ci ?* se demanda-t-il. *Non, à peine s'il pense tout court. Un coup de Cersei.* Elle serait déçue. Lors même qu'il était au lit, il travaillait à la lueur tremblante d'une chandelle jusque fort avant le matin, plongé dans la lecture et l'examen minutieux des rapports de la clique à Varys ou le contrôle des livres de comptes de Littlefinger, dont les colonnes finissaient, sous ses yeux douloureux, par se chevaucher.

Il s'aspergea la figure avec l'eau tiédasse de la cuvette placée près de son chevet puis s'accroupit en prenant son temps dans sa garde-robe où le froid de la nuit picotait sa peau nue. Fort de ses seize ans, ser Lancel n'était pas célèbre pour sa patience. Qu'il attende, et que l'attente exaspère sa fébrilité. Une fois délestées ses tripes, Tyrion enfila une chemise de nuit, passa les doigts dans ses cheveux filasse afin de bien les ébouriffer comme ceux d'un homme qui vient tout juste de se réveiller.

Paré d'un pourpoint de velours rouge à crevés de soie

noire, Lancel allait et venait devant les cendres de la cheminée. Au ceinturon de son épée brillaient les joyaux d'un poignard en son fourreau doré. « Cousin, le salua Tyrion, vos visites sont chose trop rare. Que me vaut ce bonheur immérité ?

— Sa Grâce la reine régente m'envoie vous commander de relâcher le Grand Mestre Pycelle. » Il exhiba un ruban écarlate dont le cachet de cire d'or était scellé du lion de Cersei. « Voici, pour le certifier.

— Oui, oui. » Tyrion le balaya d'un revers de main. « Ma sœur n'abuse pas de ses forces, j'espère, à peine relevée de sa maladie. Une rechute serait déplorable.

— Sa Grâce est tout à fait remise, dit Lancel d'un ton sec.

— Vous m'en voyez charmé. » *Sauf que le refrain ne m'emballe point. J'aurais dû forcer sur la dose.* Il avait escompté quelques jours supplémentaires de coudées franches, mais la prompte convalescence de Cersei ne le consternait pas outre mesure. Elle était la jumelle de Jaime, après tout. Il se contraignit à sourire avec affabilité. « Fais-nous du feu, Pod, cette ambiance glaciale m'est désagréable. Prendrez-vous une coupe avec moi, Lancel ? Figurez-vous que le vin aux épices m'aide à dormir...

— Je n'ai que faire d'une telle aide, trancha ser Lancel. Je suis venu sur ordre de Sa Grâce, pas pour boire en votre compagnie, Lutin. »

Sa chevalerie l'avait décidément rendu plus outrecuidant, rumina Tyrion – elle, et la part pitoyable qu'il avait prise au meurtre de Robert. « Le vin n'est en effet pas sans danger. » Il se mit à sourire, tout en versant. « Quant au Grand Mestre Pycelle... si son sort touchait si fort ma chère sœur, elle serait venue en personne, je pense. Et elle se contente de vous envoyer. Que dois-je en déduire ?

— Déduisez ce qui vous plaira, mais relâchez votre prisonnier. En sa qualité d'ami indéfectible, le Grand Mestre se trouve placé sous la sauvegarde personnelle de la reine régente. » L'ombre d'un ricanement passa sur les lèvres du freluquet ; cette scène le ravissait. *Il prend ses leçons de Cersei.* « Jamais Sa Grâce ne tolérera cet outrage. Elle vous rappelle qu'*elle* est la régente de Joffrey.

— Comme je suis la Main de Joffrey, moi.

— La Main sert, l'informa le jeune chevalier d'un air hautain, le régent *gouverne* jusqu'à la maturité du roi.

— Si vous me mettiez cela noir sur blanc, peut-être me le remémorerais-je plus aisément. » Le feu pétillait gaiement. « Tu peux nous laisser, Pod. » Il attendit que l'écuyer se fût retiré pour en revenir à Lancel : « Autre chose ?

— Oui. Sa Grâce me charge de vous aviser que ser Jacelyn Prédeaux a osé défier un ordre expressément donné au nom du roi. »

Ce qui signifie que Cersei lui a déjà commandé de relâcher Pycelle et en a essuyé un refus. « Je vois.

— Elle exige que cet individu soit démis de sa charge et arrêté pour félonie. Je vous avertis... »

Tyrion reposa sa coupe. « Garde tes avertissements pour toi, mon gars.

— Ser », rectifia l'autre avec raideur. Il porta la main à son épée, peut-être afin de souligner qu'il en avait une. « Prenez garde à votre manière de me parler, Lutin. » Sans doute entendait-il prendre un ton menaçant, mais sa dérision de moustache ruinait l'effet.

« Oh, lâche ce joujou... Un seul cri de ma part, et Shagga entre en trombe et te tue. À la hache, et non avec une gourde de vin. »

Lancel s'empourpra. Était-il bête au point de se figurer que son rôle dans la mort de Robert était passé inaperçu ? « Je suis un chevalier...

— J'en ai pris note. Dis-moi un peu... Quand Cersei t'a-t-elle fait chevalier ? avant ou après t'avoir mis dans son lit ? »

Le vacillement qu'il perçut dans les prunelles vertes de Lancel suffit à édifier Tyrion. Ainsi, Varys disait vrai. *Eh bien, nul ne pourra du moins reprocher à ma sœur de ne pas aimer sa famille.* « Hé quoi, c'est tout ? Plus d'avertissements à m'offrir, ser ?

— Vous allez retirer ces ignobles accusations, ou bien...

— De grâce. As-tu un instant réfléchi à ce que fera Joffrey quand je lui aurai révélé que tu as assassiné son père pour baiser sa mère ?

— Ça ne s'est pas passé ainsi ! protesta Lancel, horrifié.

— Non ? Et ça s'est passé comment, je te prie ?

— C'est la reine qui m'a remis ce vin corsé ! Et votre propre père, lord Tywin, m'a ordonné de lui obéir aveuglément, lorsqu'on m'a nommé écuyer du roi.

— Et c'est aussi sur son ordre que tu as couché avec elle ? » *Regarde-le... Un peu moins grand, des traits moins parfaits, les cheveux blonds au lieu d'être filés d'or, et cependant... Même une pâle copie de Jaime vaut mieux qu'un lit vide, je présume.* « Non, m'est avis que non.

— Je... Jamais je n'ai voulu dire... J'ai simplement exécuté les ordres, en...

— ... en dépit de l'horreur constante qu'ils t'inspiraient, c'est cela que tu comptes me faire gober ? Une position éminente à la Cour, la chevalerie, les cuisses de ma sœur t'accueillant la nuit, oh, oui, ç'a dû être un supplice de tous les instants. » Il se leva. « Attends ici. Sa Majesté sera trop heureuse d'entendre cela. »

Instantanément disparut la mine arrogante du chevalier, et c'est un gamin effaré qui tomba à ses genoux. « Pitié, messire, je vous en conjure.

— Garde ça pour Joffrey. Il adore qu'on le conjure instamment.

— C'est bien sur ordre de votre sœur, la reine, vous l'avez deviné, messire... mais Sa Majesté... jamais il ne comprendra...

— Tu voudrais que je cache la vérité au roi ?

— Au nom de mon père, je vous en supplie ! Je quitterai la ville, et tout sera comme si rien n'était arrivé ! Je le jure, je romprai ma... mon... »

C'était dur de garder son sérieux. « Je ne suis pas de cet avis. »

Du coup, le gosse eut l'air perdu. « Pardon, messire ?

— Tu as bien entendu. Mon père t'a commandé d'obéir à ma sœur ? Fort bien, obéis-lui. Demeure à son côté, conserve sa confiance, fais-la jouir aussi souvent qu'elle t'en requiert. Personne n'en saura rien... tant que tu me tiendras parole. Je veux savoir ce que fait Cersei. Où elle va, qui elle voit, de quoi l'on parle, quels plans elle ourdit. Tout. Et c'est toi qui me le diras, n'est-ce pas ?

— Oui, messire. » Il avait répondu sans la moindre hésitation. Tyrion apprécia. « Je le ferai. Je le jure. À vos ordres.

— Lève-toi. » Il emplit la seconde coupe, la lui remit. « Bois à notre entente. Je te garantis qu'il n'y a pas, à ma connaissance, de sangliers dans le château. » Lancel leva la coupe et but, non sans roideur. « Souris, cousin. Ma sœur est belle, et tout cela ne vise qu'au bien du royaume. La chevalerie n'est rien. Montre-toi malin, et tu recevras de moi une seigneurie avant d'en avoir terminé. » Il fit tournoyer le vin dans sa propre coupe. « Il faut que Cersei ait en toi une foi absolue. Retourne lui dire que je la prie de me pardonner. Dis-lui que tu m'as effrayé, que je ne veux pas de conflit avec elle, que, dorénavant, je ne ferai rien sans son consentement.

— Mais... ses exigences... ?

— Oh, Pycelle, je le lui donne.

— Vraiment ? » Lancel était abasourdi.

Tyrion sourit. « Je le relâcherai demain. Je pourrais jurer que je n'ai pas touché un seul de ses cheveux, mais ce serait quelque peu jouer sur les mots. En tout cas, il se porte assez bien ; encore que je ne réponde pas de sa vitalité ; les oubliettes ne sont pas un lieu des plus sain pour un homme de son âge. Que Cersei l'expédie au Mur ou le prenne pour toutou, je m'en balance, mais je ne veux plus de lui au Conseil.

— Et ser Jacelyn ?

— Dis à ma sœur que tu te fais fort, à la longue, de le détourner de moi. Ça devrait la satisfaire un moment.

— Soit. » Lancel acheva son vin.

« Une dernière chose. Maintenant que Robert est mort, il serait on ne peut plus embarrassant que son inconsolable veuve se retrouvât grosse, tout soudain.

— C'est que je... messire, nous... la reine m'interdit de... » Ses oreilles arboraient l'écarlate Lannister. « Je répands ma semence sur son ventre, messire.

— Un ventre adorable, j'en suis convaincu. Humecte-le aussi souvent que tu le désires... mais prends bien garde que ta rosée tombe nulle part ailleurs. Je ne veux pas davantage de neveux, c'est clair ? »

Une brève révérence, et ser Lancel se retira.

Tyrion s'accorda un moment pour s'apitoyer. *Un sot de plus, et doublé d'un pusillanime. Mais il ne mérite pas le bien que nous lui faisons, Cersei et moi.* Une bénédiction, que l'oncle Kevan eût deux autres fils. Celui-ci avait peu de chances de passer l'année. Cersei le ferait tuer sur-le-champ, si elle apprenait qu'il la trahissait, et si quelque faveur divine le préservait de cet accident, ce ne serait que partie remise, le sursis prendrait fin dès le retour de Jaime à Port-Réal. La seule question pendante étant de savoir si Lancel périrait victime de la jalouse rage de son beau cousin ou des précautions que prendrait sa belle cousine pour empêcher la découverte du pot-aux-roses par celui-ci. Tyrion misait sur Cersei.

Il le savait pertinemment, barbouillé comme il l'était, retrouver le sommeil lui serait impossible. *Ici, du moins.* Il alla sur le palier secouer Podrick qui roupillait dans un fauteuil. « Appelle-moi Bronn, puis galope aux écuries me faire seller deux chevaux. »

L'écuyer écarquilla des yeux tout embrumés. « Chevaux.

— De grosses bêtes brunes et qui aiment les pommes, tu en as déjà vu, je suis sûr. Quatre pattes, une queue. Mais Bronn d'abord. »

Le reître apparut bientôt. « Qui vous a pissé dans la soupe ? demanda-t-il.

— Cersei, pour changer. Je devrais être fait au goût, à force, mais n'importe. Ma noble sœur semble me prendre pour Ned Stark.

— Il était plus grand, paraît-il.

— Pas après que Joffrey lui eut tranché la tête. Tu aurais dû t'habiller plus chaudement, la nuit est frisquette.

— Allons-nous quelque part ?

— Tous les reîtres sont-ils aussi futés que toi ? »

Les rues de la ville étaient dangereuses, mais la présence de Bronn à son côté suffisait à le rassurer. Après que les gardes leur eurent ouvert une poterne du mur nord, ils descendirent l'allée Sombrenoir jusqu'au pied de la colline d'Aegon puis défilèrent entre les innombrables volets clos de la rue Pourcière et ses hautes maisons de pierre et de bois tellement inclinées que leurs étages supérieurs manquaient se bécoter. Jouant à cache-cache parmi les cheminées, la lune avait l'air de les talonner. Ils ne croisèrent âme qui vive, hormis une vieille sorcière qui charriait un chat mort par la queue. Elle leur jeta un regard où se lisait la peur qu'on ne lui vole son dîner puis, sans un mot, s'évanouit dans les ténèbres.

Les réflexions de Tyrion dérivèrent vers ses prédécesseurs et leur incapacité flagrante à mettre en échec les finasseries de sa sœur. *Comment diable l'auraient-ils pu ? Des hommes de cet acabit... trop probes pour vivre, trop nobles pour chier, des idiots pareils, Cersei en dévore à son déjeuner, chaque matin. La seule manière de la déconfire est d'entrer dans son jeu à elle, et c'est précisément à quoi ces bons lords Arryn et Stark n'auraient point consenti.* Rien d'étonnant qu'ils fussent morts tous deux, tandis que Tyrion Lannister ne s'était jamais senti si vivant. Ses pattes torses pouvaient bien le rendre burlesque à un bal des moissons, ce rigodon-là n'avait pas d'arcanes pour lui.

En dépit de l'heure, le bordel était comble. Chataya les accueillit avec bonne grâce et les escorta au salon. Bronn monta avec une fille de Dorne à l'œil noir, mais Alalaya n'était pas disponible. « Elle sera si contente de votre visite, commenta la mère. Je vais vous faire apprêter la chambre de l'échauguette. En attendant, messire prendrait-il une coupe de vin ?

— Volontiers. »

Comparé aux crus de La Treille que servait d'ordinaire l'établissement, c'était une piètre bibine. « Veuillez nous pardonner, messire, plaida Chataya. Même à prix d'or, je n'arrive plus à me procurer de bon vin.

— Tu n'es pas la seule dans ce cas, je crains. »

Après quelques déplorations conjointes sur les circonstances, elle s'excusa de l'abandonner. *Beau brin de femme*, songea-t-il en la regardant s'éclipser. Il avait rarement vu tant d'élégance et de dignité à une putain. Mais elle se considérait plutôt, à la vérité, comme une sorte de prêtresse. *Là gît peut-être le secret. Moins importe ce que nous faisons que notre raison de le faire.* Il puisa dans cette idée une espèce de réconfort.

Certains des clients l'observaient de biais. La dernière fois qu'il s'était aventuré dehors, un type lui avait craché dessus... enfin, avait essayé. Son crachat ayant atteint Bronn, il lui faudrait désormais cracher sans ses dents.

« Est-ce que messire se sent le cœur en écharpe ? » Almée se glissa sur ses genoux et lui mordilla l'oreille. « Je saurais l'en guérir, moi... »

Avec un sourire, il secoua la tête. « Les mots sont impuissants à dire ta beauté, ma douce, mais je me suis amouraché des remèdes d'Alalaya.

— Vous n'avez pas *tâté* des miens. Le choix de messire se porte toujours sur Yaya. Elle est bonne, mais je suis meilleure, vous ne voulez pas essayer ?

— La prochaine fois, peut-être. » Il ne contestait pas qu'avec sa chair potelée, son petit nez camus, ses taches de rousseur et la crinière rouge qui lui cascadait plus bas que la taille Almée ne fût un friand morceau, mais il avait Shae, Shae qui l'attendait chez elle.

Avec des gloussements, Almée lui posa la main entre les cuisses et entreprit de le palper à travers ses braies. « *Lui* n'a pas envie, je crois, d'attendre la prochaine fois, déclara-t-elle. Il ne demande qu'à mettre le nez dehors pour compter mes taches de rousseur, je crois.

— Almée ? » Impassible et sombre dans des vapeurs

de soieries vertes, Alalaya se dressait sur le seuil. « C'est moi qu'est venue voir Sa Seigneurie. »

Tyrion se désenlaça gentiment de la fille et se leva. Elle ne s'en rebuta pas pour autant. « La prochaine fois », lui rappela-t-elle. Elle se fourra un doigt dans la bouche et le suçota.

Tout en lui faisant grimper l'escalier, la belle d'ambre soupira : « Pauvre Almée... Elle a quinze jours pour amener messire à la choisir. Sans quoi, ses perles noires appartiennent à Marei. »

Il avait aperçu cette Marei une fois ou deux. Pâle et délicate, elle avait des yeux verts, un teint de porcelaine et de longs cheveux raides couleur d'argent. Fort jolie, mais d'un sérieux... ! « Je serais navré que cette petite perde ses perles par ma faute.

— Alors, faites-la monter, la prochaine fois ?

— Je pourrais, oui. »

Elle sourit. « J'en doute, messire. »

Elle a raison, se dit-il, je n'en ferai rien. *Shae peut bien n'être qu'une putain, je lui suis fidèle à ma façon.*

Comme il ouvrait la porte de l'armoire, dans la chambre de l'échauguette, une curiosité le prit. « Que fais-tu pendant mon absence ? »

Elle leva les bras, s'étira, voluptueuse comme un chat noir. « Sommeil... Je suis bien moins fourbue depuis que vous nous honorez de vos visites, messire. Et comme Marei est en train de nous apprendre à lire, peut-être serai-je bientôt à même de prendre un livre pour passer le temps.

— Bon, le sommeil, dit-il. Et meilleur, les livres. » Il lui baisa prestement la joue, puis l'échelle le happa, le tunnel l'engloutit.

Il sortait de l'écurie, monté sur le hongre pie, quand, flottant par-dessus les toits, des flonflons frappèrent son oreille. L'idée que des êtres chantaient encore, en pleine famine et quand tout s'étripait, lui fit un plaisir sensible. Des notes surgies du passé lui embrouillèrent la cervelle, et peu s'en fallut, un moment, qu'il ne les entendît fredonner comme, une demi-vie plus tôt, Tysha les fredonnait pour lui. Il s'arrêta pour écouter. La tonalité n'était pas la bonne, la distance empêchait de distinguer les mots. Une autre chanson, alors ? pourquoi pas ? Candeur et câlins, mensonge, mensonge de bout en bout, sa Tysha n'était qu'une putain louée par Jaime pour le déniaiser.

Je suis délivré d'elle à présent, songea-t-il. *Elle a hanté la moitié de ma vie, mais je n'ai plus besoin d'elle, et pas davantage besoin d'Alalaya, d'Almée, de Marei ni des centaines de leurs pareilles avec qui j'ai couché entretemps. J'ai Shae, maintenant. Shae.*

Les portes de la demeure étaient closes et barrées. À force d'y heurter, leur judas de bronze ciselé finit par claquer contre son butoir. « C'est moi. » L'individu qui le fit entrer était l'une des plus jolies trouvailles de Varys : un chourineur de Braavos, doté d'un bec de lièvre et d'un œil en berne. Pour garder Shae jour après jour, Tyrion s'était refusé à engager de séduisants godelureaux. « Dénichez-moi des vieux, bien grêlés, bien moches et, de préférence, impuissants, telle était la consigne donnée à l'eunuque. Des types qui préfèrent les garçons. Ou qui préfèrent les ovidés. Pour la bagatelle. » S'il n'était pas arrivé à recruter d'ovidophiles, Varys avait en revanche découvert un étrangleur châtré et un couple d'Ibbénins puants dont la passion pour les haches n'avait d'égale que celle qu'ils se portaient mutuellement. Le reste du lot se composait de mercenaires aussi triés que fine fleur de basse-fosse et plus repoussants les uns que les autres. Tant et si bien que, lors de la parade organisée par Varys à son intention, Tyrion craignit d'être allé trop loin, mais Shae n'avait pas émis la moindre plainte. *Et pourquoi le ferait-elle ? Elle ne s'est jamais plainte de moi, qui suis plus hideux pourtant que tous ses cerbères ensemble. Peut-être ne voit-elle même pas la laideur.*

En tout état de cause, il aurait mieux aimé placer la demeure sous la protection de ses sauvages montagnards ; des Oreilles Noires de Chella, par exemple, ou bien des Sélénites. Leur loyauté de fer et leur sens de l'honneur lui inspiraient plus de confiance que la voracité des spadassins. Seulement, le risque était trop évident. Tout Port-Réal les savait attachés à sa personne. Eux placés là, la ville entière n'aurait pas ignoré longtemps que la Main du roi y entretenait une concubine.

L'un des Ibbénins lui prit son cheval. « On l'a réveillée ? demanda Tyrion.

— Non, m'sire.

— Bien. »

Le feu n'était plus que braises, dans la cheminée, mais la chambre demeurait tiède. Dans son sommeil, Shae avait repoussé d'un coup de pied drap et couvertures. Elle reposait nue sur le lit de plumes. Les dernières lueurs de l'âtre soulignaient les tendres courbes de son jeune corps. Debout sur le seuil, Tyrion s'enivrait de la contempler. *Plus jeune que Marei, plus câline qu'Almée, plus belle qu'Alalaya, elle est tout ce qu'il me faut, et davantage encore.* Comment une putain pouvait-elle paraître et si propre et si douce et si pure ? Il n'en revenait pas.

Il n'avait pas eu l'intention de la déranger, mais sa seule vue le faisait bander. Il laissa ses vêtements tomber sur le sol puis se hissa sur le lit, s'approcha d'elle à quatre pattes, lui écarta tout doucement les jambes et l'embrassa entre les cuisses. Toujours endormie, Shae exhala un murmure. Il l'embrassa de nouveau, puis se mit à lécher sa douceur secrète, encore et encore et encore, jusqu'à ce que barbe et con fussent aussi trempés l'un que l'autre. Et lorsque, frémissante, elle émit un gémissement sourd, il l'escalada, se jeta en elle et, presque aussitôt, s'y désintégra.

Ses yeux étaient ouverts. Elle sourit en lui caressant le crâne et chuchota : « Je viens juste de faire le plus délicieux des rêves, m'sire. »

Il lui pinça un petit téton durci, se nicha la tête au creux de son épaule. Il ne se retira pas d'elle ; plût aux dieux qu'il ne fût jamais forcé de se retirer d'elle. « Ce n'était pas un rêve », l'assura-t-il. *C'est la réalité, tout, tout cela*, songea-t-il, *les guerres, les intrigues, le grand jeu sanglant, et moi tout au centre... moi, le nain, le monstre, l'objet de leurs rires et de leurs mépris, et j'ai tout dans ma main, maintenant, le pouvoir, la ville, la fille. Voilà pour quoi j'étais fait et, les dieux me pardonnent, j'aime ça...*

Et elle. Et elle.

ARYA

Quels diables de noms Harren le Noir avait pu donner à ses tours, le souvenir s'en était perdu depuis des siècles. On les appelait à présent tour de l'Horreur, tour de la Veuve, tour Plaintive, tour des Spectres et tour Bûcher-du-Roi. Arya couchait, dans les caves caverneuses de la tour Plaintive, au creux d'une niche jonchée de paille. Libre de se laver autant qu'elle le désirait, elle avait de l'eau, un morceau de savon. Le travail était dur, mais pas plus dur qu'auparavant les milles et les milles de marche quotidiens. Et Belette n'était pas forcée comme Arry de chercher des vers et des punaises pour se nourrir ; elle avait chaque jour sa ration de pain, du ragoût d'orge où se soupçonnaient navets et carottes et même, une fois par quinzaine, une bouchée de viande.

Tourte était encore moins mal loti ; on l'avait affecté aux cuisines, et il logeait dans la rotonde de pierre à voûte en coupole qui, vaste à elle seule comme un monde, les abritait. Tout comme ses compagnons d'infortune, Arya prenait ses repas au sous-sol, à la table de Weese, mais il lui arrivait de se voir désigner pour aider au service, et elle en profitait pour dérober quelques instants de bavardage avec Tourte. Incapable de se rappeler qu'elle était devenue Belette, il persistait, tout en sachant qu'elle était une fille, à l'appeler Arry. Un jour, il essaya de lui glisser en douce une tarte aux pommes brûlante, mais il s'y prit si gauchement que deux cuisiniers s'en aperçurent et, après l'avoir délesté de son larcin, le rossèrent avec une énorme louche de bois.

Comme on avait envoyé Gendry à la forge, Arya le voyait rarement. Quant à ceux avec qui elle s'échinait, elle préférait ignorer jusqu'à leurs noms. Connaître les gens ne servait qu'à vous rendre leur mort encore plus pénible. Plus âgés qu'elle pour la plupart, ils la laissaient d'ailleurs tranquille dans son coin.

Victime de son gigantisme même, Harrenhal se révélait gravement délabré. Détentrice du château comme banneret des Tully, lady Whent avait occupé les seuls tiers inférieurs de deux des cinq tours et laissé le reste crouler. La modeste maisonnée demeurée sur place après la fuite de sa dame ne pouvant suffire à assumer ne fût-ce que les premiers besoins de tous les chevaliers, seigneurs et prisonniers de haut parage amenés par lui, lord Tywin s'était vu contraint à razzier des serviteurs tout autant qu'à piller provisions et fourrage. La rumeur lui attribuait le projet de rétablir Harrenhal dans toute sa gloire et d'en faire sa résidence, une fois la guerre achevée.

Weese utilisait Arya pour porter des messages, aller chercher les plats, tirer de l'eau, servir à table, de-ci de-là, dans la salle des Garnisaires qui, juste au-dessus de l'armurerie, servait de réfectoire aux hommes d'armes, mais le ménage était sa principale besogne. Entrepôts et greniers occupaient le rez-de-chaussée de la tour Plaintive ; le premier et le deuxième étage abritaient une partie de la garnison ; mais les niveaux supérieurs, à l'abandon depuis quatre-vingts ans, devaient, sur ordre exprès de lord Tywin, recouvrer leur destination première d'habitation. Il fallait en récurer les sols, en décrasser les fenêtres et déblayer les sièges brisés, les literies gâtées qui les encombraient. Au dernier étage pullulaient les énormes chauves-souris que la maison Whent avait adoptées pour armoiries, les caves n'étaient pas moins infestées de rats... et de fantômes, chuchotaient certains – les fantômes d'Harren le Noir et de ses fils.

Absurde, aux yeux d'Arya. Puisqu'Harren et ses fils avaient péri dans la tour Bûcher-du-Roi, son nom l'indiquait assez, pourquoi auraient-ils traversé la cour ? afin de la tourmenter, elle ? La tour Plaintive ne gémissait que par vent du nord, et ses prétendus gémissements s'expliquaient le plus simplement du monde : l'air s'insinuait par toutes les fissures ouvertes dans la pierre par le brasier. S'il y avait *vraiment* des fantômes à Harrenhal, ils lui fichaient une paix royale. C'est des vivants qu'elle avait peur, de Weese et de ser Gregor Clegane et de lord Tywin Lannister lui-même, dont les appartements se trouvaient dans la tour Bûcher-du-Roi, laquelle demeurait la plus haute et la plus puissante, toute déjetée qu'elle était, sous la masse de pierres carbonisées qui lui donnait l'air d'une colossale chandelle noire à demi fondue.

Que ferait-il, lord Tywin, se demandait-elle, si elle l'abordait en déclarant : « Je suis Arya Stark » ? Une vue de l'esprit. Jamais elle ne pourrait suffisamment s'approcher de sa personne pour lui adresser la parole. Et le ferait-elle que, de toute manière, il ne la croirait pas. Et Weese, ensuite, la battrait au sang.

Dans son genre de petit jars, Weese l'épouvantait presque autant que ser Gregor. Si Clegane écrasait les hommes comme des mouches, du moins semblait-il ignorer, la plupart du temps, la présence de la mouche. Weese, lui, savait *toujours* que vous étiez là, ce que vous étiez en train de faire et, parfois, ce que vous étiez en train de penser. Une imperceptible provocation ? il cognait, et il avait un chien presque aussi malfaisant que lui, une vilaine femelle tachetée qui répandait une puanteur véritablement sans exemple. Il la lança un jour, sous les yeux d'Arya, contre un préposé aux latrines qu'il avait pris en grippe et s'esbaudit fort du morceau de mollet qu'elle déchiquetait.

Il ne lui fallut que trois jours pour conquérir la place d'honneur dans les prières nocturnes d'Arya. « Weese, marmonnait-elle pour débuter. Dunsen, Chiswyck, Polliver, Raff Tout-miel. Titilleur et le Limier. Ser Gregor, ser Amory, ser Ilyn, ser Meryn, le roi Joffrey, la reine Cersei. » Si d'aventure elle en oubliait ne fût-ce qu'un seul, comment le retrouverait-elle pour le tuer ?

Alors que, sur la route, elle s'était fait l'effet d'un mouton, c'est en souris que la métamorphosa Harrenhal. Sa chemise de laine rugueuse la rendait aussi grise qu'une souris et, déguerpissant telle une souris de la voie des puissants, elle ne pratiquait que les trous noirs, crevasses et lézardes du château.

La pensée lui venait parfois qu'ils étaient *tous* des souris, tous, entre ces murailles épaisses, tous, chevaliers et grands seigneurs inclus. Les dimensions de la forteresse faisaient paraître tout petit Gregor Clegane lui-même. Elle couvrait trois fois plus de terrain que Winterfell, et ses édifices étaient tellement plus importants qu'à peine souffraient-ils la comparaison. Dans ses écuries logeaient un millier de chevaux, son bois sacré s'étendait sur vingt arpents, ses cuisines étaient aussi vastes que la grande salle de Winterfell, et sa grande salle, pompeusement nommée « salle aux Cent Cheminées », bien qu'elle n'en comportât que trente et quelque (Arya s'était essayée deux fois à les compter, mais elle en avait dénombré trente-trois, la première, et trente-cinq, la seconde), était un antre si colossal que lord Tywin y aurait pu festoyer l'ensemble de ses troupes, si la fantaisie l'en eût pris. Murs, portes, escaliers, pièces, tout était d'une échelle si inhumaine qu'Harrenhal évoquait forcément les contes de Vieille Nan consacrés aux géants vivant au-delà du Mur.

Du reste, comme seigneurs et dames ne remarquent jamais les souriceaux gris qui trottinent à leurs pieds, Arya n'avait, tout en vaquant à ses obligations, qu'à ouvrir grandes ses oreilles pour surprendre toutes sortes de secrets. La jolie Pia, de l'office, était une gueuse qui frayait sa route auprès de chaque chevalier du château. La femme du geôlier attendait un enfant dont le véritable père était soit ser Alyn Gerblance soit un chanteur surnommé Wat Blancherisette. À table, lord Lefford se gaussait des spectres, mais une chandelle brûlait en permanence à son chevet. Jodge, l'écuyer de ser Dunaver, était incontinent, la nuit. Par mépris pour lui, les cuistots crachaient dans tout ce que mangeait ser Harys Swyft. D'après ce que confiait à son frère une servante de mestre Tothmure, certain message annonçait que Joffrey n'était qu'un bâtard et en aucun cas le roi légitime. « Lord Tywin lui a ordonné de brûler la lettre et de ne jamais reparler de cette infamie », chuchota-t-elle.

Les frères du roi Robert, Stannis et Renly, étaient entrés en guerre à leur tour. « Deux rois de plus, ça fait, lâcha Weese. Le royaume a plus de rois, maintenant, qu'un château de rats. » Les soldats Lannister eux-mêmes se demandaient combien de temps Joffrey conserverait le trône de Fer. « Le gosse a pas d'armée, rien que ses manteaux d'or, et il est sous la coupe d'un coupé, d'un nabot et d'une bonne femme, grommelait entre autres tel damoiseau passablement éméché. Ferait du joli, des machins pareils, sur un champ de bataille, non ? » Béric Dondarrion défrayait toujours la chronique. En prétendant un jour que les Pitres sanglants l'avaient eu, un archer gras à lard n'obtint qu'un succès de rires. « Lorch l'avait déjà tué une fois, aux Cataractes, et la Montagne deux autres fois. Un cerf d'argent que l'est pas, mort, cette fois aussi. »

Quinze jours s'écoulèrent avant que la compagnie la plus extravagante qu'elle eût jamais vue ne vînt l'édifier sur ce qu'étaient les « Pitres sanglants ». Sous la bique noire à cornes dorées qui blasonnait leur étendard chevauchaient des hommes de cuivre aux tresses chargées de sonnailles ; des lanciers aux montures zébrées de noir et de blanc ; des arbalétriers aux joues fardées ; des magots velus à boucliers hirsutes ; des moricauds en manteaux de plumes ; un bout de bouffon bariolé de rose et de vert ; des spadassins de fantaisie dont la barbe fourchue était teinte en argent, vert, violet ; des piques aux visages couturés de cicatrices peintes ; un gringalet en robe de septon ; un paterne en gris mestre, et un souffreteux dont la cape de cuir était frangée de longs cheveux blonds.

À leur tête se trouvait un type sec comme une trique et dégingandé dont la noire barbe graisseuse issue de son menton pointu et descendant presque à la taille achevait d'allonger la longue figure émaciée. Noir et d'acier, le heaume appendu au pommeau de sa selle affectait l'aspect d'une tête de chèvre. Une chaîne qui juxtaposait des pièces de toutes tailles, toutes formes et tous métaux lui parait le col, et il montait l'un de ces étranges chevaux noir et blanc.

« Cette clique-là, t'y frotte pas, Belette », maugréa Weese en la voyant écarquillée. Deux de ses compagnons de beuverie – des hommes d'armes appartenant à lord Lefford – se trouvaient par là.

« Qui sont-ils ? » demanda-t-elle.

L'un des soudards se mit à rigoler. « Les valets-de-pied, petite. Les orteils de la Chèvre. Les Pitres sanglants de lord Tywin.

— C'est ça, cervelle de pois, vas-y ! fais-la écorcher, et c'est *toi* qui gratteras ces putains de marches... avertit Weese. C'est des mercenaires, Brin-de-belette. Les "Braves Compaings", qu'ils se disent, eux. Leur donne pas d'autre nom, quand y peuvent entendre, ou gare à ta peau. Le heaume à la chèvre est leur capitaine. Lord Varshé Hèvre.

— Lord de mon cul, trancha le second soldat, comme dit ser Amory. Un reître, rien que, avec plein de bave, et gonflé faut voir.

— Mouais, convint Weese, mais elle fera mieux d'y *donner* du lord, si elle veut garder tous ses abattis. »

Elle loucha de nouveau vers Varshé. *Mais combien lord Tywin en possède-t-il, de monstres ?*

Comme les Braves Compaings cantonnaient dans la tour de la Veuve, elle n'avait pas à les servir. Heureusement. Le soir même de leur arrivée, une bagarre les opposa à des Lannister. L'écuyer de ser Harys Swyft périt poignardé, et deux des Pitres furent blessés. Le lendemain matin, lord Tywin les fit pendre aux créneaux de la porte, en compagnie d'un archer de lord Lydden. À en croire Weese, ce dernier avait tout déclenché par ses sarcasmes à propos de Béric Dondarrion. Une fois terminées les ruades des suppliciés, Varshé Hèvre et ser Harys se donnèrent l'accolade et, sous les yeux de lord Tywin, s'entrebaisèrent en se jurant une amour éternelle. Arya trouva comiques les zézaiements baveux de Varshé, mais elle se garda précieusement d'en rire.

Si les Pitres sanglants ne s'attardèrent guère à Harrenhal, elle eut tout de même, avant qu'ils ne repartent, l'occasion d'en entendre un raconter qu'une armée du Nord commandée par Roose Bolton avait occupé le gué aux rubis du Trident. « S'il traverse, lord Tywin l'écrasera de nouveau, comme à la Verfurque », affirma un arbalétrier Lannister. Ses copains le descendirent en flammes. « Bolton traversera pas. Pas avant que le louveteau marche de Vivesaigues avec ses gus de la cambrousse et tous ces loups qu'y z'ont. »

Elle ignorait que son frère se trouvât si près. Vivesaigues était beaucoup moins loin que Winterfell, mais de quel côté au juste par rapport à Harrenhal, là était le hic. *J'arriverais toujours à le trouver, je sais que j'y arriverais, si seulement je pouvais filer.* À l'idée de revoir Robb, elle s'en mordit la lèvre. *Et je veux voir Jon aussi, et Bran et Rickon et Mère. Et même Sansa... Je l'embrasserai et la conjurerai comme une vraie dame, ça, elle aimera, de me pardonner.*

Les caquets de la cour lui avaient appris qu'au sommet de la tour de l'Horreur étaient détenus une quarantaine d'hommes capturés au cours d'une bataille sur la Verfurque du Trident. En échange de leur parole de ne pas tenter de s'évader, la plupart s'étaient vu accorder la liberté de circuler dans le château. *Ils ont juré de ne pas s'évader*, se dit-elle, *mais ils n'ont pas juré de ne pas seconder mon évasion.*

Ils mangeaient à leur propre table dans la salle aux Cent Cheminées, et on les voyait souvent flâner du côté des lices. Armés de lattes et de boucliers de bois, quatre frères s'entraînaient chaque jour ensemble dans la cour aux Laves. C'étaient des Frey du Pont, trois légitimes et un bâtard. Mais leur séjour fut assez bref ; deux autres frères se présentèrent un matin sous bannière blanche, avec une cassette d'or pour payer la rançon des captifs aux chevaliers qui les avaient pris. Et les six Frey s'en furent de conserve...

Nul ne rachetait les hommes du Nord, en revanche. Inlassablement en quête d'un bout de gras, un patapouf de nobliau hantait les cuisines, l'avisa Tourte ; il avait une moustache tellement fourrée qu'elle lui masquait la bouche, et un trident de saphirs et d'argent agrafait son manteau. Lui appartenait à lord Tywin, alors que le farouche jouvenceau barbu qui, drapé dans un manteau noir constellé de soleils blancs, se plaisait à arpenter seul les chemins de ronde, s'était fait prendre par un minable chevalier qui comptait en tirer le prix fort. Sansa aurait su qui c'était, le patapouf aussi, mais emblèmes et titres avaient toujours barbé Arya. Elle, chaque fois que septa Mordane se mettait à déballer l'histoire de cette maison-ci, cette maison-là, son esprit tendait à dériver, rêvasser, bâiller – à quand la fin de la leçon... ?

Lord Cerwyn, en revanche, *là*, elle s'en souvenait. Vu la proximité de ses terres avec Winterfell, lui et son fils Cley étaient maintes fois venus en visite. Mais, comme par une malice exprès de la fatalité, il était précisément le seul des prisonniers que l'on ne vît jamais ; alité dans sa cellule, il se remettait de ses blessures. Durant des jours et des jours, elle se tortura les méninges pour inventer un stratagème qui lui permît de se faufiler jusqu'à lui malgré les plantons. En la reconnaissant, il serait tenu d'honneur de l'aider. Il devait avoir de l'or, tous ses pairs en avaient ; peut-être irait-il jusqu'à soudoyer tels des reîtres de lord Tywin pour la conduire à Vivesaigues. Père n'affirmait-il pas que, contre espèces bien sonnantes, la plupart des reîtres étaient prêts à trahir n'importe qui ?

Et puis, un matin, elle vit trois robes grises à coule – des sœurs du Silence – déposer dans leur carriole un cadavre cousu dans un manteau de soie magnifique armorié de la hache de guerre. Elle questionna l'un des gardes et apprit de lui que lord Cerwyn avait succombé. Cela lui fit l'effet d'un coup de pied au ventre. *Il n'aurait pu t'aider*, de toute façon, songea-t-elle, pendant que la carriole des sœurs franchissait la porte. *Il n'a même pas pu s'aider lui-même, sotte de souris que tu es !*

Il ne lui restait désormais plus qu'à retourner gratter, déguerpir, écouter aux portes. Lord Tywin allait bientôt marcher contre Vivesaigues. Fondre plutôt sur Hautjardin, dans le sud, ce qui surprendrait tout le monde. Non, il devait défendre Port-Réal, Stannis était l'adversaire le plus dangereux. Il avait expédié Gregor et Varshé démolir Roose Bolton, ce poignard levé sur ses arrières. Il avait envoyé des corbeaux aux Eyrié ; il voulait épouser la lady Lysa pour se gagner le Val. Il avait acheté une tonne d'argent pour forger des épées magiques qui égorgeraient ces zomans de Stark. Il était en train d'écrire à lady Stark pour faire la paix, le Régicide serait libéré sous peu.

Les corbeaux avaient beau aller et venir à longueur de jour, lord Tywin passait, lui, sous triples verrous, le plus gros de son temps avec son conseil de guerre. Arya ne fit que l'entr'apercevoir, et toujours de loin – arpentant les murs, une fois, en compagnie de trois mestres et du patapouf moustachu ; sortant à cheval, une autre, avec ses bannerets pour une visite des bivouacs ; mais encadré le plus souvent dans une baie de la galerie couverte et, debout, étreignant à deux mains le pommeau d'or de sa rapière, regardant s'entraîner les hommes dans la cour, en bas. Il passait pour aimer l'or par-dessus tout. « Même qu'il en *chie* ! » blagua devant elle un écuyer. Malgré son âge et sa calvitie, Lannister conservait, sous ses rudes favoris dorés, une allure vigoureuse. Quelque chose dans son visage, en dépit de traits absolument dissemblables, rappelait Père. *La tête d'un seigneur*, voilà tout. Un mot de Mère : « Prends donc ta tête de seigneur, Ned » – il avait à traiter quelque affaire importante –, lui revint en mémoire. Ainsi que les rires de Père. Impossible au contraire de s'imaginer lord Tywin en train de rire. Jamais ni de rien.

Un après-midi, elle attendait au puits son tour de tirer un seau d'eau quand grincèrent les gonds de la porte est. Une escouade de cavaliers défila au pas sous la herse.

L'écu de leur chef était frappé d'une manticore. Une flambée de haine la frappa au cœur.

Au grand jour, ser Amory Lorch était moins effrayant qu'à la lueur des torches, mais il avait bel et bien des yeux de goret. Une commère jacassa que, partis traquer Béric Dondarrion tout autour du lac, lui et ses hommes avaient massacré des rebelles. *Nous n'étions pas des rebelles*, s'insurgea mentalement Arya. *Nous étions la Garde de Nuit ; la Garde de Nuit ne prend pas parti.* Ser Amory conduisait moins d'hommes qu'elle n'eût juré de mémoire. Et beaucoup blessés. *Puissent leurs plaies s'infecter. Puissent-ils crever, tous.*

Presque en queue de colonne lui apparurent alors les trois.

Le demi-heaume noir à large nasal de fer qui le coiffait désormais empêchait de voir que Rorge n'avait plus de nez. À son côté, accablant de sa masse un destrier qui semblait près de s'effondrer, bringuebalait Mordeur ; les brûlures encroûtées qui le tapissaient parfaisaient sa hideur première.

Jaqen H'ghar persistait à sourire, lui. Tout vêtu de loques crasseuses qu'il était encore, il avait néanmoins trouvé le temps de se laver et brosser les cheveux. Ils lui flottaient sur les épaules, rouges et blancs, si luisants que le cercle des bonnes femmes s'en trémoussa d'admiration.

J'aurais mieux fait de les laisser rôtir, comme le préconisait Gendry, j'aurais mieux fait de l'écouter. Sans la hache qu'elle leur avait balancée, ils seraient tous morts. La peur l'étreignit, mais ils la dépassèrent sans lui manifester l'ombre d'un intérêt. Seul Jaqen H'ghar jeta un coup d'œil dans sa direction, et ce bref coup d'œil fila par-dessus sa tête. *Il ne me connaît pas*, se dit-elle. *Arry était un petit fauve affublé d'une épée, et je ne suis qu'une souris grise équipée d'un seau.*

Elle passa le reste de la journée à tant gratter de marches dans la tour Plaintive que, le soir venu, ses mains à vif saignaient et que ses bras perclus ne purent sans trembler remporter le seau jusque dans la cave. Trop éreintée même pour manger, elle s'en excusa auprès de Weese et rampa se pelotonner dans sa litière. « Weese, bâilla-t-elle. Dunsen, Chiswyck, Polliver, Raff Tout-miel. Titilleur et le Limier. Ser Gregor, ser Amory, ser Ilyn, ser Meryn, le roi Joffrey, la reine Cersei. » Ne convenait-il pas d'enrichir sa prière de trois nouveaux noms ? Elle n'eut pas la force d'en décider cette nuit-là.

Elle rêvait de loups courant à toutes jambes dans les bois quand une main puissante s'appesantit sur sa bouche, telle une pierre lisse et tiède, inébranlable et sans merci. Elle s'éveilla instantanément, se tordit et se débattit. « Une fille ne dit rien, lui chuchota une voix à l'oreille. Une fille garde fermées ses lèvres, personne n'entend, et des amis peuvent causer en secret. Oui ? »

Le cœur battant, elle composa la silhouette d'un hochement.

Jaqen H'ghar retira sa main. Il faisait si noir dans la cave que son visage était invisible, même de tout près. Elle le *sentait*, toutefois ; une odeur de peau propre et de savon ; il s'était parfumé les cheveux. « Un garçon devient une fille, murmura-t-il.

— J'ai *toujours* été une fille. Je ne pensais pas que vous m'aviez vue.

— Un homme voit. Un homme sait. »

Elle se souvint qu'elle le haïssait. « Vous m'avez fait peur. Vous êtes un des *leurs*, maintenant, j'aurais dû vous laisser rôtir. Que faites-vous ici ? Partez, ou j'appelle Weese.

— Un homme paie ses dettes. Un homme en doit trois.

— Trois ?

— Le dieu Rouge, il lui faut son dû, petite, et seule la mort peut payer la vie. Cette fille en a pris trois qui lui revenaient. Cette fille doit lui en donner trois en échange. Dis les noms, et un homme fera le reste. »

Il veut m'aider, comprit-elle avec une bouffée d'espoir vertigineuse. « Emmenez-moi à Vivesaigues, ce n'est pas loin, si nous volions des chevaux, nous pourrions... »

Il lui posa un doigt sur les lèvres. « Trois vies tu auras de moi. Ni plus ni moins. Trois, et nous sommes quittes.

Ainsi, une fille doit réfléchir. » Il lui baisa doucement les cheveux. « Mais pas trop longtemps. »

Le temps d'allumer un bout de chandelle, seule demeurait de lui l'ombre évanescente d'un parfum de girofle et gingembre. La femme de la niche voisine roula sur le flanc pour se plaindre de la lumière. Arya éteignit et ferma les yeux. Aussitôt se mirent à flotter devant elle des visages. Joffrey et sa mère, Ilyn Payne et Meryn Trant et Sandor Clegane... mais ils se trouvaient tous à Port-Réal, à cent lieues d'Harrenhal, et ser Gregor était reparti vers de nouvelles prouesses au bout de quelques jours, emmenant Raff et Chiswyck et Titilleur. Restait ser Amory, qu'elle haïssait presque autant. Vraiment ? Elle n'était pas sûre. Puis Weese, toujours.

Elle repensait à lui, le lendemain matin, quand le manque de sommeil lui décrocha la mâchoire. « Te préviens, Belette, ronronna-t-il, que je te voie encore le four à l'air, et je t'arrache la langue pour nourrir ma chienne. » Et de lui vriller l'oreille pour s'assurer qu'elle avait entendu. « Et maintenant, retourne à ton escalier. Et que, ce soir, ça brille jusqu'au troisième palier... »

Tout en travaillant, elle passa la revue de ceux qu'elle haïssait *à mort*. Elle se persuadait qu'elle en voyait les tronches sur les marches et grattait pour les effacer. Les Stark étaient en guerre avec les Lannister, et, comme elle était une Stark, son devoir était de tuer le plus possible de Lannister, c'était ça, la guerre. Quant à s'en reposer sur Jaqen... il ne lui inspirait pas confiance. *Je devrais les tuer moi-même.* Quand Père condamnait un type à mort, il l'exécutait lui-même avec Glace. « Si tu t'arroges la vie d'un homme, tu lui dois de le regarder dans les yeux et d'écouter ses derniers mots », son principe, enseigné tour à tour à Robb et Jon et Bran.

Le lendemain, elle évita Jaqen H'ghar, ainsi que le surlendemain. Ce n'était pas difficile. Elle était minuscule, Harrenhal immense et tout plein de caches à souris.

Or, voilà que reparut, plus tôt que prévu, ser Gregor. Cette fois, ce n'était pas un troupeau de captifs qu'il ramenait, mais un troupeau de biques. L'un des raids nocturnes de Béric Dondarrion lui avait, disait-on, fait perdre quatre hommes, mais ceux qu'elle haïssait revinrent indemnes et s'installèrent au deuxième étage de la tour Plaintive. Weese les fit copieusement ravitailler en boisson. « Des fameux soiffards, ces gars-là, grogna-t-il. Belette, monte voir demander s'y z'ont des frusques à raccommoder, je dirai aux femmes de s'en occuper. »

Elle grimpa quatre à quatre ses marches si bien grattées. Son arrivée n'attira l'attention de personne. Assis près du feu, Chiswyck, une corne de bière en main, déballait une de ses bien bonnes. De peur d'une mornifle, elle se garda de l'interrompre.

« Après le tournoi de la Main, c'était, disait-il. Avant que la guerre éclate, quoi. On retournait à l'ouest, sept qu'on était avec ser Gregor. Y avait Raff et le jeune Joss Stilbois, qu'avait fait l'écuyer de Ser pour les joutes. Bon, voilà qu'on arrive à cette rivière de merde, en crue qu'elle était, cause qu'avait plu de l'eau. Pas mèche de passer à gué, mais y a un troquet pas loin, du coup on y va. Ser vous secoue le patron que nos cornes soyent toujours pleines jusqu'à temps que la rivière baisse, et z'auriez vu s'y brillaient, ses yeux de cochon, le type, devant l'argent... ! Y nous porte alors de la bière, lui et sa fille, et c'est une saloperie, de la pisse brune, que j'en suis pas plus content du tout, Ser aussi. Et que tout ce temps le troquet nous tanne comme il est heureux de nous avoir, qu'y a pas guère de clients, cause de ces pluies. Et y ferme pas son clapet, le con, sans arrêt, bien que Ser dit pas un mot, qu'y rumine juste le tour qu'y a joué ce bougre de ser aux Pensées. Z'imaginez, quoi, la bouche vachement pincée, que moi et les potes, tu parles, on y dit que couic, mais le troquet, lui, y cause cause cause, et même y demande comment m'sire s'est tiré des joutes. Ser vous l'a juste regardé comme ça. » Avec un ricanement, Chiswyck lampa sa bière, en torcha la mousse d'un revers de main. « Pendant ça, la fille au type arrêtait pas d'amener, verser, un petit boudin dans les dix-huit ou...

— Treize, je dirais, lâcha Raff Tout-miel d'un ton languissant.

— Bof, treize ou dix-huit, ça la rend pas plus regardable, mais Eggon, qu'est bu, se met à vous la tripoter, moi aussi, p't-être, je la palpe un peu, et v'là-t-y pas que Raff dit à Stilbois, "Tire-la en haut, qu'y dit, et fais-toi un homme", manière de l'encourager. Qu'à la fin Joss lui fourre la main sous les jupes, et elle glapit, tombe sa cruche et fout son camp dans la cuisine. Ça aurait pu s'arrêter là, hein ? seulement, y fait quoi, le vieux fou, y trouve rien de mieux que s'en prendre à *Ser*, qu'y doit nous dire de laisser la fille tranquille, lui qu'est chevalier oint et patati et patata !

« Ser Gregor, nos petites blagues, il avait rien vu, mais, du coup, v'là qu'y *regarde*, comme vous savez qu'y fait, et y commande qu'on y amène la fille. Main'nant, le vieux, y faut qu'y la traîne de la cuisine, et y peut s'en prendre qu'à lui. Ser vous la toise, et y dit : "Alors, c'est ça, la putain pour qui tu te tracasses tellement ?", et ce vieux abruti de fou qui dit : "Ma Layna n'est pas une putain, ser", là, sous le nez de Gregor ! Ser, y bronche pas, juste y dit : "Maintenant, si", y jette au vieux un autre écu d'argent, vous trousse la fille et hop ! vous la prend, là, sur la table, devant son pa', sautant et ballant comme un lapin,'vec tous les couinements. La gueule qu'y tirait, le vieux ! je rigolais tellement que ma bière me sortait du nez ! Ça attire alors le garçon, ce boucan, le fils, j'imagine, y se précipite du cellier, que Raff est obligé d'y foutre un poignard dans le ventre. Quand Ser a fini, y retourne boire, et on a not' tour. Vu ses goûts, vous savez, Tobbot la retourne et enfile le mauvais chemin. Quand j' l'ai eue, la fille se débattait plus, elle y avait p't-être pris goût, après tout, quoique franchement j'aurais pas détesté qu'elle gigote un peu. Mais c'est pas le meilleur, tout ça... Quand la chose est faite, Ser dit au vieux : "Ma monnaie. La fille vaut pas un écu", qu'y dit... et, malédiction s'il a pas, le vioque, rendu sa poignée de liards en disant : "Pardonnez, m'sire" et "*Merci pour votre pratique*" ! »

L'auditoire rugit de joie, mais personne plus fort que Chiswyck lui-même, et si égayé par sa propre histoire que la morve lui dégoulinait depuis le pif jusqu'à ses picots gris de barbe. Tapie dans l'ombre du palier, Arya le regardait. Elle regagna furtivement les caves sans dire un mot. Lorsqu'il découvrit qu'elle n'avait pas accompli sa mission, Weese lui arracha ses braies et lui administra une bastonnade qui lui ensanglanta les cuisses, mais elle ferma les paupières et se répéta si bien les adages enseignés par Syrio qu'à peine sentit-elle la correction.

Deux soirs plus tard, Weese l'envoya servir les dîneurs dans la salle des Garnisaires. Munie d'un pichet de vin, elle s'employait à verser quand elle aperçut Jaqen H'ghar attablé devant son tranchoir dans un bas-côté. En mâchouillant sa lèvre, elle jeta un regard circulaire pour s'assurer que Weese n'était pas en vue. *La peur est plus tranchante qu'aucune épée*, se récita-t-elle.

Elle avança d'un pas, d'un autre, et chacun lui donnait l'impression qu'elle était moins une souris. Vaille que vaille, elle longea le banc, tout en remplissant les coupes de vin. Rorge occupait la droite de Jaqen mais, ivre mort, ne la remarqua même pas. Elle se pencha vers Jaqen et lui souffla dans le tuyau de l'oreille : « Chiswyck », sans qu'il manifestât d'aucune manière avoir entendu.

Une fois son pichet vide, elle se précipita aux celliers pour l'emplir au tonneau puis retourna promptement servir. Personne n'était mort de soif entre-temps, ni ne s'était seulement avisé de sa brève absence.

Rien n'arriva le lendemain ni le jour suivant mais, le troisième, elle accompagna Weese aux cuisines pour en rapporter le dîner. « L'un des hommes de la Montagne est tombé comme un idiot du chemin de ronde et s'est rompu le col, annonça Weese à un cuistot.

— Bourré ?

— Pas plus que d'habitude. Y en a qui disent que c'est le fantôme d'Harren qui l'a balancé en bas. » Un reniflement exprima ce que *lui* pensait de pareilles foutaises.

Ce n'était pas Harren, eut-elle envie de dire, *c'est moi*. Elle avait tué Chiswyck d'un souffle, et elle en tuerait deux autres avant d'être quitte. *Je suis le fantôme d'Harrenhal*, pensa-t-elle. Et, cette nuit-là, il y eut un nom de moins à haïr.

CATELYN

Champignons grisâtres et troncs d'arbres couchés parsemaient la prairie où devait se tenir la rencontre. Personne en vue.

« Nous sommes les premiers, madame », assena Mollen comme ils immobilisaient leurs montures parmi les souches, à mi-distance des deux armées. Au bout de sa lance palpitait, clapotait la bannière au loup-garou de la maison Stark. Bien que la mer fût invisible, les bouffées saumâtres du vent d'est qui vous fustigeaient le visage la révélaient toute proche.

Devant les coupes sombres pratiquées par les pionniers de Stannis Baratheon afin de monter catapultes et tours de siège, Catelyn tenta d'évaluer l'ancienneté du bosquet. Avait-il abrité sous ses ombrages le repos de Ned, quand celui-ci s'était rué vers le sud pour débloquer Accalmie ? Une grande victoire que celle-là... D'autant plus grande que remportée sans effusion de sang.

Puissent les dieux m'accorder la même, pria-t-elle. Une démence, aux yeux de ses propres gens, que d'être seulement venue. « Cette guerre n'est pas la nôtre, madame, avait opiné ser Wendel Manderly. Le roi serait assurément furieux de voir sa mère s'exposer.

— Exposés, nous le sommes tous, répliqua-t-elle, avec peut-être trop d'âpreté. Croyez-vous que cela m'amuse, d'être ici, ser ? » *Ma place est à Vivesaigues, au chevet de Père, et à Winterfell, auprès de mes fils.* « Robb m'a envoyée le représenter dans le sud, et je l'y représenterai. » Amener les deux frères à faire la paix ne serait certes pas chose aisée, mais le bien du royaume exigeait qu'elle s'y efforce.

Par-delà crêtes rocheuses et champs détrempés s'apercevait, cabrée contre le ciel et le dos à la mer, la puissante silhouette grise d'Accalmie. Sa masse de pierre donnait aux troupes massées tout autour l'air dérisoire de mulots munis de petits fanions.

À en croire les chansons, la forteresse avait été jadis édifiée par Durran, premier roi de l'Orage, qui s'était fait aimer de la belle Elenei, fille du dieu des mers et de la déesse des vents. En renonçant son pucelage, la nuit des noces, en faveur d'un mortel, Elenei s'était condamnée à mourir comme une mortelle et, leur deuil se changeant en fureur, ses parents déchaînèrent si bien lames et rafales à l'assaut du fort que frères, amis du marié, convives, tout périt écrasé sous la ruine des murs ou noyé par les flots, tout hormis Durran que surent préserver les enlacements de sa femme et qui, lorsqu'enfin se leva l'aurore, jura de rebâtir et déclara la guerre aux dieux.

Ainsi construisit-il successivement cinq châteaux, chacun plus vaste et plus formidable que le précédent, mais il les vit tour à tour s'effondrer sous les hurlements des bises rageuses qui, dans la baie des Naufrageurs, poussaient devant elles des remparts liquides. Vainement, ses vassaux lui conseillèrent de bâtir à l'intérieur des terres ; vainement, ses prêtres l'avisèrent qu'il n'apaiserait les dieux qu'en rendant Elenei à la mer ; vainement, ses sujets eux-mêmes le conjurèrent de s'incliner. Il éleva un septième château, plus massif que nul autre et auquel, disaient certains, contribuèrent les enfants de la forêt par la taille magique des pierres ; c'est, selon d'autres, un petit garçon – le futur Bran le Bâtisseur – qui lui indiqua comment procéder. Pour diverger sur ce point, les contes du moins s'accordaient quant au résultat : la fureur divine eut beau découpler sur lui tempête après tempête, le septième château la défia si victorieusement qu'Elenei et Durran Dieux-deuil y vécurent en paix jusqu'à leur dernier souffle.

Les dieux n'ayant cependant garde d'oublier, les vents mauvais continuaient à soulever les houles du détroit. Mais, pareil à nul autre, Accalmie leur tenait tête, siècle après siècle et depuis des dizaines de siècles. Haut de cent pieds, son mur extérieur, que ne perçait archère ni poterne, était d'une rotondité parfaitement *lisse* ; ajustées avec une adresse inouïe, ses pierres n'offraient nulle part ouverture ni angle ni faille par où pût s'infiltrer le moindre soupçon de brise. Il passait pour avoir quarante pieds d'épaisseur du côté des terres et, face aux flots, grâce à une double paroi comblée de sable et de gravier, près de quatre-vingts. À l'intérieur de ce prodigieux appareil, les cours, les cuisines et les écuries se trouvaient à l'abri des rafales comme des vagues. En fait de tours, il n'y en avait qu'une, en forme de tambour, aveugle vers la baie mais assez colossale pour renfermer tout à la fois les greniers, les casernements, la salle des fêtes et la demeure seigneuriale. Les énormes parapets crénelés qui la couronnaient lui conféraient, de loin, l'aspect menaçant d'un poing barbelé de piques en bout de bras.

« Dame ? » Hal Mollen la tira de ses réflexions pour lui signaler deux cavaliers qui, se détachant du joujou de camp bien aligné sous le château, venaient vers eux d'un pas circonspect. « Ce sera le roi Stannis.

— Évidemment. » Elle les examina. *Ce doit être Stannis et, pourtant, ce n'est pas la bannière Baratheon.* Si éclatant qu'il fût, son jaune n'avait rien des ors adoptés par Renly, et rouge était l'emblème encore indiscernable qu'elle arborait.

Renly comptait arriver le dernier. Il l'en avait prévenue lorsqu'elle était partie, il ne se mettrait en selle qu'une fois son frère suffisamment avancé. Le premier devrait attendre l'autre, et il ne voulait pas attendre, lui. *C'est à une sorte de jeu que se jouent les rois*, se dit-elle. Eh bien, le fait qu'elle n'était pas roi la dispensait de ce jeu-là. Quant à attendre, elle en avait une longue longue habitude.

L'approche de Stannis lui permit de voir qu'il portait une couronne d'or rouge aux fleurons en forme de flammes. Des topazes et des grenats émaillaient sa ceinture, et un gros rubis carré brillait sur la garde de son épée. À cela près, sa mise était des plus simple : justaucorps de cuir clouté, doublet de piqué, bottes usagées, braies de bure brune. Le champ jaune soleil de sa bannière était frappé d'un cœur sanglant nimbé de flamboiements orange. Le cerf couronné figurait bien là, oui... mais ratatiné au centre du cœur. Encore plus bizarre était si possible le porte-enseigne – une femme, entièrement vêtue de rouges divers, et la face perdue dans le capuchon d'un vaste manteau pourpre. *Une prêtresse rouge*... se dit-elle, abasourdie. Puissante et forte de nombreux adeptes dans les cités libres et au fin fond de l'Orient, la secte n'avait guère essaimé dans les Sept Couronnes.

« Lady Stark », la salua froidement Stannis Baratheon en tirant sur les rênes. Et il s'inclina, plus chauve qu'elle ne le voyait dans ses souvenirs.

« Lord Stannis », lui retourna-t-elle.

Sous la barbe taillée court se crispa durement la lourde mâchoire, mais il s'abstint des bisbilles de titres, et elle lui en sut gré. « Je ne m'attendais pas à vous voir à Accalmie.

— Je ne m'attendais pas davantage à y venir. »

La façon dont ses yeux profondément enfoncés la scrutaient la mettait mal à l'aise. Pas homme à sacrifier aux convenances de la politesse. « Je déplore la mort de lord Stark, dit-il, bien qu'il ne fût pas de mes amis.

— Ni de vos ennemis, messire. Quand les lords Tyrell et Redwyne vous bloquaient mourant de faim dans ce château, c'est Eddard Stark qui rompit le siège.

— Sur les ordres de mon frère, et non par amour pour moi, riposta-t-il. Lord Eddard accomplit là son devoir, je ne vais pas le contester. Fis-je moins ? C'est *moi* qui aurais dû être la Main de Robert.

— Telle fut la volonté de votre frère. En dépit de Ned qui n'ambitionnait rien de tel.

— Il n'en accepta pas moins. Quand ces fonctions auraient dû m'échoir. Toutefois, je vous en donne ma parole, vous obtiendrez justice pour son meurtre. »

Adorent-ils vous promettre des têtes, ces hommes qui briguent la royauté... ! « Votre frère m'en a donné la sienne également. Mais, à parler franc, je préférerais ravoir mes filles et, pour la justice, m'en remettre aux dieux. Ma Sansa se trouve encore aux mains de Cersei, et je n'ai pas eu la moindre nouvelle d'Arya depuis la disparition de Robert.

— Si l'on découvre vos enfants, lorsque je prendrai Port-Réal, elles vous seront renvoyées. » *Mortes ou vives*, insinuait le ton.

« Et quand cela arrivera-t-il, lord Stannis ? Port-Réal n'est guère éloigné de Peyredragon, mais c'est ici que je vous découvre.

— Puisque vous vous montrez franche, lady Stark, fort bien, je vous parlerai franchement. Pour m'emparer de la cité, les forces de ces seigneurs du Sud que j'aperçois là-bas, dans la campagne, me sont indispensables. Mon frère les a. Il me faut les lui enlever.

— Chacun porte son allégeance où il veut, messire. Ces seigneurs du Sud ont juré fidélité à Robert et à la maison Baratheon. Si vous et votre frère omettiez vos différends...

— S'il se conduisait comme il sied, Renly et moi n'aurions point de différends. Je suis son aîné et son roi. Je réclame uniquement ce qui m'appartient de droit. Renly me doit obéissance et loyauté. J'entends obtenir cela. De lui comme des seigneurs susdits. » Il la dévisagea. « Et vous, madame, quel motif vous amène en ces parages ? Me faut-il inférer de votre présence que la maison Stark a tiré au sort en faveur de Renly ? »

Celui-là ne cédera jamais, se dit-elle, mais sans se laisser ébranler pour autant. Trop d'intérêts étaient en jeu. « Mon fils règne en qualité de roi du Nord, par la volonté de nos seigneurs et de nos peuples. Il ne ploie le genou devant personne, mais il tend à tous la main de l'amitié.

— Les rois n'ont pas d'amis, rétorqua sèchement Stannis, seulement des sujets et des ennemis.

— Et des frères », lança gaiement une voix derrière elle. Un regard par-dessus l'épaule lui révéla Renly, dont le palefroi posait un à un ses sabots parmi souches et troncs abattus. Étourdissant dans un doublet de velours vert et un manteau de satin soutaché de petit-gris, ses longues boucles noires cascadant de sous la couronne de roses d'or au chef frontal de cerf en jade, il portait au col une chaîne d'or et d'émeraudes, et des éclats de diamants noirs enrichissaient son ceinturon.

Il avait lui aussi choisi une femme pour porte-enseigne, mais rien du sexe de Brienne ne transparaissait sous la visière abaissée du heaume et l'armure de plates qui la corsetait. En haut de sa lance de douze pieds caracolait au gré du vent marin, noir sur or, le cerf couronné.

Le cadet se vit accueillir sans effusions. « Lord Renly.

— *Roi* Renly. Est-ce bien toi, Stannis ? »

Stannis se renfrogna. « Qui serait-ce d'autre ? »

Renly haussa sans façons les épaules. « Ton étendard m'en faisait douter. Quelle bannière est-ce là ?

— La mienne. »

La prêtresse rouge intervint. « Le roi a pris pour emblème le cœur ardent du Maître de la Lumière. »

L'explication parut divertir Renly. « Tant mieux. Si nous utilisions la même bannière, la bataille serait abominablement confuse.

— Espérons, glissa Catelyn, qu'il n'y aura pas de bataille. Nous avons un adversaire commun qui n'aspire qu'à notre ruine à tous. »

Stannis la considéra d'un air sévère. « Le trône de Fer me revient de droit. Tous ceux qui le contestent sont mes adversaires.

— Le royaume entier le conteste, frère, dit Renly. L'ancêtre le conteste avec un cliquetis macabre, l'à-naître le conteste au ventre maternel. On le conteste à Dorne, on le conteste au Mur. Nul ne te veut pour roi. Désolé. »

Mâchoires bloquées, traits durcis, Stannis grinça : « J'avais juré de ne jamais traiter avec toi tant que tu porterais ta couronne de traître. Que n'ai-je tenu parole.

— Sornettes ! s'emporta Catelyn. Lord Tywin occupe

Harrenhal avec vingt mille épées. Ce qui reste des troupes du Régicide s'est regroupé à la Dent d'Or, une nouvelle armée Lannister se forme à l'ombre de Castral Roc, Cersei et son fils tiennent Port-Réal et votre inestimable trône de Fer. Vous vous intitulez *roi* tous les deux mais, tandis que le royaume saigne, aucun de vous ne brandit l'épée pour le défendre comme fait mon fils. »

Renly haussa les épaules. « Si votre fils a remporté quelques batailles, moi, je gagnerai la guerre. Les Lannister n'ont qu'à attendre mon bon plaisir.

— Si vous avez rien à proposer, faites, trancha Stannis, ou je me retire.

— Fort bien, riposta Renly. Je te propose de mettre pied à terre, de ployer le genou et de me jurer allégeance. »

Fou de rage, Stannis hoqueta : « Ça, jamais !

— Tu as bien servi Robert, pourquoi pas moi ?

— Robert était mon aîné. Tu es mon cadet.

— En effet, ton cadet. Plus jeune, plus hardi, et *infiniment* plus aimable...

— ... et voleur et usurpateur, par-dessus le marché. »

Renly haussa les épaules. « Les Targaryens taxaient Robert d'usurpation. Il en portait allégrement la honte, semble-t-il. Je ferai de même. »

En pleine aberration... « Entendez-vous ce que vous dites ? Vous seriez mes fils, je cognerais vos crânes l'un contre l'autre, puis je vous enfermerais dans la même chambre jusqu'à ce que vous vous souveniez que vous êtes frères ! »

Stannis lui coula un regard de travers. « Vous vous oubliez par trop, lady Stark. Je suis le roi légitime, et votre fils rien de plus qu'un félon, tout comme mon frère. Son heure sonnera aussi. »

L'impudence de la menace la mit en fureur. « Vous qualifiez bien libéralement les autres de félons, messire, et d'usurpateurs, mais en quoi différez-vous d'eux ? Vous vous prétendez le seul roi légitime et pourtant, si je ne m'abuse, Robert a laissé deux fils. Comme toutes les lois des Sept Couronnes font du prince Joffrey son héritier légitime, et de Tommen, après lui... nous sommes *tous* félons, si bonne que soit notre cause. »

Renly se mit à rire. « Pardonne à lady Catelyn, Stannis. Vivesaigues se trouve au diable, elle en arrive tout d'une traite, elle n'aura pas lu, je crains, ton charmant poulet.

— Joffrey n'est pas de mon frère, affirma Stannis de but en blanc. Tommen non plus. Ils sont bâtards. Et leur sœur aussi. Tous trois sont d'exécrables rejetons d'inceste. »

Même Cersei serait folle à ce point ? Catelyn demeura sans voix.

« Que vous dit de cette histoire exquise, madame ? susurra Renly. Je campais à Corcolline quand lord Tarly en reçut la révélation, laquelle, je confesse, me coupa le souffle. » Il sourit à son frère. « Je ne t'aurais jamais cru si malin, Stannis. Si la chose était seulement véridique, tu serais véritablement l'héritier de Robert.

— *Si* elle était véridique ? M'accuserais-tu de mensonge ?

— Peux-tu fournir la moindre preuve de cette fable ? »

Stannis se contenta de grincer des dents.

Robert n'a rien dû savoir, réfléchit Catelyn, *Cersei l'aurait instantanément payé de sa tête.* « Mais si vous saviez la reine coupable d'un crime aussi monstrueux, lord Stannis, pourquoi vous en être tu ?

— Je ne m'en suis pas tu, déclara-t-il, j'ai informé Jon Arryn de mes soupçons.

— De préférence à votre propre frère ?

— Mon frère ne m'a jamais manifesté d'égards que de pure forme, expliqua-t-il. Émanant de moi, ce genre d'accusations aurait paru dicté par la rancune et l'intérêt, une manigance pour me placer en tête de la ligne successorale. Je présumai que Robert se montrerait moins récalcitrant si le dossier lui parvenait par l'intermédiaire de son cher Arryn.

— Ah, dit Renly. Voici la clé d'une mort d'homme.

— Parce que, bougre d'idiot, tu le croyais mort par le plus grand des hasards ? Cersei le fit empoisonner, de peur qu'il ne la dénonce. Il s'était employé à réunir un certain nombre de preuves...

— ... qui ont sûrement disparu avec lui. Très très ennuyeux. »

En fouillant sa mémoire, Catelyn recomposait le puzzle. « Dans une lettre qu'elle m'a fait parvenir à Winterfell, ma sœur accusait effectivement la reine du meurtre de son mari, admit-elle. Mais, par la suite, aux Eyrié, c'est au frère de Cersei, Tyrion, qu'elle l'imputa. »

Stannis émit un reniflement. « Quand vous mettez le pied sur un nid de serpents, que vous importe qui mord le premier ?

— Pour ne pas manquer de piquant, toutes ces salades d'inceste et de serpents ne changent strictement rien, Stannis. Tes prétentions sont peut-être les mieux fondées, mais c'est sous moi que marche la plus forte armée. » La main de Renly se faufila sous son manteau. Stannis s'en aperçut et, sur-le-champ, porta la sienne à son épée, mais il n'eut pas le temps de dégainer que son frère exhibait... une pêche. « En voudrais-tu une, frère ? demanda-t-il en souriant. De Hautjardin. Jamais tu n'as goûté rien de si fondant, sur ma foi. » Il y planta ses dents, le jus lui en dégoulina au coin de la bouche.

« Je ne suis pas venu manger des fruits. » Il écumait.

« *Messires !* s'interposa Catelyn. Au lieu d'échanger des sarcasmes, nous devrions être en train de peaufiner les termes d'une alliance.

— On ne devrait jamais refuser de goûter une pêche, reprit Renly en jetant le noyau. L'occasion peut ne jamais se représenter. La vie est courte, Stannis. Souviens-toi du mot des Stark : “L'hiver vient”... » Il s'essuya les lèvres d'un revers de main.

« Je ne suis pas venu non plus me laisser menacer.

— Ni l'être ! aboya Renly. Quand je proférerai des menaces, tu le sauras. Pour parler net, Stannis, je ne t'ai jamais aimé, mais comme tu n'en es pas moins mon sang, je n'ai aucune envie de te tuer. Ainsi, si c'est Accalmie que tu veux, prends-le... mais comme un cadeau fraternel. De même que Robert me le donna jadis, de même te le donné-je.

— Tu ne peux donner ce qui n'est pas tien. Accalmie m'appartient de droit. »

Avec un soupir, Renly se tourna à demi sur sa selle. « Que faire, Brienne, d'un pareil frère ? Il refuse ma pêche, il refuse mon château, il a même boudé mes noces...

— Nous le savons tous deux, tes noces n'étaient qu'une pantalonnade. Voilà un an, tu complotais de faire de cette enfant l'une des catins de Robert.

— Voilà un an, je complotais d'en faire sa reine, mais quelle importance ? Le sanglier a eu Robert et moi Margaery. Tu seras charmé d'apprendre qu'elle était vierge.

— Et elle a toute chance de mourir vierge, dans ton lit.

— Oh, je compte bien qu'elle me donne un fils dans l'année. Au fait, Stannis, combien de fils as-tu, s'il te plaît ? Ah oui... – aucun. » Il sourit d'un air ingénu. « Quant à ta fille, je comprends. Si ma femme était aussi appétissante que la tienne, je déléguerais aussi mes devoirs à mon fou.

— *Assez !* rugit Stannis. Je ne te permettrai pas de m'insulter, tu m'entends ? *je ne le permettrai pas !* » Il dégaina sa longue épée. Malgré le soleil pâlichon, l'acier flamboyait d'un éclat bizarre, tantôt rouge et tantôt jaune et tantôt d'une incandescente blancheur. L'air, tout autour, en était dépoli comme sous l'effet d'une chaleur intense.

Le cheval de Catelyn hennit, recula d'un pas, mais Brienne, lame au poing, se porta entre les deux frères. « Rengainez ! » cria-t-elle à Stannis.

Cersei Lannister en rit à perdre haleine, songea Catelyn, consternée.

Stannis pointa sa lame étincelante vers son frère. « Je ne suis pas impitoyable ! tonna-t-il, en dépit de sa réputation bien établie d'homme sans merci. Et je ne désire pas non plus souiller du sang d'un frère Illumination. Au nom de la mère qui nous porta tous deux, Renly, je t'accorde cette nuit encore pour revenir de ta folie. Amène tes bannières et viens me trouver d'ici l'aube, je t'accorderai Accalmie, te rendrai ton siège au Conseil et te désignerai même pour mon héritier jusqu'à ce qu'un fils me soit né. Sinon, je t'anéantirai. »

Renly éclata de rire. « Tu as une épée ravissante, Stannis, je te le concède, mais ses chatoiements t'aveuglent, m'est avis. Regarde un peu par là, frère. Les vois-tu, toutes ces bannières ?

— Te figures-tu que quelques poignées de chiffons suffiront à te faire roi ?

— Les épées de Tyrell me feront roi. À la hache et à la masse et au marteau de guerre me feront roi Rowan et Tarly et Caron. Et flèches Torth et lances Penrose, et Fossovoie, Cuy, Mullendor, Estremont, Selmy, du Rouvre, Hightower, Crane, Caswell, Nègrebar, Morrigen, Shermer, des Essaims, Dunn, Piète, tous me feront roi, tous... y compris la maison Florent, les propres oncles et frères de ta femme. À mes côtés chevauche toute la chevalerie du Sud, et ce n'est là que ma moindre force. Mon infanterie suit, cent mille épées, piques et lances. Et tu prétends *m'anéantir* ? Avec quoi, je te prie ? Le minable clapier que j'entrevois tapi sous les murs du château, là ? Ces disons cinq mille... et je suis généreux ! sires des morues, chevaliers d'oignons, rapières de location et susceptibles pour moitié de changer de bord avant la bataille ? Tu possèdes moins de quatre cents chevaux, je le tiens de mes éclaireurs, et encore sont-ce des francs-coureurs vêtus de cuir bouilli qui ne tiendront pas un instant contre des lanciers en armures. Tu peux bien te prendre pour un guerrier chevronné, Stannis, je m'en moque, à la première charge de mon avant-garde, il aura vécu, ton semblant d'armée.

— Nous verrons, frère. » Comme il remettait l'épée au fourreau, le monde parut s'assombrir un brin. « Vienne l'aube, nous verrons.

— J'espère que ton nouveau dieu n'ignore point la compassion, frère. »

Avec un reniflement de dédain, Stannis s'éloigna au galop. La prêtresse rouge ne le suivit pas sur-le-champ. « Méditez vos péchés, lord Renly », lança-t-elle avant de faire volter sa monture.

Catelyn et lui regagnèrent le camp où les attendaient respectivement des milliers d'hommes et quelques-uns. « Une séance divertissante, commenta-t-il, sinon fructueuse. J'aimerais bien savoir où me procurer une épée pareille... Bah, sans doute Loras me l'offrira-t-il après la bataille. Être forcé d'en venir là me chagrine.

— Vous avez le chagrin bien gai, objecta Catelyn dont la détresse n'avait rien de feint.

— Ah bon ? » Il haussa les épaules. « Soit. Stannis n'a jamais été, je le confesse, mon chouchou de frère. Vous y croyez, à son histoire, vous ? Si Joffrey est bien du Régi...

— ... votre frère est l'héritier légitime.

— Tant qu'il vit, concéda Renly. Encore qu'il s'agisse d'une loi absurde, pas votre avis ? Pourquoi le plus vieux, et non le plus apte ? La couronne m'ira bien mieux qu'elle n'allait à Robert, et elle n'irait nullement à Stannis. J'ai l'étoffe de faire un grand roi, énergique mais généreux, juste, intelligent, diligent, loyal à mes amis, terrible à mes ennemis mais capable de pardon, de patience...

— ... d'humilité ? » compléta-t-elle.

Il s'esclaffa. « Souffrez à un roi *quelques* imperfections, madame. »

Elle se sentait à bout de forces. Les Baratheon allaient se noyer dans le sang l'un de l'autre pendant que son fils affrontait seul les Lannister, et rien de ce qu'elle pourrait dire ou faire ne l'empêcherait. *Il n'est que temps de retourner fermer les paupières de Père à Vivesaigues*, se dit-elle. *Cela du moins est en mon pouvoir. Je puis être un piètre émissaire, je suis douée pour le deuil, les dieux me préservent.*

Le camp jouissait d'une position avantageuse. Implanté sur une vague crête rocailleuse qui courait du nord au sud, il se présentait de manière autrement satisfaisante que le capharnaüm des bords de la Mander ; mais aussi était-il quatre fois moins vaste. En apprenant que son frère assaillait Accalmie, Renly avait, un peu comme Robb aux Jumeaux, divisé ses forces et, laissant à Pont-l'Amer avec sa jeune reine sa cohue de fantassins, ses fourgons, charrettes, bêtes de somme et son encombrante machinerie de siège, foncé lui-même vers l'est avec ses chevaliers et ses francs-coureurs.

Tellement semblable à son frère Robert, même à cet égard... ! sauf que Robert avait, pour tempérer constamment sa témérité, la circonspection d'Eddard Stark. Ned eût sûrement fini par persuader Robert d'emmener *l'ensemble* de ses forces encercler Stannis et assiéger les assiégeants. Cette solution, Renly se l'était lui-même interdite par sa fringale d'en venir aux mains avec Stannis. Il avait, dans cette course éperdue, semé son intendance, et provisions, fourrage, fourgons, mules et bœufs, tout traînait derrière, à des journées de là. Aussi lui *fallait*-il combattre au plus vite ou crever famine.

Après avoir chargé Mollen de panser son cheval, Catelyn escorta Renly jusqu'au pavillon royal, en plein cœur du camp. Assemblés sous les pentes de soie verte, capitaines et bannerets attendaient le récit de l'entrevue. « Mon frère n'en démord pas, leur annonça le jeune roi, pendant que Brienne lui dégrafait son manteau et allégeait son front de la couronne d'or et de jade. Châteaux, amabilités, rien ne saurait l'apaiser, il lui faut du sang. Dès lors, je suis d'avis d'exaucer son vœu.

— Je ne vois pas, Sire, la nécessité de nous battre ici, glissa lord Mathis Rowan. La place possède une solide garnison, quantité de vivres, ser Cortnay Penrose n'a plus à prouver ses mérites de gouverneur, et l'on n'est pas près de construire le mangonneau qui ouvrirait la brèche dans les murailles d'Accalmie. Laissez lord Stannis s'en offrir le siège. Il n'y récoltera que mécomptes et, pendant que, le ventre vide, il se gèlera pour rien, nous prendrons Port-Réal.

— Et laisserons dire que j'ai eu peur d'affronter Stannis ?

— Seuls des imbéciles l'allégueront, argua lord Mathis. »

Renly se tourna vers les autres. « Qu'en dites-vous ?
— Je dis, moi, que Stannis est un danger pour vous, déclara lord Randyll Tarly. Laissez-le intact, et il ne fera que se renforcer, tandis que la guerre amenuisera vos propres forces. On n'abattra pas les Lannister en un jour. Quand vous en aurez terminé avec eux, lord Stannis sera peut-être aussi puissant que vous... voire davantage. »

L'auditoire fit chorus dans le même sens. Le roi s'en montra charmé. « Alors, nous nous battrons. »

J'ai donc failli à Robb comme j'ai failli à Ned, se désola Catelyn. « Messire, intervint-elle. Si vous devez en venir à vous battre, ma tâche ici est terminée. Veuillez me permettre de regagner Vivesaigues.
— Je vous l'interdis. » Il s'installa dans un fauteuil de camp.

Elle se rebiffa. « J'avais espéré vous aider à faire une paix, messire. Je ne vous aiderai pas à faire une guerre. »

Il haussa les épaules. « J'ose affirmer que nous la gagnerons sans vos vingt-deux hommes, madame. J'entends non pas que vous participiez à la bataille mais que vous y assistiez.
— Je me trouvais au Bois-aux-Murmures, messire. J'ai eu mon compte de boucherie. Je suis venue en émissaire...
— Et c'est en émissaire que vous partirez, mais en émissaire plus raisonnable qu'à votre arrivée. Quand vous aurez vu de vos propres yeux le sort réservé aux rebelles, le rapport que vous en ferez à votre fils de vos propres lèvres n'en sera que plus édifiant. Nous veillerons sur votre sécurité, ne craignez rien. » Il se détourna pour donner ses ordres. « Lord Mathis, vous conduirez le centre du corps principal. À vous la gauche, Bryce. Je prends la droite. Lord Estremont, vous commanderez la réserve.
— Vous pouvez compter sur moi, Sire », s'inclina ce dernier.

Rowan reprit la parole. « Qui aura la charge de l'avant-garde ?
— J'en réclame l'honneur, Sire, dit ser Jon Fossovoie.
— Réclamez à votre aise, gronda ser Guyard le Vert,

le privilège de frapper le premier coup revient de droit à l'un des sept.

— Il ne suffit pas d'un joli manteau, siffla Randyll Tarly, pour charger un mur de boucliers. Je conduisais déjà l'avant-garde de Mace Tyrell, Guyard, que vous tétiez encore votre mère. »

D'autres candidats firent bruyamment valoir leurs propres titres, et il s'ensuivit un tapage infernal dans le pavillon. *Chevaliers d'été*, songea Catelyn. La main de Renly se leva. « Suffit, messires. Si je possédais une douzaine d'avant-gardes, chacun de vous obtiendrait la sienne, mais il est légitime d'attribuer la gloire la plus insigne au plus émérite des chevaliers. Ser Loras frappera le premier.

— De grand cœur, Sire. » Le chevalier des Fleurs s'agenouilla devant lui. « Daignez m'accorder votre bénédiction et un chevalier qui brandisse à mes côtés votre étendard. Que le cerf et la rose marchent au combat d'un même pas. »

Renly jeta un regard à l'entour. « Brienne.

— Sire ? » Elle portait toujours son armure d'acier bleu mais, eu égard à l'atmosphère suffocante, avait retiré son heaume. La sueur empoissait de filasse jaune sa large face disgraciée. Ma place est auprès de vous. Je suis votre bouclier lige...

— L'un des sept, lui rappela le roi. N'aie crainte, quatre de tes compagnons m'escorteront au combat. »

Elle tomba à ses genoux. « Si je dois me séparer de Votre Majesté, qu'Elle m'accorde au moins l'honneur de l'armer avant la bataille. »

Quelqu'un ricana sous cape derrière Catelyn. *Elle l'aime, la pauvre*, songea-t-elle avec un serrement de cœur. *Elle n'aspire à jouer l'écuyer que dans l'espoir de le toucher, dût-on la trouver grotesque.*

« Accordé, dit Renly. Maintenant, laissez-moi, vous tous. Les rois eux-mêmes ont besoin de se reposer, la veille des batailles.

— Messire, dit Catelyn, il y avait un petit septuaire dans le dernier village que nous avons traversé. Puisque vous

vous opposez à mon départ pour Vivesaigues, permettez-moi d'aller m'y recueillir.

— À votre guise. Ser Robar, faites escorter lady Stark à ce septuaire... et veillez qu'elle nous rejoigne à l'aube.

— Il ne serait pas malvenu de prier vous-même, ajouta-t-elle.

— Pour obtenir la victoire ?

— Pour obtenir un grain de bon sens. »

Il se mit à rire. « Loras, reste m'aider dans mes oraisons. Depuis le temps, j'ai presque oublié comment l'on s'y prend. Quant à vous autres, que chacun soit à son poste, équipé, armé et en selle dès le point du jour. Je veux nous voir gratifier Stannis d'une aube qu'il n'oublie pas de sitôt. »

Le soir tombait lorsque Catelyn quitta le pavillon. Ser Robar Royce lui emboîta le pas. Elle le connaissait vaguement – l'un des fils de Yohn le Bronzé ; affable, en dépit de dehors rugueux ; jouteur de quelque renom. En faisant de lui l'un de ses sept, Renly lui avait offert un manteau arc-en-ciel et une armure complète rouge sang. « Vous voici bien loin du Val, ser, dit-elle.

— Et vous à cent lieues de Winterfell, madame.

— Je sais ce qui m'a amenée ici, mais vous, pourquoi y être venu ? Cette bataille n'est pas plus la vôtre que la mienne...

— Je l'ai faite mienne en faisant de Renly mon roi.

— Les Royce sont bannerets de la maison Arryn.

— Le seigneur mon père doit fidélité à lady Lysa, de même que son héritier. Force est à un cadet de chercher la gloire où il peut. » Il haussa les épaules. « On finit par se lasser des tournois, quand on est un homme. »

Il ne devait pas avoir plus de vingt et un ans, songeat-elle, à peu près l'âge de son roi... mais son roi *à elle*, son Robb, avait à quinze plus de jugeote que n'en avait acquis l'autre godelureau. Du moins priait-elle qu'il en fût ainsi.

Dans le minuscule coin du camp réservé à ses gens, Shadd taillait des carottes en rondelles au-dessus d'une marmite, Hal Mollen jouait aux dés avec trois hommes de Winterfell, et Lucas Nerbosc aiguisait posément son poignard. « Lady Stark, dit ce dernier en l'apercevant, Mollen prétend qu'on va se battre à l'aube.

— Il dit vrai », convint-elle. *Mais quel bavard impénitent... !*

« Et nous allons combattre ou filer, nous ?

— Prier, Lucas, répondit-elle. Prier. »

SANSA

« Plus vous le faites attendre, et plus il vous en cuira », la prévint Sandor Clegane.

Elle essaya de se hâter, mais ses doigts s'empêtraient dans les boutons et les lacets. Le parler rude du Limier ne la surprenait plus, mais quelque chose dans sa manière de la regarder l'emplissait de crainte. Joffrey avait-il découvert les rendez-vous avec ser Dontos ? *Les dieux veuillent que non*, songea-t-elle tout en se coiffant. Elle n'avait d'espoir qu'en ser Dontos. *Il me faut être jolie, Joffrey se plaît à me voir jolie, il s'est toujours plu à me voir porter cette robe, cette couleur.* Elle en lissa les pans. Le tissu bridait sur sa poitrine.

Une fois prête, elle prit la gauche du Limier pour s'épargner la vue des brûlures qui le défiguraient. « Dites-moi quel mal j'ai pu faire... ?

— Pas vous. Votre roi de frère.

— Robb est un traître. » Elle récitait comme un automate. « Je n'ai pris aucune part à ses agissements. » *Bonté divine ! pourvu qu'il ne s'agisse pas du Régicide...* Que Robb eût touché à Jaime Lannister, c'en était fait d'elle. Elle revit le maigre visage grêlé de ser Ilyn et l'implacable fixité de ses terribles prunelles pâles.

Le Limier renifla. « On t'a bien entraîné, petit oiseau. » Dans la courtine inférieure où il la mena s'étaient massés, autour des buttes de tir à l'arc, des tas de gens qui s'écartèrent pour leur livrer passage. Elle entendit tousser lord

Gyles. Des garçons d'écurie rôdaient par là, qui la dévisagèrent effrontément, mais ser Horas Redwyne se détourna dès qu'il l'aperçut, et son frère, Hobber, affecta de ne pas la voir. Les reins transpercés par un carreau d'arbalète, un chat jaune agonisait avec des miaulements navrants sur le terrain. Sansa le contourna, prise de haut-le-cœur.

À califourchon sur son canasson de bruyère, ser Dontos s'approcha d'elle ; depuis que l'ivresse l'avait empêché d'enfourcher son destrier de joute, le roi l'obligeait à n'aller que monté. « Courage », chuchota-t-il en lui pressant le bras.

Campé au centre de la foule, Joffrey tripotait une arbalète de parade. Ser Boros et ser Meryn se trouvaient avec lui. Leur seule vue suffit à nouer les tripes de Sansa.

« Sire. » Elle tomba à ses genoux.

« Vous agenouiller ne sert plus à rien, dit le roi. Debout. Vous êtes ici pour répondre des derniers forfaits de votre frère.

— Quelque crime qu'ait put perpétrer mon félon de frère, Sire, je n'en ai pas été complice. Vous le savez, pitié, je vous en conjure...

— *Relevez-la !* »

Le Limier la remit sur pied, sans la rudoyer.

« Ser Lancel, reprit Joffrey, informez-la de l'outrage qui nous est fait. »

Elle avait toujours vu en Lancel Lannister un jeune homme amène et courtois, mais le regard qu'il lui décocha ne témoignait ni compassion ni bienveillance. « Grâce à quelque infâme diablerie, votre frère et une armée de zomans ont, à moins de trois journées de Port-Lannis, fondu sur ser Stafford Lannister. Sans seulement pouvoir tirer l'épée, des milliers de braves ont été massacrés durant leur sommeil. Après ce carnage, les hommes du Nord se sont repus de la chair des cadavres. »

Telles des mains glacées, l'horreur étrangla Sansa.

« Qu'avez-vous à dire ? demanda Joffrey. Rien ?

— Sire, murmura ser Dontos, le choc l'a privée de ses esprits. La pauvre enfant...

— Silence, bouffon ! » Joffrey leva son arbalète et la pointa sur le visage de Sansa. « Vous autres Stark êtes aussi monstrueux que vos maudits loups. Je n'ai pas oublié comment votre fauve m'a saccagé.

— C'était le loup d'Arya, dit-elle. Lady ne vous avait fait aucun mal, et vous l'avez néanmoins tuée.

— Pas moi, votre père, répliqua-t-il, mais j'ai bien tué votre père. Que ne l'ai-je fait de mes propres mains. J'ai tué un homme plus grand que votre père, la nuit dernière. Des misérables assaillaient la porte et réclamaient du pain en gueulant mon nom comme si j'étais *boulanger*... ! Je leur ai montré, moi. J'ai crevé la gorge du plus gueulard.

— Et il est mort ? » Lorgnée comme elle était par la hideuse pointe de fer du carreau, elle ne trouva rien d'autre à dire dans sa cervelle.

« Évidemment qu'il est mort ! il avait mon carreau fiché dans la gorge... Une bonne femme jetait des pierres, et je l'ai eue aussi, mais seulement au bras. » D'un air renfrogné, il abaissa l'arbalète. « Je vous descendrais bien aussi, mais Mère affirme qu'on tuera mon oncle Jaime, si je le fais. Aussi me contenterai-je de vous châtier, puis nous aviserons votre frère de ce qui vous pend au nez s'il ne se rend pas. Frappe-la, Chien.

— Laissez-moi la battre ! » Ser Dontos se poussa de l'avant, dans son armure tintinnabulante de fer-blanc. Il brandissait une plommée dont la tête n'était qu'un melon. *Mon Florian*. Elle l'aurait embrassé, malgré veines éclatées, rougeurs et tout et tout. Tout en décrivant au trot de son balai des cercles autour d'elle, il beuglait : « Traître ! traître ! », et lui martelait la tête avec le melon. Elle se protégeait vaille que vaille avec ses mains, titubait chaque fois que l'atteignait le fruit, les cheveux gluants dès le second coup. Les gens rigolaient. Le melon finit par voler en pièces. *Ris, Joffrey*, pria-t-elle, tandis que le jus lui dégoulinait le long de la figure et maculait le devant de sa robe en soie bleue. *Ris, et sois satisfait.*

Il n'émit pas même un ricanement. « Boros ? Meryn ? »

Ser Meryn Trant empoigna par le bras le fou rubicond

et l'écarta si brutalement qu'il l'envoya mordre la poussière avec balai, melon et tout le reste. Ser Boros saisit Sansa.

« Pas au visage, commanda Joffrey. J'aime qu'elle soit jolie. »

En la percutant au creux de l'estomac, le poing de Boros lui coupa le souffle et la plia en deux, mais le chevalier la rattrapa par les cheveux, tira l'épée. Durant une abominable seconde, elle eut la certitude qu'il allait lui trancher la gorge, mais le plat de la lame lui cingla les cuisses, et si violemment qu'elle crut ses jambes brisées. Elle poussa un cri. Les larmes inondèrent ses yeux. *Ce sera bientôt terminé.* Elle ne perdit bientôt que le compte des coups.

« Assez », entendit-elle. Le timbre râpeux du Limier.

« Pas du tout, répliqua le roi. Boros, déshabille-la. »

Boros porta une main viandue sur le corsage de Sansa et l'arracha d'une seule traction. La soie se déchira tout du long, la dénudant jusqu'à la taille. Elle se couvrit la poitrine à deux mains. Des ricanements lui parvinrent, lointains et féroces. « Fouettez-la au sang, dit Joffrey, nous verrons si son frère apprécie...

— *Que signifie ?* »

La voix du Lutin claqua comme un fouet, et Sansa se retrouva libre, subitement. Elle s'affaissa sur ses genoux, les bras croisés sur la poitrine, et à bout de souffle. « Est-ce là votre conception de la chevalerie, ser Boros ? » demanda Tyrion Lannister d'un ton furibond. Son reître favori se tenait près de lui, ainsi que l'un de ses barbares, l'homme à l'œil brûlé. « Quelle espèce de chevalier rosse les filles sans défense ?

— L'espèce qui sert son roi, Lutin. » Ser Boros leva son épée, ser Meryn vint le flanquer tout en dégainant à son tour.

« Mollo, vous deux, avertit le reître. Serait fâcheux d'éclabousser de sang ces jolis manteaux blancs.

— Qu'on donne à la petite de quoi se couvrir », dit le nain. Sandor Clegane dégrafa son manteau et le jeta à Sansa qui l'appliqua contre sa poitrine, les poings crispés dans la laine blanche. Tout urticant qu'était sur sa peau le grain de la trame, jamais velours ne lui avait paru si moelleux.

« Cette petite est censée devenir ta reine, dit le Lutin à Joffrey. Son honneur t'importe-t-il si peu ?

— Je suis en train de la punir.

— De quel crime ? Elle n'a pris aucune part à la bataille de son frère.

— Elle a un sang de loup.

— Et toi une cervelle d'oie.

— Vous ne pouvez me parler sur ce ton. Le roi est libre de faire ce qui lui plaît.

— Aerys Targaryen fit ce qui lui plaisait. Ta mère ne t'a jamais conté ce qui lui arriva ?

— Nul ne menace impunément Sa Majesté, *grognonna* ser Boros Blount, en présence de la Garde. »

Tyrion Lannister haussa un sourcil. « Je ne suis pas en train de menacer le roi, ser, mais d'éduquer mon neveu. Bronn ? Timett ? la prochaine fois que ser Boros ouvrira son bec, tuez-le. » Il sourit. « *Cela* était une menace, ser. Pigée, la différence ? »

Ser Boros vira au rouge sombre. « La reine le saura !

— Sûr et certain. Et pourquoi tarder ? Enverrons-nous quérir ta mère, Joffrey ? »

Le roi s'empourpra.

« Rien à dire, Sire ? poursuivit son oncle. Bon. Apprends à utiliser davantage tes oreilles et moins ta langue, sans quoi ton règne sera plus bref que je ne suis. La brutalité gratuite n'est pas le moyen de conquérir l'amour de tes sujets... ni de ta reine.

— Mieux vaut la peur que l'amour, dit Mère. » Joffrey montra Sansa du doigt. « *Elle* a peur de moi. »

Le Lutin soupira. « Oui, je le vois. Dommage que Stannis et Renly ne soient pas eux-mêmes des fillettes de douze ans. Bronn, Timett, amenez-la. »

Elle avança comme dans un rêve. Alors qu'elle s'attendait à se voir reconduire à sa chambre, dans la citadelle de Maegor, c'est à la tour de la Main que l'emmenèrent les hommes du nain. Elle n'y avait pas mis les pieds depuis la disgrâce de Père, et en grimper de nouveau l'escalier la mit au bord de s'évanouir.

Des servantes la prirent en charge, qui lui déclamèrent d'incompréhensibles paroles de réconfort pour qu'elle arrête de trembler. L'une lui retira sa robe en lambeaux, ses sous-vêtements, une autre la baigna, lui débarbouilla la figure et les cheveux, mais, tandis qu'on la savonnait, récurait, faisait ruisseler de l'eau bien chaude sur sa tête, elle était incapable de voir autre chose que les trognes de la courtine. *Les chevaliers font vœu de défendre les faibles, de protéger les femmes et de combattre en faveur du droit, mais aucun d'eux n'est intervenu.* Ser Dontos seul avait tenté, mais il n'était plus chevalier, et le Lutin ne l'était pas, le Limier non plus... il haïssait les chevaliers, le Limier... *Moi aussi, je les hais*, se dit-elle, *ils ne sont pas de véritables chevaliers, aucun d'eux.*

Une fois propre, elle reçut la visite rouquine et dodue de mestre Frenken. Il la fit s'allonger à plat ventre sur le matelas et tartina de baume les vilaines marques violacées qui lui zébraient le dos des cuisses. Puis il concocta du vinsonge en y mêlant un rien de miel pour qu'elle l'avale plus facilement. « Dormez un peu, mon enfant. Vous aurez l'impression, au réveil, de n'avoir fait qu'un méchant rêve. »

Oui oui, triple sot, songea-t-elle, *oui oui*, mais elle but sans broncher le vinsonge et s'endormit.

Il faisait sombre lorsqu'elle se réveilla, sans trop savoir où elle se trouvait, dans quelle pièce étrangère et étrangement familière à la fois. Elle se leva, et la douleur qui lancina ses jambes lui remémora tout d'un seul coup. Ses yeux s'emplirent de larmes. On avait déposé une robe pour elle au chevet du lit. Elle l'enfila et ouvrit la porte. Sur le seuil se tenait une femme aux traits rudes, à la peau brune comme du cuir, et au col décharné de laquelle pendouillaient trois sautoirs – un d'or, un d'argent et un d'oreilles humaines. « Où c'est qu'elle croit qu'elle va aller ? demanda-t-elle, en prenant appui sur la grande lance qu'elle tenait.

— Au bois sacré. » Il lui fallait coûte que coûte voir ser Dontos et le supplier de la ramener chez elle *sur l'heure*, ensuite il serait trop tard.

« Bout-d'Homme a dit que tu dois pas sortir. Prie ici, les dieux entendront. »

Sans insister, Sansa baissa les yeux et battit en retraite. Elle comprit alors, subitement, pourquoi la pièce lui paraissait tellement familière. *Ils m'ont mise dans la chambre qu'occupait Arya, du temps où Père était la Main du roi. Ses affaires personnelles ont toutes disparu, les meubles changé de place, mais c'est bien la même...*

Peu de temps après, une servante apporta un plateau de pain, d'olives et de fromage, ainsi qu'un pichet d'eau fraîche. Sansa eut beau commander : « Remportez ça », la fille laissa le tout sur la table. En fait, la soif la tenaillait, s'aperçut-elle. Chaque pas lui poignardait les cuisses, mais elle se força à traverser la pièce, but deux coupes d'eau, et elle mordillait une olive quand on cogna à la porte.

Non sans angoisse, elle se retourna, lissa les plis de sa robe. « Oui ? »

Le battant s'ouvrit sur Tyrion Lannister. « Madame. J'espère ne pas vous importuner ?

— Suis-je votre prisonnière ?

— Mon hôte. » Il portait la chaîne aux mains d'or qui attestait ses fonctions. « Si nous causions ?

— Comme il plaira à Votre Excellence. » Elle éprouvait la plus grande difficulté à ne pas le dévisager ; chose étrange, il la fascinait par sa laideur même.

« Les mets et les vêtements sont-ils à votre convenance ? s'enquit-il. Si vous désirez quoi que ce soit, demandez seulement.

— C'est très aimable à vous. Et, ce matin... vous avez été bien bon de me secourir.

— Vous avez le droit de savoir ce qui a rendu Joffrey fou furieux. Voilà six nuits, mon oncle Stafford campait avec son armée près du village de Croixbœuf, à moins de trois journées de Castral Roc, quand votre frère s'est jeté sur lui. Une victoire écrasante pour vos gens du Nord. Nous ne l'avons apprise que ce matin. »

Robb vous exterminera, jubila-t-elle en son for. « C'est... terrible, messire. Mon frère est un infâme traître. »

Le nain eut un sourire tristounet. « Pas un faon, du moins. Il le démontre assez clairement.

— D'après ser Lancel, Robb menait une armée de zomans... »

Un éclat de rire méprisant salua l'assertion. « En preux qu'il est de la gourde à vin, ser Lancel ne ferait pas la différence entre zozotage et zoman ! Votre frère était bien accompagné de son loup-garou, mais je soupçonne que c'est là tout. Les hommes du Nord se sont faufilés dans le camp de mon oncle pour le couper de sa cavalerie, sur laquelle lord Stark a lâché son fauve, et les destriers les mieux aguerris sont devenus fous. Des chevaliers ont été piétinés à mort dans leurs pavillons, et la piétaille ne s'est réveillée, terrifiée, que pour déguerpir, en jetant ses armes pour courir plus vite. Ser Stafford s'était élancé à la poursuite d'un cheval quand la lance de lord Karstark lui a transpercé la poitrine. Ont également péri ser Rubert Brax et ser Lymond Vikair, lord Crakehall et lord Jast. Une cinquantaine d'autres, notamment les fils de Jast et mon neveu, Martyn Lannister, sont prisonniers. Quant aux rescapés, ils colportent des contes à dormir debout, jurant que les anciens dieux marchent avec votre frère.

— Mais alors, il n'y a pas eu de... diablerie ? »

Tyrion renifla. « La diablerie n'est que la sauce que les idiots répandent à pleine louche sur leurs échecs pour masquer le fumet de leur incompétence. Mon faciès ovin d'oncle ne s'était même pas soucié de poster des sentinelles, semblerait-il. Il avait une armée de bleus – apprentis, saisonniers, mineurs, pêcheurs, les raclures de Port-Lannis. Comment votre frère s'est débrouillé pour l'atteindre, là réside l'unique mystère. Nos forces tiennent toujours la citadelle de la Dent d'Or, et elles jurent qu'il n'y est pas passé. » Il haussa les épaules d'un air exaspéré. « Enfin, voilà, Robb Stark est le fléau de mon père.

Moi, j'ai Joffrey. Dites-moi, quels sentiments vous inspire mon royal neveu ?

— Je l'aime de tout mon cœur, répondit-elle du tac au tac.

— Vraiment ? » Le ton n'était pas convaincu. « Même à présent ?

— Mon amour pour Sa Majesté est plus grand qu'il ne fut jamais. »

Le Lutin s'esclaffa bruyamment. « Eh bien ! quelqu'un vous a bien appris à mentir... Vous lui en saurez peut-être gré, un jour ou l'autre, mon enfant. Car vous êtes *encore* une enfant, n'est-ce pas ? Vous n'avez pas déjà fleuri, si ? »

Elle rougit. C'était une question triviale, mais la honte d'avoir été mise à nu devant la moitié du château la rendait comme insignifiante. « Non, messire.

— Tant mieux. Si cela peut vous consoler, je n'ai nullement l'intention de vous voir jamais épouser Joffrey. Aucun mariage ne réconciliera Stark et Lannister après ce qui s'est passé, je crains. Et c'est grand dommage. Cette union était l'une des meilleures idées du roi Robert. Et il a fallu que Joffrey gâche tout... »

Elle aurait dû dire quelque chose, elle le savait, les mots ne purent sortir de sa gorge.

« Vous voici bien silencieuse, observa Tyrion Lannister. C'est bien ce que vous désirez ? La rupture de vos fiançailles ?

— Je... » Elle ne savait que dire. *Est-ce une ruse ? Me punira-t-il si je dis la vérité ?* Elle détailla, éperdue, la brutale protubérance du front, la dureté de l'œil noir, la perspicacité du vert, les dents crochues, la barbe en paille de fer... « Je n'ai qu'un désir, me montrer loyale.

— Loyale... rêva-t-il, et à cent lieues de tous les Lannister. Je ne saurais guère vous en blâmer. Quand j'avais votre âge, je n'aspirais moi-même qu'à cela. » Il sourit. « On me dit que vous vous rendez chaque jour dans le bois sacré. Que demandez-vous dans vos prières, Sansa ? »

La victoire de Robb et la mort de Joffrey... et puis la maison Winterfell. « La fin de la guerre.

— Nous l'aurons tôt ou tard. Une autre bataille aura lieu, qui opposera votre frère au seigneur mon père, et cela scellera le sort. »

Robb le battra, songea-t-elle. *Il a battu votre oncle et votre frère, il battra votre père aussi.*

Aussi aisément que si son visage avait été un livre ouvert, le nain y lut ses espérances. « Ne prenez pas Croixbœuf trop au sérieux, madame, avertit-il sans marquer la moindre agressivité. Une bataille n'est pas la guerre, et mon seigneur de père n'est assurément pas mon Stafford d'oncle. Lors de votre prochaine visite dans le bois sacré, priez que votre frère ait la sagesse de ployer le genou. Une fois que le royaume aura réintégré la paix du roi, je vous renverrai chez vous. » Un petit saut lui fit quitter la banquette de la fenêtre, et il ajouta : « Vous pouvez dormir ici, cette nuit. Je chargerai quelques-uns de mes hommes de veiller sur vous – des Freux, peut-être...

— Non ! » s'écria-t-elle, consternée. Si on l'enfermait dans la tour de la Main sous pareille garde, comment ser Dontos la subtiliserait-il jamais pour la délivrer ?

« Préféreriez-vous des Oreilles Noires ? Je vous donnerai Chella, si vous vous sentez plus à l'aise avec une femme...

— Non, messire, par pitié, ces sauvages me terrifient ! »

Il s'épanouit. « Moi aussi. Mais, bien mieux encore, ils terrifient Joffrey et ce nid de vipères sournoises et de chiens lécheurs qu'il appelle sa Garde. Avec Timett ou Chella près de vous, nul n'oserait vous donner une pichenette.

— Je préférerais coucher dans mon propre lit. » Un mensonge lui traversa brusquement l'esprit, et il semblait si *pertinent* qu'elle le débita d'une seule traite. « C'est dans cette tour qu'ont été tués les gens de mon père. Leurs fantômes me donneraient des rêves épouvantables, et je verrais du sang partout. »

Tyrion Lannister la scruta longuement. « Les cauchemars ne me sont pas étrangers, Sansa. Peut-être êtes-vous plus avisée que je ne croyais. Permettez-moi du moins de vous faire escorter saine et sauve jusqu'à vos appartements personnels. »

CATELYN

Ils n'atteignirent le village qu'à la nuit noire, et Catelyn se surprit à se demander s'il avait un nom. Si oui, ses habitants en avaient emporté le secret dans leur fuite, avec tout ce qu'ils possédaient, cierges du septuaire inclus. Ser Wendel embrasa une torche et ouvrit la marche.

Franchi le seuil – il fallait se baisser – les sept murs de l'oratoire se révélèrent lézardés, pochés. *De même que ses sept murs n'empêchent point le septuaire d'être un seul et unique édifice*, avait-elle appris dans son enfance de septon Osmynd, *de même, Dieu est un sous sept aspects divers.* Les riches septuaires urbains possédaient des statues des Sept, chacune honorée de son propre autel. À Winterfell, septon Chayle accrochait aux parois leurs masques sculptés. Ici ne se voyaient que grossiers dessins au charbon. Après avoir fiché la torche dans une applique près de la porte, ser Wendel sortit rejoindre Robar Royce.

Catelyn examina les figures. Le Père était barbu, conformément à la tradition. La Mère souriait, aimante et tutélaire. Son épée sommaire identifiait le Guerrier, son marteau le Ferrant. La Jouvencelle était belle, l'Aïeule aussi ridée que sage.

Quant à l'Étranger... il n'était ni mâle ni femelle mais androgyne, l'éternel proscrit, l'errant venu de contrées lointaines, plus et moins qu'humain, inconnu et inconnaissable. Ici réduite à un ovale noir, sa face ténébreuse avait pour tous yeux des étoiles. Catelyn en éprouva un sentiment de malaise peu compatible avec le réconfort escompté des lieux.

Elle s'agenouilla devant la Mère. « Daigne poser sur ceux qui vont s'affronter, Dame, un regard maternel. Tous sont des fils, et chacun d'eux. Épargne-les, si tu le peux, épargne mes fils aussi. Veille sur Robb, sur Bran et sur Rickon. Puissé-je être avec eux. »

Une fissure qui lui courait le long de l'œil gauche donnait à la Mère un air éploré. Au-dehors s'entendaient la voix retentissante de ser Wendel et, par intermittence, les répliques discrètes de ser Robar ; ils discutaient de la bataille du lendemain. Hormis cela, muette était la nuit. Sans même un chant de grillon. Et les dieux toujours silencieux. *Tes anciens dieux te répondaient-ils jamais, Ned ? T'entendaient-ils, agenouillé devant ton arbre-cœur ?*

Les flammes de la torche animaient les murs d'ombres dansantes qui, tordant et modifiant leurs traits, donnaient aux faces un air à demi vivant. Les statues des grands septuaires urbains n'arboraient jamais pour visages que le choix de chaque sculpteur, alors que par leur rusticité même ces barbouillages représentaient n'importe qui. La figure du Père évoquait Père agonisant à Vivesaigues. Celle du Guerrier Stannis et Renly, Robb et Robert, Jaime Lannister, Jon Snow. Et même Arya... l'espace d'une seconde. Avant que, se ruant par la porte, une bouffée de vent ne fasse crépiter la torche et ne disperse la ressemblance et ne l'efface en une explosion de lumière orange.

La fumée lui brûlait les yeux. Du dos de ses mains couturées de cicatrices, elle se les frotta. Et quand elle reporta son regard vers la Mère, c'est Mère qu'elle vit là. Lady Minisa Tully, morte en couches du second fils qu'elle donnait à lord Hoster. L'enfant ne lui avait pas survécu, et la vitalité s'était peu à peu retirée de Père. *Elle était si calme, toujours*, songea-t-elle, troublée par le souvenir des mains douces et du sourire chaleureux. *Elle là, quelle existence différente nous aurions eue... !* Comment réagirait lady Minisa, se demanda-t-elle, en voyant ici, à genoux devant elle, sa fille aînée ? *J'ai parcouru des milliers et des milliers de lieues, et pour quel résultat ? Qui ai-je servi ? J'ai perdu mes filles, Robb ne veut pas de moi, Bran et Rickon doivent me prendre pour une mère sans cœur et dénaturée, je n'étais pas même à son côté lorsque Ned est mort...*

La tête lui tournait, le septuaire valsait autour d'elle. Les ombres dérivaient, tanguaient, des bêtes furtives galopaient sur la blancheur craquelée des murs. Pas mangé de la journée, voilà. Ce n'était pas très raisonnable. Elle tenta de se persuader que le temps lui avait manqué, mais la vérité, c'est que, dans un monde sans Ned, les mets n'avaient plus aucune saveur. *Quand ils lui ont tranché la tête, ils m'ont tuée aussi.*

Un crachotement de la torche, derrière, et c'est soudain sa sœur qu'elle vit sur le mur, sa sœur avec un regard plus dur que dans ses souvenirs, non pas son regard mais celui de Cersei. *Cersei est mère, elle aussi. Ses enfants, peu importe qui les engendra. Elle les a sentis ruer en son propre sein, les a mis au monde avec sa propre douleur et son propre sang, les a nourris de son propre lait. S'ils sont vraiment de Jaime...*

« Cersei vous prie-t-elle également, Dame ? » demanda-t-elle à la Mère. Désormais se détachaient sur le mur les traits orgueilleux, glacés, ravissants de la reine Lannister. La fissure était toujours là ; Cersei elle-même se montrait capable de pleurer pour ses enfants. « Chacun des Sept incarne la totalité des Sept », enseignait septon Osmynd. La beauté irradiait autant de l'Aïeule que de la Jouvencelle, et la Mère pouvait déployer plus de férocité que le Guerrier, dès lors qu'un danger menaçait ses enfants. *Oui...*

Elle avait suffisamment percé à jour Robert Baratheon, à Winterfell, pour deviner qu'il n'appréciait guère Joffrey. La preuve faite que celui-ci n'était que le fils de Jaime, il l'eût mis à mort, tout comme la mère, et sans susciter beaucoup de réprobations. Si l'adultère et les bâtards n'avaient rien que d'assez banal, l'inceste était un monstrueux péché vis-à-vis des dieux anciens et nouveaux, et les fruits issus d'une pareille vilenie se voyaient également abominer dans le septuaire et le bois sacré. Certes, les Targaryens avaient volontiers pratiqué les mariages entre frères et sœurs, mais cette coutume coulait dans leurs veines avec le sang de l'antique Valyria, et ils se conformaient autant que leurs dragons aux prescriptions divines et humaines.

Ned avait dû découvrir la chose, comme Arryn avant lui. Rien d'étonnant dès lors que la reine les eût éliminés tous deux. *Y manquerais-je, pour mon propre compte ?* Ses poings se serrèrent, et la rigidité de ses doigts entamés jusqu'à l'os par l'acier de l'assassin à gages témoignait assez de l'acharnement qu'elle avait mis à sauver son fils. « Bran aussi le sait », murmura-t-elle en baissant la tête. *Bonté divine ! il avait dû voir quelque chose, entendre quelque chose, et voilà pourquoi ils ont essayé de le tuer.*

Éperdue de fatigue et de chagrin, Catelyn Stark se remit tout entière aux mains de ses dieux. Elle s'agenouilla devant le Ferrant, réparateur des objets brisés, et le pria d'aider le pauvre cher Bran. Elle aborda la Jouvencelle et la supplia de prêter son courage à Sansa et Arya, de préserver leur innocence. Au Père, elle demanda l'équité, avec l'énergie nécessaire pour la chercher et la sagesse nécessaire pour la reconnaître, et elle conjura le Guerrier de soutenir la vigueur de Robb et de le protéger sur les champs de bataille. Enfin, elle se tourna vers l'Aïeule, à qui nombre de ses effigies donnaient une lanterne pour attribut. « Guide-moi, Dame de sagesse, dit-elle. Montre-moi le sentier que je dois suivre, et ne permets pas que je trébuche dans les ténèbres où vont m'aventurer mes pas. »

Des bruits de bottes et un brouhaha la firent se retourner vers la porte. « Pardon, madame, dit poliment ser Robar, mais il faudrait nous mettre en route si nous voulons être de retour avant l'aube. »

Elle se releva, percluse et les genoux endoloris. Elle aurait donné gros pour avoir sur l'heure un lit de plumes et un oreiller. « Merci, ser. Je suis prête. »

Ils chevauchèrent en silence parmi des landes à demi boisées dont les arbres penchaient comme des ivrognes en se détournant de la mer. Hennissements nerveux, cliquetis d'acier leur permirent enfin de repérer le camp de Renly. Aussi noires que si le Ferrant les avait forgées dans de l'acier nocturne se devinaient les longues files de cavaliers, blocs indistincts d'armures et de caparaçons. À droite se discernaient des bannières, à gauche des bannières, et, devant, rangées par rangées, des bannières, mais le jour toujours à naître interdisait ne fût-ce que d'en pressentir les emblèmes et les coloris. *Une armée grise*, songea Catelyn. *Des hommes gris sur des chevaux gris sous des bannières grises.* Tout en attendant, immobiles en selle, les chevaliers d'ombre de Renly relevèrent leurs lances au ciel, et c'est à travers cette forêt de grands arbres nus, sans feuilles et sans vie, qu'elle poursuivit. L'emplacement d'Accalmie même ne se signalait que par une épaisseur plus dense des ténèbres, un mur de noirceur que nulle étoile ne pouvait percer, mais des torches mouvantes dans la campagne indiquaient vaguement le camp de Stannis.

L'éclairage intérieur qui embrasait ses murs de soie chatoyante métamorphosait le grand pavillon de Renly en une espèce de château magique illuminé par quelque émeraude de féerie. Deux gardes arc-en-ciel en flanquaient la portière, et, tout en coulant des reflets bizarres aux prunes violettes brodées sur le surcot de ser Parment, la lumière verte affectait d'un ton souffreteux l'émail jaune des tournesols sous lesquels croulait littéralement la plate de ser Emmon. De longues plumes de soie panachaient leurs heaumes, et leurs épaules étaient drapées du manteau arc-en-ciel.

Sous la tente, Brienne était en train d'équiper le roi pour la bataille, les lords Rowan et Tarly discutaient tactique et stratégie. Une bonne chaleur régnait là, grâce aux charbons qui rougeoyaient dans une dizaine de petits braseros de fer. « Il faut que je vous parle, Sire, dit Catelyn, ne lui condescendant cette fois le grand style protocolaire qu'afin de retenir son attention.

— Dans un instant, lady Catelyn », répondit-il. Par-dessus la tunique matelassée, Brienne ajustait les plates de la dossière à celles du corselet. Verte était l'armure du roi, verte comme les feuilles au fond des bois, l'été, d'un vert si sombre qu'il absorbait l'éclat des chandelles. Et, tels des feux lointains dans les bois, brillaient et s'éteignaient au moindre mouvement les ors des attaches et des filigranes. « Veuillez poursuivre, lord Mathis.

— Je disais donc, Sire, reprit Mathis Rowan non sans un regard en coin vers Catelyn, nos troupes n'attendent que le signal. Pourquoi différer jusqu'au point du jour ? Faites sonner la marche.

— Au risque de m'entendre accuser d'avoir remporté la victoire par perfidie ? Il ne serait pas chevaleresque d'attaquer avant l'heure convenue.

— Choisie par Stannis, signala Randyll Tarly. Trop heureux de nous voir charger face au soleil levant. Nous serons plus ou moins aveugles.

— Seulement jusqu'au premier choc, affirma Renly avec un bel aplomb. Ser Loras va les enfoncer et, après, ce sera le chaos. » Brienne serra les lacets de cuir vert et boucla les boucles d'or. « Quand mon frère tombera, veillez qu'on n'outrage pas sa dépouille. Il est mon propre sang, je ne veux pas qu'on promène sa tête au bout d'une pique.

— Et s'il se rend ? demanda lord Tarly.

— Se rendre, lui ? » Lord Rowan pouffa. « Quand Mace Tyrell assiégeait Accalmie, Stannis bouffa du rat plutôt que d'ouvrir ses portes.

— Je m'en souviens parfaitement. » Renly leva le menton pour permettre à Brienne de disposer le gorgeret. « Vers la fin, ser Gawen Wylde et trois de ses chevaliers tentèrent de filer se rendre par une poterne dérobée. Stannis les attrapa et ordonna de les faire voler par-dessus les murs à l'aide d'une catapulte. Je vois encore la tête que faisait Gawen pendant qu'on l'y attachait. Il avait été notre maître d'armes. »

Lord Rowan eut l'air stupéfait. « On ne projeta personne du haut des murs. Je ne l'aurais sûrement pas oublié.

— C'est que mestre Cressen dissuada Stannis. Alors que nous risquions de nous trouver forcés de manger nos morts, lui dit-il, il ne servait à rien de balancer de la bonne viande. » Il rejeta ses cheveux en arrière, Brienne les noua d'un ruban de velours puis lui enfonça jusqu'aux oreilles le bonnet matelassé destiné à amortir la pesanteur du heaume. « C'est grâce au chevalier Oignon que nous n'en fûmes jamais réduits à dîner de cadavres, mais peu s'en fallut. Trop peu pour ser Gawen, qui mourut dans sa cellule.

— Sire. » Catelyn avait attendu patiemment, mais le temps se raccourcissait. « Vous m'avez promis un instant d'entretien. »

Il acquiesça d'un signe. « Chacun à son corps, messires... Au fait, si Barristan Selmy se trouvait du côté de mon frère, j'entends qu'il soit épargné.

— On n'a pas eu vent de lui depuis que Joffrey l'a congédié, objecta lord Rowan.

— Je connais ce vieil homme. S'il n'a un roi à garder, qui est-il ? Or, il n'est pas venu vers moi, et lady Catelyn m'affirme qu'il ne se trouve pas à Vivesaigues auprès de Robb Stark. Où pourrait-il être, sinon chez Stannis ?

— À vos ordres, Sire. Il ne lui sera fait aucun mal. » Sur une profonde révérence, les deux hommes se retirèrent.

« Je vous écoute, lady Stark », dit Renly. Sur ses larges épaules, Brienne développa un somptueux manteau de brocart d'or échampi de jais à l'effigie du cerf Baratheon.

« Les Lannister ont tenté d'assassiner mon fils Bran. Mille fois, je me suis demandé pourquoi. Votre frère m'a fourni la réponse. Une chasse avait lieu, le jour de ce que nous prîmes pour un accident. Robert, Ned et la plupart de nos hôtes partirent courre le sanglier, mais Jaime ne quitta pas Winterfell, la reine non plus. »

Renly saisit immédiatement. « Ainsi, vous croyez que le petit les prit en flagrant délit d'inceste...

— Je vous en prie, messire, permettez-moi d'aller trouver Stannis pour lui révéler mes soupçons.

— Dans quel but ?

— Robb résignera sa couronne si votre frère et vous faites de même », dit-elle, espérant que ce désir se réaliserait. Au besoin, elle le *forcerait* à se réaliser. Robb l'écouterait, dussent les grands vassaux demeurer sourds, eux. « À vous trois, convoquez un Grand Conseil tel que le royaume n'en a pas vu depuis un siècle. Nous ferons venir Bran de Winterfell, et son témoignage fera connaître à tous que les Lannister sont les véritables usurpateurs. Qu'ensuite de quoi les seigneurs des Sept Couronnes assemblés choisissent celui qui les gouvernera. »

Renly se mit à rire. « Dites-moi, madame, les loups-garous élisent-ils leur chef de meute ? » Avec les gantelets, Brienne apporta le heaume aux andouillers d'or. Ceux-ci grandiraient le roi d'un bon pied et demi. « L'heure des palabres est passée. Voici venue celle de l'épreuve de force. » Il enfila sa main gauche dans un gantelet à l'écrevisse vert et or, pendant que Brienne s'agenouillait pour lui boucler son ceinturon qu'alourdissaient poignard et longue épée.

« Je vous en conjure au nom de la Mère », reprenait Catelyn quand une brusque rafale souleva la portière de la tente. Croyant avoir aperçu comme un mouvement, elle se retourna, ce n'était que l'ombre agitée du roi sur les parois de soie. Elle entendit Renly lâcher le début d'une blague, tandis que son ombre se déplaçait, brandissait l'épée, noir sur vert, que les chandelles dégouttaient, prises de tremblote, quelque chose était détraqué, loufoque, surtout que l'épée de Renly, s'aperçut-elle alors, se trouvait toujours au fourreau, toujours au fourreau ! mais que l'épée d'ombre...

« Froid », dit Renly d'une petite voix stupide, un battement de cœur avant que l'acier de son gorgeret ne se déchire comme gaze sous l'ombre d'une lame absente et qu'à peine le laps d'un menu hoquet gras le sang ne gicle de sa gorge.

« Votre Ma... – *non !* » cria Brienne la Bleue, d'un ton suraigu de fillette affolée, mais déjà le roi s'affaissait dans ses bras. Une nappe de sang allait s'élargissant sur son pectoral, une marée pourpre qui noyait le vert et l'or. De plus en plus de chandelles dégouttaient. Renly voulut parler, mais il s'embourbait dans son propre sang. Ses jambes flageolaient, et seule la force de Brienne le maintenait encore debout. Elle rejeta la tête en arrière et, possédée d'une détresse indicible, se mit à hurler.

L'ombre, se dit Catelyn, consciente que, s'il venait de se passer là quelque chose de démoniaque et de ténébreux, ce quelque chose lui demeurait absolument incompréhensible. *Ce n'est pas Renly qui projetait cette ombre. La mort est entrée par cette portière et a soufflé sa vie aussi promptement que le vent mouché ses chandelles.*

À peine s'était-il écoulé quelques secondes que Robar Royce et Emmon Cuy faisaient irruption sous la tente, quelques secondes... et elle eût juré la moitié de la nuit. Deux hommes d'armes les suivaient, munis de torches. En découvrant Renly dans les bras de Brienne, et Brienne trempée du sang de Renly, ser Robar poussa un cri d'horreur. « La maudite ! vociféra ser Emmon, du fond de ses tournesols. Bas les pattes, vile créature !

— Bonté divine, Brienne... ! gémit ser Robar, *pourquoi* ? »

Brienne détacha les yeux du corps de son roi. Le manteau arc-en-ciel qui la drapait s'était imbibé de rouge. « Je... je...

— Ta vie paiera celle du roi ! » Parmi les armes empilées près de l'entrée, ser Emmon rafla une hache de guerre à long manche. « Tu vas mou...

— *NON !* » hurla Catelyn, retrouvant enfin sa voix, mais trop tard, une folie sanguinaire possédait ces hommes, et ils se ruèrent avec des rugissements qui couvrirent ses protestations.

Brienne réagit cependant plus vite qu'elle n'aurait cru. Sa propre épée se trouvant hors de portée, elle dégaina vivement celle de Renly et la brandit pour contrer la hache qui s'abattait déjà sur elle. Une étincelle bleu-blanc fusa quand l'acier rencontra l'acier dans un vacarme épouvantable, Brienne se redressa d'un bond et repoussa brutalement le corps du roi. Ser Emmon trébucha dessus lors d'une manœuvre d'approche, et elle en profita pour abattre sa lame sur le manche de la hache et en envoyer valser le fer. Par-derrière, un homme darda sur elle une torche, mais le manteau arc-en-ciel était trop saturé de sang pour prendre feu. Elle pivota, coupa, et torche et main s'envolèrent à leur tour. Des flammes coururent sur le tapis. Le blessé se mit à gueuler. Ser Emmon lâcha son arme dérisoire et tâtonna vers son épée. Le second homme porta un coup droit, Brienne para, et leurs épées dansèrent en cliquetant l'une contre l'autre. Finalement, le retour en scène d'Emmon Cuy força Brienne à battre en retraite, non sans donner du fil à retordre à ses adversaires. À terre, la tête de Renly roula, pitoyable, sur le côté, faisant béer une seconde bouche d'où le sang ne coulait plus qu'à lentes pulsations.

Retenu jusqu'alors à l'écart par la perplexité, ser Robar portait la main à la garde quand Catelyn l'arrêta. « Non, Robar, écoutez ! dit-elle en l'empoignant au bras. Vous lui faites injure, elle n'y est pour rien. *Secourez-la !* Je vous le dis, c'est Stannis, le coupable ! » Ce nom lui était venu aux lèvres sans qu'elle sût seulement comment mais, en le disant, elle eut la certitude qu'il était le bon. « Je vous le jure, vous me connaissez, c'est *Stannis*, l'assassin ! »

Le jeune chevalier arc-en-ciel dévisagea comme une folle cette femme aux yeux pâles, égarés. « Stannis ? Mais comment ?

— Je ne sais pas. Sorcellerie, magie noire, il y avait une ombre, une *ombre*. » À ses propres oreilles, sa voix rendait un son farfelu, dément, mais, tandis que, dans son dos, les épées continuaient à ferrailler, les mots affluaient toujours, débordaient. « Une ombre avec une épée, je l'ai vue, je le jure. Êtes-vous aveugle ? la fille *l'aimait* ! *Secourez-la donc !* » Un regard en arrière, le second homme tombait, sa main molle lâchait l'épée. Au-dehors retentissaient des appels. D'un instant à l'autre allaient survenir en trombe de nouveaux furieux. « Elle est innocente, Robar. Je vous en donne ma parole, sur la tombe de mon mari, sur mon honneur de Stark ! »

Cela le décida. « Je vais les retenir, dit-il. Faites-la filer. » Il se détourna, sortit.

Les flammes avaient fini par atteindre un côté de la tente et en escaladaient les pentes de soie. Ser Emmon pressait rudement Brienne, lui tout émaillé d'acier jaune, elle vêtue de laine. Il ne se rappela la présence de Catelyn que lorsqu'un brasero de fer se fracassa contre sa nuque. Coiffé comme il l'était, le coup n'était pas bien méchant, mais il suffit à l'envoyer sur les genoux. « Avec moi, Brienne », commanda-t-elle. La jeune femme ne fut pas longue à saisir l'occasion. Une taillade, et la soie verte se fendit en deux. Elles se faufilèrent dans les ténèbres glacées. Des éclats de voix s'entendaient de l'autre côté. « Par ici, souffla Catelyn. Mais d'un pas normal, comme si tout allait pour le mieux. Il ne faut pas courir, ça les alerterait. »

Après avoir enfilé la lame nue dans sa ceinture, Brienne lui emboîta docilement le pas. L'air nocturne sentait la pluie. Derrière elles, le pavillon royal s'embrasait, les flammes léchaient la noirceur du ciel. Nul ne fit un geste pour arrêter les fuyardes. Des hommes les croisèrent, qui couraient en beuglant au meurtre, aux diables, au feu. Immobiles par petits groupes, d'autres chuchotaient. Quelques-uns priaient, et un jeune écuyer sanglotait à deux genoux.

Déjà se disloquaient, au fur et à mesure que la rumeur se répandait de bouche à oreille, les corps de bataille de Renly. Les feux de camp n'étaient plus que cendres et, à la faveur des premières lueurs, à l'est, la formidable masse d'Accalmie émergeait peu à peu comme un rêve de pierre, pendant que, fuyant le soleil et portés sur les ailes du vent, s'effilochaient au ras des champs de pâles bouchons de brume. *Fantômes du matin*, selon le mot de Vieille Nan, un jour, esprits regagnant leurs tombes. Et Renly l'un des leurs, à présent, parti comme Robert, son frère, et comme Ned, le bien-aimé.

« Je ne l'ai soutenu que lorsqu'il est mort », dit doucement Brienne comme elles traversaient le chaos croissant. Le timbre de sa voix la trahissait incessamment près de se briser. « Il était juste en train de rire et, tout à coup, du sang partout... je ne comprends pas, madame. Avez-vous vu, avez-vous... ?

— J'ai vu une ombre. Je l'ai d'abord prise pour celle de Renly, mais c'était l'ombre de son frère.

— Lord Stannis ?

— Je l'ai *senti*. C'est insensé, je sais... »

C'était suffisamment sensé pour ce grand laideron de Brienne. « Je le tuerai, déclara-t-elle. Avec la propre épée de mon seigneur, je le tuerai. Je le jure. Je le jure. Je le jure. »

Hal Mollen et le reste de l'escorte attendaient auprès des chevaux. L'impatience de savoir ce qui se passait mettait en nage ser Wendel Manderly. « Le camp perd la boule, madame, lâcha-t-il dès qu'il l'aperçut. Lord Renly est-il... ? » La vue de Brienne couverte de sang lui coupa le sifflet.

« Mort, mais pas de nos mains.

— La bataille... commença Mollen.

— Il n'y aura pas de bataille. » Catelyn se mit en selle, ses gens se déployèrent en formation, ser Wendel se porta à sa gauche, ser Perwyn Frey à sa droite. « Brienne ? nous avons amené des montures de rechange pour chacun de nous. Choisissez-en une et suivez-nous.

— J'ai mon propre cheval, madame. Et mon armure...

— Abandonnez-les. Il nous faut être le plus loin possible avant qu'on ne pense à nous rechercher. Nous étions seules avec le roi quand il a péri. On s'en souviendra forcément. » Sans un mot, Brienne tourna les talons et obtempéra. « En route, ordonna Catelyn sitôt rassemblé son monde. Si quiconque essaie de nous arrêter, sabrez. »

Avec l'aurore qui déployait ses longs doigts au travers des champs, le monde reprenait couleur. Là où stationnaient peu auparavant sous des piques d'ombre des hommes gris montés sur des chevaux gris, là scintillaient désormais, froids comme vif-argent, dix mille fers de lance, et sur les myriades de bannières battantes venaient éclore le rouge, l'orange et le rose, les mille nuances des bleus et des bruns, des flamboiements de jaune et d'or. Toute la puissance d'Accalmie et de Hautjardin, la puissance qui, voilà moins d'une heure, était encore celle de Renly. *Ils appartiennent à Stannis, maintenant*, se dit brusquement Catelyn, *même s'ils l'ignorent encore. Vers qui se tourneraient-ils d'autre que vers le dernier des Baratheon ? D'un seul coup maléfique, il se les est tous adjugés.*

Je suis le roi légitime, avait-il déclaré, les mâchoires bloquées comme un étau de fer, *et votre fils n'est pas moins félon que ne l'est mon frère. Son heure sonnera aussi.*

Un frisson la transit.

JON

Visible depuis des lieues dans sa solitude abrupte et battue des vents par-dessus l'inextricable fouillis de la forêt, la butte, appelée par les sauvageons Poing des Premiers Hommes, avait effectivement, se disait Jon, le profil d'un poing brun violemment brandi du fond de la terre au travers des arbres, avec ses jointures de roc et ses versants pelés.

Au moment d'en gagner le sommet avec lord Mormont et ses officiers, il prétendit laisser Fantôme en bas, sous les arbres, mais le loup ne l'entendait pas de cette oreille, qui, par trois fois, tenta de s'esbigner ; les deux premières, un coup de sifflet impérieux le rappela, rétif, en arrière mais, à la troisième, le Vieil Ours perdit patience et jappa : « Fiche-lui la paix, mon garçon ! le récupéreras plus tard... Tiens à arriver là-haut avant le crépuscule, moi. »

Au bout de la pente, raide et caillouteuse, il se trouva qu'une muraille de blocs erratiques haute de sept pieds couronnait le faîte, et ils durent la contourner par l'ouest assez longuement avant d'y trouver une brèche assez large pour les chevaux. « Bon emplacement, Thoren, déclara Mormont quand ils dominèrent enfin les parages. Difficile d'espérer mieux. Nous y camperons jusqu'à l'arrivée de Mimain. » Il sauta à bas de sa selle et, délogé de son épaule, le corbeau prit l'air avec un gros croassement chagrin.

Le panorama qu'offrait le site avait beau être captivant, c'est sur l'antique enceinte de pierre grise, avec ses marbrures de lichen blanchâtres et ses barbes de mousse verte que s'attarda le regard de Jon. Le Poing passait pour avoir, à l'aube des temps, été une forteresse des Premiers Hommes. « Vieux, tout ça. Et costaud, dit Thoren Petibois.

— *Vieux*, piailla le corbeau qui décrivait des cercles tapageurs au-dessus des têtes, *vieux, vieux, vieux.*

— La ferme ! » lui décocha le Vieil Ours, grondeur. Il était trop fier pour reconnaître sa lassitude, mais la tension qu'il s'imposait pour demeurer à la hauteur d'hommes plus jeunes lui coûtait cher, Jon ne s'y trompait pas.

« Cette éminence sera facile à défendre, au besoin », souligna Thoren qui, menant son cheval par la bride, examinait le rempart circulaire. La bise fustigeait son manteau bordé de martre zibeline.

« Oui, ça ira. » Mormont leva une main vers le vent, et les griffes du corbeau qui vint atterrir sur son avant-bras en égratignèrent la maille noire.

« Et l'eau, messire ? demanda Jon.

— Nous avons traversé un ruisseau, en bas.

— Une longue trotte, et rude, objecta Jon, pour boire un coup. Et hors les murs.

— Trop flemmard pour grimper, mon gars ? » grimaça Thoren.

En entendant Mormont décréter : « Nous ne saurions trouver de position plus forte. On charriera suffisamment d'eau pour être sûr de n'en pas manquer », Jon comprit qu'il serait vain de discuter. Ainsi les frères de la Garde de Nuit reçurent-ils l'ordre de s'installer dans l'ancienne citadelle des Premiers Hommes. Tels champignons après l'averse y poussèrent des tentes noires, et la terre nue s'en tapissa de couvertures et de paquetages. Après les avoir entravées par longues rangées, les tringlots s'employèrent à nourrir et abreuver les bêtes. Les forestiers s'égaillèrent, armés de leurs cognées, dans le jour déclinant, pour récolter le bois nécessaire à entretenir les feux toute la nuit. Une fois débroussaillé le terrain, une escouade du génie entreprit de creuser les feuillées, déballer les bottes de pieux durcis au feu. « D'ici à la nuit, je veux voir la moindre ouverture de l'enceinte hérissée de pointes et munie d'un fossé », telles étaient les directives du Vieil Ours.

Quand il eut dressé la tente du lord Commandant et pansé les chevaux, Jon repartit en quête de Fantôme et le vit reparaître en silence presque instantanément. À peine, une seconde avant, foulait-il à longues enjambées, seul dans la forêt, les pignes et les feuilles mortes en sifflant et appelant qu'une seconde après trottinait à son côté, pâle comme brume matutinale, le grand loup-garou.

Aux abords du mur, toutefois, Fantôme renâcla derechef. Il alla bien, d'un pas des plus circonspect, flairer la brèche mais recula aussitôt, comme si ce qu'il sentait ne lui plaisait pas. Jon essaya de la lui faire franchir à bras le corps en l'empoignant par la peau du cou, tâche malaisée car, à poids égal, le loup se montrait autrement plus fort. « Qu'y a-t-il, Fantôme ? » Jamais il ne l'avait vu manifester pareille anxiété. Elle le contraignit finalement à renoncer. « À ta guise, lui dit-il. Va donc chasser. » Les prunelles rouges ne le lâchèrent pas qu'il n'eût disparu derrière les pierres moussues.

On serait en sécurité, là-dedans. La butte commandait de tous côtés le site, et ses pentes, vertigineuses à l'ouest et au nord, étaient à peine plus douces à l'est. Mais, au fur et à mesure que l'ombre qui s'épaississait creusait des puits de ténèbres entre les frondaisons, les lugubres pressentiments de Jon s'aggravaient. *Nous nous trouvons au cœur de la forêt hantée*, se répétait-il. *Peut-être y a-t-il des spectres, ici. Les esprits des Premiers Hommes. Cette forteresse leur appartenait, jadis.*

« Arrête de faire le gosse ! » s'intima-t-il. Il grimpa se percher sur l'antique muraille et porta ses regards en direction du soleil couchant. Le brusque coude que faisait la Laiteuse vers le sud avait des scintillements d'or martelé. En amont, la région se faisait plus accidentée, la jungle s'entrebâillait, au nord et à l'ouest, sur des chapelets d'éminences rocheuses dont la nudité accentuait l'aspect farouche et à pic. Sur l'horizon gris-bleu, les montagnes déployaient comme une ombre immense et peu à peu évanouie leur succession de plans divers et les neiges éternelles de leurs cimes déchiquetées. Elles vous faisaient, même de si loin, l'effet de géantes hostiles et glacées.

Plus près, les arbres régnaient sans partage. Au sud comme à l'est, la forêt prolongeait à perte de vue ses enchevêtrements prodigieux de racines et de branches et ses mille nuances de vert ponctuées çà et là par la pourpre d'un barral émergeant des vigiers et des pins ou par le flamboiement jaune de quelque feuillu touché par l'automne. Au moindre souffle, Jon en entendait mugir et craquer les ramures infiniment plus âgées que lui. Leurs myriades de feuilles se soulevaient en un instant, tel un sombre océan de verdure gonflé, battu par la tempête, éternel et inconnaissable.

Pas le genre de Fantôme de rester seul là-dedans, se disait-il. N'importe quoi pouvait se déplacer sous cette houle infinie, n'importe quoi pouvait ramper sous le couvert et, invisible dans les ténèbres, approcher du fort. *N'importe quoi.* Sans qu'on s'en doutât seulement. Quant à savoir quoi... Il ne quitta son poste qu'après que le soleil eut sombré derrière les montagnes en dents de scie et la poix commencé d'engluer la forêt.

« Jon ? le héla Samwell Tarly. Il me semblait bien que c'était toi. Ça va ?

— Pas mal. » Il sauta à terre. « Comment s'est passée ta journée ?

— Bien. J'ai bien tenu le coup. Vraiment. »

Jon n'allait pas lui faire part de son malaise, surtout maintenant que le courage finissait par venir au malheureux couard. « Le Vieil Ours compte attendre ici Qhorin Mimain et les hommes de Tour Ombreuse.

— La place a l'air forte, dit Sam. Une citadelle des Premiers Hommes. Tu crois que des batailles se sont déroulées ici ?

— Sûrement. Tu feras bien de préparer un oiseau. Mormont va vouloir donner des nouvelles.

— Si je pouvais les expédier tous... Ils détestent vivre en cage.

— Tu détesterais toi aussi, si tu pouvais voler.

— Si je pouvais voler, je retournerais à Châteaunoir me farcir une tourte au porc », dit-il, ce qui lui valut une bourrade sur l'épaule. Pendant qu'ils traversaient ensemble le camp, des feux s'allumaient un peu partout. Au firmament se levaient les premières étoiles, et la queue rouge de la Torche de Mormont brûlait d'un éclat aussi vif que la lune. Jon entendit piailler les corbeaux dès avant de les voir. Certains prononçaient son nom. L'occasion de faire du boucan ne les trouvait jamais timorés.

Eux aussi le sentent. « Autant que j'aille tout de suite chez le Vieil Ours. La faim le rend tapageur comme eux. »

Mormont devisait avec Thoren Petibois et six autres de ses officiers. « Ah, te voilà ! dit-il d'un ton bourru. Tu serais bien aimable de nous servir du vin chaud. La nuit est froide.

— Oui, messire. » Après avoir bâti le foyer, il alla aux magasins demander un petit baril du rouge corsé que préférait le Vieil Ours, emplit la bouilloire, la suspendit au-dessus des flammes et s'occupa de réunir les ingrédients nécessaires au breuvage. À cet égard, Mormont se montrait des plus pointilleux. Tant de cinname et tant de muscade et tant de miel, mais pas une once de plus ou de moins. Des raisins, des baies secs, des noix, mais de citron – le comble de leurs hérésies, dans le sud ! – point, ce qui ne laissait pas que d'être bizarre, de la part de quelqu'un qui citronnait toujours sa bière du matin. Le tout brûlant, pour bien réchauffer son homme, spécifiait-il à satiété, mais sans avoir jamais toléré la moindre apparence d'ébullition. Aussi Jon ne quittait-il pas la bouilloire des yeux.

Tout en travaillant, il percevait la conversation qui se poursuivait sous la tente. « Pour accéder aux Crocgivre, disait Jarman Buckwell, le plus facile est de remonter la Laiteuse jusqu'à sa source. Mais, si nous passons par là,

Rayder sera informé de notre approche. Aussi sûr et certain que le soleil se lève.

— La Chaussée du Géant pourrait suppléer, opina ser Mallador Locke, ou le col Museux, s'il est libre. »

Le vin fumait. Jon retira la bouilloire du feu, emplit huit coupes et les emporta sous la tente. Le Vieil Ours examinait la carte dressée par Sam chez Craster. Il préleva une coupe sur le plateau que lui présentait Jon, y trempa ses lèvres, hocha sèchement son approbation. Le corbeau dévala en sautillant le long de son bras. « *Grain !* quémanda-t-il, *grain ! grain !* »

Ser Ottyn Wythers refusa le vin d'un geste. « Pour ma part, je me garderais d'entrer du tout dans les montagnes, dit-il d'une voix monocorde et lasse. Déjà que, l'été, ça mord sec, dans les Crocgivre, à cette époque-ci... Si nous nous trouvions pris dans une tempête...

— Je n'envisage de m'y risquer qu'en cas de nécessité, repartit Mormont. Les sauvageons ne peuvent pas plus que nous vivre de roches et de congères. Ils ne tarderont pas à sortir de leur perchoir, et la seule route qu'une troupe quelque peu conséquente puisse emprunter longe la Laiteuse. Dans ce cas, nous nous trouvons ici en position de force. Il leur est impossible de nous glisser entre les doigts.

— Telle n'est peut-être pas leur intention. Ils sont des milliers, et nous ne serons que trois cents lorsque Mimain nous aura rejoints. » Ser Mallador accepta une coupe.

« Si l'on en vient à se battre, aucun terrain ne nous serait plus favorable, affirma Mormont. Nous renforcerons les défenses. Fosses et piques, chausse-trapes éparpillées sur les versants, brèches réparées. Et tes meilleurs guetteurs, Jarman. En cercle tout autour de nous et répartis sur les berges de la rivière, de manière que toute approche nous soit signalée. Tu les dissimuleras soigneusement à la fourche des arbres. Autant, par ailleurs, constituer dès à présent des réserves d'eau supérieures à nos besoins. On creusera des citernes. À toutes fins utiles pour la suite et pour maintenir, d'ici là, les hommes occupés.

— Mes patrouilleurs... commença Thoren Petibois.

— Tes patrouilleurs ne patrouilleront que sur cette rive jusqu'à l'arrivée de Mimain. Ensuite, nous verrons. Je ne veux pas perdre d'autres hommes.

— Mais si Mance Rayder est en train de masser ses troupes à une journée d'ici ? gémit Thoren, nous n'en saurons rien...

— Nous savons où s'opère le regroupement, riposta Mormont. Craster a été formel. Et, malgré mon peu de goût pour lui, je ne crois pas qu'il nous ait menti sur ce point.

— Soit », concéda Petibois d'un air maussade en se retirant. Avant de prendre congé à leur tour, mais plus poliment, les autres achevèrent leur vin.

« Souhaitez-vous dîner maintenant, messire ? s'enquit Jon.

— *Grain !* » glapit le corbeau. Mormont, lui, ne répondit pas tout de suite. Et, lorsqu'il reprit la parole, ce fut simplement pour demander : « Ton loup a trouvé du gibier, aujourd'hui ?

— Il n'est pas encore de retour.

— Serait bienvenu, de la viande fraîche. » Il puisa dans un sac une poignée de grain qu'il offrit à l'oiseau. « À ton avis, j'ai tort de retenir les patrouilles dans le coin ?

— Il ne m'appartient pas d'en juger, messire.

— Sauf si je t'en prie.

— Ce n'est pas en restant dans les parages immédiats du Poing qu'elles peuvent se targuer de retrouver mon oncle, j'imagine.

— Non. » Le corbeau picorait dans sa paume. « Deux cents hommes ou dix mille, le pays est trop vaste. » Une fois sa main vide, il la retourna.

« Vous n'abandonneriez pas les recherches ?

— Mestre Aemon te trouve intelligent. » Mormont repoussa le corbeau vers son épaule. L'œil étincelant, celui-ci pencha la tête de côté.

La réponse finit par venir. « Il est... – il me semble qu'il devrait être plus facile à un homme d'en trouver deux cents qu'à deux cents d'en retrouver un. »

Le corbeau poussa comme un ricanement, mais le Vieil Ours sourit dans sa barbe grise. « Un si grand nombre d'hommes et de chevaux laissent une trace que mestre Aemon lui-même pourrait suivre. En haut de cette butte, nos feux doivent se distinguer jusqu'aux contreforts des Crocgivre. Si Ben Stark est en vie et libre, il ne manquera pas de nous rejoindre.

— Oui, dit Jon, mais si... s'il...

— ... est mort ? » acheva Mormont, sans aucune agressivité.

À contrecœur, Jon acquiesça d'un signe.

« *Mort !* fit écho le corbeau, *mort ! mort !*

— Il peut encore nous rejoindre, de toute façon, conclut le Vieil Ours. Comme l'ont fait Jafer Flowers et Othor. Je le redoute autant que toi, Jon, mais force est d'admettre cette éventualité.

— *Mort !* croassa le corbeau, plumes ébouriffées, d'une voix de plus en plus forte et stridente, *mort* ! »

Mormont lissa le noir plumage puis, d'un revers de main, étouffa un bâillement subit. « Je vais sauter le dîner, je pense. Le repos sera plus réparateur. Réveille-moi dès le point du jour.

— Dormez bien, messire. » Il ramassa les coupes vides et sortit. Au loin s'entendaient des rires et les accents plaintifs de la cornemuse. Au centre du camp brasillait un grand feu d'où provenait un fumet de ragoût qui mijote. Jon se glissa de ce côté-là. Si le Vieil Ours n'avait pas faim, lui si.

Dywen pérorait, cuillère au poing. « Je connais ces bois mieux qu'âme qui vive et, je vous le dis, toujours pas moi qui m'y aventurerais seul, cette nuit. Le sentez pas, vous ? »

Grenn en avait les yeux comme des soucoupes, mais Edd-la-Douleur objecta : « Rien d'autre que le crottin de deux cents chevaux. Puis c'te tambouille. Qu'exhale un arôme aussi ragoûtant, maintenant que je la renifle.

— T'en foutre un coup, moi, d'*arôme aussi ragoûtant...* ! » Hake tapota son poignard. Toujours grommelant, il emplit le bol de Jon directement dans la marmite.

Gluant d'orge et mêlé de carottes et d'oignons, le rata recelait de vagues lanières de bœuf salé qu'avait assouplies la cuisson.

« Mais tu sens quoi, Dywen ? » demanda Grenn.

Le forestier suçota sa cuillère un moment. Il avait ôté son dentier. Sa face était ridée comme du vieux cuir, ses mains aussi noueuses que des racines antédiluviennes. « Ça sent comme qui dirait... ben... *froid*.

— En bois, que t'as la tête, comme les ratiches ! lui lança Hake. Ça sent rien, le froid. »

Que si, songea Jon, fort de l'expérience qu'il en avait faite chez lord Mormont, la fameuse nuit. *Ça sent la mort*. Il n'avait plus faim, du coup. Il refila sa platée à Grenn, manifestement avide de rab qui le réchauffe contre la nuit.

Une bise frisquette soufflait quand il s'éloigna. La terre en serait toute blanche, au matin, les cordes des tentes raidies par le gel. Au fond de la bouilloire clapotaient quelques doigts de vin épicé. Il rajouta du bois pour relancer le feu et la suspendit sur les flammes. En attendant que le grog se réchauffe, il s'exerça à ployer, déployer ses doigts jusqu'à y éprouver des fourmillements. Tout autour du camp veillaient les premières sentinelles. Pas de lune, mais des milliers d'étoiles.

Du fin fond des ténèbres monta brusquement, lointain, presque imperceptible mais reconnaissable entre tous, le hurlement des loups. Leurs voix qui s'élevaient, retombaient en un chant solitaire et glacé hérissèrent la nuque de Jon. Il aperçut dardées sur lui, dans l'ombre, par-delà le feu, des prunelles rouges où se reflétaient les flammes.

« Fantôme... souffla-t-il, surpris. Alors, tu as quand même fini par entrer, hein ? » Comme le loup blanc chassait souvent toute la nuit, il ne s'était pas attendu à le revoir avant l'aurore. « Mauvaise à ce point, la chasse ? demanda-t-il. À moi, Fantôme, ici. »

Incapable de tenir en place, le loup-garou fit le tour du feu, flairant Jon et flairant le vent, mais ce n'était pas de viande qu'il semblait soucieux. *Lorsque les morts se bala-*

daient, lui ne s'y est pas trompé. Et il m'a réveillé, mis en garde. L'angoisse le fit sauter sur ses pieds. « Il y a quelque chose, là, dehors ? Tu le sens, Fantôme ? » *Dywen a parlé d'une odeur de froid.*

En trois bonds, le loup détala. S'arrêta. Jeta un regard en arrière. *Il veut que je le suive.* Remontant la capuche de son manteau, il s'éloigna de son feu, s'éloigna des tentes, et il allait dépasser les alignements de chevaux quand le trot furtif de Fantôme fit broncher l'un d'eux. Il apaisa celui-ci d'un mot, s'arrêta pour lui flatter les naseaux. Aux abords du mur se percevait le sifflement du vent qui s'engouffrait dans chaque interstice des pierres. Interpellé par un « Qui va là ? », Jon s'avança dans le halo de la torche. « Je vais chercher de l'eau pour le lord Commandant.

— Va, dans ce cas, dit le garde. Fais vite. » Emmitouflé jusqu'au nez dans son manteau noir pour se protéger de la bise, il ne s'inquiéta pas seulement de savoir si Jon portait un seau.

Suivant toujours le loup qui se faufila par-dessous, lui-même se glissa de biais entre deux pieux pointus. On avait planté une torche dans une crevasse, et chaque rafale lui arrachait des flammèches orange pâle qui lui faisaient comme une banderole. Au moment d'enfiler la brèche, il la rafla, la brandit devant lui pour éclairer la pente et, laissant dévaler le loup, adopta pour sa part une allure plus modérée. Bientôt s'estompèrent les bruits du camp. D'encre était la nuit, raide la descente, et caillouteuse et propice aux faux pas. Une seconde d'inadvertance, et il se romprait une cheville... voire le cou. *Suis en train de fiche ?* se demanda-t-il tout en surveillant ses pieds.

En bas, les arbres qui, tels d'innombrables guerriers en armures de feuilles et d'écorce, n'attendaient, muets, qu'un signal pour submerger la butte. Noirs, eût-il dit... jusqu'à ce que la lueur de la torche en effleure la lisière et y suscite un soupçon de vert. À peine plus qu'un murmure, la rumeur du torrent sur son lit rocheux. Fantôme s'évanouit dans les fourrés. Jon l'y suivit tant bien que mal, l'oreille tendue vers la voix des eaux, le soupir du vent dans les frondaisons. Des branches agrippaient son manteau, les troncs pressés dont s'entrelaçaient les membrures abolissaient les astres du firmament.

Immobilisé sur la rive, le loup lapait les flots. « *Fantôme !* appela-t-il, ici. *Tout de suite.* » Quand le loup releva la tête, ses prunelles rouges luisaient d'un éclat funeste, l'eau qui lui dégouttait des babines semblait de la bave, et quelque chose en lui trahit une terrifiante férocité. Puis il reprit sa course sous les bois, et les ténèbres déglutirent sa fine silhouette blanche, en dépit des ordres véhéments de Jon : « *Non !* Fantôme ! arrête ! » qui n'eut plus d'autre choix que de le suivre ou de remonter.

Il suivit, rageur, torche basse afin de repérer les pierres qui menaçaient à chaque pas de le faire trébucher, les grosses racines qui semblaient n'aspirer qu'à lui cramponner les jambes, les trous trop propices aux entorses. Et il avait beau héler Fantôme à tout instant, le vent qui tourbillonnait sous les arbres noyait ses appels. *C'est de la folie !* se disait-il, tout en poursuivant sa plongée dans la jungle, et il était sur le point de retourner en arrière quand il discerna, droit devant puis vers la droite, un éclair pâle qui repartait en direction de la butte. Il se lança à sa poursuite, à bout de souffle et de malédictions.

Il avait contourné un bon quart du Poing sur les traces du loup quand il les perdit à nouveau. Si bien qu'il finit par s'arrêter pour reprendre haleine au pied de la butte, parmi les éboulis, les ronces et les fourrés. Au-delà du halo de la torche, à trois pas, nuit noire.

Un léger grattement l'alerta. Guidé par le bruit, Jon s'aventura prudemment dans ce chaos de roches et d'épineux. Derrière un arbre tombé, Fantôme. Qui, des quatre pattes, creusait le sol avec fureur.

« Qu'as-tu découvert ? » La torche révéla un monticule régulier de terre meuble. *Une tombe*, songea-t-il. *Mais pour qui ?*

Il s'agenouilla, planta la torche à son côté, prit une poignée de terre. Celle-ci coulait entre les doigts, sableuse. Elle ne contenait ni cailloux ni racines. Quoi que ce fût, ce qu'elle recouvrait ne s'y trouvait que depuis peu. À deux pieds de profondeur, les doigts de Jon rencontrèrent du tissu. Là où il s'était attendu à trouver un cadavre, avait redouté de trouver un cadavre, allait apparaître autre chose. La palpation révélait, sous le vêtement, des formes étroites, inflexibles, aiguës. Aucune odeur. Et pas trace de vers. À reculons, Fantôme se retira de la fosse et, attentif, s'assit sur les déblais.

En écartant peu à peu l'humus, Jon fit apparaître un ballot rond d'environ deux pieds de diamètre. Il glissa ses doigts dessous et sur le pourtour pour le libérer. Quand il y parvint, le contenu du paquet émit une espèce de tintement. *Un trésor*, pensa-t-il, mais rien dans le contact n'évoquait des pièces, et le *son* n'était pas non plus celui du métal.

Un bout de corde effiloché entourait le ballot. Jon dégaina son poignard pour la couper puis, saisissant les bords du tissu, tira. Le ballot s'ouvrit à l'envers, et son contenu s'éparpilla sur le sol, avec des miroitements sombres. Une douzaine de couteaux, quelques têtes de lance foliées, tout un tas de pointes de flèches. Jon préleva une lame de dague, noire comme jais, d'une légèreté de plume. L'infime lueur orange que fit courir la torche sur le fil disait assez un affût de rasoir. *Du verredragon. Ce que les mestres nomment obsidienne.* Fantôme avait-il découvert là quelque antique cache des enfants de la forêt ? Un arsenal enfoui depuis des milliers d'années ? Le Poing des Premiers Hommes ne datait effectivement pas d'hier, mais...

Sous le verredragon se trouvait un vieux cor de chasse fait d'une corne d'aurochs et cerclé de bronze. Jon le secoua pour en faire tomber la terre, et une flopée de pointes de flèches s'en échappa. Sans se soucier de les ramasser, il saisit un coin du tissu qui avait servi à envelopper les armes et le fit rouler entre ses doigts. *De bonne laine, épaisse, double tissage, trempée mais en excellent état*. Cela prohibait un ensevelissement prolongé. Et de couleur *sombre*. L'attrapant à pleines mains, il l'approcha de la torche. *Pas sombre. Noir*.

Ainsi sut-il, dès avant de se lever et de le déployer en le secouant, ce qu'il tenait là : le manteau noir d'un frère juré de la Garde de Nuit.

BRAN

C'est dans la forge, occupé à manier les soufflets pour Mikken, que le dénicha Panse-à-bière. « Le mestre vous demande dans sa tour, m'sire prince. Y a un oiseau qu'est arrivé du roi.

— De Robb ? » Dans son enthousiasme, il préféra ne pas attendre Hodor et se laissa charrier par le messager. Un grand diable, mais pas aussi grand qu'Hodor, et tellement moins costaud qu'en parvenant en haut de l'escalier il soufflait comme un bœuf, bouille violacée. Rickon les avait précédés, ainsi que les deux Walder.

Mestre Luwin congédia Panse-à-bière et referma la porte. « Messires, dit-il d'un ton grave, nous avons reçu un message de Sa Majesté qui nous annonce tout à la fois de bonnes et de mauvaises nouvelles. Il a remporté une grande victoire dans l'ouest en écrasant une armée Lannister, près d'un village nommé Croixbœuf, et s'est également emparé de plusieurs châteaux. Il nous écrit de Cendremarc, forteresse naguère aux Marpheux. »

Rickon se pendit à la robe du mestre. « Est-ce qu'il revient ?

— Pas pour l'instant, je crains. Il lui faudra d'abord livrer de nouvelles batailles.

— Qui a-t-il battu ? demanda Bran, lord Tywin ?

— Non. Ser Stafford Lannister. Qui a été tué durant le combat. »

Comme le nom de ser Stafford ne lui disait strictement rien, Bran se trouva d'accord avec Grand-Walder quand celui-ci lâcha : « Lord Tywin est le seul qui compte.

— Dites-le à Robb, je veux qu'il revienne ! reprit Rickon. Il n'a qu'à ramener son loup, et Mère, et Père. » Tout en sachant pertinemment que Père était mort, il lui arrivait de l'oublier... – exprès, subodorait Bran. Car il était aussi têtu que peut l'être un mioche de quatre ans.

Malgré la joie que lui causait la victoire de Robb, Bran, lui, n'en demeurait pas moins anxieux. Les propos tenus par Osha – *Il part du mauvais côté* –, le jour même où son frère avait quitté Winterfell à la tête de son armée, continuaient à le hanter.

« Par malheur, toute victoire se paie. » Mestre Luwin se tourna vers les Walder. « Votre oncle ser Stevron, messires, est de ceux à qui Croixbœuf a coûté la vie. Alors qu'on croyait ses blessures sans gravité, mande Robb, il y a succombé trois jours plus tard durant son sommeil. »

Grand-Walder haussa les épaules. « Il était très vieux. Soixante-cinq ans, je crois. Trop vieux pour se battre. Il se plaignait tout le temps d'être fatigué.

— Hou hou ! fit Petit-Walder, fatigué d'attendre la mort de Grand-Père, tu veux dire !... Au fait, c'est ser Emmon, maintenant, l'héritier ?

— Es-tu bête ! riposta son cousin. Les fils de l'aîné précèdent le cadet, voyons... Ser Ryman vient en tête, puis Edwyn, puis Walder le Noir, puis Petyr Boutonneux. Puis Aegon, avec *tous* ses fils.

— Ryman aussi est vieux, dit Petit-Walder. Plus de quarante ans, je parie. Et des problèmes d'estomac. Tu crois qu'il sera lord ?

— *Moi*, je serai lord. M'en fous bien s'il l'est. »

Mestre Luwin coupa court d'un ton sec. « Vous devriez rougir de parler ainsi, messires ! Et votre deuil, y pensez-vous ? Votre oncle est mort !

— Oui, minauda Petit-Walder. Nous en sommes très affligés. »

Pas le moins du monde. Alors que Bran se sentait

patraque. *Ils savourent ce plat mieux que moi.* Il demanda la permission de se retirer.

« Soit. » Le mestre sonna. Hodor devait être occupé dans les écuries, c'est Osha qui se présenta. Plus vigoureuse que Panse-à-bière, elle n'eut aucun mal à soulever Bran et à l'emporter dans ses bras.

« Dis-moi, lui demanda-t-il pendant qu'ils traversaient la cour, tu connais la route du Nord ? Jusqu'au Mur et... et même au-delà ?

— Facile. On cherche le Dragon de Glace, et on poursuit l'étoile bleue dans la prunelle du Cavalier. » D'un coup d'épaule, elle ouvrit une porte et entreprit de grimper le colimaçon.

« Et, là-bas, il y a encore des géants et... le reste... les Autres, ainsi que les enfants de la forêt ?

— Les géants, je les ai vus, les enfants, j'en ai entendu parler, quant aux marcheurs blancs... pourquoi poser ces questions ?

— Et une corneille à trois yeux, en as-tu jamais vu ?

— Non. » Elle gloussa. « Et, franchement, pas très envie. » D'un coup de pied, elle ouvrit la porte de la chambre et déposa Bran sur la banquette d'où il contemplait volontiers les allées et venues du château.

À peine la sauvageonne avait-elle tourné les talons que la porte se rouvrit sur Jojen Reed qui entra sans façons, suivi de Meera. « Vous êtes au courant, pour l'oiseau ? » demanda Bran. L'intrus hocha la tête. « Ce n'était pas le menu que vous m'aviez prédit. Simplement une lettre de Robb, et nous ne l'avons pas mangée, mais...

— Les rêves verts prennent parfois d'étranges formes, admit Jojen, et leur véracité n'est pas toujours facile à comprendre.

— Contez-moi donc l'aventure funeste que vous avez rêvée, repartit Bran. L'aventure funeste censée concerner Winterfell.

— Mon prince est-il disposé à me croire, à présent ? Ajoutera-t-il foi à mes paroles, quelque bizarres qu'elles risquent de lui paraître ? »

Bran acquiesça d'un signe.

« C'est la mer qui vient.

— La *mer* ?

— J'ai rêvé que la mer léchait l'enceinte de Winterfell. J'ai vu des vagues noires s'écraser contre les portes et les tours, et puis les flots salés ont submergé les murs et empli le château. Des noyés flottaient dans la cour. La première fois que je fis ce rêve, à Griseaux, leurs visages m'étaient inconnus, mais je les connais, maintenant. Le garde qui nous annonça à vous, le jour de la fête, Panse-à-bière, est l'un d'eux. Votre septon un autre. Et un troisième votre forgeron.

— Mikken ? » Il était aussi consterné qu'ahuri. « Mais la mer se trouve à des centaines et des centaines de lieues d'ici, et la hauteur de nos remparts l'empêcherait d'entrer, si seulement elle venait les battre !

— Dans le noir de la nuit, la mer salée les submergera néanmoins, maintint Jojen. J'ai vu les morts, boursouflés, noyés.

— Il faut les prévenir, dit Bran. Panse-à-bière et Mikken et septon Chayle. Afin qu'ils ne se noient pas.

— Cela ne les sauvera nullement », répliqua l'adolescent vert.

Meera s'approcha de la banquette. « Ils n'en voudront rien croire, Bran, dit-elle en lui posant la main sur l'épaule. Comme vous d'abord. »

Jojen s'assit au bord du lit. « À vous de me conter *vos* rêves. »

Mis au pied du mur, il s'affola, mais il avait juré de leur faire confiance, et un Stark tient toujours sa parole. « Il en est de diverses sortes, débuta-t-il à mots comptés. Il y a les rêves de loup, qui ne sont pas les plus pénibles. Je cours, je chasse, je tue des écureuils. Et il y a les rêves où la corneille m'enjoint de voler. L'arbre-cœur y figure quelquefois aussi, qui m'appelle – nommément. Cela m'effraie. Mais les pires sont ceux où je tombe. » Accablé de misère, il se détourna vers la cour. « Jamais je n'étais tombé. À l'époque où je grimpais. Rien ne me résistait, ni le faîte des toits, ni l'aplomb des murs, et je nourrissais les corneilles en haut de la tour brûlée. Mère vivait dans la crainte que je ne tombe, mais je savais que c'était impossible. Seulement, c'est arrivé, et je me mets à tomber, maintenant, dès que je m'endors. »

Meera lui pressa l'épaule. « C'est là tout ?

— Je présume.

— *Zoman* », lâcha Jojen Reed.

Bran ouvrit de grands yeux. « Pardon ?

— Zoman. Homme-bête. Mutant. Tels sont les noms que l'on vous donnera, si l'on entend jamais parler de vos rêves de loup. »

Il eut un nouvel accès de panique. « Qui, on ?

— Vos propres gens. Par peur. D'aucuns iront jusqu'à vous exécrer s'ils apprennent ce que vous êtes. D'autres essaieront même de vous tuer. »

Il arrivait à Vieille Nan de narrer d'abominables histoires peuplées de ces hommes-bêtes, de ces mutants... et ils y étaient toujours l'incarnation du Mal. « Je ne suis pas comme ça, protesta-t-il, je ne le suis *pas* ! Ce ne sont que des rêves.

— Les rêves de loup ne sont pas de véritables rêves. À l'état de veille, vous maintenez votre œil soigneusement clos mais, pour peu que vous vous relâchiez, votre œil se met à cligner, et votre âme cherche son autre moitié. C'est plus fort que vous.

— Je ne veux pas de cela. C'est *chevalier* que je veux être.

— Chevalier en désir, mais zoman vous êtes. Et vous ne pouvez rien là contre, Bran, ni le nier ni le rejeter. Vous êtes le loup ailé, mais jamais vous ne volerez. » Jojen se leva et se dirigea vers la fenêtre. « À moins d'*ouvrir votre œil*. » Il noua deux de ses doigts et lui en frappa le front, rudement.

Instinctivement, Bran y porta sa main, le tâta. Intacte et lisse, de la peau, rien d'autre. Point d'œil. Ni même d'œil clos. « Comment l'ouvrirais-je, s'il n'existe pas ?

— Ce n'est pas avec vos doigts que vous le trouverez, Bran. C'est avec votre cœur qu'il vous le faut chercher. » Ses étranges prunelles vertes le dévisagèrent. « Est-ce la peur qui vous arrête ?

— Mestre Luwin dit qu'il n'y a pas lieu d'avoir peur des rêves.

— Si.

— En quoi ?

— Le passé. L'avenir. La réalité. »

Après le départ des Reed, Bran se retrouva plus embarrassé que jamais. Il tenta bien d'ouvrir son troisième œil, mais il ne savait comment s'y prendre. Si fort qu'il se plissât ou heurtât le front, sa vision demeurait exactement la même qu'auparavant. Les jours suivants, il essaya aussi d'avertir ceux dont Jojen prédisait la mort, mais sans plus de succès. Mikken trouva ça rigolo. « Ah bon, la mer ? Se trouve que j'ai toujours eu envie de la voir, la mer. Jamais pu aller où c'était possible. Et alors, comme ça, c'est elle qui va me rendre visite, hein ? Bonté divine ! se donner tout ce mal pour un forgeron de rien... !

— Les dieux me prendront quand il leur plaira, dit septon Chayle sans s'émouvoir, mais ta noyade... ne me paraît guère vraisemblable, Bran. Ayant grandi sur les rives de la Blanchedague, je suis plutôt bon nageur, tu sais. »

Seul Panse-à-bière prit la chose assez au sérieux. Il alla en parler à Jojen lui-même et, du coup, cessa de se baigner et refusa de s'approcher du puits. Mais il finit par sentir si mauvais que six de ses acolytes le jetèrent dans un baquet d'eau bouillante et le récurèrent à mort, tandis qu'il beuglait : « Z'allez me noyer comme a dit la Grenouille ! » Moyennant quoi, s'il croisait Bran ou Jojen, il les regardait de travers en bougonnant sous cape, désormais.

Quelques jours après l'incident, ser Rodrik reparut à Winterfell, escorté d'un prisonnier. Un jeune homme assez rondouillard, à lippe grasse et moite, et dont la longue tignasse exhalait un parfum de chiottes à rendre jaloux Panse-à-bière en personne avant son bain forcé. « Schlingue, qu'on l'appelle, répondit Bille-de-foin aux questions de Bran. Son vrai nom, j' sais pas.'l était au service du bâtard Bolton et l'a aidé à assassiner lady Corbois, paraît. »

Le bâtard aussi était mort, apprit Bran le soir même au cours du dîner. Les hommes de ser Rodrik l'avaient surpris en train de commettre un épouvantable forfait sur les terres Corbois (quoi au juste, Bran hésitait, quelque chose en tout cas qui se fait à poil) et criblé de flèches alors qu'il tentait de s'enfuir. Ils étaient toutefois arrivés trop tard, pour la pauvre lady Corbois. Après l'avoir épousée, le bâtard l'avait enfermée dans une tour et laissée mourir de faim. S'il fallait en croire le corps de garde, ser Rodrik avait, une fois la porte enfoncée, découvert la malheureuse la bouche barbouillée de son propre sang pour s'être dévoré les doigts.

« Le monstre nous a tortillé là des nœuds de première, dit à mestre Luwin le vieux chevalier. Plaise ou non, lady Corbois était sa femme. Après l'avoir contrainte à lui engager sa foi tant devant le septon que devant l'arbre-cœur, il avait couché avec elle devant témoins. Et elle le désigne pour héritier dans un testament signé de son nom et scellé de son sceau.

— Les vœux prononcés sous la menace de l'épée sont nuls et non avenus, objecta le mestre.

— Et si Roose Bolton conteste le fait ? Il y a des domaines en jeu... » Il semblait accablé. « Quant au serviteur, je lui trancherais volontiers la tête, il ne vaut pas mieux que son maître, mais il va me falloir le bichonner jusqu'au retour de Robb. Il est l'unique témoin des pires crimes du bâtard. Peut-être ses aveux dissuaderont-ils finalement lord Bolton de prétendre à rien mais, en attendant, les gens de Fort-Terreur et les chevaliers Manderly s'entre-tuent dans les forêts Corbois, et je n'ai pas les moyens de le leur interdire. » Pivotant sur son siège, il posa sur Bran un regard sévère. « Et vous, mon prince, de quoi vous êtes-vous mêlé pendant mon absence ? Pourquoi commander à nos gardes de ne plus se laver ? Désirez-vous donc qu'ils sentent aussi bon que ce coquin de Schlingue ?

— La mer va nous assaillir, se défendit Bran. Jojen l'a vu dans un rêve vert. Panse-à-bière périra noyé. »

Mestre Luwin tripota sa chaîne. « Le petit Reed

s'imagine avoir des rêves prophétiques, ser. J'ai bien mis Bran en garde contre de si douteuses prédictions mais, à dire vrai, il se passe *effectivement* des choses fâcheuses du côté des Roches. Des pillards montés sur des boutres razzient les villages de pêcheurs. Violent, incendient. Leobald Tallhart a envoyé contre eux son neveu Benfred, mais ils se rembarqueront pour filer, je présume, à l'apparition des premiers gens d'armes.

— Mouais... pour frapper plus loin. Les Autres emportent des pleutres pareils ! Ils n'auraient pas plus cette audace que le bâtard Bolton, s'ils ne savaient nos forces à mille lieues au sud. » Il reporta les yeux vers Bran. « Il dit quoi d'autre, ton copain ?

— Il dit que l'eau submergera nos murs. Qu'il a vu noyés Panse-à-bière et Mikken et septon Chayle aussi. »

Ser Rodrik fronça le sourcil. « Eh bien, si je me trouvais obligé d'aller en personne contre ces pillards, je n'emmènerais pas Panse-à-bière, alors. Il ne m'a pas vu noyé, *moi*, si ? Non ? Bon. »

Ces propos réconfortèrent Bran. *Dans ce cas, peut-être ne se noieront-ils pas. À condition d'éviter la mer.*

Meera fut du même avis lorsque, accompagnée de Jojen, elle vint, en fin de soirée, disputer dans sa chambre une partie de cartes à trois, mais le frère secoua la tête. « Ce que je vois dans mes rêves verts est inéluctable. »

Elle se mit en colère. « Pourquoi les dieux enverraient-ils des avertissements, si nous ne pouvons en tenir compte afin d'infléchir les événements ?

— Je l'ignore, avoua tristement Jojen.

— Tu serais Panse-à-bière, tu te jetterais dans le puits, c'est ça ? pour que tout soit fini ! Moi, je prétends qu'il devrait *se battre*, et Bran également.

— Moi ? » La peur l'envahit soudain. « Me battre contre quoi ? Vais-je me noyer, moi aussi ? »

Meera prit un air penaud. « Je n'aurais pas dû dire... »

Elle lui cachait manifestement quelque chose. « Vous m'avez vu en rêve vert ? pressa-t-il fébrilement Jojen. Vu noyé ?

— Pas noyé. Non. » Chacun des mots qu'il s'extirpait semblait lui déchirer la gorge. « J'ai rêvé de l'individu qui est arrivé aujourd'hui. Celui qu'on surnomme Schlingue. Votre frère et vous gisiez morts à ses pieds, et il vous dépeçait la face avec une longue épée rouge. »

Meera se dressa d'un bond. « Si j'allais lui percer le cœur dans sa cellule ? Une fois mort, il ne pourrait assassiner Bran, n'est-ce pas ?

— Les geôliers t'empêcheront de passer, dit Jojen. Les gardes. Et si tu leur expliques pourquoi tu désires sa mort, ils te croiront folle.

— J'ai des gardes, moi aussi, leur rappela Bran. Panse-à-bière et Tym-la-Grêle et Bille-de-foin et les autres. »

Les prunelles moussues de Jojen s'emplirent de pitié. « Ils seront incapables de l'arrêter, Bran. Ses motifs, je les ignore, mais j'en ai vu le résultat. Je vous ai vus, Rickon et vous, dans le noir de vos cryptes, en bas, parmi tous les rois morts et leurs loups de pierre. »

Non ! s'insurgea Bran à part lui, *non !* « Et si je partais... pour Griseaux, ou vers la corneille, loin, dans un coin où l'on ne pourrait me trouver... ?

— Cela ne servirait à rien. Le rêve était un rêve vert, Bran, et les rêves verts ne mentent jamais. »

TYRION

Debout à l'écart, Varys tendait ses pattes onctueuses vers la chaleur du brasero. « Selon toute apparence, il aurait été assassiné de la manière la plus terrifiante, au cœur même de son armée. La lame qui lui a ouvert la gorge d'une oreille à l'autre a traversé l'acier et les os comme du fromage.

— Assassiné de la main de qui ? demanda Cersei.

— Vous n'êtes pas sans savoir, je suppose, que trop de réponses valent autant qu'aucune ? Mes informateurs ne se trouvent pas toujours aussi haut placés que nous pourrions le désirer. Quand meurt un roi, les sornettes poussent sur sa dépouille aussi dru que les champignons dans le noir. À en croire un palefrenier, Renly a été tué par l'un de ses propres gardes arc-en-ciel. Une blanchisseuse jure que c'est Stannis qui, armé de son épée magique, a su se faufiler jusqu'au centre du camp de son frère. Pas mal d'hommes d'armes croient pouvoir imputer à une femme cet odieux forfait, mais quant à *laquelle*, désaccord total. Une fille rebutée par Renly, selon l'un. Une gueuse à soudards qu'il s'était fait amener pour en jouir la veille de la bataille, selon l'autre. Et le troisième avance le nom de lady Catelyn Stark. »

La reine en marqua de l'humeur. « Vous faut-il nous faire perdre notre temps par ce déballage de rumeurs stupides ?

— Ces rumeurs, Votre Grâce m'en rémunère généreusement.

— C'est pour savoir la vérité que nous vous payons, lord Varys. Souvenez-vous-en, ou ce Conseil restreint va se restreindre encore davantage. »

Varys étouffa un rire nerveux. « À ce train, Votre Grâce et son noble frère aurez tôt fait de priver Sa Majesté de Conseil tout court.

— Je me flatte que le royaume survivrait à la réduction du nombre de conseillers, lâcha Littlefinger avec un sourire.

— Cher cher Petyr, riposta Varys, montreriez-vous tant de désinvolture si votre nom était le prochain, sur la petite liste de Son Excellence la Main ?

— Avant vous, Varys ? Je me garderais d'un tel songe.

— Il se pourrait que nous fraternisions sur le Mur, vous et moi. » Nouveau rire étouffé.

« Plus tôt que vous ne le souhaitez, eunuque, si les prochains mots que proférera votre bouche se révèlent aussi vains. » Dans les yeux de Cersei flamboyait l'intention de le châtrer de nouveau sur-le-champ.

« Et s'il s'agissait d'une ruse ? suggéra Littlefinger.

— Elle serait, dans ce cas, d'une prodigieuse ingéniosité, répliqua Varys. Je m'en avoue dupe. »

Ces échanges aigres-doux finirent par impatienter Tyrion. « Qui va être bien marri, c'est Joff, dit-il. Il réservait une si jolie pique à la tête de Renly. Quel que soit en tout cas l'assassin, force est de présumer Stannis comme instigateur. Il est le bénéficiaire évident du crime. » La nouvelle ne lui plaisait guère ; il avait compté que les Baratheon s'affaibliraient l'un l'autre par une bataille sanglante. Son coude le lancinait. Une séquelle du coup de plommée encaissé sur la Verfurque, et qui profitait parfois du temps humide pour le tracasser. Il étreignit le point douloureux sans en éprouver de soulagement et demanda : « Et l'armée de Renly ?

— La plus grande partie de l'infanterie se trouve encore à Pont-l'Amer. » Délaissant le brasero, Varys vint prendre son siège à la table. « La plupart des seigneurs qui avaient volé au secours d'Accalmie derrière Renly sont passés avec armes et bannières à Stannis, ainsi que tous leurs chevaliers.

— Florent en tête, je gagerais », dit Littlefinger.

Varys lui décerna un sourire mignard. « Vous gagneriez, messire. Lord Alester fut en effet le premier à ployer le genou. Nombre d'autres l'ont imité.

— Nombre ? releva Tyrion. Pas tous, donc ?

— Pas tous, confirma l'eunuque. Pas Loras Tyrell, ni Randyll Tarly, ni Mathis Rowan. Accalmie non plus ne s'est pas rendu. Ser Cortnay Penrose, qui tient la place au nom de Renly, refuse de croire à la mort de son suzerain. Il exige d'en voir la dépouille mortelle avant d'ouvrir les portes, mais il semblerait que le cadavre de Renly se soit évanoui de manière inexplicable. Évacué en douce, très probablement. Un cinquième des chevaliers de Renly ont préféré partir avec ser Loras plutôt que de rendre hommage à Stannis. On dit que le chevalier des Fleurs a perdu l'esprit devant le corps de son maître et que, dans un accès de folie furieuse, il a tué trois des gardes arc-en-ciel, notamment Emmon Cuy et Robar Royce. »

Rien que trois ? dommage, songea Tyrion.

« Il est vraisemblablement en route pour Pont-l'Amer, poursuivit Varys. Sa sœur, la reine de Renly, s'y trouve, ainsi qu'une énorme masse de soldats désormais sans roi. Quel parti vont-ils rallier, maintenant ? question épineuse. Beaucoup sont au service des seigneurs restés à Accalmie et qui désormais relèvent de Stannis. »

Tyrion se pencha par-dessus la table. « Il y a là, me semble-t-il, une chance à saisir. Si nous gagnions Loras Tyrell à notre cause, lord Mace Tyrell et ses bannerets pourraient bien nous rallier aussi. Certains de ces derniers ont eu beau jurer fidélité à Stannis, il est impossible que ce soit de gaieté de cœur, sans quoi ils auraient opté pour lui dès le premier jour.

— Nous en aiment-ils davantage, nous ? demanda Cersei.

— Guère, convint-il. Ils aimaient Renly, manifestement, mais Renly n'est plus. Nous pourrions... *si* nous allons vite, leur fournir des motifs nécessaires et suffisants de préférer Joffrey à Stannis.

— Des motifs de quel ordre ?

— Des motifs jaune d'or, souffla d'emblée Littlefinger.

— Tt tt, fit Varys. Vous n'allez tout de même pas insinuer, je pense, mon cher Petyr, que ces puissants seigneurs et nobles chevaliers sont prêts à se laisser *acheter* comme de vulgaires poulets au marché, si ?

— Avez-vous mis les pieds sur nos marchés, ces derniers temps, lord Varys ? lui susurra l'autre. Il vous serait plus facile d'y acheter un seigneur qu'un poulet, sauf votre respect. Je vous l'accorde, les seigneurs gloussent d'un ton plus altier que les poulets, et ils prennent un air offensé si vous leur offrez de l'argent comme un acquéreur, mais il est rare qu'un présent... dignités, terres ou châteaux... les trouve inexorables.

— En leur graissant la patte, on corrompra tel ou tel hobereau, le cas échéant, dit Tyrion, mais pas Hautjardin.

— Exact, admit lord Baelish, et ser Loras est, en l'occurrence, la clé de tout. Il a beau avoir deux frères aînés, son père lui marque depuis toujours une singulière prédilection. Lui gagné, Hautjardin tombe dans votre escarcelle. »

Oui, pensa Tyrion. « M'est avis que nous devrions sur ce point nous inspirer de feu lord Renly. En alléchant comme lui la maison Tyrell. Par un mariage. »

Varys comprit le premier. « Vous envisagez d'unir Joffrey à Margaery.

— Voilà. » Pour autant qu'il se le rappelât, la veuve de Renly devait avoir dans les quinze à seize ans... soit un peu plus que Joffrey – trois fois rien. Son projet se précisait, pulpeux, délectable.

« Joffrey est fiancé à Sansa Stark, objecta Cersei.

— Les contrats de mariage, cela se rompt. De quel profit serait au roi de prendre pour épouse la fille d'un félon défunt ?

— Il suffirait de signaler à Sa Majesté que les Tyrell sont bien plus fortunés que les Stark, intervint Littlefinger, et qu'en plus de passer pour une beauté Margaery est d'ores et déjà... baisable.

— En effet, dit Tyrion. Cet argument devrait assez botter Joffrey.

— Mon fils est trop jeune pour se soucier de pareilles choses.

— Tu crois vraiment ? Il a treize ans, Cersei. Tout juste l'âge auquel je me mariai.

— Et cet exploit sordide nous humilia tous. Joff est d'une étoffe autrement plus fine.

— Si fine qu'il a fait déchirer la robe de Sansa par ser Boros.

— Il était en colère contre elle.

— Il était en colère aussi, hier soir, contre ce marmiton qui a renversé le potage, et il ne l'a pas fait mettre à poil.

— Quelques gouttes de potage ne méritaient pas... »

Non, mais quelques jolies larmes le méritaient bien. Après l'incident de la cour, il avait consulté Varys sur la question : comment ménager à Joffrey une visite chez Chataya ? Il espérait qu'une becquée de miel sucrerait son neveu ; inspirerait même à son souverain (dussent s'en offusquer les dieux) quelque *gratitude*, une once, une ombre, un rien de gratitude dont tirer parti. Le secret le plus absolu s'imposerait, naturellement. Restait à trouver le moyen d'écarter Clegane. Le hic. « Le maudit chien lui rôde toujours plus ou moins dans les jambes, avait souligné Tyrion, mais enfin, tous les hommes dorment. Et certains jouent, vont aux putes ou se saouler dans les bistrots...

— Tout cela, le Limier le fait, si vous tenez à le savoir.

— Non. La seule chose qui m'importe est *quand*. »

Avec un sourire énigmatique, l'eunuque s'était placé l'index sur la joue. « Un homme soupçonneux penserait, messire, que vous désirez profiter d'un moment où Sandor ne le protège pas pour jouer quelque vilain tour au roi.

— Vous me connaissez sûrement trop bien pour croire cela, lord Varys. En fait, je n'aspire qu'à me faire aimer de Joffrey. »

Varys avait promis d'étudier l'affaire. Mais la guerre présentait un caractère autrement urgent que l'initiation virile de Joffrey... Aussi Tyrion se força-t-il à reprendre : « Nul doute que tu ne connaisses ton fils mieux que moi, mais il y aurait encore, indépendamment de cela, fort à dire en faveur d'un mariage Tyrell. Joffrey n'a peut-être pas d'autre moyen de rester en vie jusqu'à sa nuit de noces. »

Littlefinger approuva. « La petite Stark ne lui apporte que son corps, si gracieux soit-il. Margaery Tyrell apporte, elle, cinquante mille épées et toutes les ressources de Hautjardin.

— Le fait est. » Varys posa sa main douce sur la manche de la reine. « Vous avez un cœur de mère, et je n'ignore pas l'amour que Sa Majesté porte à sa douce et tendre. Mais les rois doivent apprendre à donner aux nécessités du royaume la primauté sur leurs vœux personnels. Je suis d'avis qu'il faut tenter cette ouverture. »

La reine se libéra du contact de l'eunuque. « Vous ne parleriez pas de la sorte si vous étiez des femmes. Dites ce que vous voudrez, messires, mais Joffrey a trop de fierté pour se contenter des restes de Renly. Jamais il ne consentira. »

Tyrion haussa les épaules. « À sa majorité, dans trois ans, le roi sera libre de donner ou de refuser son consentement. D'ici là, tu es sa régente, moi sa Main, et il épousera qui nous lui ordonnerons d'épouser. Restes ou pas. »

Le carquois de Cersei était vide. « Fais tes ouvertures, alors, mais les dieux vous préservent tous que la fille ne déplaise à Joffrey.

— Notre accord m'enchante, s'extasia-t-il. À présent, lequel d'entre nous se rendra-t-il à Pont-l'Amer ? Il faut que notre offre atteigne ser Loras avant qu'il n'ait recouvré son sang-froid.

— Tu veux envoyer un membre du Conseil ?

— Je vois mal le chevalier des Fleurs traiter avec Bronn ou Shagga, non ? Les Tyrell ont leur fierté. »

Sa sœur sauta d'emblée sur l'occasion de retourner à son profit la situation. « Ser Jacelyn Prédeaux est de noble naissance. Envoie-le. »

Tyrion fit un signe de dénégation. « Il nous faut un émissaire dont l'autorité ne se borne pas à transmettre notre message et à rapporter la réponse. Il doit parler au nom du roi comme du Conseil et régler l'affaire en un tournemain.

— La Main parle avec la voix du roi. » Dans les yeux de Cersei, la flamme des bougies avait l'éclat vert du grégeois. « Si nous t'envoyons, Tyrion, ce sera comme si Joffrey se déplaçait personnellement. Solution idéale, tu manies les mots avec autant de virtuosité que Jaime l'épée. »

Si désireuse que cela, Cersei, de me faire quitter la ville ? « Tes éloges me confondent, chère sœur, mais il me semble, à moi, que, pour arranger le mariage d'un garçon, la mère est bien mieux indiquée qu'aucun oncle. Et tu es si douée pour conquérir les cœurs que je ne saurais te disputer la palme.

— Ma présence est indispensable à Joffrey. » Ses yeux s'étaient rétrécis.

« Votre Grâce... messire Main... dit Littlefinger, le roi a besoin de vous deux, ici. Laissez-moi partir à votre place.

— Vous ? » *Quel profit guigne-t-il là-dedans ?* se demanda Tyrion.

« Étant membre du Conseil du roi sans être de sang royal, je ferais un piteux otage. J'ai pas mal fréquenté ser Loras quand il se trouvait à la Cour et ne lui ai jamais donné lieu de ne pas m'aimer. Mace Tyrell ne me voue aucune inimitié non plus, que je sache, et je me flatte de n'être pas un négociateur entièrement dépourvu d'habileté. »

Il nous possède. Si Tyrion se défiait de Petyr Baelish, il ne souhaitait pas non plus le perdre de vue, mais avait-il vraiment le choix ? L'émissaire ne pouvait être que lui-même ou Littlefinger, et il savait pertinemment que, s'il quittait Port-Réal si peu que ce fût, tout ce qu'il avait si péniblement accompli serait démoli. « Des combats se déroulent entre ici et Pont-l'Amer, glissa-t-il prudemment. Et vous pouvez être absolument sûr que lord Stannis va disséminer partout ses propres bergers pour récupérer les agneaux égarés de son frère.

— Je n'ai jamais redouté les bergers. C'est le troupeau qui me chiffonne. Une escorte n'en serait pas moins de rigueur, je suppose.

— Je puis détacher cent manteaux d'or.

— Cinq cents.

— Trois cents.

— Plus quarante – vingt chevaliers et autant d'écuyers. Si je me présente sans une suite de qualité, les Tyrell ne m'accorderont qu'un mince crédit. »

Ce n'était pas faux. « Entendu.

— En feront partie Horreur et Baveux, que j'enverrai à leur seigneur et père, après. En signe de bienveillance. Nous avons besoin de Paxter Redwyne, il est l'ami le plus ancien de lord Mace et jouit dans son propre ressort d'un très grand prestige.

— Un félon ! s'indigna la reine. Qui se serait déclaré pour Renly comme tous les autres, s'il n'avait su que sa marmaille en ferait les frais.

— Renly est mort, Votre Grâce, objecta Littlefinger, et ni Stannis ni Paxter ne sont près d'oublier que, durant le siège d'Accalmie, jadis, c'étaient les galères de l'un qui interdisaient à l'autre la mer. La restitution des jumeaux peut nous valoir les bonnes grâces de lord Redwyne. »

Cersei n'en démordit pas pour si peu. « Aux Autres, ses bonnes grâces ! ses voiles et ses épées, voilà ce que je veux. Et le meilleur moyen de les obtenir à coup sûr est encore de lui visser ses jumeaux. »

Tyrion tenait la solution. « Eh bien, ne renvoyons à La Treille que ser Hobber, et gardons ici ser Horas... Je doute que lord Paxter soit assez borné pour se méprendre sur le message. »

La suggestion fut adoptée à l'unanimité, mais Littlefinger n'en avait pas terminé. « Il va nous falloir des chevaux. Vites et solides. Les combats rendront la remonte ardue. Il va falloir également d'assez coquettes quantités d'or pour les présents dont nous avons parlé.

— Emportez-en autant que de besoin. Si la ville tombe, Stannis raflera tout, de toute façon.

— Afin que Mace Tyrell ne puisse mettre en doute mon autorité, un ordre de mission me sera rédigé en bonne et due forme, spécifiant que j'ai pleins pouvoirs pour traiter de ce mariage et des diverses clauses y afférentes, le cas échéant, et pour établir, au nom du roi, les engagements mutuels et leurs garanties. Signé par Joffrey et par chacun des membres du Conseil, ce document sera revêtu de nos sceaux à tous. »

Tyrion s'agita, mal à l'aise. « Soit. Rien d'autre ? Je vous rappelle que la route est longue jusqu'à Pont l'Amer.

— Je l'aurai prise avant le point du jour. » Il se leva. « Je présume qu'à mon retour le roi récompensera comme il sied mes vaillants efforts pour sa cause ? »

Varys se mit à glousser. « Vu le souverain penchant de Sa Majesté à la gratitude, je suis convaincu que vous n'aurez aucun sujet de plainte, mon cher et brave sieur. »

La reine y mit moins d'ambages. « Que réclamez-vous, Petyr ? »

Littlefinger glissa un sourire finaud vers Tyrion. « Il m'y faut réfléchir à tête reposée. Il me viendra sans doute une petite idée. » Il esquissa la plus désinvolte des révérences et se retira, aussi nonchalant que s'il s'apprêtait à partir visiter l'un de ses bordels.

Tyrion jeta un coup d'œil par la fenêtre. Le brouillard était si épais que l'on ne distinguait pas même le rempart, de l'autre côté de la cour. De vagues lueurs émaillaient confusément cette grisaille, par-ci par-là. *Sale temps pour voyager*, pensa-t-il. Non, il n'enviait pas Petyr Baelish. « Autant nous occuper tout de suite de ces documents. Lord Varys, faites apporter plumes et parchemin. Et que quelqu'un se charge d'éveiller Joffrey. »

Il faisait encore nuit grise quand la séance s'acheva. Après que Varys se fut précipitamment éclipsé de son côté, fouettant le sol de ses souples babouches, les

Lannister s'attardèrent ensemble près de la porte. « Où en est ta chaîne, frère ? demanda la reine, pendant que ser Preston lui fixait aux épaules un manteau de brocart d'argent soutaché de vair.

— S'allonge. Maillon après maillon. Nous devrions remercier les dieux pour l'inconcevable entêtement de ser Cortnay Penrose. Tant que la prise d'Accalmie n'aura pas assuré ses arrières, Stannis ne marchera pas vers le nord.

— Si nous ne sommes pas toujours d'accord sur la politique à mener, Tyrion, il me semble toutefois que je m'abusais sur toi. Tu n'es pas tout à fait aussi stupide que je le croyais. À la vérité, je m'en aperçois maintenant, tu t'es révélé un précieux appui. De cela je te remercie. Tu dois me pardonner si je t'ai parlé rudement, parfois.

— Dois-je ? » Il lui dédia un haussement d'épaules, un sourire. « Mais tu n'as rien dit, chère sœur, qui réclame un pardon.

— Aujourd'hui, n'est-ce pas ? » Ils se mirent tous deux à rire... et Cersei lui planta sur le front un baiser ailé.

Trop suffoqué pour dire un mot, Tyrion la regarda s'éloigner en compagnie de ser Preston. « Ai-je perdu l'esprit, ou bien ma sœur vient-elle de m'embrasser ? demanda-t-il à Bronn quand elle eut disparu.

— Était-ce si délicieux ?

— C'était... inopiné. » Le comportement bizarre de Cersei, depuis quelque temps, le désarçonnait. « J'essaie de me rappeler quand elle m'a embrassé pour la dernière fois. Je ne devais pas avoir plus de six ou sept ans. Et Jaime l'en avait défiée.

— La bougresse a fini par remarquer vos charmes.

— Nenni, dit Tyrion, nenni, la bougresse me mijote un plat de sa façon. Et j'ai tout intérêt à découvrir lequel, Bronn. Tu sais que je déteste les surprises. »

THEON

Il épongea le crachat sur sa joue d'un revers de main. « Robb t'étripera, Greyjoy ! vociféra Benfred Tallhart. Il fera bouffer par son loup ton cœur de renégat, bout de crotte de bique ! »

Du torrent d'insultes fusa, dure et tranchante comme une épée, la voix d'Aeron Tifs-trempes : « Tue-le.

— J'ai des questions à lui poser, d'abord, dit Theon.

— Peux te les *foutre*, tes questions ! » Sanglant, dénué de tout, Benfred pendouillait comme une loque entre Stygg et Werlag. « T'étoufferont, que t'auras rien tiré de moi, charogne ! renégat ! poltron ! »

Oncle Aeron n'était pas moins accommodant. « Quand il crache sur toi, c'est sur nous tous qu'il crache. Il crache sur le dieu Noyé. Qu'il meure !

— Ici, c'est à moi que Père a confié le commandement, Oncle.

— Avec moi pour te conseiller. »

Et me surveiller. Avec son oncle, il n'osait pousser trop avant les discussions. À lui le commandement, oui, mais la défiance des hommes à son égard n'avait d'égales que leur foi dans le dieu Noyé et la trouille que leur inspirait Tifs-trempes. *Une mouille que je serais mal venu à leur reprocher...*

« Te coûtera la tête, Greyjoy ! La gelée de tes yeux gavera les corbeaux. » Benfred voulut cracher, une fois de plus, mais il n'émit qu'une bulle sanguinolente. « Les Autres enculent votre dieu cramouille ! »

Viens là de cracher ton arrêt de mort, Tallhart... songea Theon. « Cloue-lui le bec, Stygg », dit-il.

Une fois qu'ils eurent forcé Benfred à s'agenouiller, que, lui arrachant sa ceinture en peau de lapin, Werlag la lui eut fourrée entre les dents pour le faire taire, Stygg apprêta sa hache.

« Non, intervint Aeron. Il faut le donner au dieu. Selon l'Antique Voie. »

À quoi bon ? Un mort est un mort. « Emmenez-le donc.

— Tu viens aussi. Ici, c'est toi qui commandes. L'offrande doit émaner de toi. »

Là, c'était plus que n'en pouvait digérer Theon. « C'est vous le prêtre, Oncle, je vous abandonne le soin du dieu. À titre de revanche gracieuse, abandonnez-moi le soin des batailles. » Il balaya l'air d'un geste, et les sbires entraînèrent le captif vers la mer. Non sans un regard réprobateur à son neveu, Tifs-trempes finit par les suivre. Ç'allait descendre jusqu'à la grève de galets puis, plouf, noierait Benfred Tallhart dans l'eau salée. L'Antique Voie.

Une espèce de faveur, peut-être, se dit Theon en partant dans la direction opposée. Stygg avait des talents de bourreau rien moins qu'exceptionnels, et Benfred la nuque épaisse, grasse et musculeuse d'un sanglier. *Je l'en taquinais sans arrêt, juste pour voir jusqu'où je pouvais le faire enrager*, se souvint-il. Cela faisait quoi, trois ans ? Emmené par Ned Stark en visite chez ser Helman, il avait passé une quinzaine en compagnie de Benfred, à Quart-Torrhen.

Du crochet que faisait la route et où s'était déroulée la bataille... si tant est que l'on pût employer ce terme – *un carnage de moutons, plutôt* –, lui parvenait l'affreux boucan de la victoire. *De moutons, certes, à toison d'acier, mais de moutons, n'empêche.*

Escaladant quelques rochers, Theon promena son regard sur les hommes morts et les montures agonisantes. Elles auraient mérité mieux. Tandis que Tymor et ses frères regroupaient les chevaux intacts, Urzen et Lorren le Noir achevaient ceux que leurs blessures ne permettaient pas de sauver. Les autres Fer-nés dépouillaient les cadavres. À deux genoux sur le torse d'une victime, Gewin Harloi lui sciait le doigt pour s'en approprier l'anneau. *Le seigneur mon père approuverait.* Il envisagea de partir en quête des deux adversaires qu'il avait personnellement abattus – peut-être portaient-ils un bijou de valeur ? –, mais l'idée lui emplit la bouche d'amertume. Il imaginait trop ce qu'en aurait dit Eddard Stark. Mais y penser le mit en colère. *Crouni, le Stark, en train de pourrir, et il ne m'était rien !* se martela-t-il.

Carré sur son séant, le vieux Botley, dit Barbilles, jouait les cerbères auprès de la pile hétéroclite que ses trois fils continuaient d'enrichir. L'un de ceux-ci frôlait l'empoignade avec un certain Todric, un gros qui, vêtu d'une pelisse de renard blanc point trop éclaboussée par le sang de son propriétaire antérieur, titubait parmi les cadavres en brandissant d'une main une corne à bière, de l'autre une hache. *Saoul*, conclut Theon, l'œil à ses beuglements. On disait que les Fer-nés, jadis, s'enivraient volontiers de sang durant les batailles et y puisaient une telle fureur qu'ils en devenaient insensibles à la crainte comme à la douleur, mais là, non, le type s'était trivialement enivré de bière.

« Wex ? mon carquois, mon arc. » L'écuyer galopa les lui chercher. Theon ploya l'arc, glissa la corde dans les encoches. Cependant, Todric flanquait par terre d'un coup de poing le jeune Botley et lui lançait sa bière dans les yeux. Barbilles bondit en jurant, mais Theon fut plus prompt. Il visa la main qui tenait la corne, dans le but d'épater son monde par un joli coup, mais Todric gâcha tout par un saut de côté juste au moment où lui-même décochait, si bien que la flèche lui creva la panse.

Les pillards s'immobilisèrent, bouche bée. Theon abaissa son arc. « Pas d'ivrognes, j'ai dit, pas de bagarres pour le butin. » Recroquevillé sur ses genoux, Todric râlait horriblement. « Fais-le taire, Botley. » Il n'en fallut pas davantage à Barbilles et ses fils. L'espace à peine d'un soubresaut, et Todric se voyait trancher la gorge et, tout palpitant, délester de sa pelisse, de ses armes, de ses anneaux.

À présent, ils savent que je ne parle pas en l'air. Il avait beau tenir son autorité de lord Balon en personne, certains des hommes ne l'en considéraient pas moins comme un freluquet amolli par les pays verts. « Pas d'autre soiffard ? » Nul ne moufta. « Bon. » Il décocha un coup de pied à la bannière de Benfred qui, toujours coincée dans le poing de son porteur, traînait à terre. En dessous de la flamme était nouée une peau de lapin. *Pourquoi ces peaux de lapin ?* L'une des questions qu'il s'était promis de poser, mais toutes avaient sombré sous le crachat. Il jeta son arc à Wex et s'éloigna, pensif, à longues enjambées. Pourquoi n'éprouvait-il rien de l'exaltation ressentie après le Bois-aux-Murmures ? *Oh, Tallhart, Tallhart, bougre d'imbécile archi-vaniteux, tu n'avais même pas envoyé d'éclaireurs...*

C'est la bouche fleurie de blagues et même de *chansons* que sous la bannière aux trois arbres ils étaient survenus, leurs lances ornées de ces grotesques peaux de lapin. La nuée de flèches décochée sur eux par les archers planqués dans les ajoncs n'avait pas tardé à le leur couper, le sifflet... et lui-même, à la tête de ses hommes d'armes, plus eu qu'à parachever le carnage – au poignard, à la hache, à la masse de guerre –, non sans ordonner d'épargner le chef – pour interrogatoire.

Lequel s'était trouvé être, contre toute attente, Benfred Tallhart.

Dont on retirait justement des brisants le cadavre flasque au moment où Theon remontait à bord de sa *Chienne de mer*. Alignés côte à côte le long de la grève, les boutres dressaient leur mâture contre le ciel. Du village de pêcheurs ne subsistaient que des cendres froides et leur puanteur sous la pluie. Tous les hommes, hormis une poignée que Theon avait laissés filer sur Quart-Torrhen pour y répandre la nouvelle, avaient été passés au fil de l'épée ; celles de leurs épouses et de leurs filles qui ne manquaient ni de jeunesse ni de charmes revendiquées pour femmes-sel ; les vieilles et les moches tout bonnement violées puis tuées – ou prises comme esclaves si, joint à quelque talent pratique, leur caractère offrait toute garantie de docilité.

Également conçue, tout comme l'accostage au plus froid de la nuit, par Theon et conduite en tapinois, hache au poing, par lui, l'attaque, furtive en diable, avait évidemment surpris les villageois en plein sommeil. Rien là cependant qui fût de son goût, mais avait-il le choix des procédés ?

En cet instant même, sa trois fois maudite de sœur devait, à bord de son maudit *Vent noir*, cingler vers le nord, trop assurée de s'y offrir le château de ses rêves... ! et, grâce à l'ignorance totale où se trouvait le continent de l'appareillage en douce des flottes fer-nées, le sale boulot de diversion qu'il se tapait, lui, du côté des Roches, au profit de la garce, nul n'y verrait effectivement que du feu : raids anodins de pillards vulgaires... avant de découvrir la gravité de la situation, quand Moat Cailin et Motte-la-Forêt seraient à leur tour pilonnés. *Et, lorsqu'une cinglante victoire aura couronné le tout, c'est cette salope d'Asha que célébreront les chansons, sans seulement se souvenir que j'étais ici, moi... !* S'il se laissait faire.

Dagmer Gueule-en-deux se dressait sur la proue sculptée de *L'Écumeur*, son boutre personnel ; de peur de lui voir attribuer son propre triomphe, Theon lui avait assigné la tâche subalterne de garder les bateaux ; le dernier des fats s'en fût offensé, lui s'était doucement contenté de rigoler.

« Jour faste, lança-t-il de son perchoir, et tu ne souris pas, mon gars ? Faudrait sourire, quand on est vivant, les morts en sont bien empêchés. » Il s'épanouit lui-même, comme à fin de démonstration, résultat hideux. Sous sa crinière d'un blanc de neige, il offrait en effet la cicatrice la plus dégueulasse qu'eût jamais contemplée Theon. Il devait au coup de hache qui l'avait, gamin, mis à deux doigts de la mort en lui fendant la mâchoire et fracassant les dents de devant de posséder non pas deux, comme un chacun, mais quatre lèvres. Et si une barbe hirsute lui couvrait les joues et le col, jamais le poil n'avait consenti à pousser sur les bourrelets de bidoche qui, boursouflés, luisants, froncés, lui fendaient la pêche comme une crevasse en plein névé. « On les entendait chanter, reprit-il. Une jolie chanson, et ils la chantaient bravement.

— Ils chantaient mieux qu'ils ne se battaient. Des harpes ne les auraient pas moins mal défendus que leurs lances.

— Quelles pertes ?

— De notre côté ? » Il haussa les épaules. « Todric. Moi qui l'ai descendu, pour s'être saoulé puis bagarré quant au butin.

— Des types, comme ça, qui naissent pour être tués. » Le dernier des ploucs aurait rechigné à vous terrifier d'un pareil sourire, mais lui vous le tartinait plus large et plus généreux que personne – à commencer par lord Balon.

Si abominable fût-il, ce sourire suffisait à ressusciter des centaines de souvenirs. Que de fois Theon l'avait vu fleurir quand, môme, il sautait à cheval un muret moussu, lançait la hache et mettait carrément au but ! Vu fleurir quand il parvenait à parer une botte de Dagmer, à percer d'une flèche l'aile d'une mouette, ou encore quand, s'emparant de la barre, il guidait fermement un boutre au travers des meutes d'écueils enragés. *Il m'a donné plus de sourires qu'Eddard Stark et Père réunis.* Et Robb lui-même... Tiens, il ne pouvait pas, au lieu de l'engueuler comme un marmiton qui a laissé cramer son ragoût, le récompenser d'un sourire, le jour où il avait sauvé Bran des sauvageons ?

« Il faut que nous causions, vous et moi, Oncle. » Il l'avait toujours appelé ainsi, bien que Dagmer fût un simple vassal – avec, à la rigueur, quelques gouttes de sang Greyjoy, mais de la main gauche, et délayées par quatre ou cinq générations.

« Viens à mon bord, alors. » Les *m'sire* n'étaient pas son genre, surtout s'il se trouvait sur son propre bateau. Chaque capitaine fer-né se considérait d'ailleurs comme un roi dès lors qu'il foulait son pont personnel.

Il gravit en quatre enjambées la passerelle de *L'Écumeur* et, se laissant entraîner vers la poupe, entra dans la cabine exiguë du vieillard. Après s'être servi de cervoise, celui-ci lui en proposa une corne, mais il refusa. « Nous n'avons pas assez capturé de chevaux. Enfin... je ferai avec le peu que j'ai. Moins d'hommes, plus de gloire, n'est-ce pas ?

— Qu'avons-nous à faire de chevaux ? » À l'instar de la plupart des insulaires, il préférait se battre à pied, sur le plancher des vaches comme sur son pont. « Ça ne sert qu'à te conchier les navires et t'y encombrer.

— En mer, oui, concéda Theon. J'ai un autre plan. » Il le tenait à l'œil, guettant sa réaction. Sans l'appui de Dagmer, il courait à l'échec. Chef ou pas, les hommes refuseraient de le suivre si ses deux mentors s'opposaient à lui. Et il ne se flattait pas de jamais convaincre ce lugubre éteignoir d'Aeron.

« Messire ton père nous a ordonné de saccager la côte, et c'est tout. » Sous la broussaille des sourcils blancs le scrutaient les yeux pâles comme de l'écume.

Qu'y déchiffrer, le blâme ou l'intérêt ? Une once d'intérêt, crut-il... tant il l'espérait... « Tu es l'homme de mon père.

— Son *meilleur* homme, et depuis toujours. »

Orgueil, songea Theon. *Il est orgueilleux. À moi d'utiliser la clef de son orgueil.* « Aucun Fer-né ne t'arrive à la cheville pour le maniement de la pique ou de l'épée.

— Tu as été trop longtemps absent, mon gars. Tes éloges, je les méritais à l'époque où tu es parti, mais je me suis fait vieux, depuis, au service de lord Greyjoy. Maintenant, c'est à Andrik que les chanteurs décernent la palme. Andrik l'Insouriant, qu'ils l'appellent. Un colosse. Il est au service de lord Timbal de Vieux-Wyk. Et presque aussi redoutables sont Lorren le Noir et Qarl Pucelle.

— Cet Andrik peut bien être un combattant d'élite, on le craint moins que toi.

— Mouais, c'est vrai, ça. » Ses doigts reployés autour de la corne à boire étaient surchargés de bagues d'or, d'argent, de bronze où chatoyaient saphirs, grenats, verredragon – chacune évidemment payée au fer-prix.

« Eh bien, moi, si j'avais un type de ta trempe à mon service, je ne le bousillerais pas à ces amusettes puériles de piratage et d'incendie. Elles sont indignes du meilleur homme de lord Balon... »

Le hideux sourire s'élargit, tordit les lèvres et les crevassa sur un chaos de chicots brunâtres. « Et de son fils légitime, hein ? hou hou... ! Je te connais trop bien, Theon. J'ai assisté à tes premiers pas, ton premier arc, c'est avec moi que tu l'as bandé. Qui se sent bousillé, dis, moi ?

— Ma sœur a eu ce qui me revenait, confessa-t-il d'un ton geignard qui acheva de le consterner.

— Tu le prends trop mal, mon gars. C'est pourtant tout simple, messire ton père ne te connaît pas. Entre la mort de tes frères et ta captivité chez les loups, il n'a eu que sa fille pour se consoler. Il a pris l'habitude de se reposer sur elle et jamais n'a eu sujet de s'en plaindre.

— Ni de moi. Les Stark reconnaissaient ma valeur. Je faisais partie des éclaireurs sélectionnés par Brynden Silure et, au Bois-aux-Murmures, j'ai chargé avec la première vague. Même, il s'en est fallu de *ça* (ses mains marquèrent un intervalle de deux pieds) que je ne croise le fer avec le Régicide en personne... ! Et Daryn Corbois est mort de s'être jeté entre nous.

— Pourquoi me dire cela ? C'est moi qui t'ai mis au poing ta première épée. Je sais que tu n'es pas un lâche.

— Père le sait-il, lui ? »

Une grimace bizarre lui répondit. On aurait dit que le vieux guerrier venait de mordre dans quelque chose de répugnant. « Le seul ennui, Theon, c'est que... le Jeune Loup est ton ami, et ces Stark t'ont gardé dix ans.

— Je ne suis pas un Stark. » *Lord Eddard y a bien paré.* « Je suis un Greyjoy. Et j'entends être l'héritier de mon père, mais comment y parviendrai-je si je ne fais mes preuves en m'illustrant par de grands exploits ?

— Tu es jeune. Il surviendra d'autres guerres, et, tes grands exploits, tu les accompliras. Pour l'heure, notre consigne est de dévaster les Roches.

— Qu'Oncle Aeron s'en charge. Je lui donnerai tous

les boutres, sauf *L'Écumeur* et *La Chienne de mer*, et il pourra repaître son dieu de noyades et se régaler d'incendies.

— C'est à toi et non pas à Tifs-trempes qu'a été confié le commandement.

— Quelle importance, pourvu qu'ait lieu la dévastation désirée ? Aucun prêtre ne pourrait réaliser ce que je projette ni ce que je réclame de toi. Seul Dagmer Gueule-en-deux est à la hauteur de cette tâche-là. »

Le vieux s'offrit une longue lampée de bière. « À savoir ? »

Il est tenté, se dit Theon. *Il n'aime pas plus que moi ce boulot de brigand.* « Si ma sœur peut prendre un château, moi aussi.

— Elle a quatre ou cinq fois plus d'hommes que nous. »

Theon s'accorda le plaisir d'un sourire espiègle. « Mais nous avons quatre fois plus d'esprit et cinq fois plus de courage.

— Ton père...

— ... me remerciera quand je lui présenterai son royaume sur un plateau. Je veux accomplir un exploit que les chanteurs chanteront mille ans. »

De quoi rendre Dagmer attentif, il le savait. La chanson composée sur le coup de hache qui lui avait fendu la gueule en deux, le vieux adorait l'entendre. Et il ne manquait jamais, lorsqu'il s'adonnait à la boisson, de réclamer telle rhapsodie fracassante où pillage, rage, orage et sauvage rimaient les prouesses de héros mythiques. *Malgré ses cheveux blancs et ses dents gâtées, la passion de la gloire le possède encore.*

« Et quel serait mon rôle dans tes projets, mon gars ? » demanda Dagmer après un long silence.

Partie gagnée. « D'imprimer la terreur au cœur de l'adversaire comme seul peut l'y imprimer un nom fameux comme le tien. Tu prendras la majorité de nos forces et marcheras sur Quart-Torrhen. Helman Tallhart a emmené ses meilleurs hommes dans le sud, et leurs fils viennent de périr ici avec Benfred. Son frère, Leobald, n'aura qu'une modeste garnison. » *Que n'ai-je été capable d'interroger Benfred, j'en connaîtrais exactement la modestie.* « Ne fais nul mystère de ton approche. Chante autant de braves chansons qu'il te plaira. Je veux les voir fermer leurs portes.

— Ce Quart-Torrhen est une place forte ?

— Assez forte. Murs de pierre, trente pieds de haut, quatre tours d'angle carrées, donjon carré au centre de l'enceinte.

— Des murs de pierre, on n'y peut mettre le feu. Comment nous en emparer ? En si petit nombre, nous ne prendrions pas même un petit château...

— Tu dresseras le camp sous leur nez et entreprendras de construire des catapultes et des engins de siège.

— C'est contraire à l'Antique Voie, l'aurais-tu oublié ? Les Fer-nés combattent avec des haches et des épées, pas en lançant des pierres. Et il n'y a pas de gloire à affamer un adversaire.

— Leobald ne le saura pas. Te voir dresser des tours de siège glacera son sang de vieillard, et il bêlera à l'aide. Retiens tes archers, Oncle, et laisse filer son corbeau. Le gouverneur de Winterfell est un brave, mais l'âge lui ankylose la jugeote comme les membres. En apprenant qu'un des bannerets de son roi subit les assauts du redoutable Dagmer Gueule-en-deux, le temps de rassembler ses forces, et il volera au secours de Tallhart. Son devoir l'y oblige, et ser Rodrik n'est rien qu'un homme de devoir.

— Mais, si minces soient-elles, ses forces seront toujours supérieures aux miennes, objecta Dagmer, et ces vieux chevaliers sont plus astucieux que tu n'imagines, ou ils n'auraient pas assez vécu pour voir leur premier cheveu gris. Tu nous apprêtes une bataille que nous n'avons aucune chance de gagner, Theon. Ton Quart-Torrhen ne tombera jamais. »

Theon sourit. « Ce n'est pas Quart-Torrhen que je compte prendre. »

ARYA

Vacarme et capharnaüm régissaient le château. À bord des fourgons se chargeaient fûts de vin, sacs de farine et bottes de flèches empennées de frais. Les forgerons redressaient des lames, décabossaient des corselets, ferraient destriers et mulets de bât. Sur le sol raboteux de la cour aux Laves se roulaient des barils où, dans le sable destiné à les fourbir, quincaillaient des cottes de mailles. Les femmes allouées à Weese avaient vingt manteaux à raccommoder, plus une centaine à laver. Petits et grands mêlés venaient incessamment bonder le septuaire. Hors les murs se démontaient tentes et pavillons. Des écuyers lançaient des seaux d'eau sur les feux de camp, les soldats s'empressaient une dernière fois de peaufiner le fil de leurs épées, et le tapage allait s'enflant, tel un raz de marée furieux de ruades et de hennissements, d'ordres vociférés, de quolibets, d'injures, de malédictions, sous des chamailleries suraiguës de gueuses à soudards.

Lord Tywin Lannister se mettait finalement en marche.

Premier des capitaines à partir, un jour avant les autres, ser Addam Marpheux fit de sa sortie une parade des plus coquette, avec ses longs cheveux flottants du même ton cuivré que la pimpante crinière de son bai rouge ; teint du même bronze que le manteau de son cavalier, le caparaçon d'icelui s'adornait itou de l'emblème à l'arbre ardent. Aussi des bonnes femmes sanglotèrent-elles de le voir s'en aller, tandis que Weese le déclarait « aussi brillant à l'épée qu'en selle et le plus hardi second de lord Tywin ».

Puisse-t-il crever ! songea Arya, tout en le regardant franchir la porte, suivi d'un double fleuve d'hommes. *Puissent-ils tous crever !* Ils allaient affronter Robb, elle le savait. À force de tendre l'oreille en vaquant à ses besognes, elle avait eu vent de la grande victoire remportée par son frère dans l'ouest. Le bruit courait qu'il avait incendié Port-Lannis – ou qu'il projetait de le faire. Qu'il s'était emparé de Castral Roc et en avait passé tous les habitants au fil de l'épée – ou qu'il assiégeait la Dent d'Or... Ce qui était sûr, en tout cas, c'est que *quelque chose* s'était produit.

Weese l'avait fait trotter du matin au soir, porteuse de messages, l'expédiant parfois même au-delà des murs, dans la bourbe et la folie du camp. *Je pourrais m'enfuir*, songea-t-elle, comme un fourgon la dépassait cahin-caha, *je n'aurais qu'à sauter à l'arrière d'une voiture et à m'y cacher, ou qu'à me faufiler parmi la séquelle de bivouac, personne ne m'arrêterait.* N'eût été Weese, elle le faisait. Mais il les avait tous prévenus cent fois, charitablement, du châtiment que s'attireraient les candidats à l'évasion. « Ça sera pas des coups, oh non. Je lèverai pas le petit doigt sur vous. Je vous réserverai juste pour le Qohorien, voilà, vous réserverai pour l'Estropieur, oui oui. Varshé Hèvre que c'est, son nom. Qu'à son retour il vous coupe vos petits petons. » *Si Weese était mort, peut-être...* se dit-elle, mais pas tant qu'elle dépendait de lui. Il lui suffisait, prétendait-il constamment, de vous regarder pour sentir ce que vous pensiez.

Il n'avait en tout cas pas flairé qu'elle savait lire ; aussi ne se donnait-il pas la peine de sceller les messages qu'il lui confiait. Elle y jetait toujours un œil, mais ils ne présentaient jamais le moindre intérêt : du blabla stupide pour envoyer telle carriole aux greniers, telle autre à l'armurerie. L'un d'eux, ce jour-là, réclamait le paiement d'une dette de jeu, mais son destinataire, un chevalier, était illettré. Lorsqu'Arya lui en révéla la substance, il voulut la frapper mais, non contente d'esquiver le gnon, elle rafla la corne à boire cerclée d'argent suspendue à sa selle et détala. Avec un rugissement, il se précipita à ses trousses, mais elle se glissa entre deux charretons, zigzagua parmi des archers, franchit d'un bond une fosse d'aisances et, empêtré dans sa maille comme il l'était, le sema. En recevant la corne de ses mains, Weese décréta qu'un si gentil brin de Belette méritait une récompense. « Je me suis repéré pour ce soir un de ces chapons dodu croustillant... ! que tu m'en diras des nouvelles. On se le fera tous les deux, moi et toi. »

De quelque côté que la portent ses courses, elle espérait toujours apercevoir Jaqen H'ghar et lui souffler un nouveau nom avant que ses bêtes noires n'aient pu se mettre hors de portée, mais il demeurait introuvable dans la cohue du branle-bas. Les deux morts qu'il lui devait encore, les obtiendrait-elle jamais s'il partait se battre, comme les copains ? Cette incertitude lui fournit finalement l'audace de questionner un garde de la porte. « Un homme à Lorch, tu dis ? répliqua-t-il, oh, alors, y partira pas. Sa Seigneurie vient de nommer ser Amory gouverneur d'Harrenhal. Tout ça reste ici tenir le château.'vec les Pitres sanglants comme fourrageurs. Qu' c'te bique de Varshé Hèvre en viendra chèvre, lui et Lorch ont jamais pu s' piffer. »

Quant à la Montagne, il accompagnerait lord Tywin en tant que chef de l'avant-garde, lors de la bataille. Ainsi Dunsen, Polliver et Raff lui glisseraient-ils entre les doigts si elle ne dénichait Jaqen à temps pour qu'il en zigouille un.

« Belette ? la héla Weese au cours de l'après-midi, va m'avertir Lucan à l'armurerie de donner une épée neuve à ser Lyonel, il a ébréché la sienne à l'entraînement. Voici le bon. » Il lui tendit un bout de papier. « Et dépêche, il est de ceux qui vont partir avec ser Kevan Lannister. »

Elle prit ses jambes à son cou. Sous sa haute toiture, la forge du château, contiguë à l'armurerie, se présentait comme un long tunnel équipé de vingt foyers distincts et d'auges de pierre oblongues emplies d'eau pour tremper l'acier. Pour l'heure, une dizaine de fourneaux marchaient. Les murs répercutaient le fracas des marteaux, de solides gaillards en tabliers de cuir s'activaient, trempés de sueur, aux soufflets et sur les enclumes, dans une atmosphère moite et torride. Arya repéra là-dedans le torse ruisselant de Gendry, mais c'est surtout à l'expression butée du regard bleu sous la tignasse noire qu'elle reconnut d'emblée le garçon. Causer avec lui ? Elle ne se doutait pas même en avoir envie. Par sa faute, aussi, qu'ils s'étaient tous fait attraper... « Lequel c'est, Lucan ? » Elle exhiba le bon. « Je dois prendre une épée neuve pour ser Lyonel.

— S'en torche, de ser Lyonel. » Il lui saisit le bras pour la prendre à l'écart. « Hier soir, Tourte m'a demandé si je t'avais entendue gueuler *Winterfell*, quand on se battait, sur le mur du fort.

— Mais je n'ai jamais... !

— Si. Moi aussi, je t'ai entendue.

— Tout le monde gueulait des trucs, répliqua-t-elle, sur la défensive. Tourte a gueulé *tourte* – et plutôt cent fois qu'une !

— Ce qui compte, c'est ce que tu gueulais, *toi*. J'y ai dit de se décrasser les oreilles, que t'avais seulement juré *par l'enfer*. Dis pareil, au cas.

— D'accord », dit-elle, quitte à trouver que *par l'enfer* était du dernier comique, comme cri de guerre. Quant à révéler sa véritable identité à Tourte... non. *Peut-être est-ce Tourte que je devrais désigner à Jaqen.*

« Je vais chercher Lucan », conclut Gendry.

À la vue du papier (qu'il était probablement incapable de lire, soupçonna Arya), Lucan se mit à grommeler, mais il finit par se dessaisir d'un estramaçon. « Trop bon pour ce minable, et dis-y de ma part, grogna-t-il en le lui remettant.

— Je n'y manquerai pas », mentit-elle. Il n'avait qu'à délivrer lui-même ses insolences. Elle, se faire rosser par Weese ne la tentait point.

Bien que l'épée fût beaucoup plus lourde qu'Aiguille, le contact en charmait Arya. La pesanteur même de l'acier lui donnait l'impression d'une force accrue.

Peut-être ne suis-je pas encore un danseur d'eau, mais je ne suis pas non plus une souris. Une souris ne saurait manier d'épée, moi oui. Par la porte grande ouverte allaient et venaient des soldats, pénétraient d'un air guilleret des camions vides qui, fourbus de fardeaux, ressortaient en grinçant de tous leurs essieux. L'idée de se rendre aux écuries, d'y prétexter que ser Lyonel réclamait une autre monture effleura Arya. Elle avait le bon, les palefreniers seraient aussi incapables que Lucan de le déchiffrer. *J'enfourcherais le cheval et, l'épée en main, n'aurais plus qu'à prendre la sortie. Si les gardes essayaient de m'arrêter, je leur montrerais le papier et me dirais la commissionnaire de ser Lyonel.* Seulement, ce ser Lyonel, elle ignorait totalement de quoi il avait l'air et où il se trouvait. Qu'on la questionne, on pigerait, et alors, Weese... Weese...

Comme elle se mâchouillait la lèvre en s'efforçant de ne pas penser à l'effet que, les pieds coupés, ça devait vous faire, une escouade d'archers casqués de fer et sanglés de cuir la dépassa, l'arc au dos, et elle surprit des bribes de conversation.

« ... géants, j' te dis qu'y s'est dégottés, des *géants* d'au-delà du Mur, qu'ont vingt pieds de haut et qui le suivent comme des chiens...

— ... pas normal, si vite leur tomber dessus, la nuit et tout.'l est plus loup qu'homme, pis tous ces Stark...

— ... merde vos loups et vos géants ! Piss'rait dans son froc, l' môme, s'y savait qu'on vient. Mêm' pas eu les couilles d' marcher sur Harrenhal, ho. S' pas tiré d' l'aut' côté, p't-êt' ? Déguerpirait, son intérêt, moi...

— Chante chante. Et s'y sait quèqu' chose qu'on sait pas, *nous*, p't-êt' *nous* qu'on faudrait déguerpir, ouais... »

Oui, pensa-t-elle, *oui, vous qui feriez mieux de déguerpir, vous et lord Tywin et la Montagne et ser Addam et ser Amory et cet âne, me fous qui c'est, de ser Lyonel, de déguerpir, tous tant que vous êtes, ou mon frère vous tuera, lui qui est un Stark, et plus loup qu'homme, tout comme moi.*

« Belette ! » Cinglante comme un fouet, la voix de Weese qui, sans qu'elle l'eût seulement vu venir, se dressait là, brusquement, devant elle. « Donne. Y as mis le temps. » Il lui arracha l'épée des doigts et, d'un revers de main, lui administra une gifle cuisante. « T'iras plus vite, la prochaine. »

Une seconde, elle s'était retrouvée loup, mais la gifle avait annihilé ce sentiment, ne lui laissant que le goût du sang sur la langue. Une morsure due au coup. La haine la submergea.

« Veux une autre ? insista-t-il, l'auras... si tu me regardes une fois d' cet air !'n attendant, descends à la brasserie dire à Pupebaie que j'ai deux douzaines de barils pour lui, mais qu'y f'ra bien d'envoyer ses gars m'en débarrasser dare-dare, ou j' trouverai plus mauvais preneur. » Elle s'élança, mais pas assez vite pour lui. « Et au *galop*, si tu veux bouffer, c' soir ! glapit-il, ses promesses de chapon croustillant dodu déjà oubliées. Et va pas t'égarer encore, ou j' te fais pisser l' sang ! »

Feras pas, songea-t-elle. *Plus jamais.* Et de galoper, néanmoins. Mais les dieux du Nord durent guider ses pas car, à mi-chemin de la brasserie, comme elle passait sous le pont de pierre qui reliait la tour de la Veuve à celle du Bûcher-du-Roi, elle entendit un terrible rire de groin, et, en compagnie de trois types qui arboraient au sein gauche la manticore de ser Amory, Rorge tourna le coin. En la voyant, il s'immobilisa, se fendit jusqu'aux oreilles, tout crocs bruns sous le rabat de cuir qui camouflait son trou de nez. « La chatte à Yoren ! s'exclama-t-il. Pasqu'on s' doute, hein ? nous, pour *quoi* qu'y t' voulait, l' frangin noir, su' l' Mur, spa ? » Son rire redoubla, les autres l'imitèrent. « Où qu' t'as ton bâton, main'nant ? » demanda-t-il tout à coup. Il ne souriait plus. « M' semb' que j' t'ai promis t'enculer avec... » Il fit un pas vers elle. Elle recula. « Pus si brave, hein, m'nant qu' j'ai pus d' chaînes ?

— Je vous ai *sauvé* ! » Elle maintenait pas mal d'intervalle, prête à détaler comme un serpent s'il avançait seulement la main.

« D'vrais t'enculer'core un coup pour ça, moi. Y t' baisait l' con, Yoren, ou'l aimait mieux t' farcir l'œillet ?

— Je cherche Jaqen, coupa-t-elle. Pour un message. »

Rorge se pétrifia. Quelque chose dans son regard... – la *peur* ? avait-il *peur* de Jaqen H'ghar ? « Aux bains. Barre-toi. »

Elle pirouetta, prit sa course et, vite comme un daim, ses pieds frôlant à peine le pavé, ne fut pas longue à découvrir Jaqen immergé dans un baquet parmi des volutes de vapeur. L'eau bouillante que lui déversait sur la tête une servante empesait jusqu'à ses épaules sa chevelure mi-partie de rouge et de blanc.

Elle eut beau se couler vers lui silencieuse comme une ombre, il n'en ouvrit pas moins les yeux. « Des petits petons de souris furtive, mais un homme entend », dit-il. *Comment diable a-t-il pu ?* s'étonna-t-elle, et il entendit aussi sa pensée, semble-t-il. « Semelle de cuir sur pierre chante aussi fort que cor de guerre à l'oreille d'un homme attentif. Filles malignes vont nu-pieds.

— J'ai un message pour vous », bredouilla-t-elle, embarrassée par la présence de la servante. Puis, comme celle-ci ne faisait pas mine de s'écarter, elle s'inclina sur lui et, les lèvres quasiment contre son oreille, chuchota : « Weese ».

Jaqen H'ghar referma ses paupières et se laissa flottoyer, languide, à demi assoupi. « Dis à Sa Seigneurie qu'un homme réglera son affaire à tête reposée. » À l'improviste, il projeta vers elle une bordée d'eau chaude, et seul un bond la préserva de l'aspersion.

Quant à Pupebaie, les prétentions de Weese le firent sacrer comme un charretier. « Z'ont d'autres trucs à s'occuper, mes gars, dis-lui, et dis-lui aussi qu'un bâtard vérolé comme lui, avant que j'y donne une autre pinte de ma bière, les sept enfers auront gelé ! Si j'ai pas mes barils d'ici une heure, y peut gaffer que lord Tywin saura... »

Weese ne sacra pas de manière moins élégante en apprenant ces propos, bien qu'Arya les eût soigneusement édulcorés du bâtard vérolé, tempêta, proféra mille menaces et, tout en maugréant, finit par enrôler six hommes qu'il dépêcha chez le brasseur avec les barils.

Au menu, ce soir-là, figurait un piteux ragoût d'avoine, d'oignons, de carottes enrichi de croûtons coriaces de pain bis. Une bonne femme se vit en sus attribuer une belle tranche de fromage bleu et une aile du fameux chapon, parce qu'elle couchait avec Weese. Lequel, pustules et lippe embarbouillées de jus, s'envoya le reste du volatile, et il en avait presque terminé quand, levant les yeux de son tranchoir, il s'aperçut qu'Arya le dévisageait. « Ici, Belette. »

Quelques bouchées de viande restaient encore attachées à l'os d'une cuisse. *Il avait oublié, mais il se souvient tout à coup*, songea-t-elle, et un remords la prit d'avoir résolu sa mort. Elle quitta le banc et gagna le haut bout de la table.

« Je t'ai vue me regarder. » Il se torcha les doigts sur le devant du sarrau qu'elle portait puis, l'empoignant à la gorge d'une main, la gifla de l'autre à toute volée. « T'avais prévenue, non ? » Nouvelle gifle, d'un revers. « Ces yeux-là, f'ras bien de t' les garder, main'nant, ou j' t'en arrache un pour nourrir ma chienne ! » Il l'expédia à terre d'une poussée. Une pointe dépassait du banc, elle y déchira son ourlet. « Et reprise-moi ça avant d'aller dormir ! » gronda-t-il, les dents affairées déjà à déchiqueter la cuisse de chapon. Après quoi il se suça bruyamment les doigts et jeta la carcasse à son vilain tavelé de cabot.

« Weese », murmura-t-elle, une fois repliée dans sa niche afin de réparer l'accroc. « Dunsen, Polliver, Raff Tout-miel. » À chaque insertion de l'aiguille d'os dans la laine brute répondait l'un des noms de la litanie. « Titilleur, le Limier, ser Gregor, ser Amory, ser Ilyn, ser Meryn, le roi Joffrey, la reine Cersei. » Combien de temps encore lui faudrait-il inclure Weese dans ses oraisons ? Elle s'endormit en rêvant qu'à son réveil, le lendemain, mort il serait, bel et bien mort.

Ce fut néanmoins la rude botte de Weese qui la réveilla, comme à l'ordinaire. Et Weese qui, pendant que l'on déjeunait de biscuits d'avoine, annonça le départ, le jour même, du gros des troupes de lord Tywin. Et Weese qui prévint : « Et allez pas rêver, aucun, qu'z'allez vous la couler douce quand m'sire Lannister, y s'ra pus là. Ça va pas rendre le château pus p'tit, j' vous jure, y aura seulement moins de bras, main'nant, pour s'en occuper. Z'allez voir, main'nant, bande de feignants, ce que ça veut dire, ah mais, travailler ! »

Toujours pas toi qui nous l'apprendras... Arya mordilla dans sa galette. Weese la regardait de travers comme s'il flairait son secret. Elle se dépêcha de ne s'intéresser qu'à ce qu'elle mangeait et n'osa plus lever les yeux.

La cour blêmissait à peine quand, d'une fenêtre à mi-hauteur de la tour Plaintive, Arya épia le départ de lord Tywin. Drapé dans une somptueuse pelisse d'hermine, il montait un puissant destrier qui, tapissé d'écailles d'émail écarlate, portait têtière et chanfrein d'or. Son frère, ser Kevan, étalait un luxe presque égal. Devant eux marchaient pas moins de quatre porte-enseignes, chacun brandissant une immense bannière au lion d'or sur champ sanglant ; derrière, leurs grands vassaux et capitaines, dont les étendards claquaient en déployant des orgies de couleurs : bœuf rouge et montagne d'or, unicorne pourpre et coq de combat, blaireau, sanglier moucheté, furet d'argent, jongleur arlequiné, paon, panthère, étoiles, échappée de soleil, chevrons et poignard, capuchon noir et flèche verte et scarabée bleu.

Bon dernier venait ser Gregor Clegane, en plate d'acier grise, et chevauchant un étalon non moins ombrageux que lui. L'étendard aux chiens noirs au poing, Polliver le flanquait, coiffé du heaume à cornes de Gendry, mais, tout grand qu'il était, l'ombre de son maître lui donnait l'allure d'un adolescent.

En les voyant tous s'écouler sous l'énorme herse de fer d'Harrenhal, une sueur froide parcourut l'échine d'Arya. Elle eut brusquement conscience d'avoir commis un terrible impair. *Je suis trop bête !* ragea-t-elle. Weese n'avait aucune espèce d'importance, et Chiswyck non plus. Les hommes qui importaient, ceux qu'elle aurait dû faire tuer, c'étaient *eux*, là. C'est le nom de tel ou tel d'entre eux qu'elle aurait dû souffler, la veille, au lieu de se laisser emporter par sa colère contre Weese pour quelques taloches et une histoire de chapon ! *Lord Tywin, pourquoi n'ai-je pas indiqué lord Tywin ?*

Et s'il n'était pas trop tard pour se raviser, si... ? Weese vivait encore. Il suffisait peut-être de trouver Jaqen et de lui dire...

Quatre à quatre, elle dévalait déjà le colimaçon, plantant là tâches et corvées, quand elle entendit grincer les chaînes de la herse que l'on abaissait lentement, dont les piques de fer s'enfonçaient lentement au cœur de la terre, puis, soudain, retentir quelque chose d'autre... un hurlement d'angoisse et de douleur.

Avant elle étaient arrivées sur les lieux une douzaine de personnes, mais aucune ne s'approchait trop. Elle se faufila dans leur groupe. Recroquevillé sur le pavé, le gosier réduit à une bouillie rouge, Weese ouvrait de grands yeux aveugles sur les moutonnements gris d'un nuage. À croupetons sur sa poitrine, son vilain tavelé de cabot lampait tour à tour le sang qui giclait de l'immonde plaie et tour à tour arrachait au visage une gorgée de chair.

Quelqu'un finit par apporter une arbalète et par étendre la bête enragée raide morte alors qu'elle déchiquetait l'oreille de son ancien maître.

« Enfer et damnation ! s'exclama un type. Depuis toute petite qu'il l'avait, c'te chienne...

— C'te place est maudite, dit l'homme à l'arbalète.

— C'est le fantôme d'Harren, v'là c' que c'est, gémit matrone Amabel. Je couche pas ici une nuit de plus, ma foi. »

Arya se détourna des deux cadavres enchevêtrés. Adossé nonchalamment au mur de la tour Plaintive, Jaqen H'ghar attendit de croiser son regard, puis il leva la main vers sa figure et, comme incidemment, se frotta la joue à deux doigts.

CATELYN

C'est à deux journées de Vivesaigues, alors qu'ils abreuvaient leurs bêtes à l'eau boueuse d'un ruisseau, qu'ils furent repérés par un éclaireur Frey. Jamais la vue du blason aux tours jumelles n'avait si fort réjoui Catelyn.

Mais quand elle pria l'homme de la mener auprès de son oncle, « Le Silure, répondit-il, est parti pour l'ouest avec le roi, madame. Martyn Rivers le supplée comme chef des patrouilles.

— Je vois. » La nouvelle que Robb avait porté la lutte au cœur des terres Lannister n'était pas faite pour l'étonner ; il y songeait, à l'évidence, lorsqu'il l'avait envoyée négocier avec Renly. Quant à ce Rivers, fils illégitime de lord Walder et donc demi-frère de ser Perwyn, elle le connaissait des Jumeaux. « Où puis-je le rencontrer ?

— Son camp se trouve à deux heures d'ici, madame.

— Conduis-nous », commanda-t-elle. Et ils partirent aussitôt que Brienne l'eut aidée à se remettre en selle.

« Vous arrivez de Pont-l'Amer, madame ?

— Non. » Elle n'avait osé s'y risquer, ne sachant trop quelle réception lui réserveraient désormais la jeune veuve et ses protecteurs, et s'était en définitive résolue à couper par le travers même du théâtre des opérations, le Conflans fertile métamorphosé en désert de cendres par la furie des Lannister, sur qui ses avant-coureurs lui rapportaient, soir après soir, des histoires épouvantables. « Lord Renly est mort, ajouta-t-elle.

— Nous avions espéré qu'il s'agissait d'un mensonge propagé par nos adversaires ou...

— Hélas pas. C'est mon frère qui commande, à Vivesaigues ?

— Oui, madame. Sa Majesté a chargé ser Edmure de tenir la place ainsi que d'assurer ses arrières. »

Les dieux veuillent qu'il en ait les moyens matériels, songea-t-elle. *Avec le sang-froid nécessaire.* « Des nouvelles de Robb, depuis son départ ?

— Vous n'êtes pas au courant ? » Il eut l'air suffoqué. « Sa Majesté a remporté une grande victoire à Croixbœuf. Ser Stafford Lannister y a péri, et son armée s'est désintégrée. »

Ser Wendel Manderly lâcha un *ouah* de plaisir, mais Catelyn se contenta d'un hochement muet. Les épreuves du lendemain la tourmentaient plus que les triomphes de la veille ne la rassuraient.

Martyn Rivers avait établi son camp dans la carcasse d'un fort en ruine, à deux pas d'étables à ciel ouvert et d'une centaine de tombes fraîches. Il mit un genou en terre pendant que démontait Catelyn. « Vous tombez à point, madame. Ser Edmure nous a enjoint de guetter votre escorte et de vous ramener au plus vite à Vivesaigues, si nous vous voyions. »

La directive l'alarma. « Mon père... ?

— Non, madame. État stationnaire pour lord Hoster. » Avec son teint rougeaud, Rivers ne ressemblait guère à ses demi-frères. « On craignait seulement que vous ne rencontriez des patrouilles Lannister. Lord Tywin a quitté Harrenhal en direction de l'ouest avec l'ensemble de ses forces.

— Relevez-vous », dit-elle, le front soucieux. Stannis Baratheon n'allait pas non plus tarder à marcher. À la grâce des dieux. « Dans combien de temps risque-t-il de nous tomber dessus ?

— Trois jours, quatre peut-être, difficile de savoir au juste. Nous avons eu beau échelonner des yeux sur toutes les routes, mieux vaut ne pas nous attarder. »

Aussi n'en firent-ils rien. Quelques instants suffirent à

Rivers pour lever le camp, sauter en selle aux côtés de Catelyn, et ils reprirent la route, forts désormais d'une cinquantaine d'hommes, sous les trois bannières au loup-garou, à la truite au bond et aux tours jumelles.

Pressé de questions sur la victoire de Croixbœuf par les compagnons de lady Stark, Rivers répondit de fort bonne grâce. « À Vivesaigues est arrivé un chanteur qui se fait appeler Rymond Rimeur et qui a composé une chanson sur la bataille. Vous l'entendrez sûrement ce soir, madame. "La nuit du loup", son titre. » Il ressortit de la suite de son récit que les vestiges de l'armée de ser Stafford s'étaient repliés sur Port-Lannis ; que, faute de machines de siège, il était hors de question de prendre Castral Roc ; et qu'en conséquence le Jeune Loup rendait en nature aux Lannister la dévastation du Conflans. Les lords Karstark et Glover opéraient des razzias le long de la côte ; après avoir capturé des milliers de têtes de bétail, lady Mormont les ramenait vers Vivesaigues ; quant au Lard-Jon, il avait fait main basse sur les mines d'or de Pendricmont, de Castamere et de Trounonnain. Ser Wendel s'esclaffa : « Si vous voulez absolument qu'accoure un Lannister, qu'un truc, menacez son or !

— Mais comment le roi a-t-il pu prendre la Dent d'Or ? s'enquit ser Perwyn. C'est une place foutrement forte, et elle commande le col...

— Il ne l'a pas prise. Il l'a contournée de nuit, mine de rien. On dit guidé par son loup-garou, ce Vent Gris qu'il a. La bête a flairé une piste de chèvre qui sinuait dans une gorge puis grimpait sous une corniche, un sentier, quoi, rocheux, tortueux mais assez large pour des cavaliers à la file. Et, du haut de leurs tours, les Lannister n'y ont vu que du feu. » Rivers baissa la voix. « Le bruit court qu'après la bataille le roi a donné le cœur de Stafford à son loup...

— Contes à dormir debout ! s'indigna Catelyn. Mon fils n'est pas un sauvage.

— Certes, madame, certes. Et cependant, la bête ne méritait pas moins, ce n'est pas un loup ordinaire que celui-là... Le Lard-Jon passe pour avoir dit que ces loups-garous, ce sont les anciens dieux du Nord qui les ont envoyés à vos enfants. »

Le jour où les garçons avaient découvert les chiots dans la neige estivale, s'en souvenait-elle ! Cinq, il y en avait, trois mâles et deux femelles, un pour chacun des cinq enfants légitimes de la maison Stark... plus un sixième, blanc de fourrure et rouge d'yeux, pour Jon Snow, le bâtard de Ned. *Pas des loups ordinaires*, songea-t-elle. *Vraiment pas.*

Comme on dressait le camp, ce soir-là, Brienne vint la trouver sous sa tente. « Vous voici, madame, de retour saine et sauve parmi les vôtres, et à une journée du château de votre frère. Veuillez m'accorder mon congé. »

Catelyn aurait dû s'y attendre. Durant tout le voyage, la chevalière avait fait bande à part et passé le plus clair de son temps à étriller les chevaux ou leur retirer les cailloux des sabots, seconder Shadd pour la cuisine et vider le gibier, chasser aussi, et avec autant d'adresse que quiconque. À quelque tâche que vous la priiez de prêter la main, vous la trouviez docile, adroite et serviable sans récrimination ; lui adressiez-vous la parole, elle répondait poliment, mais jamais elle ne bavardait, jamais ne riait, jamais ne pleurait non plus. En somme, elle avait eu beau chevaucher chaque jour en leur compagnie, dormir chaque nuit parmi eux, elle n'était pas pour autant devenue des leurs.

Elle se comportait de même du vivant de Renly, réfléchit Catelyn. *À table comme dans la lice, et jusque sous le pavillon royal, avec ses frères de la garde Arc-en-ciel. Elle vit entourée de murs plus hauts que ceux de Winterfell.*

« Où iriez-vous si vous nous quittiez ? demanda-t-elle.

— Derrière, dit Brienne. À Accalmie.

— Seule. » Ce n'était pas une question.

Aussi placide qu'une eau dormante, le large mufle ne trahissait rien de ce qui devait agiter le tréfonds. « Oui.

— Vous voulez tuer Stannis. »

Les gros doigts calleux se crispèrent sur la garde de l'épée. L'épée de Renly, naguère. « J'en ai fait serment. Par trois fois. Vous l'avez entendu.

— Oui », reconnut Catelyn. Des effets trempés de sang dont elle avait dû se débarrasser lors de leur fuite avant d'endosser, faute d'aucun vêtement à sa taille, des frusques hétéroclites prélevées dans la garde-robe de ser Wendel, Brienne, elle le savait aussi, en avait conservé un seul – le manteau arc-en-ciel. « Tenir sa parole est un devoir, je n'en disconviens pas, mais Stannis a pour le protéger une grande armée, sans parler de ses gardes liges.

— Ses gardes ne me font pas peur. Je vaux n'importe lequel d'entre eux. Je n'aurais jamais dû m'enfuir.

— Seriez-vous embarrassée par cette misère que quelque imbécile risque de vous traiter de lâche ? » Elle soupira. « Nul ne saurait vous reprocher la mort de Renly. Lui, vous l'avez servi bravement, mais qui servez-vous, lorsque vous cherchez à le suivre dans la mort ? personne. » Désireuse d'offrir le peu de réconfort que peut procurer le simple contact, elle lui pressa la main. « Je sais combien c'est dur... »

Brienne se dégagea brutalement. « Personne ne le sait.

— Sotte ! riposta Catelyn d'un ton dur. Tous les matins, à mon réveil, je me rappelle que Ned n'est plus. Si je n'ai pas de talent de bretteur, cela signifie-t-il que je ne rêve pas de courir à Port-Réal refermer mes deux mains sur la blanche gorge de Cersei Lannister et serrer, serrer, serrer ! jusqu'à ce que son visage ait viré au noir ? »

Belle leva les yeux, sa seule et unique beauté véritable. « Si vous rêvez cela, pourquoi tenter de me retenir ? À cause de ce qu'a dit Stannis, lors de l'entrevue ? »

Serait-ce le cas ? Aux abords du camp, deux sentinelles faisaient les cent pas, lance au poing. « On m'a enseigné que les gens de bien devaient combattre le Mal, en ce monde, et la mort de Renly fut sans conteste l'œuvre du Mal. Mais on m'a également enseigné que ce sont les dieux, et non les épées des hommes, qui font les rois. Si Stannis est notre souverain légitime...

— Il ne l'est pas. Et Robert ne l'était pas davantage, Renly lui-même se plaisait à le répéter. Le roi légitime, Jaime Lannister l'a *assassiné*, après que Robert en eut terrassé l'héritier légal au Trident. Où se trouvaient les dieux, alors ? Les dieux n'ont pas plus cure des hommes que des paysans les rois.

— Un bon roi a cure.

— Lord Renly... Sa Majesté, aurait... aurait fait *le meilleur* des rois, madame, il était si bon, il...

— Il est mort, Brienne, dit Catelyn du ton le plus doux possible. Stannis et Joffrey demeurent... ainsi que mon fils.

— Il n'accepterait... vous n'accepteriez jamais de conclure la *paix* avec Stannis, n'est-ce pas ? De ployer le genou ? Vous n'accepteriez pas...

— À parler franc, Brienne, je l'ignore. Tout roi que peut être mon fils, moi, je ne suis pas reine... je ne suis qu'une mère inquiète pour ses enfants, prête à tout, coûte que coûte, pour les préserver.

— Je ne suis pas faite pour la maternité. Il me faut me battre.

— Alors, battez-vous... mais pour les vivants, pas pour les morts. Les ennemis de Renly sont aussi les ennemis de Robb. »

Les yeux à terre, Brienne barguigna : « Je ne connais pas votre fils, madame. » Elle releva la tête. « Mais vous, je pourrais vous servir. Si vous consentiez à me prendre.

— Moi ? » Elle était abasourdie. « Pourquoi moi ? »

La question parut embarrasser Brienne. « Parce que vous... – vous m'avez aidée. Dans le pavillon... Quand les autres croyaient que j'avais... – que j'avais...

— Vous étiez innocente.

— N'empêche, vous n'étiez pas tenue d'intervenir. Vous auriez pu me laisser tuer. Je ne vous étais rien. »

Peut-être n'ai-je tout simplement pas voulu porter seule le noir secret de ce qui s'est passé là-bas, songea Catelyn. « Écoutez, Brienne, j'ai pris à mon service maintes dames de haut parage au cours des années, mais jamais une qui vous ressemble. Je n'ai rien d'un chef militaire.

— Non, mais vous avez de la bravoure. Pas la bravoure militaire, peut-être, mais... je ne sais... une espèce de bravoure *féminine*. Et je pense que, l'heure venue, vous n'essaierez pas de me retenir. Promettez-moi cela. De ne pas m'interdire Stannis. »

Catelyn entendait encore Stannis promettre à Robb, tôt ou tard, son tour. L'effet d'un souffle glacé sur sa nuque. « L'heure venue, je ne vous retiendrai pas. »

Gauchement, la grande bringue s'agenouilla, dégaina l'épée de Renly, la déposa à ses pieds. « Je suis à vous, madame. Votre homme lige ou... ce qu'il vous plaira que je sois. Je serai votre bouclier, je garderai votre Conseil, je donnerai ma vie pour vous, s'il est de besoin. Je le jure par les anciens dieux et par les nouveaux.

— Et en promettant, moi, que vous aurez toujours une place auprès de mon feu, le pain et le sel à ma table, je m'engage à ne vous requérir d'aucun service susceptible d'entacher votre honneur. Je le jure par les anciens dieux et par les nouveaux. Relevez-vous. » En étreignant les mains de Brienne, elle ne put réprimer un sourire. *Combien de serments d'allégeance n'ai-je pas vu prêter à Ned... !* Témoin de la scène présente, qu'aurait-il pensé, lui ?

C'est en amont de Vivesaigues que, le lendemain soir, ils atteignirent la Ruffurque, là où celle-ci décrivait un large coude et avouait son gué par des eaux bourbeuses. Le passage était gardé par un corps mixte de lanciers et d'archers blasonnés à l'aigle Mallister. La vue des bannières de Catelyn les fit sortir de leur retranchement de pieux, et ils déléguèrent un des leurs sur la rive opposée guider la petite troupe au travers des rapides. « Faut mieux y aller mollo, madame, dit-il en saisissant la bride de sa monture. On a planté des piques de fer, si vous voyez, sous l'eau, et y a des chausse-trapes éparpillées dans ces rochers-là. Pareil à tous les gués, ordre de votre frère. »

Edmure envisage de se battre ici. Le saisissement lui noua les tripes, mais elle s'abstint de tout commentaire.

Entre Ruffurque et Culbute, ils se trouvèrent entourés par un flot de petites gens courant se réfugier à

Vivesaigues. Certains poussaient des bêtes devant eux, d'autres tiraient des charretons, mais ils s'écartèrent pour livrer passage à Catelyn aux cris enthousiastes de « Tully ! » ou de « Stark ! ». À un demi-mille du château, elle traversa un vaste bivouac au centre duquel flottait, sur le pavillon seigneurial, la bannière écarlate Nerbosc. Lucas prit alors congé pour se mettre en quête de son père, lord Tytos, et l'on poursuivit sans lui.

Sur la rive nord de la Culbute s'étalait un second camp, au-dessus duquel claquaient dans le vent des étendards familiers : almée Pyper, laboureur Darry, serpents enlacés, rouge et blanc, Paege. Tous bannerets de Père et seigneurs du Trident. Et qui avaient pour la plupart quitté Vivesaigues avant elle afin de courir défendre leurs propres terres. Ils ne pouvaient donc être de retour que sur rappel exprès d'Edmure. *Les dieux nous préservent ! Je ne rêve pas, voilà qu'il s'est mis en tête d'offrir la bataille à lord Tywin...*

Sans que la distance permît d'abord de préciser quoi, quelque chose de noir pendouillait aux murs du château. Cela, de plus près, se révéla être, pendus aux créneaux, des hommes qu'on avait largués au bout de longues cordes, la gorge prise dans un nœud coulant. Ils avaient la face noire et boursouflée. Les corbeaux s'en étaient repus, mais les manteaux rouges conservaient pas mal d'éclat sur le grès des murs.

« Ils ont pendu des Lannister... commenta l'incurable Hal Mollen.

— Joli spectacle ! s'échauffa ser Wendel Manderly.

— Nos amis ont commencé sans nous », blagua Perwyn Frey. Tous les autres se mirent à rire, hormis Brienne qui, les yeux fixés sur la rangée de corps, ne cilla pas, ne souffla mot ni ne sourit.

S'ils ont exécuté le Régicide, alors, mes filles aussi sont mortes. Catelyn lança son cheval au petit galop.

En criant : « Holà ! de la porte ! », Hal Mollen et Robin Flint la dépassèrent en trombe. Mais les gardes perchés au rempart avaient dû déchiffrer les bannières depuis un bon moment, car la herse était déjà levée.

Edmure se porta au-devant de sa sœur. À ses côtés chevauchaient trois des hommes liges de Père : le maître d'armes ser Desmond Grell, plus que jamais précédé de son ventre ; Utherydes Van, l'intendant ; et ce grand gaillard dégarni de ser Robin Ryger, capitaine des gardes. Tous trois contemporains de lord Hoster, au service duquel s'était écoulée leur existence. Des *vieux*, s'aperçut Catelyn.

Manteau rouge et bleu, poisson d'argent brodé sur sa tunique, poil hirsute, Edmure avait tout l'air de ne s'être pas rasé depuis leur séparation. « Quel soulagement de te revoir, Cat ! En apprenant la mort de Renly, nous avons eu de telles craintes pour tes propres jours... Sans parler de lord Tywin qui s'est mis en marche.

— On m'a dit cela. Comment va Père ?

— Tantôt moins mal, croirait-on, tantôt... » Il secoua la tête. « Il t'a demandée. Je ne savais que lui répondre.

— Je vais monter le voir dans un instant. Des nouvelles d'Accalmie depuis la disparition de Renly ? Ou de Pont-l'Amer ? » Les corbeaux ne pouvant vous joindre, en route, elle brûlait d'apprendre ce qui s'était passé derrière elle.

« De Pont-l'Amer, rien. D'Accalmie, trois oiseaux, message identique. Assiégé par terre et par mer, ser Cortnay Penrose offre son allégeance au roi, quel qu'il soit, qui rompra le blocus. Il se dit inquiet pour la vie du garçon. Mais de quel garçon il s'agit, tu le sais, toi ?

— D'Edric Storm, intervint Brienne. Le bâtard de Robert. »

Edmure lui décocha un coup d'œil curieux. « Stannis a promis à la garnison liberté totale et impunité, sous réserve que la place se rende dans les quinze jours et livre le garçon, mais ser Cortnay n'y consentira pas. »

Et il risque sa peau pour ce petit manant qui n'est pas même de son sang..., songea Catelyn. « Tu lui as répondu ? »

Il fit un geste de dénégation. « Pour quoi faire ? Nous ne saurions le secourir ni lui donner d'espoir. Puis Stannis n'est pas de nos ennemis. »

Ser Robin Ryger prit la parole. « Vous serait-il possible, madame, de nous dire au juste ce qui est arrivé à lord Renly ? Il court là-dessus des contes extravagants.

— On va jusqu'à prétendre que c'est toi, Cat, la meurtrière, dit Edmure. D'autres accusent une femme du Sud. » Son regard s'attarda sur Brienne.

« Mon roi fut bien assassiné, répliqua posément celle-ci, mais pas par lady Catelyn. Je le jure sur mon épée, par les dieux anciens et nouveaux.

— Brienne de Torth que voici, fille de lord Selwyn Étoile-du-soir, appartenait à la garde Arc-en-ciel, dit Catelyn. J'ai l'honneur, Brienne, de vous présenter ser Edmure Tully, mon frère, héritier de Vivesaigues. L'intendant, Utherydes Van. Ser Robin Ryger. Ser Desmond Grell.

— Mes respects », dit ce dernier, les autres en écho. Elle rougit, embarrassée par la formule, on ne peut plus banale pourtant. Drôle de dame, dut penser Edmure, mais il eut la bonne grâce de n'en rien manifester.

« Au moment du meurtre, Brienne se trouvait auprès de Renly, tout comme moi, mais nous n'y prîmes nulle part. » Mais comme aborder le chapitre de l'ombre à tous vents, là, devant tant de témoins, ne la tentait pas, elle fit un geste vers les cadavres. « Qui donc as-tu fait pendre ? »

Le regard d'Edmure se troubla. « Des gens qui accompagnaient ser Cleos lorsqu'il est revenu nous apporter la réponse de la reine à nos offres de paix. »

Elle se scandalisa : « Exécuter des *émissaires*... !

— De faux émissaires, affirma-t-il. Comme ils m'avaient remis leurs armes et promis une attitude pacifique, je leur accordai toute liberté dans le château. Trois nuits durant, ils mangèrent mon pain et burent mon vin tandis que je discutais avec ser Cleos mais, au cours de la quatrième, ils tentèrent de délivrer le Régicide. » Il pointa l'index. « Cette grande brute-là m'a tué deux gardes, rien qu'avec ses énormes pattes, tiens. Il te les a pris à la gorge et leur a fracassé le crâne l'un contre l'autre, pendant que ce maigrichon-ci, maudit soit-il, fracturait la serrure du cachot de Lannister avec un morceau de ferraille.

L'autre, au bout, là-bas, était une espèce de sacré cabotin. Il a imité ma voix pour faire ouvrir la porte de la Rivière. À s'y méprendre, jurent les gardes, Enger, Delp et Long-Lou, tous les trois. Absolument pas, si tu me demandes, mais ces couillons relevaient néanmoins la herse. »

Un coup du Lutin, subodora-t-elle ; il en émanait les mêmes relents d'astuce que précédemment aux Eyrié. Le moins dangereux des Lannister, eût-elle juré jadis, mais elle en doutait, à présent. « Comment se fait-il que tu les aies pris ?

— Eh bien... il se trouve que... – que je m'étais absenté. J'avais traversé la Culbute, eh bien, pour...

— Te taper une pute ou courir la gueuse. La suite ? »

Il était devenu du même rouge que sa barbe. « C'est seulement une heure avant l'aube que j'ai entrepris de rentrer. En apercevant ma barque et en me reconnaissant, Long-Lou s'est tout de même enfin demandé qui, d'en bas, lui beuglait des ordres, et il a jeté l'alarme.

— On a repris le Régicide, au moins ?

— Oui, mais non sans mal. Il s'était emparé d'une épée, il a tué Paul Pemgué et l'écuyer de ser Desmond, Myles, blessé Delp si grièvement que mestre Vyman désespère de le sauver, et on s'est retrouvé dans un foutu pétrin, parce qu'au raffut de l'acier des manteaux rouges ont rappliqué, armés ou pas. C'est ceux-là que tu vois pendus avec les trois précédents. Les autres, je les ai flanqués au cachot. Jaime aussi. Risquera plus de s'évader. Il est dans le noir, ce coup-ci, pieds et poings liés par des chaînes rivées au mur.

— Et Cleos Frey ?

— Il jure qu'il ignorait tout du complot. Va savoir... Il est demi-Lannister, demi-Frey et menteur intégral. Il a hérité de l'ancienne cellule du Régicide.

— Tu dis qu'il a rapporté des propositions ?

— Libre à toi d'employer ce terme. Elles ne seront pas plus à ton goût qu'au mien, je t'assure.

— Ne pouvons-nous compter sur aucune aide du sud, lady Stark ? demanda Van. Cette accusation d'inceste...

Lord Tywin n'est pas homme à souffrir sans broncher de pareils outrages. Il va vouloir laver dans le sang du dénonciateur l'opprobre qui souille sa fille, lord Stannis fera bien de se prémunir, et il n'a pas d'autre ressource que de faire cause commune avec nous. »

Stannis a fait cause commune avec des puissances autrement plus redoutables et plus ténébreuses. « Nous discuterons de ces sujets plus tard. » La vue des suppliciés lui soulevait le cœur. Elle franchit au trot le pont-levis, son frère la suivit, et ils atteignaient la courtine supérieure quand un bambin nu comme un ver se jeta dans les jambes de leurs chevaux. Catelyn tira brutalement sur les rênes pour éviter de l'écraser et demeura pantoise du remue-ménage. Le château grouillait de vilains qui s'étaient bricolé des abris de fortune contre les murs, leurs gosses vous poussaient partout sous les pieds ; vaches, moutons, cochons, volailles encombraient la cour. « Qu'est-ce que c'est que ça ?

— Mes gens, répondit Edmure. Ils avaient peur. »

Que lui, vraiment, pour bourrer de bouches inutiles un château qu'on risque d'assiéger sous peu... Elle lui savait le cœur faible et ne l'en aimait que plus tendrement, mais il avait parfois plus faible encore la cervelle, décidément...

« On peut joindre Robb ?

— Il est en campagne, madame, dit ser Esmond. Un corbeau ne le trouverait pas. »

Utherydes Van se mit à toussoter. « Avant de partir, le roi nous a laissé des instructions en prévision de votre retour, madame. Il vous prie d'aller aux Jumeaux faire plus ample connaissance avec les filles de lord Walder pour lui faciliter le choix d'une épouse, le moment venu.

— Nous te fournirons montures fraîches et provisions de bouche, ajouta son frère. Tu entends sûrement prendre un peu de repos, avant...

— J'entends rester », coupa-t-elle en mettant pied à terre. Quitter Vivesaigues et Père pour servir de pourvoyeuse à Robb était totalement exclu. *Il désire me voir en sécurité, je ne puis l'en blâmer, mais son prétexte est éculé.* « Holà ! » héla-t-elle, et un polisson d'écurie accourut prendre son cheval par la bride.

Edmure sauta de selle. Il avait beau avoir une tête de plus qu'elle, son petit frère il était et demeurerait à jamais. « Cat, dit-il d'un ton désolé, lord Tywin arrive...

— Il va dans l'ouest défendre ses domaines. Si nous fermons soigneusement nos portes et nous retranchons derrière nos murs, son passage ne sera pour nous qu'un spectacle inoffensif.

— Cette terre est Tully, répliqua-t-il. Si Tywin Lannister se figure la traverser sans dommage, il s'expose à recevoir de moi une leçon sévère. »

Comme celle que tu as administrée à son fils ? Quand on chatouillait son orgueil, il pouvait se montrer aussi borné qu'un rocher de rivière, mais, de là à avoir oublié de quelle manière il s'était fait tailler en pièces par ser Jaime lors de leur dernière rencontre, il y avait tout de même loin. « Nous avons tout à perdre et rien à gagner dans une bataille contre lord Tywin, objecta-t-elle en évitant de le froisser.

— La cour n'est pas le lieu le mieux indiqué pour discuter de mes plans de bataille.

— À ta guise. Où irons-nous ? »

Il se rembrunit au point qu'une seconde elle le crut près de la rembarrer crûment, mais il se contenta de japper : « Au bois sacré. Puisque tu y tiens absolument. »

Elle lui emboîta le pas le long de la galerie qui y menait. La colère le rendait, comme accoutumé, maussade et grincheux. Tout en déplorant de l'avoir blessé, Catelyn savait les enjeux trop cruciaux pour se soucier beaucoup de ces piqûres d'amour-propre. Une fois sous les arbres, il se retourna pour lui faire face.

« Tu n'as pas les moyens d'affronter les Lannister en rase campagne, attaqua-t-elle sans ambages.

— Mes regroupements terminés, je devrais aligner huit mille fantassins et trois mille cavaliers.

— Soit deux fois moins que lord Tywin.

— Robb a remporté ses victoires dans de bien pires conditions, riposta-t-il, et j'ai mon plan. Tu as oublié

Roose Bolton. Si lord Tywin l'a battu sur la Verfurque, il a omis de le poursuivre et, lorsqu'il s'est installé à Harrenhal, Bolton a occupé le gué aux rubis et le carrefour avec ses dix mille hommes. J'ai donné l'ordre à Helman Tallhart d'aller le rejoindre avec la garnison laissée par Robb aux Jumeaux, et...

— Mais, Edmure, Robb l'y a laissée pour *tenir* les Jumeaux et pour s'assurer que lord Walder ne nous trahisse pas... !

— Il nous est fidèle, s'obstina-t-il. Les Frey se sont bravement comportés au Bois-aux-Murmures, et le vieux ser Stevron est mort à Croixbœuf, paraît-il. » Elle l'apprenait. « Ser Ryman et Walder le Noir et les autres se trouvent dans l'ouest avec Robb, Martyn s'est révélé un chef de patrouille des plus précieux, et ser Perwyn a contribué à ton arrivée saine et sauve auprès de Renly. Bonté divine ! que te faut-il de plus ? Robb est promis à l'une des filles de lord Walder, et Roose Bolton en aurait épousé une de son côté. » Seconde nouvelle... « N'as-tu pas en outre envoyé deux des petits-fils comme pupilles à Winterfell ?

— De gage à otage, la distance est des plus ténue.

— Raison de plus pour que lord Walder n'ose nous doubler. Ses hommes sont nécessaires à Bolton, ainsi qu'à ser Helman. J'ai commandé de reprendre Harrenhal.

— Coûteuse entreprise.

— Oui, mais la chute de la place coupera la retraite à lord Tywin. Mes propres troupes lui interdiront les gués de la Ruffurque. S'il attaque sur la rivière, il y subira le sort de Rhaegar tentant de passer le Trident. S'il traîne les pieds, il se retrouvera pris entre Vivesaigues et Harrenhal et, au retour de Robb, nous pourrons lui régler définitivement son compte. »

À l'entendre parler d'un ton si péremptoire, Catelyn se surprit à déplorer que Robb eût emmené Oncle Brynden. Le Silure avait une cinquantaine de batailles à son actif, Edmure une seule, et perdue.

« Voilà mon plan, conclut-il, et il est bon, de l'avis de lord Tytos aussi bien que de lord Jonos. Et a-t-on jamais vu Nerbosc et Bracken s'accorder sur rien, je te prie, à moins d'évidence ?

— Advienne donc que pourra. » Elle se sentait subitement vannée. Peut-être avait-elle tort, après tout, de le contrecarrer. Peut-être s'agissait-il, après tout, d'un plan superbe et ne devait-elle imputer ses noirs pressentiments qu'à des frousses de bonne femme. Que ne pouvait-elle consulter Ned ou Brynden ou... « Et Père, tu lui as demandé ce qu'il en pensait ?

— Père n'est pas en état de soupeser les mérites d'une stratégie. Voilà deux jours, il projetait encore ton mariage avec Brandon Stark ! Va te rendre compte par toi-même, si tu ne me crois pas. Mon plan marchera, Cat, tu verras.

— Je l'espère, Edmure. De tout mon cœur. » Elle l'embrassa sur la joue pour le convaincre qu'elle était sincère et se rendit au chevet de son père.

Elle le trouva tel qu'elle l'avait laissé – alité, hagard, blême et fiévreux. La chambre sentait le malade, une odeur écœurante de drogues et de sueur rance. Lorsqu'elle tira les courtines, lord Hoster émit l'ombre d'un gémissement, ses yeux papillotèrent, et il la considéra comme s'il ne pouvait la reconnaître ou comprendre ce qu'elle lui voulait.

« Père. » Elle l'embrassa. « Me voici de retour. »

Il parut alors recouvrer sa lucidité. « Tu es venue... murmura-t-il tout bas, sans presque remuer les lèvres.

— Oui. Robb m'avait envoyée dans le sud, mais je me suis hâtée de revenir.

— Le sud... où ça ?... les Eyrié, c'est au sud, ma douce ? Je ne me rappelle pas... Oh, mon cœur, j'avais peur... M'as-tu pardonné, mon enfant ? » Des larmes roulaient sur ses joues.

« Je n'ai rien à vous pardonner, Père. » Elle caressa les mèches blanches, lui tâta le front. La fièvre persistait à le dévorer, malgré toutes les potions du mestre.

« C'était le mieux, chuchota-t-il. Jon est un chic type, honnête... solide et bon... prendra soin de toi... oui... et bien né, crois-moi, tu dois, je suis ton père... ton père...

tu te marieras en même temps que Cat, oui, tu diras *oui*... »

Il me prend pour Lysa, s'ébahit-elle. *Bonté divine ! il parle comme si nous n'étions encore que des jeunes filles...*

Blanches et tremblantes comme deux oiseaux effrayés, les mains de son père étreignaient les siennes. « Ce damné... godelureau... tais-toi, même pas son nom... ton devoir... Ta mère, ta mère aurait... » Un spasme le convulsa, qui lui arracha un cri de douleur. « Oh ! les dieux me pardonnent, me pardonnent, me *pardonnent* ! Mon médicament... »

Déjà survenait mestre Vyman, qui lui portait une coupe aux lèvres. Avec autant d'avidité qu'un enfant au sein, lord Hoster téta l'épaisse liqueur blanche, et Catelyn vit au fur et à mesure qu'il vidait la coupe la paix s'appesantir à nouveau sur ses traits. « Il va s'assoupir, maintenant, madame », dit le mestre, avant d'essuyer avec sa manche le plâtras blanc qu'avait laissé tout autour de la bouche le lait de pavot.

Catelyn n'en put supporter davantage. Alors que Père avait été l'énergie et la fierté mêmes, qu'il fût réduit à tant d'impuissance la bouleversait. Elle sortit sur la terrasse. En bas, dans la cour, la cohue des réfugiés portait à leur comble le vacarme et la confusion mais, au-delà des murs, les rivières déroulaient à perte de vue leurs flots purs et limpides. *Ses rivières à lui, que, bientôt, son dernier voyage lui permettra de retrouver.*

Mestre Vyman se tenait près d'elle. « Madame, dit-il doucement, je ne puis plus guère tenir la mort en échec. Nous devrions dépêcher une estafette à ser Brynden. Je ne doute pas qu'il ne souhaite se trouver là.

— Oui, s'étrangla-t-elle.

— Et lady Lysa peut-être aussi ?

— Elle ne viendra pas.

— Si vous lui écriviez en personne, il se peut...

— Je lui griffonnerai un mot, pour vous faire plaisir. » Qui pouvait bien avoir été le « damné godelureau » ? se demandait-elle. Quelque jeune écuyer, quelque obscur chevalier, selon toute probabilité... encore qu'à en juger d'après sa véhémente récusation par lord Hoster ne fût pas exclu quelque fils de marchand, quelque apprenti de bas étage, voire un chanteur. Lysa avait toujours montré un penchant outrancier pour les chanteurs. *Je ne saurais lui reprocher ses répugnances pour Jon Arryn. Noblesse à part, il avait vingt ans de plus que notre père.*

La tour qu'Edmure lui avait affectée pour résidence était celle-là même qu'elle partageait dans sa prime jeunesse avec sa sœur. La perspective de dormir à nouveau dans un lit de plumes, avec un bon feu dans l'âtre, n'était pas faite pour lui déplaire ; une fois reposée, le monde lui paraîtrait sans doute moins lugubre.

C'était compter sans Utherydes Van qui l'attendait, devant ses appartements, en compagnie de deux femmes en gris dont les voiles ne laissaient discerner que les yeux. Elle comprit instantanément de quoi il retournait. « *Ned ?* »

Les sœurs regardèrent à terre. « Ser Cleos l'a ramené de Port-Réal, madame, expliqua Van.

— Menez-moi auprès de lui », commanda-t-elle.

On l'avait déposé sur une table à tréteaux et recouvert d'une bannière, la blanche bannière au loup-garou gris de la maison Stark. « Je voudrais le voir, dit-elle.

— Il n'en reste que les os, madame.

— Je voudrais le voir », répéta-t-elle.

L'une des sœurs du Silence rabattit la bannière.

Des os, songea Catelyn. *Ceci n'est pas Ned, ceci n'est pas l'homme que j'aimais, le père de mes enfants.* Il avait les mains jointes sur la poitrine, des doigts de squelette reployés sur la garde d'une épée quelconque, mais ce n'étaient pas les doigts ni les mains de Ned, si vigoureux, si débordants de vitalité. On avait revêtu les os du surcot de Ned, c'était bien le beau velours blanc frappé du loup-garou à hauteur du cœur, mais il ne subsistait rien de la chair tiède sur laquelle tant et tant de nuits elle avait reposé sa tête, rien des bras qui l'avaient étreinte. On avait eu beau rattacher la tête au torse par un beau fil d'argent, rien ne ressemble à un crâne comme un autre crâne, et, dans ces cavités vides, elle cherchait vainement les prunelles gris sombre de son seigneur, ces prunelles qui pouvaient avoir la douceur des brumes ou la dureté de la pierre. *Ils les ont données aux corbeaux*, se souvint-elle.

Elle se détourna. « Ce n'est pas son épée.

— Ils ne nous ont pas rendu Glace, madame, dit Utherydes. Seulement les os de lord Eddard.

— J'en dois néanmoins remercier la reine, j'imagine ?

— Le Lutin, madame. Tout s'est fait à son instigation. »

Un jour, je les remercierai tous. « Je vous suis reconnaissante de vos services, sœurs, mais il me faut vous confier une nouvelle tâche. Lord Eddard était un Stark, ses os doivent reposer dans les cryptes de Winterfell. » *On y sculptera sa statue, une effigie de pierre à sa ressemblance qui trônera dans les ténèbres, un loup-garou à ses pieds et une épée en travers du giron.* « Veillez que les sœurs disposent de montures fraîches et de tout ce que nécessitera leur voyage, ordonna-t-elle à l'intendant. Hal Mollen les escortera jusqu'à Winterfell, ce rôle lui incombe, ès qualités de capitaine des gardes. » Elle reporta son regard sur les os, tout ce qui restait de son seigneur et de son amour. « À présent, laissez-moi, tous. Je désire passer cette nuit seule à seul avec Ned. »

Les femmes en gris inclinèrent la tête. *Les sœurs du Silence n'adressent pas la parole aux vivants*, se souvint-elle avec chagrin, *mais d'aucuns prétendent qu'elles savent parler aux morts.* Que n'avait-elle aussi ce privilège...

DAENERYS

Si les rideaux vous préservaient de la poussière et de la chaleur des rues, ils étaient impuissants contre vos mécomptes. Elle hissa sa lassitude dans leur refuge, avec du moins la satisfaction de se soustraire à l'océan des curiosités. « Place ! criait à la foule Jhogo du haut de son cheval, place ! et il faisait claquer son fouet, place à la Mère des Dragons ! »

Languissamment perdu dans le frais satin de ses capitons, Xaro Xhoan Daxos versa d'une main sûre et ferme, en dépit des oscillations du palanquin, un vin de rubis dans deux gobelets identiques de jade et d'or. « Quelle profonde tristesse vois-je empreinte sur votre visage, ô flambeau d'amour ! » Il lui tendit un gobelet. « Serait-ce la tristesse d'un rêve envolé ?

— Différé, sans plus. » Son carcan d'argent lui échauffait la gorge. Elle le dégrafa, le jeta de côté. L'améthyste enchantée sertie dans le métal suffirait à la garantir, jurait Xaro, contre tout poison. Or, s'ils étaient réputés offrir aux gens qu'ils jugeaient dangereux du vin empoisonné, les Impollus n'avaient pas seulement daigné lui donner un verre d'eau. *Pas une seconde ils ne m'ont considérée comme une reine*, songea-t-elle avec amertume. *Le joujou d'un après-midi, voilà tout. Un bouchon d'amazone avec un étrange toutou.*

Comme elle allait s'emparer du vin, Rhaegal siffla, et ses noires griffes labourèrent son épaule nue. Avec une grimace, elle le déplaça vers son autre épaule où il n'agripperait que du tissu. Prévenue par Xaro qu'ils refuseraient d'entendre une Dothraki, elle avait adopté pour se présenter devant eux les usages vestimentaires en vigueur à Qarth : lamés verts flottants lui laissant à découvert un sein, ceinture de perles noires et blanches, sandales d'argent. *Pour ce que j'ai obtenu d'eux, j'aurais aussi bien pu ne rien mettre du tout. J'aurais dû, peut-être.* Elle but goulûment.

Purs descendants des anciens rois et reines de Qarth, les Impollus commandaient la garde civique et la flotte de galères ouvragées qui gouvernaient le pertuis des mers. C'était cette flotte et ces troupes qu'au moins en partie convoitait Daenerys Targaryen. Aussi n'avait-elle renâclé ni au sacrifice traditionnel dans le temple de la Mémoire, ni à verser le pot-de-vin traditionnel au gardien du Rôle, ni à envoyer la plaquemine traditionnelle à l'huissier de la Porte pour s'assurer de recevoir enfin les non moins traditionnelles babouches de soie bleue qui vous signifiaient votre audience dans la salle aux Mille Trônes.

Les Impollus ouïrent ses suppliques du haut des cathèdres ancestrales. Étagées en hémicycle depuis le dallage de marbre jusqu'à la coupole où des fresques retraçaient la gloire évanouie de Qarth, celles-ci ressemblaient à d'immenses conques de bois, toutes ciselées de motifs fantastiques, toutes brillamment dorées et marquetées d'ambre, d'onyx, de lapis et de jade, mais chacune se distinguant des autres par son décor et briguant la palme du fabuleux. Quant à leurs occupants, ils affichaient tant d'absence, un tel dégoût du monde qu'on pouvait aussi bien les croire endormis. *Ils écoutaient, mais sans entendre ou s'en soucier*, pensa-t-elle. *Des Sang-de-Lait, véritablement. Ils n'ont jamais eu l'intention de m'aider. Ils n'étaient là que par curiosité. Ils n'étaient là que par ennui, et le dragon sur mon épaule les intéressait plus que moi.*

« Confiez-moi les paroles des Impollus, la pressa Xaro Xhoan Daxos. Confiez-moi ce qu'ils ont pu dire pour contrister la reine de mon cœur.

— Ils ont dit non. » Dans le vin chantait la saveur des grenades et des chaudes journées d'été. « Ils l'ont enveloppé de formules exquises, il est vrai, mais derrière les mots suaves retentissait toujours non.

— Les avez-vous flagornés ?

— Sans vergogne.

— Avez-vous pleuré ?

— Le sang du dragon ne pleure pas », répliqua-t-elle avec humeur.

Il soupira. « Vous auriez dû pleurer. » Les Qarthiens avaient la larme d'autant plus fréquente et facile qu'elle estampillait à leurs yeux l'homme civilisé. « Et ceux que nous avions achetés, qu'ont-ils dit ?

— Mathos rien. Wendello a vanté mon éloquence. Et, après m'avoir déboutée comme tous ses pairs, le Délicat s'est répandu en pleurs.

— Las, las, quelle perfidie de sa part. » Sans faire lui-même partie des Impollus, Xaro lui avait indiqué qui d'entre eux corrompre et à quel prix. « Pleurez, pleurez sur la déloyauté des hommes. »

Elle eût plus volontiers pleuré son or. Les sommes glissées à Mathos Mallarawan, Wendello Qar Deeth et Egon Emeros le Délicat lui auraient permis d'acheter un navire ou d'engager une bonne vingtaine de spadassins. « Et si j'envoyais ser Jorah exiger que me soient rendus mes présents ? suggéra-t-elle.

— Et si quelque Navré s'introduisait dans mon palais, une de ces nuits, pour vous tuer durant votre sommeil ? » riposta Xaro. Membres d'une vénérable guilde d'assassins sacrés, les Navrés s'étaient valu ce nom par leur habitude de chuchoter : « Tellement navré... », à leurs victimes avant de les trucider. La politesse était la première vertu des Qarthiens. « On dit de manière fort pertinente qu'il est plus aisé de traire la vache en pierre de Faros que de soutirer de l'or aux Impollus. »

Si elle ignorait où se trouvait Faros, les vaches en pierre, à Qarth, lui semblaient pulluler. Trois factions rivales divisaient les princes marchands, prodigieusement enrichis dans le négoce d'une mer à l'autre : la guilde des Épiciers, la Fraternité tourmaline et les Treize, auxquels appartenait Xaro. Chacune n'aspirait qu'à dominer les autres, et des luttes incessantes les opposaient toutes trois aux Impollus. Le tout couvé de l'œil par les conjurateurs aux pouvoirs effroyables et aux lèvres bleues qui, pour ne se montrer guère, n'en étaient que davantage redoutés.

Sans Xaro, elle ne s'y serait jamais retrouvée. L'or et les trésors de rouerie qu'elle avait prodigués pour s'ouvrir les portes de la salle aux Mille Trônes, elle les devait essentiellement à l'astuce et la générosité du marchand. Plus s'était répandue dans l'est la rumeur de dragons en vie, plus avaient afflué de gens désireux d'en contrôler la véracité, et plus Xaro Xhoan Daxos avait déployé d'ingéniosité pour que tous, du plus gras nabab au dernier des humbles, offre quelque obole à la mère des phénomènes.

Grâce à lui, le goutte-à-goutte initial s'était tôt fait bruine, la bruine pluie et la pluie déluge. Avec les capitaines de cargos se déversaient aux pieds de Daenerys dentelles de Myr et safran de Yi Ti, ambre et verredragon d'Asshai, sacs d'espèces avec les négociants, bagues et chaînes avec les orfèvres. À son intention sonnaient les sonneurs, tambourinaient les tambourineurs, jonglaient les jongleurs, et les teinturiers la drapaient de teintes dont elle n'avait jusqu'alors pas seulement soupçonné l'existence. Deux indigènes de Jogos Nhai lui firent présent d'un fringant zéquion à zébrures noires et blanches. En sa faveur, une veuve se sépara de la momie conjugale, argentée à la feuille, genre de dépouille auquel s'attribuaient des pouvoirs insignes, en particulier lorsque – et c'était le cas – le défunt s'était mêlé de sorcellerie. Et force lui fut d'accepter de la Fraternité tourmaline un diadème en forme de dragon tricéphale annelé d'or jaune, ailé d'argent et cheffé de jade, d'ivoire et d'onyx ciselés.

Afin d'amasser les fortunes qui venaient de s'évaporer au seul profit des Impollus, tout avait été liquidé, tout, hormis le diadème car, malgré les serments de Xaro : « Les Treize vous en offriront un d'une incomparable magnificence », elle refusa de s'en dessaisir. « Pour avoir vendu la couronne de notre mère, Viserys s'est vu traiter de mendigot. Je conserverai celle-ci pour être traitée en reine. » Et ainsi fit-elle, en dépit des torticolis que lui infligeait le poids du joyau.

Toute couronnée que je suis, mendigote je demeure encore, se dit-elle. *La plus somptueuse au monde des mendigotes, et mendigote néanmoins.* Une impression détestable. Qu'avait dû éprouver son frère, lui aussi. *Toutes ces années à courir de ville en ville, talonnés par les sbires de l'Usurpateur, à quémander l'appui d'archontes, de princes et de mercantis, payer en flagorneries notre pain quotidien. Il n'a pu ignorer de quels quolibets il était la cible. Rien d'étonnant qu'il fût devenu tellement irascible et amer.* Avec, pour conséquence ultime, la démence. *J'y succomberai à mon tour si je m'abandonne.* Quelque chose en elle n'aspirait qu'à reconduire son peuple à Vaes Tolorro pour faire refleurir la cité défunte. *Non, ce serait m'avouer battue. J'ai un atout que ne posséda jamais Viserys. Les dragons. Les dragons font toute la différence.*

Elle caressa Rhaegal. Les dents du dragon vert se refermèrent sur sa main et la mordillèrent ardemment. Tout autour murmurait, palpitait, bouillonnait l'immense cité dont les voix innombrables se fondaient en une espèce de rumeur semblable aux flux et reflux de la mer. « Place, Sang-de-Lait ! place à la Mère des Dragons ! » criait toujours Jhogo, et la foule des Qarthiens s'ouvrait à sa voix – si ce n'était plutôt aux bœufs du palanquin. Les ondulations des rideaux permettaient par intermittence à Daenerys de l'entr'apercevoir sur son étalon gris, cinglant de-ci de-là l'une des bêtes de l'attelage avec le fouet à manche d'argent qu'elle lui avait donné. Aggo chevauchait de l'autre côté, et Rakharo fermait la marche, l'œil à l'affût du moindre signe d'hostilité parmi la houle des visages. Quant à ser Jorah, qui n'avait cessé de dénoncer la stupidité de l'expédition, il était, ce jour-là, préposé à la garde des autres dragons. *Il se défie de tout un chacun*, songea-t-elle, *et à juste titre, peut-être.*

Comme elle levait à nouveau son gobelet pour boire, Rhaegal flaira le vin et se rejeta en arrière avec un sifflement. « Votre dragon a le nez fin. » Xaro s'essuya les lèvres. « Ce vin-ci n'est qu'une piquette. On prétend qu'au-delà de la mer de Jade se concocte un cru doré d'une saveur telle qu'il suffit d'y tremper les lèvres pour décréter tout autre du vinaigre. Si nous prenions mon bateau de plaisance et allions en quérir, vous et moi ?

— Le meilleur vin du monde est produit à La Treille », énonça Daenerys, toute à ses souvenirs. Partisan de son père contre l'Usurpateur, lord Redwyne s'était montré l'un des rares fidèles indéfectibles jusqu'au bout. *Se battra-t-il aussi pour moi ?* « Accompagnez-moi là-bas, Xaro, vous y dégusterez les meilleurs crus de votre vie. Seulement, c'est un navire de guerre que nécessitera cette course, et non un bateau de plaisance.

— Je n'ai pas de navires de guerre. La guerre est calamiteuse pour le commerce. Combien de fois ne vous l'ai-je dit, Xaro Xhoan Daxos est un homme de paix. »

Xaro Xhoan Daxos est un homme d'argent, rectifia-t-elle, *et l'argent m'achètera tous les navires et les épées dont j'ai besoin.* « Je ne vous demande pas de prendre l'épée, mais simplement de me prêter vos bâtiments. »

Il eut un sourire modeste. « Des bâtiments marchands, j'en ai bien quelques-uns, c'est un fait. Mais combien, difficile à dire. L'un coule peut-être en ce moment même, dans quelque parage orageux de la mer d'Été. Il en tombera un autre, demain, aux mains des corsaires. Et qui sait si l'un de mes capitaines, le jour suivant, ne contemplera point les richesses dont il est le dépositaire en se disant : *Tout cela devrait m'appartenir* ? Tels sont les aléas du négoce... Tandis que nous devisons, voyez-vous, s'amenuise vraisemblablement ma chétive flotte, et je m'appauvris d'instant en instant.

— Donnez-moi des navires, et je vous enrichirai de nouveau.

— Épousez-moi, brillant flambeau, et gouvernez le bateau de mon cœur. La seule pensée de votre beauté m'empêche de dormir, la nuit. »

Elle sourit. Ces bouquets de déclarations passionnées l'amusaient, mais le comportement de Xaro suffisait à les démentir. Alors qu'en l'aidant à monter dans le palanquin ser Jorah n'avait pu s'empêcher de dévorer des yeux son sein dénudé, ce même sein, Xaro daignait à peine le remarquer, malgré l'exiguïté du véhicule et l'intimité qu'elle favorisait. Puis comment se méprendre sur la nuée de beaux garçons qui, fanfreluchés de soieries, voletaient de par le palais tout autour du prince marchand ? « Vous avez beau parler de miel, Xaro, ce que j'entends sous vos galanteries est un autre *non*.

— Ce monstrueux trône de Fer dont vous m'entretenez me glace et me blesse. L'idée de ses barbelures acérées entamant votre peau si douce m'est intolérable. » Ses bijoux de nez lui donnaient l'aspect d'un étrange oiseau scintillant. Ses longs doigts élégants papillonnèrent une fin de non-recevoir. « Qu'ici se trouve votre royaume, reine des reines enchanteresses, et souffrez-moi pour votre roi, vous aurez un trône d'or, si vous le désirez. Blasez-vous de Qarth, et nous partirons pour Yi Ti chercher la cité rêveuse des poètes et siroter le vin de sagesse dans un crâne humain.

— Je veux cingler vers Westeros et lamper le vin de vengeance dans le crâne de l'Usurpateur. » Elle grattouilla Rhaegal sous un œil et, déployant un moment ses ailes de jade, il brassa l'air immobile du palanquin.

Un chef-d'œuvre de larme roula le long de la joue de Xaro Xhoan Daxos. « Rien ne vous détournera-t-il jamais de cette folie ?

— Rien, affirma-t-elle avec une conviction purement verbale, hélas. Si chacun des Treize acceptait de me prêter dix navires...

— ... cela vous en ferait cent trente et pas un homme d'équipage. À Qarth, la justice de votre cause ne signifie rien pour les gens du commun. Pourquoi mes matelots se soucieraient-ils d'un royaume aux confins du monde, de son trône et de qui peut bien l'occuper ?

— Je les paierai pour s'en soucier.

— Avec quel argent, gracieuse étoile de mon firmament ?

— Avec celui qu'apportent les visiteurs.

— Certes, convint-il, mais les sympathies au long cours, c'est exorbitant... Il vous faudra verser des soldes infiniment supérieures à celles que je consens, et tout Qarth se moque déjà de mon extravagante prodigalité.

— Si j'essuie un refus des Treize, peut-être serais-je mieux accueillie par la guilde des Épiciers ou par la Fraternité tourmaline ? »

Il haussa des épaules alanguies. « Elles vous repaîtront de fariboles et de flatteries. Les Épiciers sont un ramassis d'hypocrites et de fanfarons, et la Fraternité n'est qu'un repaire de pirates.

— Il me faut donc écouter Pyat Pree et m'adresser aux mages. »

Xaro retrouva brusquement son séant. « Pyat Pree a les lèvres bleues, et le dicton dit vrai, qui dit : "Lèvres bleues, mensonges". Croyez-en l'expérience de qui vous adore, nourris de poussière et abreuvés d'ombres, ce sont créatures de fiel que les conjurateurs. Vous n'en recevrez rien. Ils n'ont rien à donner.

— Je n'en serais pas réduite à solliciter la sorcellerie si mon ami Xaro Xhoan Daxos m'accordait ce que je demande.

— Je vous ai offert ma demeure et mon cœur, n'est-ce rien, à vos yeux ? Je vous ai offert parfums et grenades, singes acrobates et serpents cracheurs et grimoires de la Valyria disparue, je vous ai offert la tête d'une idole et le pied d'un python. Je vous ai offert ce palanquin d'ébène et d'or, et je vous ai offert pour le porter deux bœufs nés pour s'harmoniser, l'un d'une blancheur d'ivoire et l'autre aussi noir que jais, les cornes incrustées de gemmes.

— En effet, dit-elle, mais c'est de navires et de soldats que j'avais envie.

— Ne vous ai-je pas offert une armée, femme féerique ? Mille chevaliers, vêtus d'armures rutilantes... »

Si. Celles-ci d'or et d'argent, ceux-là de béryl, d'onyx, de jade et de tourmaline, d'améthyste, d'opale et d'ambre, et pas plus hauts que son petit doigt. « Mille adorables chevaliers, dit-elle, mais pas de ceux dont mes ennemis frémiraient. Quant à mes bœufs, ils ne sauraient me faire traverser les flots, je... – mais pourquoi nous arrêtons-nous ? » L'attelage marquait sensiblement le pas.

« *Khaleesi !* » L'appel d'Aggo traversa les rideaux, le palanquin s'immobilisa sur une embardée. Se laissant rouler sur un coude, elle se pencha au-dehors. On se trouvait vers la lisière du bazar, mais un mur de dos bloquait la sortie. « Que regardent ces gens ? »

Jhogo rebroussa chemin. « Un pyrologue, *Khaleesi*.

— Je veux voir.

— Il vous suffit de le souhaiter. » Il lui tendit la main et, sitôt qu'elle l'eut saisie, l'enleva sur son cheval et la déposa devant lui. De là, elle dominait les têtes des badauds. Évoquée par le pyrologue flottait au-dessus du sol et quasiment jusqu'au treillage de la voûte une immense échelle, une échelle de flammes orange qui crépitaient en virevoltant.

La plupart des spectateurs n'étaient pas des citadins, remarqua-t-elle : il y avait là des matelots en goguette et des caravaniers, des nomades rougis par la poussière du désert, des soldats vagabonds, des trafiquants d'esclaves, des artisans. Jhogo lui glissa un bras autour de la taille et souffla : « Les Sang-de-Lait se méfient de lui. Voyez-vous la fille au chapeau de feutre, *Khaleesi* ? là, derrière ce poussah de prêtre ? C'est une...

— ... coupeuse de bourse », acheva-t-elle. Elle n'était pas de ces dames trop cajolées pour apercevoir le réel sordide. Ses longues années d'errance dans les cités libres l'avaient pleinement édifiée sur les usages de la rue.

Avec force gesticulations, force ronds de bras, ronds de jambes, le magicien conviait les flammes à s'élever de plus en plus et, tandis que les badauds se démanchaient le col, la crapule se faufilait dans la presse et soulageait d'une main les goussets dont l'autre, armée d'un menu stylet, tranchait les cordons.

Lorsque son échelle ardente eut atteint quelque quarante pieds de haut, il se mit à grimper main sur main, preste comme un singe, et comme, derrière lui, chaque échelon se résolvait en menue volute argentée de fumée, la fin de son escalade acheva d'évaporer l'échelle... ainsi que lui-même.

« Beau numéro, commenta Jhogo, épaté.

— Numéro, non », protesta une voix de femme en langue vernaculaire.

Quaithe. Que Daenerys n'avait pas repérée dans la cohue, mais qui se tenait là, l'œil étincelant derrière l'effroyable masque de laque rouge. « Que voulez-vous dire, madame ?

— Voilà six mois, cet homme était à peine capable d'éveiller le feu du verredragon. Quelques petits tours de passe-passe à base de poudres et de feu grégeois lui suffisaient pour ébaubir les gobeurs et permettre à ses tire-laine de les délester. Il pouvait marcher sur la braise et faire éclore en l'air des roses enflammées, mais l'ambition de gravir l'échelle ardente lui était aussi accessible qu'à un vulgaire pêcheur l'espoir de prendre une sirène dans ses filets. »

Daenerys se sentit troublée. Là où s'était dressée l'échelle ne subsistait même plus de fumée. Les gens se dispersaient pour retourner à leurs occupations. Nombre d'entre eux n'allaient pas tarder à se rendre compte de leur infortune. « Et maintenant ?

— Et maintenant, ses pouvoirs s'accroissent, *Khaleesi*. Grâce à vous.

— À moi ? » Elle éclata de rire. « Par quel miracle ? »

La femme se rapprocha et lui posa deux doigts sur le poignet. « Êtes-vous, oui ou non, la Mère des Dragons ?

— Elle l'est, et le frai des ombres n'a pas le droit de la toucher. » Du manche de son fouet, Jhogo repoussa la main de Quaithe.

Celle-ci recula d'un pas. « Quittez au plus tôt cette ville, Daenerys Targaryen, ou pour jamais l'on vous interdira de la quitter. »

Son poignet fourmillant encore du contact, Daenerys demanda : « Et où devrais-je aller, selon vous ?

— Pour vous rendre au nord, partez vers le sud. Pour gagner l'ouest, cheminez à l'est. Pour aller de l'avant, retournez en arrière et, pour atteindre la lumière, passez sous l'ombre. »

Asshai, songea Daenerys, *c'est sur Asshai qu'elle me dirige.* « Les gens d'Asshai me donneront-ils une armée ? questionna-t-elle. Trouverai-je de l'or à Asshai ? Y trouverai-je des bateaux ? Que trouverai-je à Asshai que je ne puisse trouver à Qarth ?

— La vérité », dit la femme au masque avant de s'incliner puis de se fondre dans la foule.

Un reniflement dédaigneux souleva les noires bacchantes de Rakharo. « Mieux vaut avaler des scorpions, *Khaleesi*, que se fier à du frai d'ombres qui n'ose montrer son visage au soleil. C'est connu.

— C'est connu », approuva Aggo.

Xaro Xhoan Daxos avait suivi toute la scène sans s'extraire de ses coussins. Après que Daenerys eut repris place à son côté, toutefois, il lâcha : « Vos barbares sont plus avisés qu'ils ne savent. Le genre de vérités qu'amassent les gens d'Asshai n'est pas de nature à vous rendre le sourire. » Puis, après l'avoir pressée d'accepter une nouvelle coupe de vin, il l'entretint tout du long d'amour, de désir et autres fadaises jusqu'à leur retour au palais.

Rendue à la paix de ses appartements, Daenerys dépouilla ses atours pour enfiler une robe flottante de soie violette. Comme ses dragons avaient faim, elle découpa un serpent en rondelles qu'elle mit à griller sur un brasero. *Comme ils grandissent*, s'ébahit-elle, tandis qu'ils happaient en se chamaillant les morceaux de viande noircie. *Ils doivent peser deux fois plus qu'à Vaes Tolorro.* Mais des années s'écouleraient encore avant qu'ils ne fussent assez gros pour entrer en guerre. *Et il faudra aussi les entraîner, sans quoi ils transformeront mon royaume en désert.* Or, le sang targaryen pouvait bien couler dans ses veines, elle ignorait jusqu'aux rudiments de l'entraînement d'un dragon.

Le soleil déclinait quand ser Jorah vint la rejoindre. « Les Impollus vous ont éconduite ?

— Conformément à vos prédictions. Venez, prenez place et conseillez-moi. » Elle l'attira sur les coussins, près d'elle, et Jhiqui leur apporta un bol d'olives mauves et d'oignons marinés dans le vin.

« Nul ne vous aidera, dans cette cité, *Khaleesi*, dit-il en prenant un oignon entre le pouce et l'index. Chaque jour qui passe en renforce ma conviction. Les Impollus ne voient pas plus loin que les remparts de Qarth, et Xaro...

— Il m'a de nouveau priée de l'épouser.

— Certes, et je sais pourquoi. » Lorsqu'il se renfrognait, ses gros sourcils rejoints barraient d'un fourré noir le gouffre des orbites.

« Il rêve de moi nuit et jour ! s'esclaffa-t-elle.

— Sauf votre respect, ma reine, c'est de vos dragons qu'il rêve.

— Il m'assure qu'après le mariage, à Qarth, l'homme et la femme demeurent respectivement seuls maîtres l'un et l'autre de leurs biens propres. Les dragons sont à moi. » Le manège de Drogon, qui s'approchait par petits bonds en fouettant des ailes le sol de marbre afin de se lover contre elle sur le coussin, la fit sourire.

« Il ne dit jusque-là que la vérité, mais il omet de mentionner un petit détail. Il se pratique à Qarth, ma reine, une coutume curieuse, le jour des noces. La femme a le droit d'exiger du mari un gage d'amour. Quoi qu'elle désire des biens matériels qu'il possède, il est tenu d'exaucer son vœu. À charge de réciprocité. On ne peut demander qu'une seule chose, mais cette chose-là ne saurait être refusée.

— Une seule chose, répéta-t-elle, et qui ne saurait être refusée ?

— Avec un seul dragon, Xaro Xhoan Daxos deviendrait le maître absolu de la ville, alors qu'un seul navire avancerait fort peu nos affaires. »

Elle grignota un oignon, tout en méditant sombrement sur la déloyauté humaine. « En revenant de la salle des Mille Trônes, dit-elle enfin, nous traversions le bazar quand j'ai croisé Quaithe. » Elle lui conta l'épisode du pyrologue et de l'échelle ardente puis lui rapporta les propos de la femme au masque.

« À parler franc, je quitterais volontiers cette ville, opina-t-il. Mais pas pour Asshai.

— Pour où, alors ?

— L'est.

— Ici, je suis déjà à cent mille lieues de mon royaume. Si je m'enfonce plus avant vers l'est, retrouverai-je jamais la route de Westeros ?

— Dirigez-vous vers l'ouest, vous risquez votre vie.

— La maison Targaryen a des amis dans les cités libres, lui rappela-t-elle. Des amis plus sûrs que Xaro ou les Impollus.

— Plus sûrs, j'en doute, si vous voulez dire Illyrio Mopatis. Qu'on lui offrît suffisamment d'or de votre personne, et il vous vendrait sans plus d'embarras que la dernière des esclaves.

— Mon frère et moi fûmes ses hôtes six mois durant. Il lui était facile alors de nous vendre, s'il l'avait voulu.

— Il vous a vendue, vous, riposta ser Jorah. À Khal Drogo. »

Elle s'empourpra. Il avait raison, mais ce ton acerbe la révulsait. « Illyrio nous a préservés des sbires de l'Usurpateur, et il adhérait à la cause de Viserys.

— Illyrio n'adhère qu'à la cause d'Illyrio. Une loi de nature veut que les gloutons soient voraces et les patrices tortueux. Illyrio Mopatis est les deux. Que savez-vous de lui, au juste ?

— Je sais qu'il m'a donné mes œufs de dragon. »

Il renifla. « S'il les avait sus susceptibles d'éclore, il les aurait couvés lui-même. »

La réplique la fit sourire à son corps défendant. « Oh, j'en suis la première persuadée, ser ! Je le connais mieux que vous n'imaginez. J'avais beau n'être qu'une enfant, quand j'ai quitté son hôtel de Pentos pour épouser le soleil étoilé de ma vie, je n'étais cependant ni sourde ni aveugle. Et je ne suis plus une enfant.

— Illyrio serait-il l'ami que vous vous figurez, s'opiniâtra le chevalier, ses seuls moyens ne lui permettraient pas plus de vous couronner aujourd'hui, vous, qu'hier Viserys.

— Il est riche, objecta-t-elle. Moins riche que Xaro, peut-être, mais assez riche pour fréter les navires et solder les hommes qui me font défaut.

— Les mercenaires ont leur utilité, convint-il, mais vous ne conquerrez jamais le trône de votre père avec les raclures des cités libres. Rien ne ressoude si promptement un royaume en pièces que la profanation de son sol par des envahisseurs.

— Mais je suis sa reine légitime ! s'insurgea-t-elle.

— Vous êtes une étrangère qui se propose de débarquer sur ses rivages avec une armée d'allogènes même pas capables de parler l'idiome commun. Outre qu'ils ne vous connaissent pas, les seigneurs de Westeros ont tout lieu de vous craindre et de se défier de vous. Avant de mettre à la voile, vous devez vous les concilier. Au moins quelques-uns.

— Et le moyen d'y parvenir, si je pars vers l'est comme vous le préconisez ? »

Il croqua une olive et en cracha le noyau dans sa paume. « Je l'ignore, Votre Grâce, avoua-t-il, mais je sais pertinemment que plus vous séjournez en un lieu, plus il est aisé à vos ennemis de vous y atteindre. Le seul nom *Targaryen* persiste à les terrifier. À telle enseigne qu'en apprenant votre grossesse ils n'ont rien eu de plus pressé que de vous dépêcher un assassin. À quoi se résoudront-ils, je vous prie, lorsqu'ils auront vent que vous possédez des dragons ? »

Aussi brûlant qu'une pierre baignée tout le jour par un soleil de feu, Drogon s'était pelotonné sous son bras. Rhaegal et Viserion se disputaient un bout de viande en sifflant et se souffletant l'un l'autre des ailes, narines nimbées de fumée. *Mes furieux d'enfants*, songea-t-elle. *Il ne doit pas leur arriver malheur.* « Ce n'est pas sans motif que la comète m'a conduite à Qarth. J'avais espéré y trouver mon armée, mais il semble qu'il n'en sera rien. Qu'en escompter d'autre, alors ? » *J'ai peur*, comprit-elle, *mais il me faut me montrer brave.* « Nous irons dès demain trouver Pyat Pree. »

TYRION

Jamais une larme, en dépit de son jeune âge. Une princesse née que Myrcella Baratheon. *Et une Lannister, nonobstant son nom*, se rappela Tyrion. *Le sang de Jaime autant que de Cersei.*

Un léger tremblement troublait, certes, son sourire pendant qu'elle recevait les adieux de ses frères sur le pont du *Véloce*, mais elle n'en prononçait pas moins les paroles séantes, et avec une vaillance qui le disputait à la dignité. Tant et si bien qu'au moment de la séparation c'est Tommen qui sanglotait, elle qui le réconfortait.

Tyrion assistait à la scène du haut du *Roi Robert*, énorme galère de quatre cents rameurs qui, surnommée par son équipage *La Massue de Rob*, allait être le navire amiral de l'escorte, laquelle comportait en outre *Le Lion*, *Le Fougueux* et la *Lady Lyanna*.

Amoindrir si grièvement la flotte, quand tant de bâtiments déjà s'étaient empressés de rallier lord Stannis à Peyredragon, ne satisfaisait guère Tyrion, mais Cersei s'était montrée intransigeante à cet égard. Peut-être à juste titre. Que la petite fût capturée avant d'atteindre Lancehélion, et l'alliance avec Dorne s'effondrerait. Doran Martell s'était jusqu'à présent contenté de convoquer son ban. Et s'il avait promis, sitôt Myrcella en sécurité à Braavos, de porter ses forces sur les cols et d'amener par cette menace certains des seigneurs des Marches à reconsidérer leurs engagements et Stannis à réfléchir sur l'opportunité de foncer vers le nord, il ne s'agirait là, de toute manière, que d'une simulation. Car il entendait bien se tenir à l'écart des hostilités, sauf agression caractérisée contre ses domaines – sottise que Stannis se garderait sûrement de commettre. *Stannis, oui, mais tel ou tel de ses bannerets ?* se demanda soudain Tyrion. *Une question que je devrais creuser...*

Il s'éclaircit la gorge. « Vous connaissez vos ordres, capitaine.

— Oui, messire. Nous devons suivre la côte coûte que coûte sans jamais la perdre de vue ni nous laisser apercevoir de Peyredragon jusqu'à la pointe de Clacquepince et, de là, cingler droit sur Braavos, de l'autre côté du détroit.

— Et si vous tombez néanmoins sur nos ennemis ?

— Les distancer ou les détruire s'ils n'ont qu'un bateau. S'ils en ont davantage, notre *Fougueux* collera au *Véloce* pour le protéger pendant que le reste de l'escorte livrera bataille. »

Tyrion acquiesça d'un hochement. Dans le pire des cas, le léger *Véloce* devait être capable de semer ses poursuivants. Vu ses dimensions modestes et l'importance de sa voilure, il était plus rapide qu'aucun vaisseau de guerre en lice, s'il fallait du moins en croire son commandant. Une fois à Braavos, Myrcella ne risquerait apparemment plus rien. Non content de lui donner ser Arys du Rouvre pour bouclier lige, son oncle avait chargé les Braavi de la mener eux-mêmes ensuite à Lancehélion. Lord Stannis en personne balancerait à s'attirer l'ire de la plus puissante des cités libres. Évidemment, le trajet par Braavos n'était pas le plus court pour aller de Port-Réal à Dorne, mais il *garantissait* un maximum de sécurité. L'espoir, enfin, d'un maximum de sécurité...

Si Stannis avait vent de cette expédition, il ne saurait choisir moment plus propice pour lâcher sa flotte contre nous. Un regard en arrière vers l'embouchure de la Néra le rassura : vierge de toutes voiles était le vaste horizon vert. Aux dernières nouvelles, la flotte Baratheon mouillait toujours au large d'Accalmie que ser Cortnay Penrose s'obstinait à défendre au nom de feu Renly. Les tours à treuil de Tyrion en avaient profité pour atteindre entre-temps les trois quarts de leur hauteur définitive. Les ouvriers qui y hissaient en ce moment même d'énormes blocs de pierre supplémentaires devaient le maudire de les forcer à travailler tout au long de ces jours fériés. *Va pour leurs malédictions... Une autre quinzaine, Stannis, voilà tout ce que je demande. Une autre quinzaine, et nous serons parés.*

Il regarda sa nièce s'agenouiller pour recevoir la bénédiction du Grand Septon. Frappée par les rayons du soleil, la couronne de cristal que portait celui-ci nimbait d'irisations le visage levé de l'enfant. Le tapage qui montait des berges rendait les prières inaudibles. Il fallait espérer que les dieux aient l'ouïe plus fine. Avec son embonpoint monumental, l'officiant se montrait encore plus inlassablement pompeux et venteux que Pycelle en personne. *Assez, vieillard*, s'exaspéra Tyrion, *mets le point final. Les dieux ont mieux à faire, et moi aussi, que de t'écouter.*

Lorsqu'eurent enfin cessé bredouillements et marmonnements, Tyrion prit congé du capitaine du *Roi Robert*. « Amenez saine et sauve ma nièce à Braavos, et vous serez fait chevalier à votre retour », promit-il.

Comme il entreprenait de redescendre à quai, d'un pas de canard qu'aggravaient à l'envi la roideur de la passerelle et l'espiègle roulis de la galère, l'inimitié des regards posés sur lui le heurta. *Les ravirait, de rigoler, je gage...* Nul n'osait que sous cape, mais il perçut de sourds murmures parmi les craquements du bois, le crissement des câbles et la ruée du courant contre les pilotis. *Non, ils ne m'aiment pas. Bah, rien d'étonnant. Je suis aussi bien nourri que mal bâti, et ils meurent de faim.*

Précédé de Bronn, qui lui frayait passage au sein de la foule, il rejoignit sœur et neveux. Cersei l'ignora, plutôt que de distraire un seul des sourires qu'elle prodiguait au joli cousin. Il se fit, pour contempler Lancel, des prunelles aussi vertes que les émeraudes dont elle avait cerné sa gorge de neige et s'offrit un fin sourire intérieur. *Je connais ton secret, ma chère.* Elle était devenue depuis peu des plus assidue auprès du Grand Septon – à seule fin, n'est-ce pas, frérot ? de se concilier la faveur des dieux pour la lutte imminente contre Stannis... En vérité, ses oraisons ne la retenaient guère dans le grand septuaire de Baelor. Aussitôt accoutrée d'une pèlerine brune, elle filait rejoindre certain chevalier interlope au nom improbable de ser Osmund Potaunoir et ses non moins ragoûtants de frères Osfryd et Osney. Elle comptait, par le truchement de ces trois marmiteux (Lancel avait craché le morceau), recruter sa propre compagnie de reîtres.

Eh bien, ces petits complots, libre à elle de s'y amuser. Elle ne se montrait jamais si gracieuse envers Tyrion que lorsqu'elle se figurait l'embobiner. Les Potaunoir allaient l'ensorceler, lui piquer son fric, lui promettre autant de lunes qu'elle en voudrait, pourquoi non, du moment que Bronn rendait la monnaie de la pièce, liard pour liard, sol pour sol ? Exquis coquins tous trois, les frères se révélaient infiniment mieux doués comme escrocs que comme donneurs de sang. Trois tambours, voilà tout ce que Cersei était en définitive parvenue à s'acheter ; elle en aurait tout le *boumboum* de ses rêves, mais rien que du vent dedans. Un sujet de rire inépuisable pour Tyrion.

Salués par des fanfares de cors, *Le Lion* et la *Lady Lyanna* s'écartèrent de la berge en direction de l'aval pour ouvrir la route au *Véloce*. De la foule massée sur les rives montèrent quelques ovations, mais aussi maigres, effilochées que les vagues cirrus qu'éparpillait le vent. Avec un sourire, Myrcella agita la main. Derrière elle, manteau blanc flottant, se tenait ser Arys du Rouvre. Le capitaine ordonna de larguer les amarres, les rameurs poussèrent *Le Véloce* au plus fort de la Néra, les voiles fleurirent et s'enflèrent – des voiles blanches ordinaires, conformément aux instructions de Tyrion : « Point d'écarlate Lannister ». Et comme Tommen suffoquait, en larmes, « Assez de vagissements ! lui siffla son frère, un prince est censé ne jamais pleurer.

— Le prince Aemon Chevalier-dragon pleura pourtant, le jour où la princesse Naerys épousa son frère, Aegon, dit Sansa Stark, et n'est-ce pas les joues baignées de larmes qu'après s'être mortellement blessés l'un l'autre expirèrent les jumeaux ser Arryk et ser Erryk ?

— Silence ! ou c'est *vous* que va mortellement blesser ser Meryn... », riposta Joffrey. Tyrion jeta un regard furtif à sa sœur, mais elle était absorbée par les chuchotements de ser Balon Swann. *Se peut-il vraiment qu'elle s'aveugle à ce point sur la nature de son fils ?* se demanda-t-il.

À son tour, *Le Fougueux* déploya ses rames afin de venir se placer dans le sillage du *Véloce*, bientôt suivi par *Le Roi Robert*, joyau de la flotte royale – enfin, de ce qu'en avaient épargné les défections de l'année précédente... Pour former l'escorte, Tyrion s'était efforcé d'exclure tous les bâtiments dont les capitaines étaient, selon Varys, de loyauté suspecte... Mais comme la loyauté de Varys prêtait elle-même à suspicion, de quelle sécurité se flatter ? *Je me repose trop sur Varys*, songea-t-il. *Il me faut mes propres informateurs. Dont me défier tout autant.* Péril mortel que la confiance.

La pensée de Littlefinger revint le tracasser. Il n'en avait reçu aucune nouvelle depuis le départ pour Pont-l'Amer. Ce qui pouvait aussi bien signifier tout que le contraire. Varys lui-même s'en montrait perplexe. « Et s'il avait joué de malchance, en route ? Voire péri ? » Hypothèse que Tyrion balaya d'un reniflement sarcastique. « Lui, mort ? Alors, je suis un géant ! » Les Tyrell devaient tout simplement renâcler, et comment les en blâmer ? *Si j'étais Mace Tyrell, j'aimerais mieux voir fichée la tête de Joffrey sur une pique que sa queue dans ma fille.*

La petite flotte se trouvait déjà fort avant dans la baie quand Cersei donna le signal du départ. Bronn amena son cheval à Tyrion et l'aida à monter. Ces tâches incombaient à Pod, mais on avait laissé Pod au Donjon Rouge. La présence émaciée du reître était autrement plus rassurante pour son maître que celle de l'écuyer.

Les rues étroites étaient bordées de sergents du Guet qui contenaient la foule avec les hampes de leurs piques. Ser Jacelyn Prédeaux précédait le cortège avec une cavalcade de lanciers vêtus de maille noire sous le manteau d'or. Juste derrière venaient ser Aron Santagar et ser Balon Swann, arborant les bannières du roi, lion Lannister et cerf couronné Baratheon.

Suivait Joffrey, couronne d'or à même ses boucles d'or, sur un grand palefroi gris. À son côté, l'œil droit devant sous sa résille de pierres de lune et ses cheveux auburn flottant aux épaules, Sansa Stark chevauchait une jument brune. Les flanquaient deux membres de la Garde, à la droite du roi le Limier, ser Mandon Moore à la gauche de la jeune fille.

Sur leurs talons reniflait Tommen, escorté de ser Preston Verchamps, armure blanche et manteau blanc, tandis que ser Meryn Trant et ser Boros Blount encadraient Cersei et l'inséparable Lancel à qui Tyrion emboîtait le pas. Enfin, la litière du Grand Septon devançait une longue file de courtisans parmi lesquels se distinguaient ser Horas Redwyne, lady Tanda et sa fille, Jalabhar Xho, lord Gyles Rosby. Une double colonne d'hommes d'armes fermait la marche.

En deçà des piques, faces hirsutes et crasseuses, regards lourds et sombres rancœurs. *Je n'aime pas ça du tout du tout du tout...* songea Tyrion. Certes, Bronn avait persillé la presse de mercenaires chargés de prévenir la moindre apparence de trouble, et peut-être Cersei avait-elle requis de même ses Potaunoir, mais serait-ce bien efficace ? il en doutait fort. Pour peu que le feu fût trop vif, suffisait-il de jeter trois carottes dans la marmite pour empêcher le rata de cramer ?

Après avoir traversé la place Poissarde et longé la rue de la Gadoue, on tourna dans la rue Croche qui s'incurvait pour escalader la colline d'Aegon. Quelques voix jetèrent au passage du jeune roi des « *Joffrey ! Vive Joffrey !* » mais, pour une qui l'ovationnait, cent gardaient le silence. Les Lannister sillonnaient une mer d'hommes loqueteux, de femmes affamées, se heurtaient à une houle d'expressions lugubres. À trois pas devant Tyrion, Cersei riait d'un mot de Lancel. Gaieté de façade, soupçonna-t-il. Elle ne pouvait tout de même ignorer l'atmosphère d'émeute qui les cernait. Mais elle avait toujours misé sur les airs bravaches.

À mi-chemin du sommet, une femme éplorée parvint à forcer le cordon du Guet et à se précipiter au-devant du roi et de ses compagnons, brandissant au-dessus de sa tête le cadavre bleui, boursouflé, de son nourrisson. Spectacle hideux, mais qui n'était rien auprès du regard de la malheureuse. Un instant, Joffrey parut vouloir lui passer sur le corps mais, Sansa Stark s'étant penchée vers lui pour lui murmurer quelque chose, il finit par fouiller dans sa bourse et lancer à la femme un cerf d'argent. La pièce rebondit sur l'enfant mort et alla rouler entre les jambes des manteaux d'or et de la foule, où une dizaine d'individus se battirent aussitôt pour sa possession. La mère, elle, n'avait pas seulement cillé. Ses bras décharnés tremblaient sous le poids du petit.

« Laissez, Sire, intervint Cersei, nos secours lui sont inutiles, au point où elle en est, la pauvre. »

En entendant la voix de la reine, la démente recouvra comme une lueur d'esprit, son visage effondré se recomposa sur une expression d'indicible dégoût. « *Putain !* cria-t-elle, *putain du Régicide ! enfoirée de ton frère !* » Dans sa fureur, elle lâcha l'enfant qui tomba comme un sac de son, pointa l'index contre Cersei : « *Enfoirée de ton frère enfoirée de ton frère enfoirée de ton frère !* »

L'agresseur, Tyrion ne le vit même pas. Il entendit seulement Sansa hoqueter, Joffrey lâcher un juron, puis, celui-ci ayant tourné la tête, il le vit s'essuyer le visage. Une bouse y dégoulinait, qui avait surtout encroûté sa chevelure blonde et éclaboussé les jambes de Sansa.

« Qui a fait ça ? » glapit Joffrey. Il se passa les doigts dans les cheveux d'un air furibond, secoua une autre poignée de merde. « Je veux le coupable ! hurla-t-il. Cent dragons d'or pour qui le dénoncera !

— Là-haut ! » cria quelqu'un dans l'assistance. Le roi fit tourner son cheval sur place, la tête levée vers les toits et les balcons qui le surplombaient. Des gestes délateurs hérissaient la foule qui se bousculait, s'injuriait, injuriait Joffrey.

« De grâce, Sire, oubliez-le... », supplia Sansa.

Il n'en tint aucun compte. « Qu'on me l'amène ! commanda-t-il, il léchera cette saloperie, ou j'aurai sa tête. Ramène-le-moi, Chien ! »

Docilement, Sandor Clegane sauta de selle, mais le mur humain lui bloquait le passage, à plus forte raison vers les toits. Les gens des premiers rangs eurent beau se tortiller et se démener pour s'écarter, ceux de derrière poussaient pour voir. Tyrion sentit venir une catastrophe. « Abandonnez, Clegane, le type ne vous aura pas attendu.

— Je le *veux* ! glapit Joffrey, le doigt brandi vers le ciel. Il était là-haut ! Taille donc au travers et ramène... »

La fin de la phrase se perdit dans un ouragan tonitruant de haine, de rage et de peur qui, subitement, se déchaîna tout autour, tels criant : « *Bâtard !* », à Joffrey, « *sale bâtard !* », d'autres invectivant la reine : « *Putain ! Enfoirée de ton frère !* », d'autres régalant Tyrion des quolibets d'« *Avorton !* » et de « *Nabot !* », toutes aménités pimentées, çà et là, perçut-il, de vociférations telles que « *Justice !* », « *Robb ! le roi Robb ! le Jeune Loup !* », « *Stannis !* » et même « *Renly !* ». De part et d'autre de la rue, la foule refoulait les manteaux d'or qui, vaille que vaille, croisaient les hampes de leurs piques en s'arc-boutant pour la contenir. Des pierres et des détritus mêlés d'immondices plus fétides encore se mirent à voler. « À manger ! » hurla une femme. « Du pain ! » tonna derrière elle un homme. « *Du pain qu'on veut, bâtard !* » En une seconde, mille voix reprirent l'antienne, et il n'exista plus dès lors de roi Joffrey, de roi Robb ni de roi Stannis, le trône échut au seul roi Pain. « *Du pain !* clamait la populace comme un seul homme, *du pain ! du pain !* »

Des deux éperons, Tyrion se porta à la hauteur de sa sœur et aboya : « Au château ! *Vite !* » Elle acquiesça d'un signe bref, et ser Lancel dégaina. En tête de la colonne, ser Jacelyn rugissait des ordres. Ses cavaliers abaissèrent leurs lances et avancèrent, formés en coin. Tout à son idée fixe, Joffrey, lui, persistait à faire tourner son palefroi sur place quand, au travers du cordon de manteaux d'or, des mains se tendirent pour l'agripper. L'une d'elles parvint à lui saisir la jambe, mais à peine un instant, car l'épée de ser Mandon s'abattit sur elle et la trancha au ras du poignet. « *Fonce !* » gueula Tyrion à son neveu, tout en appliquant une claque retentissante sur la croupe de sa monture. Celle-ci se cabra, hennit, bondit de l'avant, la foule s'éparpilla.

Tyrion s'élança dans la brèche ainsi ouverte, Bronn à sa hauteur, l'épée au poing. Une pierre lui siffla aux oreilles, un chou pourri explosa sur le bouclier de ser Mandon. Sur leur gauche, trois manteaux d'or s'aplatirent, culbutés par la foule qui se précipita en les piétinant. On avait semé le Limier, dont le cheval galopait seul aux côtés du roi. Tyrion vit désarçonner ser Aron Santagar, auquel on arracha de vive force le cerf Baratheon noir et or. Ser Balon Swann se débarrassa quant à lui du lion Lannister pour tirer l'épée et tailler de droite et de gauche, tandis que les lambeaux de la bannière lacérée se dispersaient en virevoltant comme feuilles écarlates dans la tempête, et puis plus rien. Devant, quelqu'un tituba, poussa un cri sous les sabots du roi, homme ? femme ? enfant ? Tyrion n'eût su dire, fuite éperdue. À son côté, Joffrey avait une tête de papier mâché, ser Mandon n'était, sur sa gauche, qu'une ombre blanche.

Et, soudain, le cauchemar cessa, seul résonnait le crépitement des fers sur les abords pavés de la barbacane. Devant les portes, rangée de piques. Et ser Jacelyn qui faisait volter ses lances en prévision d'un nouvel assaut. Les piques s'écartèrent pour permettre au cortège de s'engouffrer sous la herse et de se retrouver surplombé par la masse rougeâtre des remparts, avec le soulagement de les voir si hauts et si bien munis d'arbalétriers.

Tyrion avait démonté sans y prendre garde. Aidé de ser Mandon, Joffrey, tremblant de tous ses membres, mettait pied à terre quand Cersei, Tommen et Lancel franchirent à leur tour l'enceinte, immédiatement suivis de ser Boros et de ser Meryn. L'épée du premier dégouttait de sang, le second s'était vu arracher son manteau blanc. Ser Balon Swann reparut sans heaume, et son cheval couvert d'écume saignait de la bouche. Horas

Redwyne ramena une lady Tanda demi-folle pour sa Lollys de fille qui, jetée à bas de sa selle, était demeurée en arrière. Le teint plus gris que jamais, lord Gyles bredouillait la mésaventure du Grand Septon qui, de sa litière renversée, piaulait des prières à la populace qui se refermait sur lui. Sans en être absolument sûr, Jalabhar Xho croyait pour sa part avoir vu ser Preston Verchamps rebrousser chemin pour le secourir.

À peine conscient qu'un mestre lui demandait s'il n'était pas blessé, Tyrion cahota vers le coin de la cour où, couronne bouseuse en biais, se tenait son neveu. « Des traîtres ! babillait Joffrey, cramoisi de rage, et j'aurai leur tête à tous, je... »

Le nain le gifla avec tant de force que sa couronne s'envola au diable. Puis il l'empoigna à deux mains et le projeta à terre. « Espèce de *dingue* obtus !

— C'est que des traîtres ! piailla Joffrey, affalé. Ils m'ont insulté et attaqué !

— *C'est toi qui leur as lâché ton chien dessus !* Que croyais-tu qu'ils allaient faire ? plier humblement le genou pendant que le Limier les taillerait comme des buis ? Bougre de *mioche* imbécile et gâté, tu as tué Clegane et les dieux savent combien d'autres, et tu t'en tires en plus, *toi*, sans une égratignure... *Maudit sois-tu !* » Et il se mit à le botter. Un régal qu'il aurait volontiers prolongé, mais les criaillements alertèrent ser Mandon qui crut bon de s'interposer, suscitant l'intervention instantanée de Bronn. Cersei s'agenouilla sur son fils, pendant que ser Balon Swann refrénait à son tour ser Lancel. Tyrion se dégagea. « Combien des nôtres reste-t-il dehors ? aboya-t-il à l'intention de personne et de tout le monde.

— Ma fille ! pleura lady Tanda. Par pitié, il faut aller chercher Lollys...

— Ser Preston n'est pas revenu, annonça ser Boros Blount, ser Aron non plus.

— Ni Nounou », dit ser Horas Redwyne, désignant Tyrek Lannister par le sobriquet que lui avait valu parmi les écuyers son mariage avec ce poupon de lady Ermesande.

Tyrion jeta un regard circulaire. « Où est la petite Stark ? »

Il n'obtint d'abord aucune réponse. Puis Joffrey finit par dire : « Elle chevauchait à mes côtés. J'ignore où elle a pu aller. »

Pris de vertige, Tyrion se pressa les tempes à deux mains. Qu'il fût arrivé malheur à Sansa, Jaime était un homme mort. « Vous étiez censé la protéger, ser Mandon. »

Moore ne se troubla pas pour si peu. « En voyant les gens s'attrouper autour du Limier, je me suis d'abord préoccupé du roi.

— Et à juste titre, opina Cersei. Boros, Meryn, retournez chercher la petite.

— Et ma fille, sanglota lady Tanda. Par pitié, messers... »

La perspective de ressortir ne parut pas séduire outre mesure ser Boros. « Que Votre Grâce me pardonne, dit-il à la reine, mais la vue de nos manteaux blancs risque d'exaspérer la tourbe. »

Tyrion ne put en digérer davantage. « Les Autres emportent ton foutu manteau ! *Ôte-le donc*, bougre d'emmanché, si tu as la trouille de le porter, mais je te préviens... *trouve-moi Sansa Stark*, ou je te fais fendre ta vilaine tronche par Shagga, qu'on sache enfin s'il y a dedans autre chose que de la chiasse ! »

La colère violaça ser Boros. « *Ma* vilaine tronche, *toi* qui dis ça ? » Déjà se levait l'épée sanglante toujours coincée dans le gantelet de maille. Sans ménagements, Bronn repoussa Tyrion derrière lui.

« *Assez !* jappa Cersei. Obéissez, Boros, ou ce manteau changera d'épaules. Votre serment...

— La voici ! » s'écria Joffrey, le doigt tendu.

Montée par Sandor Clegane, la jument brune franchissait la poterne au galop. En croupe, Sansa, qui étreignait à deux bras la poitrine du Limier.

« Vous êtes blessée, madame ! » s'exclama Tyrion.

D'une large estafilade au cuir chevelu, le sang ruisselait sur son front. « Ils... ils lançaient des choses... des cailloux, des œufs, des saletés... J'ai bien essayé de leur dire que je n'avais pas de pain à leur donner. Un homme a voulu m'arracher de selle. Le Limier l'a tué, je crois... Son bras... » Les yeux agrandis, elle se plaqua une main sur la bouche. « Il – il lui a *tranché le bras* ! »

Clegane l'enleva comme une plume et la déposa à terre. Son manteau blanc était en loques et couvert d'immondices, de sa manche gauche déchiquetée suintait du sang. « Le petit oiseau saigne. Qu'on le ramène à sa cage. Il faut examiner sa plaie. » Mestre Frenken se précipita. « Ils ont eu Santagar, reprit le Limier. Quatre types le maintenaient à terre et lui écrabouillaient la tête, chacun son tour, avec un pavé. J'en ai étripé un. Sans profit pour ser Aron. »

Lady Tanda s'approcha. « Ma fille...

— Pas vue. » D'un air renfrogné, il parcourut la cour du regard. « Où est mon cheval ? S'il lui est arrivé quelque chose, on me le paiera.

— Il a suivi le train un bon moment, dit Tyrion, mais, après, j'ignore ce qu'il est devenu.

— *Au feu !* cria une voix du haut de la barbacane. On voit de la fumée en ville, messires. Culpucier flambe. »

Tyrion n'en pouvait littéralement plus, mais il n'avait même pas le *loisir* de désespérer. « Bronn, prends autant d'hommes qu'il faudra. Et fais gaffe aux citernes. Qu'on ne les prenne pas à partie. » *Bonté divine ! le grégeois... Qu'une seule étincelle l'atteigne, et...* « Nous pouvons à la rigueur nous permettre de perdre tout Culpucier, mais l'incendie ne doit à aucun prix toucher l'hôtel des Alchimistes, compris ? Clegane, vous l'accompagnez. »

Un quart de seconde, il crut lire la peur dans le sombre regard du Limier. *Le feu !* comprit-il soudain. *Les Autres m'emportent ! évidemment qu'il hait le feu... il n'en a que trop tâté !* Mais déjà Clegane avait repris son air maussade habituel. « J'irai, dit-il, mais pas pour *vous* obéir. Dois récupérer mon cheval. »

Tyrion se retourna vers les trois autres membres de la Garde. « Escortez chacun un héraut. Commandez aux gens de rentrer chez eux. Tout homme trouvé dans les rues après le carillon du soir sera exécuté.

— Notre place est auprès du roi », se rengorgea ser Meryn.

Cersei se dressa comme une vipère. « Votre place est celle que vous assigne mon frère, cracha-t-elle. La Main parle au nom du roi, lui désobéir est trahir. »

Boros et Meryn échangèrent un coup d'œil. « Devons-nous porter nos manteaux, Votre Grâce ? s'enquit le premier.

— M'en fiche ! allez-y même à poil... Ça rappellerait peut-être à la populace que vous êtes des hommes. Votre attitude d'aujourd'hui a dû le lui faire oublier. »

Tyrion la laissa écumer tout son saoul. La migraine le martelait. Il lui semblait percevoir l'odeur de la fumée, mais peut-être ne sentait-il là que celle de ses nerfs à vif. Deux Freux étaient de faction devant la tour de la Main. « Allez me chercher Timett, fils de Timett.

— Les Freux ne couaquent pas après les Faces Brûlées », s'indigna l'un d'eux, piqué au vif.

Dans son marasme, Tyrion avait oublié à qui il avait affaire. « Shagga, alors.

— Shagga dort. »

Il en aurait pleuré. « Réveille-le.

— Pas facile, réveiller Shagga, fils de Dolf, geignit l'autre. Colère épouvantable. » Il s'éloigna en grommelant.

Lorsque le sauvage survint enfin, traînant les pieds, bâillant et se grattouillant, Tyrion lança : « La moitié de la ville est en proie à l'émeute, l'autre aux flammes, et, pendant ce temps, Shagga ronfle...

— Shagga n'aime pas votre eau boueuse d'ici, ça l'oblige à boire votre bière pâle et votre vin sur et, après, tête lui fait mal.

— J'ai logé Shae dans une maison près de la porte de Fer. Je veux que tu te rendes auprès d'elle pour la protéger, quoi qu'il arrive. »

Le colosse sourit de toutes ses dents. Cela faisait comme une crevasse jaune dans sa barbe hirsute. « Shagga la ramènera ici.

— Non. Veille seulement qu'il ne lui advienne aucun mal. Dis-lui que j'irai la voir le plus tôt possible. Dès cette nuit, peut-être. En tout cas demain, sûrement. »

Quand vint le soir, hélas, la ville n'avait toujours pas recouvré son calme, encore que l'on eût maîtrisé les flammes et, rapporta Bronn, dispersé la plupart des attroupements séditieux. Si fort qu'il aspirât à se blottir dans les bras de Shae, Tyrion dut se rendre à l'évidence, il resterait claquemuré, cette nuit.

Il était en train de dîner à tâtons d'un chapon froid et de pain bis quand ser Jacelyn Prédeaux vint lui présenter la note saignante du jour. À l'heure où, les ténèbres et le froid menaçant d'envahir la loggia, ses serviteurs avaient prétendu allumer les chandelles et lui faire flamber un bon feu, il les avait chassés d'un rugissement. Il était d'humeur aussi noire que la pièce, et rien dans les propos de son visiteur n'était de nature à l'égayer.

En tête des victimes figurait le Grand Septon, dépecé malgré tous ses appels à la merci des dieux. *La foutent mal, aux yeux des affamés, ces prêtres trop gras pour marcher...*, réfléchit-il.

On était passé cent fois devant le cadavre de ser Preston sans le remarquer ; les manteaux d'or cherchaient en effet un chevalier revêtu d'une armure blanche, et on l'avait tellement poignardé puis haché si menu qu'il était rouge sombre de pied en cap.

On avait retrouvé ser Aron Santagar dans le caniveau, la tête en bouillie sous le heaume défoncé.

Quant à la fille de lady Tanda, son pucelage avait succombé aux assauts d'une cinquantaine de gueulards, derrière une boutique de tanneur. Elle errait, nue, rue Pansetruie, quand la découvrirent les manteaux d'or.

Tyrek était toujours porté disparu, tout comme la tiare en cristal du Grand Septon. Neuf manteaux d'or avaient péri, quarante étaient blessés. Pour ce qui était des pertes des émeutiers, nul ne s'était soucié de les dénombrer.

« Il me faut Tyrek, mort ou vif, déclara sèchement Tyrion quand Prédeaux en eut terminé. Il n'est guère qu'un gamin. Le fils de feu mon oncle Tygett. Lequel m'avait toujours traité avec bonté.

— Nous le retrouverons. La tiare aussi.

— Pour ce que j'en ai à faire, les Autres peuvent se la mettre mutuellement.

— En me nommant commandant du Guet, vous m'avez dit que vous vouliez la vérité, toujours et sans ambages.

— J'ai comme l'impression que je n'apprécierai pas ce que vous allez m'assener, s'assombrit Tyrion.

— Aujourd'hui, nous avons pu tenir la ville, messire, mais j'augure mal de demain. Tout présage l'ébullition. Il rôde tant de voleurs et d'assassins que nul n'est en sécurité chez soi, cette maudite pègre se répand dans les gargotes qui bordent l'Anse-Pissat, et ni le cuivre ni l'argent ne permettent plus de se procurer à manger. Alors que naguère ne s'entendaient que des ronchonnements d'égout, désormais, tout parle ouvertement de trahir, au sein des guildes et sur les marchés.

— Il vous faut davantage d'hommes ?

— La moitié de ceux que j'ai ne m'inspirent déjà pas confiance. Slynt avait triplé les effectifs du Guet, mais il faut plus qu'un manteau d'or pour faire un sergent. Non qu'il ne se trouve des types braves et loyaux parmi les nouvelles recrues, mais la proportion de brutes, de saoulards, de lâches et de faux jetons vous effarerait. À demi entraînée, cette racaille indisciplinée n'est à la rigueur fidèle qu'à sa propre peau. Si l'on en vient à se battre, ils lâcheront pied, je crains.

— Je n'ai jamais nourri la moindre illusion là-dessus, dit Tyrion. À la moindre brèche ouverte dans nos murs, nous sommes perdus, je le sais depuis le début.

— Nombre de mes hommes sont originaires du petit peuple. Ils parcourent les mêmes rues que lui, picolent dans les mêmes bistrots, épongent leurs bolées de brun dans les mêmes bouis-bouis. Votre eunuque a dû vous le dire, on n'adore pas les Lannister, à Port-Réal.

Beaucoup d'habitants se souviennent encore de la manière dont votre seigneur père a mis la ville à sac, après qu'Aerys lui eut ouvert les portes. Ils murmurent que les dieux nous punissent pour les crimes de votre maison – pour le régicide commis par votre frère, pour le massacre des enfants de Rhaegar, pour l'exécution d'Eddard Stark et pour la sauvagerie de Joffrey en matière de justice. D'aucuns n'hésitent pas à dire que les choses allaient infiniment mieux du temps de Robert et à insinuer qu'elles s'amélioreraient si Stannis occupait le trône. Ces discours-là se tiennent dans tous les bouis-bouis, les bistrots, les bordels... et, je crains, les casernes et les postes de garde.

— Bref, on exècre ma famille, c'est bien cela ?

— Mouais... et si l'occasion s'en présente, elle le paiera cher.

— Moi de même ?

— Demandez à votre eunuque.

— C'est à vous que je le demande. »

Du fond de leurs orbites, les yeux de Prédeaux s'attardèrent sur les prunelles dépareillées du nain et ne cillèrent pas. « Vous plus que tous, messire.

— *Plus que tous ?* » Pareille injustice avait de quoi le révulser. « C'est Joffrey qui leur a dit de manger leurs morts, Joffrey qui a lancé son chien sur eux. Comment pourrait-on m'en faire grief, à moi ?

— Sa Majesté n'est qu'un gamin. La rue le dit entouré de méchants conseillers. La reine n'a jamais passé pour chérir les manants, ce n'est pas par amour qu'on nomme Varys l'Araignée... mais c'est vous qu'on blâme le plus. À l'époque plus heureuse du roi Robert, votre sœur et l'eunuque se trouvaient ici, vous pas. On dit que vous avez pourri la ville de reîtres impudents, de sauvages crasseux, de brutes qui prennent ce qui les tente et ne respectent que leurs propres lois. On dit que vous avez exilé Janos Slynt parce que vous le trouviez trop honnête et carré pour votre fantaisie. On dit que vous avez jeté le sage et bon Pycelle en prison quand il a osé s'opposer à vous en élevant la voix. Certains affirment même que vous ne songez qu'à vous adjuger le trône de Fer.

— Oui, et je suis en outre un monstre, hideux et contrefait, n'oublions jamais ce détail. » Son poing se serra violemment. « Me voilà édifié. Nous avons tous deux des tâches urgentes. Laissez-moi. »

Si tel est le plus bel exploit dont je sois capable, songea-t-il une fois seul, *peut-être messire mon père n'avait-il pas tort de me mépriser depuis tant d'années*. Son regard s'abaissa sur les vestiges de son repas, et la vue du chapon figé dans sa graisse lui souleva l'estomac. Il le repoussa, nauséeux, appela Pod et l'expédia chercher au plus vite Bronn et Varys. *J'ai pour conseillers favoris un eunuque et un spadassin, pour dame une pute. Est-ce un descriptif de ma personnalité ?*

Dès son entrée, Bronn se plaignit des ténèbres et exigea du feu. Celui-ci flambait haut et clair quand parut Varys. « Où étiez-vous passé ? demanda Tyrion.

— Service du roi, mon cher sire.

— Ah oui, du *roi*, marmonna Tyrion. Mon neveu ne saurait se tenir sur sa chaise percée. À plus forte raison sur le trône de Fer. »

Varys haussa les épaules. « Tout apprenti a besoin d'apprendre son métier.

— La moitié des apprentis de la rue Mofette gouverneraient moins mal que votre roitelet. » Bronn s'assit en travers de la table et détacha une aile du chapon.

Si Tyrion s'était fait une règle d'ignorer l'insolence invétérée du reître, il s'en offusqua, ce soir-là. « Je t'ai donné la permission d'achever mon dîner ?

— Vous ne me sembliez pas d'humeur à le manger, répliqua Bronn, la bouche pleine. Dans une ville qui meurt de faim, c'est criminel de gâcher la bouffe. Vous avez du vin ? »

Il finira par me demander de le lui verser, songea sombrement Tyrion. « Tu vas trop loin, prévint-il.

— Et vous, vous n'allez jamais assez loin. » Il jeta l'os dans la jonchée. « Jamais imaginé combien l'existence serait facile, si l'autre était né le premier ? » Il replongea les doigts dans le chapon et en arracha un filet. « Le pleurnicheur, Tommen. Semble le genre à faire tout ce qu'on lui dirait, comme un bon roi devrait. »

En comprenant ce qu'insinuait Bronn, un frisson glacé dévala l'échine de Tyrion. *Si Tommen était roi...*

Mais, pour qu'il le devînt, il n'y avait qu'un seul moyen. Non. Il lui était impossible même de l'envisager. Joffrey était son propre sang, le fils de Jaime autant que celui de Cersei. « Je pourrais te faire décapiter pour des propos pareils », menaça-t-il, mais sans autre succès qu'un rire narquois.

« Amis... gronda Varys, nous quereller ne nous avance à rien. Je vous en conjure tous deux, reprenez du cœur.

— À qui ? » s'enquit aigrement Tyrion. Pas mal de tentations s'offraient à sa pensée.

DAVOS

Ser Cortnay Penrose ne portait pas d'armure. Il montait un étalon alezan, son porte-enseigne un gris pommelé. Au-dessus d'eux flottaient le cerf couronné Baratheon et les plumes croisées Penrose, blanches sur champ fauve. Du même fauve que la barbe en pelle de ser Cortnay, lequel avait d'ailleurs le crâne absolument chauve et, si l'impressionnaient le moins du monde la splendeur et la conséquence des entours du roi, n'en laissait rien trahir à ses traits ravinés.

Le petit trot qu'on avait adopté faisait pas mal quincailler la maille et ferrailler la plate. Davos lui-même était tapissé de maille, il n'aurait su dire pourquoi ; ce poids inaccoutumé lui endolorissait les épaules et les reins. Il se sentait grotesque et balourd en cet appareil et, pour la centième fois, se demandait ce qu'il fichait là. *Il ne m'appartient pas de discuter les ordres du roi, mais...*

Infiniment mieux né que Davos Mervault, chacun des membres de l'escorte jouissait d'une position bien supérieure à la sienne, et tous ces puissants seigneurs étincelaient au soleil levant, dans leurs armures d'acier niellées d'or et d'argent, sous leurs heaumes empennés de soie, crêtés de plumes et artistement ciselés en mufles héraldiques aux orbites serties de gemmes. En si royale compagnie, Stannis lui-même détonnait ; simplement vêtu, comme Davos, de laine et de cuir bouilli, il ne devait son air de grandeur qu'au diadème d'or rouge qui lui ceignait les tempes et dont les pointes en forme de flamme flamboyaient au moindre mouvement.

Depuis huit jours que *La Botha noire* avait rallié le reste de la flotte au large d'Accalmie, pas un instant Davos ne s'était trouvé si près de Sa Majesté. À la demande d'audience formulée dans l'heure de son retour, fin de non-recevoir : le roi était occupé. Occupé, le roi l'était souvent, apprit Davos de son fils Devan, qui se trouvait aux premières loges, en tant qu'écuyer. Maintenant que Stannis Baratheon avait recouvré sa puissance, les gentillâtres lui bourdonnaient autour comme les mouches sur un cadavre. *Il a d'ailleurs une mine de déterré. Il a pris des années depuis mon départ de Peyredragon.* Il ne dormait plus guère, selon Devan toujours : « Il est hanté, depuis la mort de lord Renly, par d'effroyables cauchemars. Les drogues du mestre sont impuissantes à l'en délivrer. Seule dame Mélisandre parvient à lui procurer un sommeil paisible. »

Est-ce pour cela qu'elle partage à présent son pavillon ? se demanda-t-il. *Pour prier avec lui ? Ou bien l'apaise-t-elle d'une autre manière ?* Question scabreuse, et qu'il n'osait poser, même à son propre fils. Un bon gars, Devan, mais qui portait fièrement sur son doublet l'emblème du cœur ardent. Et Davos l'avait vu de ses propres yeux, le soir, auprès des feux, conjurer le Maître de la Lumière de ramener l'aube. *Il est l'écuyer du roi*, se dit-il, *il fallait s'attendre à le voir adopter son dieu.*

De près, la hauteur et l'épaisseur des remparts d'Accalmie l'étonnèrent presque autant qu'une nouveauté. Le roi Stannis fit halte à leur pied. Trois pas à peine le séparaient de ser Cortnay et de son porte-enseigne. « Ser », dit-il, roide et poli comme à l'ordinaire. Il demeura vissé en selle.

« Messire. » C'était moins poli mais nullement inattendu.

« Il est séant de dire *Sire* aux rois », releva lord Florent. Sur son corselet de plates, un renard d'or rouge pointait son museau brillant parmi des guirlandes de fleurs en lapis-lazuli. Très grand, très gourmé, très riche, le sire de

Rubriand, non content d'être le premier des bannerets de Renly à s'être déclaré pour Stannis, avait été le premier à répudier ses dieux au profit du Maître de la Lumière. Stannis avait eu beau laisser Selyse et son oncle Axell à Peyredragon, les hommes de la reine étaient plus nombreux et plus influents que jamais, Alester Florent en tête.

Ser Cortnay Penrose l'ignora pour ne s'adresser qu'à Stannis. « Que vous voilà en belle compagnie. Les hauts et puissants lords Estremont, Errol, Varnier. Ser Jon, des Fossovoie pomme-verte, et ser Bryan, des pomme-rouge. Lord Caron et ser Guyard, de la garde Arc-en-ciel du roi Renly... *et* l'irrésistible lord Alester Florent de Rubriand, bien sûr. Et, là-bas derrière, n'est-ce pas votre Chevalier Oignon que j'aperçois ? Dans le mille, ser Davos. La dame, m'est avis, je n'ai pas l'honneur.

— On m'appelle Mélisandre, ser. » Elle était seule venue sans armure, abstraction faite de ses rouges falbalas. À sa gorge, le gros rubis s'enivrait de soleil. « Servante de votre roi et du Maître de la Lumière.

— Grand bien vous fasse, madame, riposta-t-il, mais j'honore d'autres dieux et un autre roi.

— Il n'est qu'un seul roi véritable et qu'un seul dieu véritable, releva lord Florent.

— Serions-nous ici pour disputer de théologie, messire ? Si je l'avais su, j'aurais amené un septon.

— Vous savez pertinemment pourquoi nous sommes ici, grinça Stannis. Vous avez eu deux semaines pour méditer mon offre. Vous avez expédié vos corbeaux. Nul secours ne vous est venu. Ni ne vous viendra. Accalmie demeure seul, et je suis à bout de patience. Pour la dernière fois, ser, je vous ordonne d'ouvrir vos portes et de me remettre ce qui m'appartient légitimement.

— Et les conditions ? demanda ser Cortnay.

— Inchangées. Je vous pardonnerai votre trahison comme j'ai pardonné la leur aux seigneurs de ma suite ici présents. Les hommes de la garnison seront libres ou d'entrer à mon service ou de regagner leurs foyers en toute quiétude. Vous pourrez conserver vos armes et ceux de vos biens que peut emporter une carriole à bras. Je réquisitionnerai toutefois vos chevaux et vos bêtes de somme.

— Et en ce qui concerne Edric Storm ?

— Le bâtard de mon frère doit m'être livré.

— Dans ce cas, ma réponse est toujours non, messire. »

La mâchoire du roi se bloqua. Il ne souffla mot.

Mélisandre prit la parole à sa place. « Puisse le Maître de la Lumière vous protéger au sein de vos ténèbres, ser Cortnay.

— Puissent les Autres enculer ton Maître de la Lumière, cracha Penrose du tac au tac, et lui torcher la raie avec tes guenilles. »

Lord Alester Florent s'éclaircit le gosier. « Retenez votre langue, ser Cortnay. Sa Majesté ne veut aucun mal au garçon. Edric est son propre sang, tout comme le mien. Il a eu pour mère ma nièce Delena, comme nul n'ignore. Si vous n'en croyez pas le roi, croyez-m'en. Vous me savez homme d'honneur, et...

— Je vous sais homme d'ambition, coupa le chevalier. Homme à changer de rois et de dieux comme je change, moi, de bottes. Réversible à l'envi, comme tous ces tourne-casaque-là. »

Des clameurs indignées fusèrent des accusés. *Pas si faux*, songea Davos. Naguère encore, les Fossovoie, Guyard Morrigen et les lords Errol, Estremont, Varnier, Caron n'en avaient que pour Renly, se prélassaient sous son pavillon, le secondaient en matière de stratégie, tramaient à qui mieux mieux la perte de Stannis. Et lord Florent était des leurs, que sa qualité d'oncle de Selyse n'avait nullement empêché de se ruer aux pieds de Renly, lorsque l'étoile de Renly montait au firmament.

Bryce Caron poussa son cheval de l'avant. Le vent qui soufflait de la baie faisait tournoyer les pans de son long manteau arc-en-ciel. « Il n'y a point de tourne-casaque ici, ser. Je suis le féal d'Accalmie, dont Sa Majesté Stannis est le maître légitime... *en même temps que* notre véritable roi. Dernier survivant de la maison Baratheon, il est l'héritier de Robert ainsi que de Renly.

— Si tel est le cas, pourquoi le chevalier des Fleurs ne se trouve-t-il parmi vous ? Et où sont Mathis Rowan ? Randyll Tarly ? lady du Rouvre ? Pourquoi boudent-ils votre compagnie, eux qui chérissaient le mieux Renly ? *Où est Brienne de Torth, je vous prie ?*

— Cette garce ? » Ser Guyard Morrigen s'esclaffa grossièrement. « S'est taillée. Dare-dare. C'est de sa main qu'est mort le roi.

— Mensonge ! répliqua Penrose. J'ai connu Brienne toute petite, alors qu'elle jouait encore aux pieds de son père dans la grand-salle de La Vesprée, et je l'ai connue mieux encore ici même, après que l'Étoile-du-Soir nous l'eut envoyée. Elle a aimé Renly Baratheon dès la seconde où il lui apparut, même un aveugle s'en rendait compte.

— Indubitablement, pontifia lord Florent, mais vous reconnaîtrez qu'elle ne serait pas la première toquée à tuer l'homme qui la dédaigne. Je n'en suis pas moins convaincu, quant à moi, que la meurtrière du roi fut lady Stark. Expressément venue de Vivesaigues pour négocier une alliance, elle s'était vu débouter par Renly. Elle n'a pas hésité à le supprimer parce qu'il incarnait un danger pour son fils.

— La coupable est Brienne, maintint lord Caron. Ser Emmon Cuy n'a cessé d'en jurer jusqu'à son dernier souffle. Je vous en donne ma parole, ser Cortnay.

— Votre parole ? » La voix du chevalier s'était chargée d'un mépris indicible. « Que vaut-elle ? Vous portez votre manteau multicolore, à ce que je vois. Celui dont vous honora Renly quand vous lui jurâtes votre *parole* de le protéger. S'il est mort, comment se fait-il que vous ne le soyez ? » Il reporta ses dédains contre Morrigen. « Je vous poserais volontiers la même question, ser. Guyard le Vert, hein ? De la garde Arc-en-ciel ? Sous serment de donner sa vie pour celle de son roi ? Si j'avais un manteau pareil, je rougirais de le porter. »

L'autre se rebiffa. « Félicitez-vous, Penrose, que nous appellent ici des pourparlers. Sans quoi j'arracherais la langue qui a osé proférer ces mots.

— Pour la jeter dans les foutues flammes où vous avez déjà laissé votre virilité ?

— *Suffit !* cria Stannis. Le Maître de la Lumière a voulu que mon frère expie sa félonie. Qui fut l'instrument, n'importe.

— À *vous*, peut-être, riposta ser Cortnay. J'ai entendu votre offre, lord Stannis. À vous d'entendre la mienne. » Il retira son gant et le lui jeta à la face. « Combat singulier. Épée, lance ou telle arme qu'il vous conviendra de stipuler. Ou bien, si vous avez peur de hasarder votre épée magique et votre royale peau contre un vieillard, nommez-vous un champion, j'agirai de même. » Il darda sur Guyard Morrigen et Bryce Caron un regard cinglant. « L'un ou l'autre de ces chiots ferait l'affaire, je présume. »

Ser Guyard devint noir de fureur. « Je relèverai le défi, s'il plaît au roi.

— Moi aussi. » Lord Bryce interrogea Stannis du regard.

Le roi grinça des dents. « Non. »

Ser Cortnay ne manifesta aucune surprise. « Est-ce de la justice de votre cause que vous doutez, messire, ou de la vigueur de votre bras ? Tremblez-vous que je n'éteigne votre épée ardente en pissant dessus ?

— Me prenez-vous pour le dernier des imbéciles, ser ? demanda Stannis. J'ai vingt mille hommes. Vous êtes assiégé par terre et par mer. Qu'irais-je accepter un combat singulier quand je suis sûr, à la longue, de l'emporter ? » Son index se fit menaçant. « Je vous en avertis charitablement, si vous me contraignez à prendre d'assaut mon propre château, n'escomptez point de merci. Je vous pendrai, tous tant que vous êtes, comme traîtres.

— À la grâce des dieux. Prenez-nous d'assaut, messire – et souvenez-vous de ce que commémore le nom de la place. Les éléments eux-mêmes s'y sont brisés. » Là-dessus, ser Cortnay tourna bride pour regagner les portes.

Sans dire un mot, Stannis l'imita et reprit le chemin du camp. Les autres suivirent. « L'assaut de ces murs nous coûtera des milliers de morts, se tourmenta l'antique lord Estremont, grand-père maternel du roi. Ne vaudrait-il pas mieux ne hasarder qu'une seule vie, non ? Vu la pureté de notre cause, les dieux donneraient à coup sûr la victoire à notre champion, non ? »

Le *dieu, fossile que vous êtes*, songea Davos. *L'oubliez-vous ? nous n'en avons plus qu'un, le Maître de la Lumière de Mélisandre.*

« Je relèverais volontiers le défi moi-même, dit ser Jon Fossovoie, bien que, comme bretteur, je n'arrive pas à la cheville de ser Guyard ou de lord Caron. Renly n'avait pas laissé de chevaliers notoires dans Accalmie. On réserve le rôle de garnisaires aux vieux et aux bleus.

— Une victoire toute cuite, abonda lord Caron, nul doute. Et quelle gloire, que de gagner Accalmie d'un seul coup d'épée ! »

Un coup d'œil de Stannis suffit à les rembarrer. « Vous jacassez comme des pies, et avec moins d'esprit. Silence. » Ses yeux tombèrent sur Davos. « Ser. Avec moi. » Il éperonna pour se porter à l'écart de sa suite. Seule demeura près de lui Mélisandre, arborant l'immense bannière au cerf couronné perdu dans le cœur ardent. *Comme s'il en était dégluti...*

Tout en rejoignant le roi, il surprit les regards qu'échangeaient les huiles sur son passage. C'est qu'on n'était pas des chevaliers oignons mais des hommes fiers issus de maisons dont les dignités et les noms ne dataient pas de la dernière pluie. Jamais Renly, se doutait Davos, ne les avait outragés de la sorte, lui. Le benjamin des Baratheon était né doué d'un tact exquis dont son frère était en revanche tragiquement dépourvu.

En parvenant à la hauteur du roi, il ralentit le trot. « Sire. » De près, Stannis avait encore plus mauvaise mine que de loin. Sa figure s'était décharnée, des cernes sombres lui pochaient les yeux.

« Un contrebandier doit se connaître en hommes, lança le roi. Que vous dit de ce ser Cortnay Penrose ?

— Un obstiné, répondit-il prudemment.

— Un affamé de mort, à mon sens. Il me balance à la figure mon pardon, mouais, et sa vie par-dessus le marché, plus toutes celles qu'abritent ces murs. *Un combat singulier ?* » Il émit un reniflement sardonique. « Il m'a pris pour Robert, ou quoi ?

— Je pencherais plutôt pour une solution désespérée. Quel autre espoir lui reste-t-il ?

— Aucun. Le château tombera. Mais comment l'obtenir dans les plus brefs délais ? » Il rumina cette question un long moment. Sous le *clop-clop* régulier des sabots, Davos percevait le léger grincement de dents maniaque du roi qui enchaîna : « Lord Alester me presse d'amener ici le vieux lord Penrose. Le père de ser Cortnay. Vous le connaissez, je crois ?

— Quand je me suis présenté comme votre émissaire, il m'a reçu plus poliment que la plupart des autres. C'est un vieillard usé, Sire. Fragile, valétudinaire.

— Florent voudrait l'exhiber plus fragile encore. Sous les yeux du fils, la tête dans un nœud coulant. »

Tout périlleux qu'il était de s'opposer au parti de la reine, Davos s'était juré de ne jamais mentir au roi. « Ce serait là mal en agir, à mon avis, Sire. Ser Cortnay regardera périr son père sans consentir à renier sa foi. Ce forfait déshonorerait notre cause, et en pure perte.

— Déshonorerait ? regimba Stannis. Vous ne voudriez pas me voir épargner des félons, j'espère ?

— Vous avez épargné ceux qui chevauchent derrière nous.

— M'en blâmes-tu, contrebandier ?

— Je n'ai aucun titre à le faire. » Il craignit d'avoir trop parlé.

Le roi reprit, implacable : « Tu as plus d'estime pour ce Penrose que pour mes lords bannerets. Pourquoi ?

— Il garde sa foi.

— Une foi déplacée en un usurpateur défunt.

— Oui, concéda Davos, mais c'est encore garder sa foi.

— Contrairement aux gens de derrière ? »

Il se trouvait trop engagé désormais pour jouer les effarouchés. « L'année dernière, ils étaient à Robert. Voilà une lune, ils étaient à Renly. Ce matin, ils sont vôtres. À qui seront-ils demain ? »

À ce coup, Stannis éclata de rire. D'un rire en rafales, haché, rude et lourd de mépris. « Vous étiez prévenue, Mélisandre, lâcha-t-il à l'adresse de la femme rouge, mon Chevalier Oignon ne me mâche pas ses mots.

— Votre Majesté le connaît bien, en effet, dit-elle.

— Tu m'as cruellement manqué, Davos, reprit le roi. Mouais, c'est une queue de traîtres que je traîne là, ton flair ne te trompe pas. Mes lords bannerets sont inconstants jusqu'en leurs félonies. J'ai besoin d'eux, mais tu devrais savoir comme il me révulse de pardonner à des coquins pareils quand j'ai puni de meilleurs sujets pour des crimes moindres. Vous êtes en droit de me le reprocher, ser Davos.

— Vous vous le reprochez bien plus que je ne saurais faire, Sire. Mais comme ces grands seigneurs vous sont nécessaires pour conquérir votre trône...

— Ils risquent d'y perdre les doigts et le reste. » Il fit un sourire macabre.

Instinctivement, Davos porta sa main mutilée vers la pochette pendue à son cou, toucha les phalanges qu'elle recélait. *Chance.*

Le roi surprit le geste. « Toujours là, tes reliques, Chevalier Oignon ? Tu ne les as pas égarées ?

— Non.

— Pourquoi les garder ? Je me le demande souvent.

— Elles me rappellent ce que je fus. D'où je suis sorti. Elles me rappellent votre justice, la justice de mon suzerain.

— Ce *fut* là justice, affirma Stannis. Une bonne action n'efface pas plus les mauvaises qu'une mauvaise les bonnes. Chacune mériterait sa propre rétribution. Tu étais un héros *et* un contrebandier. » Il jeta par-dessus l'épaule un coup d'œil à lord Florent et compagnie, chevaliers arc-en-ciel et tourne-casaque, qui suivaient à distance respectueuse. « Messires les pardonnés feraient bien d'y réfléchir. Abusés de bonne foi par sa prétendue légitimité, des braves loyaux vont se battre pour Joffrey. Un homme du Nord aurait tout lieu d'invoquer la même excuse en ce qui concerne Robb Stark. Mais, en allant s'agglutiner sous les bannières de mon frère, eux le *savaient* un usurpateur. Seules les fumées de la gloire et de la brigue les ont détournés de leur roi légitime, et ils portent à mes yeux la tache indélébile de ce qu'ils sont. Pardonné, j'ai. Fait grâce, oui, mais pas oublié. » Il retomba dans son silence et ses ruminations de justice. Puis, brusquement : « Que disent les petites gens de la mort de Renly ?

— Ils le pleurent. Ils l'aimaient bien.

— Tendresse de sots pour un sot ! grommela Stannis, mais je le pleure aussi. Le gamin d'autrefois, pas l'adulte. » Nouveau silence, avant de reprendre : « Et l'inceste de Cersei, comment l'ont-ils pris ?

— En notre présence, ils acclamaient le roi Stannis. J'ignore tout de leurs commentaires après notre départ.

— Tu parierais donc pour leur incrédulité ?

— À l'époque où je pratiquais la contrebande, j'ai appris qu'il existait deux sortes d'êtres : ceux qui croient tout et ceux qui ne croient rien. Nous avons croisé les deux sortes. Une autre rumeur est d'ailleurs en train de se propager, concurrente, si...

— Oui. » Bref comme un coup de dents. « Selyse m'a doté d'une paire de cornes enjolivées de clochettes de fol. Engendrée par un bouffon simple d'esprit, ma fille ! Un conte aussi vil qu'absurde. Renly m'a flanqué ça dans les gencives lors des pourparlers. Il faudrait être aussi fou que Bariol pour avaler ça.

— Il n'importe qu'on l'avale ou non, Sire... on se délecte de le colporter. » Le conte les avait précédés en maints lieux, empoisonnant le puits d'où devait sortir leur propre version de la vérité vraie.

« Si Robert pissait dans une coupe, on s'extasiait : du vin ! moi, j'offre de l'eau pure et fraîche, on louche dessus d'un air soupçonneux et on s'interpelle : drôle de goût, non ? » Il grinça des dents. « Si quelqu'un m'accusait de m'être métamorphosé en sanglier magique pour tuer Robert, il y aurait encore des gobeurs.

— Vous ne pouvez arrêter les caquets, Sire, mais, en vous voyant châtier les meurtriers véritables de votre frère, le royaume reconnaîtra ces fables pour des impostures. »

À peine Stannis parut-il l'entendre. « Je suis convaincu que Cersei a trempé dans la mort de Robert. J'en ferai justice. Mouais. De même que pour Jon Arryn et Ned Stark.

— Et pour Renly ? » Les mots étaient sortis à l'étourdie, Davos s'en repentit trop tard.

Au bout d'un interminable silence, le roi finit par souffler, tout bas : « Il m'arrive d'en rêver. De la mort de Renly. Une tente verte, des chandelles, des cris de femme. Et du sang. » Il considéra ses mains. « À l'heure de sa mort, je me trouvais encore au lit. Votre Devan vous le dira. Il tenta de me réveiller. L'aube approchait, mes vassaux attendaient, dévorés d'anxiété. J'aurais déjà dû être en selle, tout armé. Renly attaquerait, je le savais, dès le point du jour. D'après Devan, je me débattais, poussais des cris, mais qu'importe ? ce n'était qu'un rêve. Je dormais sous ma tente quand Renly est mort et, à mon réveil, j'avais les mains nettes. »

Ser Davos Mervault commençait d'éprouver des démangeaisons dans ses phalanges absentes. *Ça sent le coup tordu*, se dit l'ancien contrebandier. Il hocha néanmoins la tête. « Je vois, dit-il.

— Renly m'offrit une pêche. Lors de notre conférence. Me railla, défia, menaça et m'offrit une pêche. Croyant qu'il tirait un poignard, je portai la main à ma propre épée. Était-ce là précisément ce qu'il souhaitait, que je me montre effrayé ? Ou n'était-ce qu'une de ses blagues idiotes ? Quand il me vanta l'incomparable suavité de sa pêche, y avait-il quelque sens caché sous ces mots badins ? » Il secoua sa tête d'une saccade pareille à celle d'un chien voulant briser l'échine d'un lapin. « Il n'y avait que Renly pour tant me chagriner avec un simple fruit. Il s'est fait l'instrument de son propre malheur par sa trahison, mais je l'aimais, Davos. Je le sais maintenant. Et, sur ma foi, je descendrai dans la tombe en pensant à la pêche que m'offrait mon frère. »

Ils avaient cependant pénétré dans le camp, dépassaient l'impeccable alignement des tentes, les bannières qui claquaient au vent, les faisceaux de piques et de boucliers. Mêlée d'effluves de bois qui fume et de relents de ragoût, l'odeur de crottin saturait l'atmosphère. Stannis immobilisa sa monture juste assez longtemps pour aboyer campos au reste de sa suite et le convoquer dans une heure sous son pavillon pour un conseil de guerre. Lord Florent et consorts s'inclinèrent avant de se disperser, Davos et Mélisandre accompagnant toujours le roi.

Forcément vaste, puisqu'elle servait de salle de réunion, la tente de Stannis ne se distinguait par aucune espèce de somptuosité. C'était une tente de soldat, en gros drap jaune sombre qu'en raison de sa couleur certains prenaient parfois pour du brocart d'or. Seule la bannière qui flottait en haut de son mât central l'indiquait pour celle du roi. Elle et les factionnaires qui, appuyés sur leurs grandes piques, gardaient l'entrée – des gens de la reine, comme l'attestait le cœur ardent cousu sur leur propre cœur.

Des palefreniers vinrent tenir les montures. L'un des gardes débarrassa Mélisandre de son encombrant étendard et le ficha fermement dans la terre. Debout près de la portière, Devan s'apprêtait à la soulever devant le roi. Un écuyer plus âgé se tenait à son côté. Stannis retira sa couronne, la tendit à Devan. « De l'eau fraîche et deux coupes. Vous restez, Davos. Madame, je vous enverrai quérir lorsque de besoin.

— Votre servante, Sire. » Elle s'inclina.

Après la luminosité du monde extérieur, l'ambiance du pavillon paraissait frisquette et lugubre. Après avoir pris un simple pliant de bois, Stannis en désigna un autre à Mervault. « Un jour, je te ferai lord, contrebandier. Ne serait-ce qu'afin de contrarier Celtigar et Florent. Tu ne m'en sauras pas gré, d'ailleurs. Cela t'obligera à subir tout du long ces palabres qu'on nomme conseils et à feindre un semblant d'intérêt pour le braiement des mules.

— Pourquoi les tenir, s'ils ne servent à rien ?

— Les mules adorent s'entendre braire, faut-il un autre motif ? Et j'ai besoin d'elles pour tirer ma carriole. Oh, certes, il arrive, de loin en loin, qu'en sorte une idée pratique. Mais pas aujourd'hui, je pense – ah, voici votre fils avec notre eau. »

Devan posa son plateau sur la table et emplit deux coupes de grès. Avant de boire, le roi saupoudra la sienne d'une pincée de sel ; Davos la préféra pure, non sans déplorer que ce ne fût du vin. « Vous parliez du conseil de tout à l'heure...

— Voici comment il se déroulera. Lord Velaryon me pressera d'attaquer les remparts dès le point du jour, échelles et grappins contre flèches et huile bouillante. Les jeunes mules trouveront ce projet superbe. Estremont optera pour l'expectative et la tactique d'affamement jadis tentée contre moi par Tyrell et Redwyne. Cela peut durer un an, mais les vieilles mules sont patientes. Quant à lord Caron et à ses pareils, leur goût des ruades les inclinera à relever le gant de ser Cortnay et à tout aventurer sur un combat singulier. Chacun se figurant qu'il sera *forcément* mon champion et ne manquera pas de s'immortaliser. » Il termina son eau. « Que devrais-je faire, selon toi, contrebandier ? »

Davos prit son temps avant de répondre : « Aller sur-le-champ frapper Port-Réal. »

Le roi renifla. « Sans m'être emparé d'Accalmie ?

— Avec les forces dont il dispose, ser Cortnay ne saurait vous mettre à mal. Les Lannister, si. Un siège en règle prendrait trop de temps, l'issue d'un combat singulier est trop hasardeuse, un assaut coûterait des milliers de vies, et sans garantie de succès. Et je n'en vois pas la nécessité. Une fois que vous aurez détrôné Joffrey, ce château vous écherra comme tout le reste. Le bruit court, dans le camp, que lord Tywin Lannister fonce à l'ouest secourir Port-Lannis contre les représailles des troupes du Nord...

— Tu as pour père un homme d'une intelligence hors pair, Devan, dit le roi au gamin, toujours campé près de lui. À l'écouter, je me dis : que n'ai-je davantage de contrebandiers à mon service. Et moins de lords. Encore que vous vous trompiez sur un point, Davos. La nécessité *existe* bel et bien. Si je laisse Accalmie sur mes arrières sans m'en être emparé, cela passera pour une déconfiture. Je ne puis tolérer pareille interprétation. On ne m'aime pas comme on aimait mes frères. On me suit parce qu'on me craint... et les défaites tuent la crainte. Il faut que le château tombe. » Sa mâchoire se mit à moudre latéralement. « Mouais, et *vite*. Non content d'avoir convoqué son ban, Doran Martell fortifie les cols. De là, ses Dorniens n'auraient qu'à se laisser glisser sur les Marches. Et Hautjardin est loin d'être épuisé. Mon frère avait laissé à Pont-l'Amer la plus grande partie de ses troupes – quelque soixante mille fantassins. J'ai envoyé mon beau-frère, ser Enol, et ser Parmen Crane les faire passer sous ma coupe, mais ils ne sont pas revenus. Je crains que ser Loras Tyrell ne les ait devancés et ne se soit adjugé cette infanterie.

— Raison de plus pour prendre au plus tôt Port-Réal. Sladhor Saan m'a dit...

— Sladhor Saan ne rêve que d'or ! explosa Stannis. Il en a la cervelle farcie, du trésor qu'imagine sa cupidité dans les caves du Donjon Rouge ! Aussi, plus un mot de Sladhor Saan. Le jour qui me verra réduit à quémander les avis militaires d'un brigand de Lys, ce jour-là, j'abdique ma couronne et je prends le noir. » Son poing se ferma. « Es-tu là pour me servir, contrebandier ? Ou pour me contrarier par des arguties ?

— Je vous appartiens.

— Alors, écoute-moi. Le lieutenant de ser Cortnay est un cousin des Fossovoie, lord de la Nouë. Un bleu de vingt ans. Qu'il arrive malheur à Penrose, et le commandement d'Accalmie échoit à ce jouvenceau. Ses parents le croient susceptible d'agréer mes conditions et de rendre la place.

— Cela me rappelle un autre jouvenceau à qui fut confié le commandement d'Accalmie. Il ne devait pas avoir beaucoup plus de vingt ans.

— Lord de la Nouë n'est pas la forte tête intransigeante que j'étais.

— Intransigeant ou pleutre, quelle différence ? Ser Cortnay Penrose m'a paru robuste et gaillard.

— Mon frère ne l'était pas moins, la veille de sa mort. La nuit est sombre et pleine de terreurs, Davos. »

Mervault sentit se hérisser les petits cheveux de sa nuque. « Je ne vous entends point, messire.

— Je ne vous demande pas de m'entendre. Uniquement de me servir. Ser Cortnay sera mort d'ici demain. Mélisandre l'a lu dans les flammes de l'avenir. Sa mort et comment. Pas en chevalier combattant, inutile de le préciser. » Il tendit sa coupe, et Devan l'emplit à nouveau. « Ses flammes ne mentent pas. Elle y avait lu aussi la fin de Renly. Dès Peyredragon. Et elle en avait informé Selyse. Alors que lord Velaryon et votre copain Sladhor Saan voulaient que j'appareille contre Joffrey, Mélisandre m'a dit que, si je me portais sur Accalmie, j'y gagnerais la fine fleur des forces de mon frère, et elle voyait juste.

— M-mais... bredouilla Davos, lord Renly ne vint ici que parce que vous aviez mis le siège devant le château. Il était en train de marcher sur Port-Réal, contre les Lannister, il aurait... »

Stannis s'agita sur son siège, les sourcils froncés. « *Était*, *aurait*, qu'est-ce là ? Il fit ce qu'il fit. Il vint ici, avec ses bannières et ses pêches, au-devant de sa fin... et il le fit pour mon plus grand profit. Mélisandre lut aussi dans ses flammes une autre journée. Ce matin-là, Renly venait du sud dans son armure verte écraser mon armée sous les remparts de Port-Réal. Si la rencontre avec mon frère avait eu lieu là, peut-être est-ce moi qui aurais péri.

— Ou qui auriez joint vos forces aux siennes pour abattre les Lannister, objecta Davos. Pourquoi pas ? Si elle a lu deux avenirs, eh bien... *tous deux* ne peuvent être vrais. »

Le roi pointa un doigt sur lui. « Là, tu te trompes, Chevalier Oignon. Certaines lumières projettent plus d'une ombre. Place-toi devant un feu, la nuit, et tu le constateras de tes propres yeux. Les flammes s'agitent et dansent sans jamais s'immobiliser. Les ombres grandissent et s'amenuisent, et chaque homme en projette une bonne douzaine. D'aucunes plus pâles que leurs voisines, voilà tout. Bref, les êtres projettent de même leurs ombres sur l'avenir. Une ou plusieurs. Et Mélisandre les voit toutes.

« Tu ne la portes pas dans ton cœur, je le sais, Davos, je ne suis pas aveugle. Mes grands vassaux ne l'aiment pas non plus. Estremont réprouve le choix du cœur ardent et demande à combattre sous le cerf couronné comme par le passé. Selon ser Guyard, je ne devrais pas avoir une femme pour porte-enseigne. D'autres chuchotent que sa présence est déplacée dans mes conseils de guerre, que s'imposerait son renvoi pur et simple à Asshai, que c'est péché que de la garder sous ma tente la nuit. Mouais, ils chuchotent... tandis qu'elle sert.

— Sert comment ? s'enquit Davos, effaré d'avance de la réponse.

— Comme de besoin. » Le roi le scruta. « Et toi ?

— Moi... » Davos se passa la langue sur les lèvres. « Moi, je suis à vos ordres. Qu'attendez-vous de moi ?

— Rien que tu n'aies déjà fait. Juste d'accoster dans le noir, ni vu ni connu, sous le château. Peux-tu faire cela ?

— Oui. Cette nuit ? »

Bref signe d'acquiescement. « Il te faudra un petit bateau. Pas *La Botha noire*. Personne ne doit être au courant. »

Davos voulut protester. Il était chevalier, maintenant, non plus un contrebandier, et jamais n'avait été un assassin. Mais il eut beau ouvrir la bouche, les mots se refusèrent à lui. Son vis-à-vis était *Stannis*, son maître équitable, à qui il devait tout ce qu'il était. De qui relevaient au surplus ses fils. *Bonté divine ! mais que lui a-t-elle donc fait ?*

« Te voici bien silencieux », observa Stannis.

Et je devrais le rester, songea-t-il, sans pouvoir cependant s'empêcher de dire : « Il vous faut le château, mon seigneur, je le vois à présent, mais il existe sûrement d'autres moyens. Des moyens *plus propres*. Si vous lui laissez le bâtard, peut-être ser Cortnay acceptera-t-il de se rendre ?

— Il me faut le garçon, Davos. Me le *faut*. Mélisandre l'a également lu dans ses flammes. »

Davos tâtonna en quête d'une solution différente. « Accalmie n'a pas de chevalier susceptible de tenir tête à ser Guyard, lord Caron ou cent autres de vos épées liges. Ce combat singulier... ne serait-il pas pour ser Cortnay une espèce d'échappatoire ? un biais pour capituler sans manquer à l'honneur ? Dût-il y perdre lui-même la vie ? »

Un trouble fugace comme un nuage traversa la physionomie du roi. « Il mijote probablement quelque tricherie. Ce duel de champions n'aura pas lieu. Dès avant de me jeter son gant, ser Cortnay était un homme mort. Les flammes ne mentent pas, Davos. »

Mais on a quand même recours à moi pour qu'elles deviennent véridiques. Cela faisait une éternité que Davos Mervault n'avait éprouvé semblable affliction.

Ainsi se retrouva-t-il traversant derechef la baie des Naufrageurs à la faveur des ténèbres et sous voile noire, mais à la barre cette fois d'une coque de noix. Le ciel était pareil, et pareille la mer. Pareil parfum de sel flottait dans l'atmosphère, et les flots clapotaient contre la coque exactement comme il s'en souvenait. Mille feux de camp clignotaient autour du château, pareils aux mille feux de camp Tyrell et Redwyne, seize années plus tôt. Là s'arrêtaient les analogies.

C'était à l'époque la vie que, sous des dehors d'oignons, j'apportais à Accalmie. Aujourd'hui, c'est la mort, sous les dehors de Mélisandre d'Asshai. Voilà seize ans, les rafales faisaient tellement battre et claquer les voiles qu'il avait dû affaler et poursuivre à rames emmitouflées. Et, même ainsi, le cœur dans le gosier... À bord des galères Redwyne, l'attention des vigies avait toutefois fini par se relâcher, après tant de mois, et il s'était faufilé au travers du blocus comme un frisson de satin noir.

Maintenant, les seuls bâtiments en vue appartenaient à Stannis, et le seul risque était de se laisser repérer par quelque guetteur des remparts. Mais, même ainsi, les nerfs tendus comme une corde d'arc.

Pelotonnée sur un banc de nage, Mélisandre disparaissait dans les vastes plis d'un manteau rouge sombre qui l'enveloppait de pied en cap, flaque pâle sous le capuchon. Davos adorait l'eau. Jamais il ne dormait mieux qu'avec un pont roulant sous lui, et les soupirs du vent dans ses gréements lui charmaient plus délicieusement l'oreille que les plus harmonieux accents de harpe. Or, cette nuit, la mer elle-même ne lui procurait aucun réconfort. « Toute votre personne respire la peur, chevalier, dit tout bas la femme rouge.

— La nuit est sombre et pleine de terreurs, m'a dit un jour quelqu'un. Et je ne suis pas chevalier, cette nuit. Cette nuit, je suis à nouveau Davos le contrebandier. Puissiez-vous n'être qu'un oignon vous-même... »

Elle gloussa. « C'est moi qui vous fais peur ? Ou ce que nous faisons ?

— Ce que *vous* faites. Je n'y prendrai point de part.

— Votre main a hissé la voile. Votre main tient le gouvernail. »

Dents serrées, il se concentra sur la navigation. Les meutes d'écueils hargneux qui hérissaient la côte le contraignaient à gagner le large en attendant que le changement de marée permette de virer de bord. Dans son dos s'évanouissait Accalmie, mais la femme rouge n'en avait apparemment cure. « Êtes-vous homme de bien, Davos Mervault ? »

Un homme de bien ferait-il ceci ? « Je suis un homme, répondit-il. Tout en chérissant ma femme, j'en ai connu d'autres. Je me suis efforcé de me conduire en père avec mes fils et de les aider à se faire une place en ce monde. Et j'ai eu beau bafouer les lois, mouais, jamais jusqu'à cette nuit je n'ai eu l'impression d'être un scélérat. Je dirais plutôt que je suis un mélange, dame. De bien et de mal.

— Un homme gris, dit-elle. Ni blanc ni noir, mais participant des deux. Êtes-vous cela, ser Davos ?

— Et quand cela serait ? La plupart des hommes me paraissent gris.

— Si un oignon est à demi noir de pourriture, c'est un oignon pourri. On est un homme de bien ou un scélérat. »

Derrière, les feux s'étaient fondus en une lueur indistincte contre le ciel noir, presque invisible était devenue la terre. Il était temps d'inverser le cap. « Attention à votre tête, dame. » Il poussa sur le gouvernail, et l'esquif entreprit de décrire une boucle noire sur les flots noirs. Cramponnée d'une main au plat-bord et plus impassible que jamais, Mélisandre se baissa tandis que la bôme fauchait l'espace. Le bois craqua, la toile claqua dans des gerbes d'éclaboussures et un vacarme, eût juré tout autre que Davos, à jeter l'alarme dans le château. Mais les colossaux remparts d'Accalmie ne laissaient pénétrer de ce côté-là que le sempiternel fracas des vagues contre la falaise, encore que fort assourdi.

Une fois qu'ils cinglèrent droit au rivage, leur sillage n'étala plus qu'un bruissement soyeux. « Vous parlez d'hommes et d'oignons, reprit Davos. Et les femmes ? En va-t-il de même pour elles ? Êtes-vous bonne ou mauvaise, dame ? »

La question la fit pouffer. « Oh, bonne. Je suis moi-même une espèce de chevalier, cher ser. Un champion de la lumière et de la vie.

— Vous n'en avez pas moins l'intention de tuer un homme, cette nuit, dit-il. Et vous avez déjà tué mestre Cressen.

— Votre mestre s'est empoisonné de sa propre main. Il désirait m'empoisonner, mais j'étais protégée par une force beaucoup plus puissante, lui non.

— Et Renly Baratheon ? Qui l'a tué ? »

Elle tourna la tête. Dans l'ombre du capuchon, ses prunelles avaient le rougeoiement pâle de chandelles. « Pas moi.

— Menteuse. » Il était à présent certain.

Mélisandre se remit à rire. « Vous êtes perdu dans les ténèbres et la confusion, ser Davos.

— Et tant mieux. » Il désigna de la main les feux follets lointains qui vacillaient le long des créneaux d'Accalmie. « Sentez-vous comme le vent est froid ? Les gardes vont se blottir contre leurs torches. Un rien de chaleur, un brin de lumière, quel réconfort cela procure par une nuit comme celle-ci. Mais cela va les aveugler. Ils ne nous verront pas passer. » *J'espère.* « Le dieu des ténèbres nous protège à cette heure, dame. Même vous. »

À ces mots, les prunelles rouges parurent brûler d'un éclat plus vif. « Ne prononcez pas un tel nom, ser. Vous risquez d'attirer son œil noir sur vous. Il ne protège personne, je vous l'affirme. Il est l'ennemi de tout ce qui vit. Ce sont les torches qui, de votre propre aveu, nous dissimuleront. Le feu. Le don étincelant du Maître de la Lumière.

— À votre aise.

— Son aise, plutôt. »

Le vent tournait, Davos le sentait, le voyait au fasèyement de la toile noire. Il saisit les drisses. « Aidez-moi à amener la voile. Nous finirons le trajet à la rame. »

Ils carguèrent de conserve. La barque roulait sous leurs pieds. Davos installa les rames et, tout en les plongeant dans les lames noires, demanda : « Qui vous a servi de rameur, pour Renly ?

— Inutile, répondit-elle, il n'était pas protégé. Mais, ici... Cet Accalmie est une place ancienne. Les pierres en sont tissues de sorts – antiques, oubliés, mais toujours présents. Sombres murs que ne saurait traverser d'ombre.

— D'ombre ? » Davos en eut la chair de poule. « L'ombre est l'apanage des ténèbres...

— Vous êtes plus ignare qu'un bambin, chevalier. Il n'est pas d'ombres dans le noir. Les ombres sont les servantes de la lumière, les filles du feu. Plus vive est la flamme, plus sombres sont les ombres qu'elle projette. »

Chut, signifia-t-il, tout en ramant, le front plissé. Ils se rapprochaient du rivage, et les voix portent, sur les flots.

La nage sourde des avirons se perdait dans le gonflement régulier de la houle. La façade maritime d'Accalmie écrasait de sa masse énorme une falaise à pic de craie blanchâtre plus haute qu'elle de moitié pourtant. Au bas de celle-ci béait une gueule sombre, et c'est vers elle que, comme seize ans plus tôt, gouvernait ser Davos. Le tunnel débouchait sous le château dans une caverne où les seigneurs de l'Orage avaient jadis bâti leurs appontements.

Uniquement accessible à marée haute, l'abord en était même alors des plus traître, mais Davos avait conservé toute son adresse de contrebandier, et les rochers déchiquetés ne l'empêchèrent pas de se faufiler jusqu'en face de l'ouverture et de s'abandonner aux vagues pour y pénétrer. Elles se fracassaient à l'entour et giflaient la barque en la ballottant tantôt ci tantôt là, non sans tremper jusqu'à la moelle ses deux passagers. À peine émergea-t-il du gouffre un croc luisant de roc imperceptiblement trahi par sa bave rageuse que le rembarra une poussée soudaine d'aviron.

Puis la falaise les avala, les ténèbres les engloutirent et les eaux s'apaisèrent, l'esquif ralentit sa course, tournoya. Répercuté par les échos de la caverne, leur souffle parut les envelopper. Davos ne s'était pas attendu à cette nuit de poix. Seize ans plus tôt, des torches éclairaient le tunnel tout du long, des regards affamés luisaient à chacune des meurtrières de la voûte. La herse se trouvait quelque part au-delà. Retenue par les rames, la barque alla sur son erre y heurter quasiment sans bruit.

« Impossible d'aller plus loin, si vous ne disposez d'un complice, à l'intérieur, pour nous lever la grille », chuchota Davos, et ses chuchotements se débandèrent sur le clapotis comme une nichée de souris feutrées.

« Avons-nous franchi l'enceinte ?

— Oui. Elle nous surplombe, mais je vous l'ai dit, impossible d'aller plus loin. La herse descend jusqu'au fond. Et même un enfant ne pourrait se glisser entre ses barreaux. »

Point d'autre réponse qu'un léger froufrou. Puis une lumière éclaboussa les ténèbres.

Le souffle coupé, Davos leva une main pour se protéger les yeux. Mélisandre avait repoussé sa coule et, d'un simple mouvement d'épaules, dépouillé sa robe vaporeuse. Elle était nue, dessous, et grosse à accoucher. Ses seins gonflés pendaient lourdement sur son buste, et son ventre semblait sur le point d'éclater. « *Les dieux nous préservent* », murmura-t-il, et elle répliqua par un rire de gorge étouffé, rauque. Ses prunelles étaient des charbons ardents, la sueur qui lui emperlait la peau rutilait, comme incandescente de son propre feu. Mélisandre *irradiait*.

Haletante, elle s'accroupit, jambes écartées. Le sang ruisselait sur ses cuisses, un sang noir comme de l'encre. Elle poussa un cri d'extase ou d'agonie si ce n'étaient, comment savoir ? les deux, tandis que surgissait le crâne de l'enfant. Les bras se libérèrent en gigotant convulsivement, des doigts noirs serpentèrent autour des cuisses crispées de Mélisandre qui continua de pousser jusqu'à ce que l'ombre tout entière se fût extirpée au monde et dressée, plus grande que Davos, aussi haute que le tunnel, au-dessus du bateau. Il n'eut qu'une seconde pour la regarder avant qu'elle ne s'éclipse, ne s'insinue entre les barreaux de la herse et ne détale à la surface des eaux, mais cette seconde dura bien assez.

Cette ombre, il la connaissait. Comme il connaissait l'homme qui la projetait.

JON

L'appel survint telle une vrille au plus noir de la nuit. Jon s'accouda, la force de l'habitude lui fit simultanément empoigner Grand-Griffe, déjà s'agitait le camp. *Le cor qui secoue les dormeurs*, songea-t-il.

La longue note basse persistait, à la limite de l'audible. Les sentinelles de l'enceinte battaient, muettes, la semelle, l'haleine au gel et la tête tournée vers l'ouest. Lorsque le son du cor eut achevé de s'évanouir, le vent lui-même cessa de mugir. Les hommes se dépêtraient de leurs couvertures, saisissaient piques et ceinturons, se démenaient en silence, l'oreille aux aguets. Un cheval s'ébroua, que quelqu'un fit taire. Un instant, la forêt tout entière eut l'air de retenir également son souffle. À l'affût d'un second appel, les frères de la Garde de Nuit priaient qu'il ne retentît point, tout en craignant de ne pas l'entendre.

Après que le silence se fut prolongé de manière intolérable et leur eut appris que le cor ne sonnerait plus, ils se sourirent mutuellement d'un air penaud, comme pour nier que l'angoisse les eût étreints. Jon Snow ranima le feu et, pendant qu'il s'habillait, bouclait son ceinturon, enfilait ses bottes, époussetait son manteau et en secouait la rosée avant de se l'arrimer aux épaules, le gai brasillement des flammes lui jeta au visage des bouffées de chaleur bienvenues. À l'intérieur de la tente, il entendait bouger le lord Commandant. Qui, quelques instants plus tard, souleva la portière. « Une seule sonnerie ? » Perché sur son épaule, son corbeau se taisait, plume ébouriffée, l'air piteux.

« Une seule, messire, confirma-t-il. Des frères qui reviennent. »

Mormont s'approcha du feu. « Le Mimain. Pas si tôt. » Au fil des jours, l'attente l'avait rendu de plus en plus quinteux ; un peu plus, et il mettait bas des oursons. « Veille qu'il y ait un repas chaud pour les hommes et du fourrage pour les chevaux. Je veux voir Qhorin dès son arrivée.

— Je vous l'amènerai, messire. » Comme on comptait recevoir les hommes de Tour Ombreuse beaucoup plus tôt, leur retard, que se passait-il ? n'avait pas manqué d'alarmer. À l'heure de la popote, Edd-la-Douleur n'était pas le seul à se répandre en marmonnements sinistres. Ser Ottyn Wythers préconisait de se replier le plus tôt possible sur Château noir. Ser Mallador Locke se serait plutôt porté sur Tour Ombreuse, dans l'espoir de relever la piste de Qhorin et d'apprendre ce qu'il était advenu de lui. Et Thoren Petibois voulait une incursion dans les montagnes. « Mance Rayder sait qu'il lui faudra affronter la Garde, avait-il déclaré, mais jamais il ne s'attendra à nous voir tellement au nord. Si nous remontons la Laiteuse, nous pouvons le prendre à l'improviste et tailler des croupières à ses troupes dès avant qu'il ne se doute de notre présence.

— Il aurait l'avantage du nombre, et comme ! objectait ser Ottyn. Craster a dit qu'il rassemblait une grande armée. Des milliers d'hommes. Sans Qhorin, nous ne sommes que deux cents.

— Lâchez deux cents loups sur dix mille brebis, ser, et voyez ce qu'il en arrive, répondait Petibois, plein d'aplomb.

— Il y a des chèvres, parmi ces brebis, Thoren, avertissait Jarman Buckwell. Mouais, voire quelques lions. Clinquefrac, Harma la Truffe, Alfyn Freux-buteur...

— Je les connais aussi bien que toi, Buckwell ! jappa Thoren. Et je veux me payer leur tête, tous. C'est des *sauvageons*. Pas des soldats. Quelques centaines de fiers-à-bras, plus ou moins bourrés, dans un gros troupeau de femelles, de chiards et de serfs. Qu'on va te balayer vite fait tout ça et te les renvoyer piailler dans leurs gourbis. »

Des heures à disputailler de la sorte sans arriver à se mettre d'accord. Trop tenace pour battre en retraite, le Vieil Ours ne voulait pas davantage aller tête baissée le long de la Laiteuse chercher bataille. Si bien qu'en définitive on n'avait résolu que de patienter quelques jours de plus et, si ne se manifestait entre-temps le détachement de Tour Ombreuse, de reprendre alors les discussions.

À présent qu'il l'avait fait cesseraient les moratoires indéfinis, on allait enfin décider quelque chose. Toujours ça, se réjouissait Jon, à défaut de mieux. Et, s'il fallait en venir aux mains avec Mance Rayder, au plus vite, alors.

Il trouva Edd-la-Douleur en veine de lamentations sur le thème : comment voudriez-vous que je ferme l'œil quand il y a dans les bois des gens qui tiennent absolument à sonner du cor ? et lui fournit nouveau sujet de récriminations. Réveillé par eux deux, Hake accueillit quant à lui par des bordées d'injures les ordres du Vieil Ours, mais à peine se fut-il levé qu'une douzaine de frères se retrouvaient attelés à débiter des betteraves pour sa soupe.

Comme Jon poursuivait sa route au travers du camp, Sam s'essouffla au-devant de lui, la face aussi blême et bouffie que la lune sous la bure noire. « Entendu le cor... Ton oncle est de retour ?

— Ce ne sont que les types de Tour Ombreuse. » Il ne se cramponnait plus si farouchement à l'espoir de jamais revoir Benjen Stark vivant. Le manteau découvert au bas du Poing pouvait avoir appartenu autant à celui-ci qu'à l'un de ses hommes, Mormont lui-même en était convenu, mais pourquoi son propriétaire, après en avoir enveloppé le verredragon, l'avait enfoui là, nul ne le savait. « Faut que j'y aille, Sam. »

Du côté de l'entrée, les gardes retiraient des épieux du sol à demi gelé pour faciliter le passage. Les premiers frères de Tour Ombreuse ne tardèrent guère à zigzaguer le long de la pente, tout de cuir et de fourrures emmitouflés ; de-ci de-là se discernait un miroitement de bronze ou d'acier ; de fortes barbes hérissaient leurs traits émaciés, et tout cela leur donnait l'allure hirsute de leurs bourrins. À la stupeur de Jon, certains chevaux portaient deux hommes. De plus près, l'évidence s'imposait qu'il y avait là pas mal de blessés. *Sont tombés sur un os, en route...*

Sans l'avoir jamais vu, il reconnut instantanément Qhorin Mimain. Une figure presque légendaire de la Garde ; aussi lent de paroles que prompt à agir, aussi droit et dégingandé qu'une pique, il portait solennellement des membres interminables et, contrairement à ses hommes, était rasé de frais. De sous le heaume s'échappaient en une lourde tresse des cheveux touchés par la gelée blanche, et sa tenue noire était si délavée qu'on l'eût dite grise. À la main qui tenait les rênes ne subsistaient que le pouce et l'index. Les autres doigts avaient été sectionnés en contrant la hache d'un sauvageon qui, sans cela, lui fendait le crâne. On racontait qu'il avait alors balancé son poing mutilé dans la gueule de l'adversaire et profité de ce que le sang l'aveuglait pour lui régler son compte. À dater de ce jour, en tout cas, les sauvageons n'avaient pas eu d'ennemi plus implacable, au-delà du Mur.

Jon le héla. « Le lord Commandant vous demande sur-le-champ. Je vais vous conduire à sa tente. »

Qhorin démonta d'un bond. « Mes hommes ont faim, et il faut panser nos chevaux.

— Paré. »

Le patrouilleur confia sa monture à l'un de ses hommes et lui emboîta le pas. « Tu es Jon Snow. Tu ressembles à ton père.

— Vous l'avez connu, messire ?

— Pas de messire. Je ne suis qu'un frère de la Garde de Nuit. J'ai connu lord Eddard, oui. Et son père avant lui. »

Ses longues enjambées forçaient Jon à presser le pas pour se maintenir à sa hauteur. « Lord Rickard est mort avant ma naissance.

— Il était un ami de la Garde. » Qhorin jeta un coup d'œil en arrière. « On dit qu'un loup-garou court sur tes talons.

— Fantôme. Il devrait être de retour à l'aube. Il chasse, la nuit. »

Sur le feu du Vieil Ours, Edd-la-Douleur faisait frire à la poêle une tranche de lard et durcir une douzaine d'œufs dans la bouilloire. Mormont occupait son fauteuil pliant de cuir et de bois. « Voilà un moment que je m'inquiétais de vous. Vous avez eu des ennuis ?

— Une rencontre avec Alfyn Freux-buteur. Mance l'avait envoyé en éclaireur le long du Mur, et le hasard a voulu qu'on lui tombe sur le râble quand il repartait. » Il retira son heaume. « Lui ne tracassera plus le royaume, mais certains des siens nous ont échappé. Nous en avons abattu le plus possible, mais il se peut qu'une poignée parvienne à regagner les montagnes.

— Et le coût ?

— Quatre frères tués. Une douzaine blessés. Trois fois moins que l'adversaire. Et nous avions fait deux prisonniers. Un qui est mort trop vite de ses blessures. L'autre qui a vécu assez longtemps pour qu'on l'interroge.

— Mieux vaut parler de ça dedans. Jon vous apportera une corne de bière. Ou bien préféreriez-vous du vin chaud ?

— De l'eau bouillie suffira. Un œuf et un bout de lard.

— Comme il vous plaira. » Mormont souleva la portière, Qhorin Mimain se baissa pour entrer, disparut.

Edd se mit à tripoter les œufs dans la bouilloire avec une cuiller. « Je les envie, dit-il. M'irait assez, un coup de bouillon, moi aussi. Dommage qu'y a pas la place, j'y ferais un plouf. Quoique j'aimerais mieux du pinard que de la flotte. Chaud et paf, y a pire, comme mort. J'ai connu un frère qui s'est noyé dans le vin, une fois. De la piquette, quoique, et que sa barbaque a pas rendue meilleure.

— Tu en as bu ?

— Te vous retourne, un frère mort, là. Pas de trop, la rincée, lord Snow, pour se requinquer. » Il touilla de nouveau, ajouta une pincée de muscade.

Jon s'accroupit auprès du feu et le tisonna fiévreusement avec un bâton. De la tente lui parvenaient, ponctués par les cris rauques du corbeau et le timbre plus sourd de Qhorin Mimain, les grognements bourrus du Vieil Ours, mais il ne saisissait rien des propos. *Alfyn Freuxbuteur tué, voilà une bonne chose.* Le sobriquet de ce pillard des plus sanguinaire exprimait assez sa haine des frères noirs. *D'où vient donc qu'après une telle victoire Qhorin parlait d'un ton si grave ?*

Il s'était bercé de l'espoir que l'arrivée du corps de Tour Ombreuse remonterait le moral du camp. En rentrant de pisser, la nuit dernière encore, il avait surpris les murmures de cinq ou six types blottis autour des braises et, entendant Chett maugréer qu'il n'était que temps de rebrousser chemin, s'était immobilisé dans le noir, tout oreilles. « C't une lubie de vioque, c'te expédition. On trouv'ra qu' nos tombes, dans leurs montagnes.

— Aux Crocgivre, y a des géants, des zomans, puis plein d' trucs'cor' pus pires, dit Fauvette des Sœurs.

— J'irai pas, moi, promis.

— Com' si l' Vieil Ours, y va t' laisser l' choix !

— P't-êt' à lui qu'on l' laiss'ra pas, nous... », dit Chett.

Là-dessus, l'un des chiens s'était mis à gronder, museau dressé, forçant Jon à se défiler ni vu ni connu. *Je n'étais pas censé traîner dans le coin.* Il envisagea d'informer Mormont, mais moucharder ses frères, s'agît-il de frères tels que Chett et Fauvette, lui répugnait. *Ce n'étaient d'ailleurs que des caquets creux*, se rassura-t-il. *Ils ont froid, ils ont peur – notre cas à tous.* Il était dur d'attendre, là, sur ce piton rocheux cerné par la forêt, dans l'angoisse de ce que serait demain. *Le plus redoutable des ennemis est l'ennemi qu'on ne voit pas.*

Il dégaina son nouveau poignard et se perdit dans la contemplation des flammes qui miroitaient sur la noire lame d'obsidienne. Il en avait taillé lui-même le manche de bois puis arrimé tout autour un cordon de chanvre pour améliorer la prise. Moche mais pratique. Et, ne déplaise à Edd-la-Douleur qui assurait que ce genre de poignard avait à peu près autant d'efficacité que les mamelons sur le corselet de plates d'un chevalier, le verredragon, même s'il était beaucoup plus cassant, tranchait mieux que l'acier.

Ce n'est quand même pas pour rien qu'on l'avait enterré...

Il avait réalisé deux autres poignards analogues, un pour Grenn et un pour le lord Commandant. Quant au cor de guerre, qui s'était à l'examen révélé fendu et, une fois nettoyé, éraillé du bord et rebelle à produire le moindre son, Sam en hérita, qui aimait les vieilleries, fût-ce sans valeur. « Fais-t'en une corne à boire, conseilla Jon. Chaque lampée te rappellera que tu as patrouillé au-delà du Mur jusqu'au Poing des Premiers Hommes. » Il lui avait offert en outre une pointe de lance et une douzaine de têtes de flèches, et distribué le reste comme porte-bonheur à divers amis.

Quoique le présent de Jon eût semblé lui faire plaisir, le Vieil Ours n'en persistait pas moins à préférer porter un poignard d'acier, mais toute cette histoire, qui ? pour quoi ? le laissait perplexe. *Peut-être Qhorin saura-t-il, lui.* Mimain s'était enfoncé beaucoup plus avant que quiconque, en effet, dans ces contrées sauvages.

« Tu veux servir, ou je m'en charge ? »

Jon rengaina son arme. « J'y vais. » Il désirait entendre ce qui se disait.

Edd découpa trois tranches épaisses dans une miche d'avoine rassise, les plaça sur une écuelle de bois, les couvrit de lard et les arrosa de graisse fondue, emplit un bol d'œufs durs, et Jon, un récipient dans chaque main, pénétra dans la tente.

Assis en tailleur à même le sol, Qhorin se tenait toujours aussi droit. La flamme animée des chandelles acérait la rudesse de son visage. « ...Clinquefrac, le Geignard et tous les autres chefs, petits et grands, disait-il. Ils ont aussi des zomans, des mammouths, et des troupes beaucoup plus fortes que dans nos pires cauchemars. Du moins le prétendait-il. Je n'en jurerais pas, pour ma part. Ebben croit qu'il ne nous déballait toutes ces salades que pour vivre un moment de plus.

— Vrai ou faux, le Mur doit être prévenu, dit le Vieil Ours, tandis que Jon déposait les mets entre eux. Et le roi.

— Lequel ?

— Tous. Authentiques ou pas. Puisqu'ils prétendent au royaume, qu'ils le défendent. »

Mimain se servit un œuf dont il écrasa la coquille contre le bol. « Ces rois en feront à leur guise, dit-il, tout en le décortiquant. Pas grand-chose, vraisemblablement. Winterfell est notre meilleur espoir. Il faut que les Stark regagnent le Nord.

— Oui. Nul doute. » Le Vieil Ours déroula une carte qui lui fit froncer les sourcils, la repoussa de côté, en déploya une autre. Il cherchait à localiser, manifestement, le point où se produirait l'attaque. Des dix-sept places jadis tenues sur les centaines de lieues du Mur et abandonnées une à une au fur et à mesure que ses effectifs s'amenuisaient, la Garde de Nuit n'en conservait que trois, fait que Mance Rayder n'ignorait pas plus qu'eux. « Ser Alliser Thorne devrait nous ramener de Port-Réal de nouvelles recrues. Si nous déplaçons une partie des garnisons de Tour Ombreuse et de Fort-Levant vers Griposte et Longtertre...

— Griposte est quasiment en ruine. Mieux vaudrait La Roque, si l'on trouve assez d'hommes. Voire Glacière et Noirlac. Avec des patrouilles quotidiennes entre eux sur le chemin de ronde.

— Des patrouilles, mouais. Si possible deux fois par jour. En lui-même, le Mur constitue un formidable obstacle. Sans défenseurs, il ne saurait arrêter l'agresseur, mais il le retardera. Plus nombreuse sera son armée, plus il lui faudra de temps. À en juger d'après le vide qu'ils ont fait derrière eux, les sauvageons comptent emmener leurs femmes et leurs gosses. Leur bétail aussi... et avez-vous jamais vu une chèvre grimper une échelle ? une corde ? Il leur faudra donc construire des gradins, ou une rampe colossale... ce qui leur prendra une lune au moins, plutôt davantage. Mance pigera que sa meilleure chance est de passer *sous* le Mur. Par une porte ou...

— Une brèche. »

Mormont redressa brusquement la tête. « Quoi ?

— Il ne projette ni d'escalader le Mur ni de le creuser par-dessous, messire, mais d'y ouvrir une brèche.

— Le Mur a sept cents pieds de haut, et il est d'une telle épaisseur à la base qu'il faudrait y atteler pendant une année des centaines d'hommes armés de haches et de pics pour l'éventrer.

— Et encore... »

Mormont tira sur sa barbe, le front plissé. « Comment, alors ?

— Par le seul autre moyen : la magie. » D'un coup de dents, Qhorin ouvrit l'œuf en deux. « Sans cela, pourquoi Mance choisirait-il d'assembler ses forces aux Crocgivre ? Ils sont rudes, déserts, et à une distance de marche harassante du Mur.

— J'espérais qu'il avait choisi ces montagnes pour opérer sa concentration sans se laisser repérer par mes patrouilleurs.

— Possible, admit Qhorin en terminant son œuf, mais pas uniquement, selon moi. Il cherche quelque chose parmi ces hauteurs glacées. Il est en quête de quelque chose qui lui manque.

— Quelque chose ? » Son corbeau dressa le bec et poussa un piaulement suraigu qui, dans l'espace réduit de la tente, fit l'effet d'un coup de couteau.

« Une espèce de pouvoir. Notre captif n'a pu nous préciser lequel. Nous l'avons peut-être interrogé trop vivement, il est mort sans le révéler. Il ne le savait du reste sans doute pas. »

Dehors, s'aperçut Jon, le vent s'était remis à souffler, qui exhalait des murmures acides en s'insinuant dans chaque faille de l'enceinte et saccadait les amarres de la tente. Mormont se frictionna la bouche d'un air songeur. « Une espèce de pouvoir... répéta-t-il. Faut que je sache.

— Alors, envoyez des éclaireurs dans les montagnes.
— Pas bien envie d'y risquer davantage d'hommes.
— Nous n'y perdrions que la vie. N'est-ce pas pour la défense du royaume que nous avons endossé nos manteaux noirs ? À votre place, j'enverrais quinze hommes en trois groupes de cinq. Les deux premiers pour explorer respectivement la Laiteuse et le col Museux, le troisième pour escalader la Chaussée du Géant. Avec Thoren Petibois, Jarman Buckwell et moi-même à leur tête. Pour apprendre ce qui se trame dans ces montagnes.
— *Trame !* piailla le corbeau, *trame !* »
Le menton dans la poitrine, Mormont poussa un profond soupir. « Je ne vois pas d'autre solution, convint-il, mais si vous ne revenez pas...
— Il reviendra toujours quelqu'un des Crocgivre, messire, affirma le patrouilleur. Soit nous, tous en pleine forme et gaillards. Soit Mance Rayder, et vous lui coupez carrément le passage. Il ne peut se permettre de marcher vers le sud et de vous ignorer : il vous aurait sur les talons, harcelant ses arrières. Il sera obligé d'attaquer. Malgré la force de votre position.
— Force relative... marmonna Mormont.
— Soit. Admettons que nous y passions tous. Notre mort achètera toujours du temps pour nos frères du Mur. Le temps de rétablir des garnisons dans les forts désertés et d'en regeler les portes, le temps d'appeler à l'aide seigneurs et rois, le temps de fourbir leurs haches et de réparer leurs catapultes. Nos vies seront des fonds sainement dépensés.
— *Mort*, ronchonna le corbeau en arpentant les épaules de son maître, *mort, mort, mort*. » Le Vieil Ours demeura d'abord prostré et muet. Comme si la corvée de parler lui était devenue d'une pesanteur excessive. Il finit cependant par souffler : « Que les dieux me pardonnent. Choisissez vos hommes. »
Qhorin Mimain se détourna. Ses yeux croisèrent ceux de Jon et s'y attachèrent un long moment. « Très bien. Je prends Jon Snow. »

Mormont tiqua. « Il n'est guère plus qu'un gamin. Mon ordonnance, en plus. Pas même patrouilleur.

— Pour votre service, Tallett est capable de le suppléer, messire. » Qhorin brandit les deux doigts de sa main mutilée. « Les anciens dieux sont toujours puissants, de ce côté-ci du Mur. Les dieux des Premiers Hommes... et des Stark. »

Mormont dévisagea Jon. « Que veux-tu, toi ?

— Y aller », répondit-il sans hésiter.

Le vieillard sourit tristement. « Je m'y attendais. »

L'aube s'était levée quand Jon franchit la portière de la tente aux côtés de Qhorin Mimain. Un tourbillon de vent les enveloppa, qui déploya leurs manteaux noirs en éparpillant une volée de cendres et d'étincelles.

« On part à midi, déclara le patrouilleur. Débrouille-toi pour trouver ton loup. »

TYRION

« La reine veut éloigner le prince Tommen. » Tout seuls qu'ils étaient, à genoux dans le noir silence du septuaire où les cierges les entouraient d'ombres incertaines, Lancel se gardait d'élever la voix. « Lord Gyles va le prendre à Rosby et l'y cacher déguisé en page. Le plan prévoit de lui brunir les cheveux et de le présenter à tous comme le fils d'un obscur chevalier.

— Qui redoute-t-elle ? L'émeute, ou moi ?

— Les deux.

— Ah. » Tyrion apprenait à l'instant cette nouvelle manigance. Les oisillons de Varys s'étaient-ils montrés déficients, pour une fois ? Il devait bien leur arriver de somnoler, comme à un chacun... – mais n'était-ce pas plutôt l'eunuque qui jouait un jeu plus subtil et serré que subodoré ? « Soyez remercié, ser.

— M'accorderez-vous la faveur dont je vous ai prié ?

— Peut-être. » Lancel désirait obtenir un poste de commandement lors de la bataille à venir. Un moyen superbe de périr avant que n'ait fini de croître ce brin de moustache, mais les jeunes chevaliers se figurent toujours invincibles...

Après que son cousin se fut esquivé sans bruit, Tyrion s'attarda le temps d'allumer un cierge à l'un de ceux qui brûlaient déjà devant l'autel du Guerrier. *Veille sur mon frère, espèce de salopard, il est l'un des tiens.* Puis d'en offrir un autre, pour lui-même, à l'Étranger.

Le Donjon Rouge était plongé dans les ténèbres, cette nuit-là, quand Bronn se présenta. Le nain était en train de faire couler de la cire d'or pour sceller une lettre. « Apporte-moi ça à ser Jacelyn.

— Ça dit quoi ? » À défaut de savoir lire, Bronn ne se privait pas de questionner impudemment.

« Qu'il doit prendre cinquante de ses meilleures épées pour aller patrouiller sur la route de la Rose. » Il imprima son sceau dans la cire molle.

« Stannis va plutôt remonter la route royale.

— Oh, je sais bien. Avertis Prédeaux de ne tenir aucun compte de ce que contient la lettre et d'emmener ses hommes vers le nord. Il lui faut tendre une embuscade sur la route de Rosby. Lord Gyles va partir dans un jour ou deux pour ses terres avec une douzaine d'hommes d'armes, quelques serviteurs et mon neveu Tommen. Celui-ci peut-être accoutré en page.

— Et vous voulez qu'il le ramène, c'est ça ?

— Non. Je veux qu'il le mène quand même à Rosby. » Tout bien réfléchi, faire quitter la ville à l'enfant était l'une des meilleures idées de Cersei. Là-bas, il serait à l'abri de l'émeute, et sa séparation d'avec son frère compliquerait les choses pour Stannis qui, dût-il prendre Port-Réal et supprimer Joffrey, aurait encore un prétendant Lannister à affronter. « Lord Gyles est trop mal fichu pour courir et trop pleutre pour se battre. Il donnera l'ordre au gouverneur du château d'ouvrir les portes. Une fois dans les murs, Prédeaux expulsera la garnison et veillera sur la sécurité de Tommen. Demande-lui si *lord* Prédeaux charme son oreille.

— Lord Bronn sonnerait mieux. Je vous attraperais le gosse aussi bien, moi. Avec une lorderie à la clef, je suis tout prêt à lui donner de l'à-dada sur mon genou et à lui chanter des berceuses.

— J'ai besoin de toi ici », dit Tyrion. *Et aucune envie de te confier mon neveu.* S'il arrivait malheur à Joffrey, par hasard, les prétentions des Lannister au trône de Fer retomberaient tout entières sur les frêles épaules de Tommen. Que défendraient les manteaux d'or de ser

Jacelyn, alors que les reîtres de Bronn étaient hautement susceptibles de le vendre à ses ennemis.

« Qu'est censé faire le nouveau lord de l'ancien ?

— Ce qui lui chante, à condition qu'il n'oublie pas de le nourrir. Je ne veux pas de mort. » Il repoussa son siège de la table. « Ma sœur va charger un membre de la Garde d'escorter son fils. »

Bronn s'en fichait éperdument. « Comme il est le chien de Joffrey, le Limier ne le quittera pas. Les manteaux d'or de Main-de-fer ne devraient pas avoir grand mal à maîtriser les autres.

— Si l'on en vient là, dis à ser Jacelyn d'épargner la vue du massacre à Tommen. » Il s'enveloppa dans un lourd manteau de laine brun sombre. « Viens. Je t'accompagne un bout de chemin.

— Chataya ?

— Tu me connais trop bien. »

Ils sortirent par une poterne percée dans le mur nord, et Tyrion mit son cheval au trot pour descendre l'allée Sombrenoir. Au bruit des sabots sur les pavés, des formes furtives se précipitaient parfois dans les venelles adjacentes, mais personne n'osa accoster les deux cavaliers. Le Conseil avait prorogé le couvre-feu, et la peine capitale guettait quiconque serait pris dehors après le dernier carillon du soir. La mesure avait rendu un semblant de paix à Port-Réal et réduit des trois quarts le nombre des cadavres que l'on ramassait au matin dans le dédale, mais elle lui valait, à en croire Varys, les malédictions de la populace. *Qui devrait être reconnaissante de conserver suffisamment de souffle pour maudire.* Deux manteaux d'or les interpellèrent alors qu'ils longeaient le boyau de la Dinanderie mais, en se rendant compte qu'ils avaient affaire à la Main, ils lui présentèrent leurs plates excuses et l'invitèrent d'un signe à continuer. Et Tyrion se retrouva seul lorsque Bronn, enfin, bifurqua vers la porte de la Gadoue.

Il se dirigeait vers le bordel de Chataya quand, brusquement, la patience l'abandonna. Il se retourna sur sa selle pour scruter ses arrières. Rien n'indiquait qu'on le suivît. Toutes les fenêtres étaient sombres ou leurs volets hermétiquement clos. Ne s'entendait rien d'autre que la brise embouquant les venelles. *Si Cersei me fait filer, cette nuit, son sbire doit s'être déguisé en rat.* « Au diable ces enfoirés ! » grommela-t-il. Il en avait par-dessus la tête, de faire gaffe. Il fit volter son cheval et l'éperonna. *Si j'en ai un au train, nous verrons bien qui de nous est meilleur cavalier.* Et il enfila au galop les rues éclairées par le clair de lune et, faisant feu des quatre fers sur les pavés, fusa par les ruelles en pente ou sinueuses, tantôt grimpant, dévalant tantôt, mais courant toujours, tout à ses amours.

Comme il heurtait à l'huis, de vagues accords mélodieux s'effilochèrent jusqu'à lui par-dessus le mur de pierre hérissé de dards. L'un des natifs d'Ibben l'introduisit. Tout en lui remettant son cheval, Tyrion s'étonna : « Qu'est-ce là ? » Par les fenêtres vitrées en pointe-de-diamant de la salle se déversaient des flots de lumière jaune, et un homme chantait.

Le cerbère haussa les épaules. « Brioche de chanteur. »

Plus Tyrion se rapprochait de la maison, plus s'enflait avec le son son irritation. Il n'avait jamais été friand de rhapsodes, et il n'avait que faire de voir celui-ci pour le trouver encore moins plaisant que le tout-venant de l'engeance. Il ouvrit rudement la porte, l'autre s'arrêta, « Messire Main », s'agenouilla, brioche de marmite, crâne déplumé, murmurant : « Honoré, honoré.

— M'sire ! » Shae s'était mise à sourire en le voyant. Il aimait ce sourire, et la manière spontanée dont il s'épanouissait instantanément sur le charmant minois de sa maîtresse. Elle portait sa robe de soie violette que rehaussait en guise de ceinture une écharpe de brocart d'argent. Deux tons qui mettaient en valeur sa chevelure sombre et sa carnation crémeuse.

« Ma douce, répondit-il. C'est qui, lui ? »

Le rhapsode releva les yeux. « Symon Langue-d'argent, messire. Musicien, chanteur, conteur...

— ... et maître sot, termina Tyrion. Comment m'as-tu appelé, quand je suis entré ?

— Appelé ? Je... – je n'ai... » L'argent de sa langue s'était apparemment changé en plomb. « Messire Main, j'ai dit, honoré...

— Plus malin, tu aurais affecté ne pas me reconnaître. Non que j'en eusse été dupe, mais tu aurais au moins dû tenter ta chance. Que vais-je faire de toi, maintenant ? Tu es au courant, pour ma chère Shae, tu sais où elle habite, tu sais que je viens la voir, la nuit, seul.

— Je... – je jure que je... – je n'en dirai rien, à personne...

— Nous voilà d'accord sur un point. Bonne nuit. » Il emmena Shae à l'étage.

« Mon chanteur risque de ne plus jamais chanter, taquina-t-elle. Vous lui aurez coupé le sifflet...

— Un peu de trouille lui facilitera le registre aigu. »

Elle referma sur eux la porte de la chambre. « Tu ne lui feras pas de mal, n'est-ce pas ? » Après avoir allumé une bougie parfumée, elle s'agenouilla pour lui retirer ses bottes. « Ses chansons me réchauffent le cœur, les nuits où tu ne viens pas.

— Que ne puis-je venir chaque nuit ! soupira-t-il, pendant qu'elle frictionnait ses pieds nus. Comment chante-t-il ?

— Mieux que certains. Moins bien que d'autres. »

Il entrebâilla la robe et enfouit son visage au creux des seins. Toujours émanait de Shae, jusqu'au cœur de cette porcherie puante de cité, une odeur de propre. « Garde-le, si ça te fait plaisir, mais garde-le sous les verrous. Je ne veux pas le voir traîner en ville et bavasser dans les tavernes.

— Il ne... », commença-t-elle.

La bouche de Tyrion lui scella les lèvres. Les pia-pias, il en avait sa claque ; ce qu'il lui fallait impérativement, c'était la volupté toute simple et apaisante entre les cuisses de Shae. Le seul lieu du monde où il fût bienvenu, désiré.

Comme elle s'était assoupie, la tête posée sur son bras, il le dégagea doucement, enfila sa tunique et descendit au jardin. La lune en son demi argentait les feuilles des arbres fruitiers et éclaboussait la margelle du bassin de pierre. Tyrion s'assit au bord de l'eau. Quelque part sur sa droite grésillait le timbre étrangement aimable d'un grillon. *Quelle quiétude règne ici*, songea-t-il, *mais pour combien de temps ?*

Une soudaine exhalaison fétide lui fit tourner la tête. Parée de la robe en lamé argent qu'il lui avait donnée, Shae se dressait sur le seuil. *J'aimais une fille blanche comme l'hiver, et la lune luisait dans sa chevelure.* Derrière elle se tenait, nu-pieds, crotté jusqu'aux chevilles, un magot fagoté de nippes repoussantes et rapetassées ; à son cou ballait au bout d'une lanière de cuir non point le cristal du septon, mais la sébile du frère mendiant. Et sa puanteur aurait suffoqué un rat.

« Lord Varys vient vous voir », annonça Shae.

Le frère mendiant papillota vers elle, suffoqué. Tyrion se mit à rire. « En effet ! Mais comment l'as-tu reconnu quand je m'y trompais ? »

Elle haussa les épaules. « C'est toujours lui. Juste accoutré différemment.

— Et physionomie différente, odeur différente, façon de marcher différente, ajouta Tyrion. De quoi abuser la plupart des hommes.

— Et la plupart des femmes, il se peut. Mais pas les putains. Si une putain n'apprend pas à voir l'homme et non ses vêtements, vite fait qu'on l'estourbira dans un coin. »

Varys paraissant chagrin, mais pas en raison des fausses croûtes qui ornaient ses pieds, Tyrion suggéra : « Si tu nous apportais un peu de vin, Shae ? » Une coupe ne serait probablement pas de trop. La nouvelle qu'apportait l'eunuque en pleine nuit ne devait pas être bien réjouissante...

« J'ose à peine vous dire pourquoi je suis venu, messire, lâcha-t-il en effet sitôt que Shae se fut éclipsée. J'ai des nouvelles désastreuses.

— Vous auriez dû vous tapisser de plumes noires, Varys, vous êtes d'aussi sinistre augure qu'une volée de corbeaux. » Il se mit gauchement sur pied, presque affolé de la question qu'il allait poser. « Il s'agit de Jaime ? » *S'ils ont touché à lui, rien ne les sauvera.*

« Non, messire. D'un autre sujet. Ser Cortnay Penrose est mort. Accalmie a ouvert ses portes à Stannis Baratheon. »

À ces mots, la consternation occupa sans partage l'esprit du Lutin. Si bien que, lorsqu'arriva le vin, à peine en eut-il pris une gorgée qu'il envoya la coupe s'écraser contre le mur de la maison. Shae leva une main pour se protéger des éclats, tandis que le liquide dégoulinait, tels d'interminables doigts noirs, le long des pierres éclairées par la lune. « *Le maudit !* » s'exclama-t-il.

Varys sourit, exhibant une bouche pleine de dents pourries. « Qui, messire ? Ser Cortnay, ou lord Stannis ?

— Les deux ! » Vu sa force, Accalmie aurait dû pouvoir résister six mois, voire davantage... assez longtemps pour permettre à Père d'en finir avec Robb Stark. « C'est arrivé comment ? »

L'eunuque jeta un coup d'œil vers Shae. « Nous faut-il absolument, messire, gâcher le sommeil de votre douce dame avec une histoire aussi lugubre et sanglante ?

— Une dame aurait peut-être peur, dit Shae, moi pas.

— Tu devrais, l'avertit Tyrion. Maintenant qu'Accalmie est en son pouvoir, Stannis ne tardera pas à reporter son attention sur Port-Réal. » Il se repentait à présent d'avoir balancé son vin. « Veuillez patienter un moment, lord Varys, nous retournerons ensemble au château.

— Je vous attends à l'écurie. » Il s'inclina et s'éloigna clopin-clopant.

Tyrion attira Shae contre lui. « Tu n'es pas en sécurité, ici.

— J'ai mes murs et les gardes que tu m'as donnés.

— Des mercenaires, répliqua-t-il. Ils aiment bien mon or, mais mourraient-ils pour lui ? Quant à ces murs, deux hommes qui se feraient la courte échelle les franchiraient en un clin d'œil. Un manoir tout à fait semblable a été incendié par les émeutiers. Ils ont tué son propriétaire, un orfèvre, pour le crime d'avoir un garde-manger plein, et c'est exactement pour la même raison qu'ils ont mis en pièces le Grand Septon, violé Lollys Tanda des dizaines de fois et écrabouillé le crâne de ser Aron. Que crois-tu qu'ils feraient si la dame de la Main leur tombait entre les pattes ?

— La putain de la Main, tu veux dire ? » Elle dardait sur lui ces grands yeux effrontés qu'elle savait avoir. « Quoique je voudrais être votre dame, m'sire. Je porterais tous les beaux atours de satin, de lamé, de brocart d'or que vous m'avez donnés, je me parerais de vos bijoux, vous tiendrais la main et siégerais à vos côtés durant les banquets. Je pourrais vous donner des fils, je sais que je le pourrais... et jamais, je le jure, vous n'auriez à rougir de moi. »

Je rougis déjà bien assez de t'aimer. « Un beau rêve, Shae. Oublie-le, maintenant, je te prie. Il ne peut se réaliser.

— À cause de la reine ? Je n'ai pas peur d'elle non plus.

— Moi si.

— Alors, *tue*-la, et bon débarras. Ce n'est pas comme s'il y avait la moindre affection entre vous. »

Il soupira. « Elle est ma sœur. L'homme qui tue son propre sang est maudit pour jamais au regard des dieux et des hommes. Au surplus, quoi que toi et moi puissions penser d'elle, mon père et mon frère l'aiment tendrement. Il n'est point d'homme dans les Sept Couronnes dont je ne sois capable de venir à bout par l'intrigue, mais les dieux ne m'ont pas équipé pour affronter Jaime l'épée au poing.

— Le Jeune Loup et lord Stannis ont des épées qui ne t'effraient pas. »

Combien tu me connais peu, ma douce... « Je dispose à leur encontre de toute la puissance de la maison Lannister. Contre Jaime ou contre mon père, je n'ai rien d'autre qu'un dos de traviole et des guibolles torses.

— Tu m'as. » Elle l'embrassa, lui glissa les bras autour du cou, se pressa contre lui.

Comme tous les baisers qu'il recevait d'elle, ce baiser l'érigea mais, cette fois, il la repoussa doucement. « Pas maintenant. Écoute, ma douce, j'ai... bon, disons la graine d'un plan. Je crois qu'il me serait possible de t'introduire aux cuisines du château. »

Elle se fit attentive. « Aux cuisines ?

— Oui. Si je passe par l'intermédiaire de Varys, personne n'y verra que du feu. »

Elle se mit à glousser. « Je t'empoisonnerais, m'sire. Ceux qui ont tâté de ma cuistance m'ont tous félicitée sur mes dons de pute.

— Le Donjon Rouge a suffisamment de cuistots. De boulangers et de bouchers aussi. Il te faudrait jouer les souillons.

— La fouille-au-pot. En bure brune qui grattouille. M'sire veut me voir dans cette tenue ?

— M'sire veut te voir en vie. Tu peux difficilement récurer des casseroles atournée de velours et de soie.

— M'sire est dégoûté de moi ? » Elle glissa la main sous la tunique et lui tripota la queue. Succès immédiat. « *Elle* me désire encore. » Elle se mit à rire. « M'sire voudrait-il baiser sa fille de cuisine ? Libre à lui de me saupoudrer de farine et de me graisser les tétons s'il...

— Arrête. » Ces façons lui rappelaient fâcheusement le bordel et l'acharnement d'Almée à gagner son pari. Il écarta brutalement la main pour empêcher de nouvelles friponneries. « Ce n'est pas l'heure des ébats, Shae. Il y va peut-être de ta vie. »

Elle avait cessé de sourire. « Si j'ai déplu à m'sire, ce n'était pas mon intention, mais... ne pourriez-vous simplement me donner des gardes supplémentaires ? »

Il exhala un profond soupir. *Ce n'est qu'une enfant, penses-y*, se morigéna-t-il. Il lui prit la main. « On peut remplacer tes pierreries, on peut te coudre de nouvelles robes deux fois plus jolies que les précédentes. À mes yeux, rien n'est plus précieux que toi, dans cette maison. Le Donjon Rouge n'est pas un abri sûr non plus, mais tu y seras infiniment moins exposée qu'ici. Je veux que tu t'y réfugies.

— Aux cuisines. » Elle parlait d'une voix monocorde. « À récurer des casseroles.

— Pour peu de temps.

— Mon père avait fait de moi sa fille de cuisine, dit-elle en tordant la bouche. Pour ça que je me suis taillée.

— Tu m'as dit que c'est parce qu'il abusait de toi, lui rappela-t-il.

— Ça aussi. Je n'aimais pas plus récurer ses casseroles qu'avoir sa queue en moi. » Elle releva la tête d'un air agressif. « Pourquoi ne pas me loger dans votre tour ? La moitié des seigneurs de la Cour ont bien leur chaufferette auprès d'eux.

— Il m'a été expressément défendu de t'amener à la Cour.

— Par votre buse de père. » Elle fit la moue. « Vous n'avez pas l'âge, peut-être, de vous taper toutes les putes que vous voulez ? Est-ce qu'il vous prend pour un gosse imberbe ? Qu'est-ce qu'il pourrait vous faire ? vous fesser ? »

Il la souffleta. Pas très fort, mais assez quand même. « Le diable t'emporte ! dit-il, *le diable t'emporte !* Ne te paie jamais ma tête. Pas *toi.* »

Elle demeura un bon moment muette. Seul le grillon, dans le silence, grésillait, grésillait. « Vous demande pardon, m'sire, dit-elle enfin d'un ton pesant. Voulais pas vous vexer. »

Ni moi te frapper... Bonté divine ! vais-je me mettre à faire comme Cersei ? « C'était mal agi, dit-il. À moi comme à toi. Tu ne comprends pas, Shae. » Des mots qu'il n'avait jamais eu l'intention de prononcer se bousculaient à qui mieux mieux pour sortir de lui comme des pitres d'un cheval de bois. « À treize ans, j'ai épousé la fille d'un métayer. Je la croyais telle, en tout cas. Aveuglé par l'amour qu'elle m'inspirait, je pensais qu'elle éprouvait le même, mais mon père m'embourba le nez dans la vérité. Ma femme était une putain louée par Jaime pour me dépuceler. » *Et j'ai gobé tout ça, niais que j'étais.*

« Afin de rendre plus cuisante la leçon, lord Tywin l'administra à domicile en livrant à ses gardes ma bien-aimée pour qu'ils en jouissent à leur convenance et, il va de soi, sous mes yeux. » *Et en me forçant à la prendre ensuite une dernière fois. Une dernière fois, mais sans plus d'amour, pas l'once, plus de tendresse... « Ainsi te la rappelleras-tu telle qu'elle était », me dit-il, et j'aurais dû le braver, j'aurais dû refuser, mais ma queue me trahit, et j'obtempérai.* « Une fois débarrassé d'elle, mon père fit dissoudre le mariage. Exactement comme si nous n'avions jamais été mari et femme, affirmèrent les septons. » Il lui pressa la main. « De grâce, ne parlons plus de la tour de la Main. Tu ne resteras aux cuisines que très peu de temps. Une fois réglé son compte à Stannis, tu auras un autre manoir, et des soieries aussi soyeuses que tes mains. »

Les yeux de Shae s'étaient agrandis, mais il ne put rien y déchiffrer. « Mes mains ne seront pas soyeuses si je gratte des marmites et nettoie des fourneaux toute la journée. Accepterez-vous encore qu'elles vous touchent quand l'eau brûlante et la soude et le savon les auront gercées, rougies, rendues rugueuses ?

— Plus que jamais, promit-il. Quand je les regarderai, c'est ta bravoure qu'elles me rappelleront. »

L'en croyait-elle ? Il n'aurait su dire. Elle baissa les yeux. « Je suis votre servante, m'sire. »

Là se bornerait, cette nuit, de toute évidence, sa capacité de consentement. Tyrion lui embrassa le coin de la joue qu'avait échauffé la gifle, manière d'en apaiser les picotements. « Je t'enverrai prendre. »

Comme prévu, Varys l'attendait à l'écurie. Son cheval avait l'air crevard et boiteux. Tyrion enfourcha le sien, l'un des reîtres ouvrit les portes, et ils chevauchèrent en silence. *Pourquoi diable ai-je raconté l'histoire de Tysha ?* s'effara-t-il subitement. Il était des secrets qu'un homme ne devrait jamais révéler, des turpitudes qu'un homme devrait emporter dans la tombe. Qu'avait-il escompté de ce déballage, qu'elle lui pardonne ? Et sa manière de le regarder, que signifiait-elle ? Était-ce la perspective de récurer des casseroles qui la révulsait à ce point, ou bien ce qu'il lui confiait ? *Comment ai-je pu lui conter ces choses et continué de m'imaginer qu'elle m'aimerait ?* s'inquiétait une part de lui, tandis qu'une autre se gaussait : *Nabot bouché ! mais la putain n'aime que l'or et les joyaux... !*

Ébranlé par chaque foulée du cheval, son coude estropié le lancinait au point qu'il avait par moments l'impression d'entendre les os s'en entrechoquer. Peut-être devrait-il consulter un mestre ou prendre quelque drogue contre la douleur... mais, depuis que Pycelle avait révélé sa véritable nature, Tyrion Lannister se défiait des mestres comme de la peste. Les dieux seuls savaient avec qui complotait cette engeance-là, quels ingrédients elle mêlait aux potions qu'elle vous administrait. « Varys ? appela-t-il. Il me faut introduire Shae au château sans que s'en avise Cersei. » En trois phrases, il brossa son projet des cuisines.

En retour, l'eunuque émit un léger claquement de langue. « Je ne demande qu'à complaire à Votre Excellence, naturellement, mais... je dois vous avertir, les cuisines sont truffées d'yeux et d'oreilles. Dût la petite ne susciter aucune suspicion, une avalanche de questions s'abattra sur elle. Où elle est née. Qui étaient ses parents. Comment elle est venue à Port-Réal. Et comme la vérité n'est pas bonne à dire, il lui faudra mentir... et mentir encore, et mentir toujours. » Il abaissa son regard sur le nain. « Et une si jolie souillon suscitera autant de convoitises que de curiosité. On la touchera, pincera, pelotera, chouchoutera. La nuit, les marmitons voudront ramper sous ses couvertures. Il se peut même qu'un chef esseulé cherche à l'épouser. Les boulangers lui pétriront les seins avec des mains enfarinées.

— Plutôt la voir câlinée que poignardée », répliqua Tyrion.

Au bout de quelques pas, Varys reprit : « Il pourrait y avoir une autre solution. Il se trouve que la soubrette attachée à la fille de lady Tanda lui chipe ses bijoux. En informerais-je la mère que force lui serait de la mettre à la porte aussitôt. Et sa Lollys aurait besoin d'une remplaçante.

— Je vois. » Les avantages sautaient aux yeux. En qualité de femme de chambre d'une dame, Shae serait vêtue d'un costume autrement seyant et douillet que celui de souillon, souvent même admise à l'agrémenter d'un ou deux bijoux. De quoi la ravir. Cersei trouvait en outre lady Tanda aussi barbante qu'hystérique, et Lollys d'une vivacité bovine. Il y avait donc peu d'apparence qu'elle les accablât de visites amicales.

« Foncièrement timide et confiante, reprit Varys, Lollys avalera n'importe quel bobard. Depuis la perte à répétition de son pucelage, la seule idée de quitter ses appartements lui fait une peur bleue. De sorte que Shae serait là à l'abri des regards indiscrets... mais sous la main, s'il vous advenait d'avoir besoin de réconfort.

— La tour de la Main est surveillée, vous le savez aussi bien que moi. La curiosité ne manquerait pas de dévorer Cersei dès qu'elle apprendrait que je reçois la camérière de Lollys.

— Je me fais fort de l'amener dans votre chambre en catimini. La maison de Chataya n'est pas la seule à se targuer de posséder des portes dérobées.

— Un accès secret ? À *mes* appartements ? » Il en éprouvait plus de contrariété que de surprise. Dans quel autre but que de préserver pareils arcanes Maegor le Cruel aurait-il, sinon, fait exécuter tous ceux qui avaient œuvré au château ? « Oui, tout le laisse effectivement supposer. Et qui débouche où ? dans ma chambre ? dans ma loggia ?

— Allons, mon ami, vous ne voudriez tout de même pas me forcer à vous révéler *tous* mes petits secrets, si ?

— Veuillez les considérer dorénavant comme *nos* petits secrets, Varys. » Il leva les yeux vers l'eunuque affublé en cabotin puant. « Si tant est que vous soyez *vraiment* de mon bord...

— En pouvez-vous douter ?

— Eh bien, non, je vous fais implicitement confiance. » Les volets clos répercutèrent un ricanement plutôt amer. « Je vous fais confiance, à la vérité, comme à quelqu'un de mon propre sang. Maintenant, dites-moi de quelle manière a péri ser Cortnay Penrose.

— On prétend qu'il s'est précipité lui-même par une fenêtre de sa tour.

— Précipité *lui-même* ? Ça, non, je n'en crois rien !

— Ses gardes n'ont vu personne pénétrer chez lui, et ils n'y ont trouvé personne, après.

— Alors, le meurtrier était entré plus tôt et s'était caché sous le lit, suggéra Tyrion, ou bien laissé descendre le long d'une corde à partir du toit. À moins que les gardes ne mentent. Qui jurerait qu'ils n'ont pas fait eux-mêmes le coup ?

— Sans doute avez-vous raison, messire. »

Le ton suffisant sous-entendait l'opposé. « Vous n'en pensez rien, n'est-ce pas ? Comment s'est-il commis, dans ce cas ? »

Varys différa de répondre un bon bout de temps. Seul s'entendait dans le silence le *clip clop* régulier des sabots contre le pavé. Finalement, l'eunuque s'éclaircit la gorge. « Les vieux pouvoirs, messire, vous y croyez ?

— Vous voulez dire la magie ? riposta Tyrion d'un ton agacé. Les sortilèges au sang, maléfices, évocations d'ombres et tout ce saint-frusquin ? » Il renifla. « Essayez-vous de m'insinuer que quelque diablerie aurait poussé ser Cortnay au suicide ?

— Le matin même de sa mort, Penrose avait défié lord Stannis en combat singulier. Est-ce là, je vous le demande, le comportement d'un homme au désespoir ? Ajoutez à cela l'assassinat non moins opportun que mystérieux de lord Renly, juste à l'heure où l'armée de celui-ci se rangeait en ligne de bataille pour balayer celle de son frère. » Il marqua une pause assez longue. « Un jour, messire, vous m'avez questionné sur les circonstances de ma castration.

— Je me souviens, dit Tyrion. Vous m'avez marqué votre répugnance à en parler.

— C'est toujours le cas, mais... » Nouvelle pause, et beaucoup plus longue que la précédente, mais, lorsqu'il reprit la parole, ce fut sur un ton quelque peu différent. « Orphelin, je faisais mon apprentissage de comédien dans une troupe ambulante. Notre maître possédait un petit cotre rondouillard à bord duquel nous sillonnions en tous sens le détroit pour donner des représentations dans toutes les cités libres et, de temps à autre, à Villevieille et Port-Réal.

« Un jour, à Myr, certain individu vint nous voir et, le spectacle achevé, offrit de ma personne un prix si affriolant que mon maître n'eut garde de refuser. J'étais terrifié, moi. Je redoutais que l'acquéreur n'en use avec moi comme j'avais entendu dire que le faisaient certains avec des garçonnets, mais la seule partie de mon corps qui l'intéressât se révéla être ma virilité. Il me fit boire une potion qui me rendit incapable d'esquisser le moindre geste et de proférer le moindre mot, tout en me laissant la pleine jouissance de ma conscience. Muni d'une longue lame incurvée, il me tronçonna de la souche au tronc, tout en psalmodiant des incantations puis, sous mes yeux, brûla mes attributs virils sur un brasero. Les flammes virèrent au bleu, et j'entendis une voix répondre à ses appels, mais dans une langue inconnue de moi.

« Entre-temps, la troupe avait appareillé. Et comme, une fois atteint l'objectif qu'il s'était fixé, je ne présentais plus à ses yeux le moindre intérêt, l'homme me flanqua dehors. Quand je lui demandai ce que j'allais faire, à présent, “Crever, je présume”, fut sa réponse. Et c'est à seule fin de le désappointer que je résolus de vivre. Je mendiai, volai, vendis de mon corps ce qu'il m'en restait, ne tardai guère à égaler ce que Myr comptait de plus habiles tire-laine et, avec l'âge, appris à m'instruire et à faire plus de fonds sur le contenu des cervelles que sur la rondeur des bourses.

« Il n'empêche que je rêve encore de cette nuit-là, messire. Non pas du sorcier ni de sa lame, ni même de la façon dont ma virilité se ratatinait en brûlant. Je rêve de la voix. De la voix qui montait des flammes. Était-ce un dieu, un démon, un truc d'escamoteur ? je ne saurais dire, encore que, les trucs, je les connaisse tous. Je ne puis affirmer qu'une chose, c'est qu'il appelait *cela*, et que *cela* répondait. Et, depuis ce jour, j'exècre la magie et tous les gens qui la pratiquent. Si lord Stannis est de leur nombre, alors, je n'aspire qu'à le voir mort. »

Le silence à nouveau s'appesantit sur eux. Tyrion finit cependant par se résoudre à le rompre. « Quelle histoire abominable. Je suis navré. »

L'eunuque soupira. « Vous êtes navré, mais vous ne me croyez pas. Non, messire, non, pas besoin de vous en excuser. J'étais sous l'effet de la drogue et je souffrais, et cela se passait voilà une éternité et dans des contrées lointaines au-delà de la mer. Cette voix, j'ai dû la rêver. Des arguments que je me suis moi-même opposés des milliers de fois.

— Je crois aux épées d'acier, aux pièces d'or et à l'intelligence humaine, dit Tyrion. Et je crois qu'il exista des dragons, jadis. J'ai contemplé leurs crânes, après tout.

— Espérons que vous ne voyiez jamais rien de pire, messire.

— D'accord là-dessus. » Le Lutin sourit. « Pour ce qui est de la mort de ser Cortnay, nous savons que Stannis s'est recruté des voiles à gages dans les cités libres. Peut-être s'y est-il aussi acheté un tueur adroit.

— Un tueur *très* adroit.

— Il en est. J'ai maintes fois rêvé d'être un jour suffisamment riche pour lâcher un Sans-Visage aux trousses de ma chère sœur.

— Abstraction faite des modalités de son trépas, reprit Varys, voilà ser Cortnay mort, Accalmie rendu, et Stannis libre de marcher.

— Avons-nous la moindre chance de convaincre les Dorniens de s'abattre sur les Marches ? s'enquit Tyrion.

— Aucune.

— Dommage. Enfin... la menace en suspens servira toujours à maintenir les seigneurs des Marches dans les parages immédiats de leurs châteaux. Quelles nouvelles de mon père ?

— Si lord Tywin a réussi à franchir la Ruffurque, je n'en ai pas encore eu vent. S'il ne se hâte, il risque de se retrouver pris en étau par ses ennemis. La feuille du Rouvre et l'arbre Rowan ont été aperçus au nord de la Mander.

— Toujours rien de Littlefinger ?

— Il n'a peut-être jamais atteint Pont-l'Amer. Ou bien peut-être y est-il mort. Lord Tarly s'est emparé des entrepôts de Renly et a passé des tas de gens au fil de l'épée. Des Florent, pour l'essentiel. Lord Caswell s'est renfermé dans son château. »

La tête rejetée en arrière, Tyrion se mit à rire à gorge déployée.

Varys tira sur les rênes, ahuri. « Messire ?

— Ne voyez-vous pas, lord Varys ? mais c'est d'une irrésistible cocasserie ! » Il désigna de la main les volets clos, la ville endormie. « Accalmie est tombé, et Stannis approche, bardé de feu, d'acier et des dieux savent quels pouvoirs ténébreux, et ces bonnes gens n'ont pas Jaime pour les protéger, ni Robert, ni Renly, ni Rhaegar, ni leur précieux chevalier des Fleurs. Rien que moi, le seul qu'ils haïssent ! » Son hilarité le reprit. « Le nain, le maléficieux conseiller, le petit singe démoniaque et caricatural ! Je suis tout ce qui se dresse entre eux et le chaos ! »

6263

Composition PCA (Rezé)
Achevé d'imprimer en France (La Flèche)
par Brodard et Taupin le 29 mars 2006. 35173
Dépôt légal mars 2006. ISBN 2-290-31819-1
1er dépôt légal dans la collection : mars 2002

Éditions J'ai lu
87, quai Panhard-et-Levassor, 75013 Paris
Diffusion France et étranger : Flammarion